GRöLS Verlage

„Bücher sind wie Fallschirme. Sie nützen uns nichts, wenn wir sie nicht öffnen."

Gröls Verlag

Redaktionelle Hinweise und Impressum

Das vorliegende Werk wurde zugunsten der Authentizität sehr zurückhaltend bearbeitet. So wurden etwa ursprüngliche Rechtschreibfehler regelmäßig *nicht* behoben, denn kleine Unvollkommenheiten machen das Buch – wie im Übrigen den Menschen – erst authentisch. Mitunter wurden jedoch zum Beispiel Absätze behutsam neu getrennt, um den Lesefluss zu erleichtern.

Um die Texte zu rekonstruieren, werden antiquarische Bücher von Lesegeräten gescannt und dann durch eine Software lesbar gemacht. Der so entstandene Text wird von Menschen gegengelesen und korrigiert – hierbei treten auch Fehler auf. Wenn Sie ebenfalls antiquarische Texte einreichen möchten, finden Sie weitere Informationen auf www.groels.de

Viel Freude bei der Lektüre wünscht Ihnen das Team des Gröls-Verlags.

Adressen

Verleger: Hermann-Josef Gröls,

Im Borngrund 26, 61440 Oberursel

Externer Dienstleister für Distribution & Herstellung:

BoD, In de Tarpen 42, 22848 Norderstedt

Unsere „Edition | Werke der Weltliteratur“ hat den Anspruch, eine der größten und vollständigsten Sammlungen klassischer Literatur in deutscher Sprache zu werden. Nach und nach versammeln wir hier nicht nur die „üblichen Verdächtigen“ von Goethe bis Schiller, sondern auch Kleinode der vergangenen Jahrhunderte, die – zu Unrecht – drohen, in Vergessenheit zu geraten. Wir kultivieren und kuratieren damit einen der wertvollsten Bereiche der abendländischen Kultur. Kleine Auswahl:

Francis Bacon • Neues Organon • **Balzac** • Glanz und Elend der Kurtisanen • **Joachim H. Campe** • Robinson der Jüngere • **Dante Alighieri** • Die Göttliche Komödie • **Daniel Defoe** • Robinson Crusoe • **Charles Dickens** • Oliver Twist • **Denis Diderot** • Jacques der Fatalist • **Fjodor Dostojewski** • Schuld und Sühne • **Arthur Conan Doyle** • Der Hund von Baskerville • **Marie von Ebner-Eschenbach** • Das Gemeindekind • **Elisabeth von Österreich** • Das Poetische Tagebuch • **Friedrich Engels** • Die Lage der arbeitenden Klasse • **Ludwig Feuerbach** • Das Wesen des Christentums • **Johann G. Fichte** • Reden an die deutsche Nation • **Fitzgerald** • Zärtlich ist die Nacht • **Flaubert** • Madame Bovary • **Gorch Fock** • Seefahrt ist not! • **Theodor Fontane** • Effi Briest • **Robert Musil** • Über die Dummheit • **Edgar Wallace** • Der Frosch mit der Maske • **Jakob Wassermann** • Der Fall Maurizius • **Oscar Wilde** • Das Bildnis des Dorian Grey • **Émile Zola** • Germinal • **Stefan Zweig** • Schachnovelle • **Hugo von Hofmannsthal** • Der Tor und der Tod • **Anton Tschechow** • Ein Heiratsantrag • **Arthur Schnitzler** • Reigen • **Friedrich Schiller** • Kabale und Liebe • **Nicolo Machiavelli** • Der Fürst • **Gotthold E. Lessing** • Nathan der Weise • **Augustinus** • Die Bekenntnisse des heiligen Augustinus • **Marcus Aurelius** • Selbstbetrachtungen • **Charles Baudelaire** • Die Blumen des Bösen • **Harriett Stowe** • Onkel Toms Hütte • **Walter Benjamin** • Deutsche Menschen • **Hugo Bettauer** • Die Stadt ohne Juden • **Lewis Caroll** • *und viele mehr….*

Inhalt

Gespensterbuch

Band I und II

August Apel

Vorrede

Die Freunde der Aufklärung dürften wohl erwarten, daß hinter dem Titel: Gespensterbuch, recht lebhafte Streiche gegen Glauben und Aberglauben geführt werden würden. Mit gleichem Rechte könnte der berühmte Kenner des Geisterreichs sich überreden, unser Buch wolle seiner schwankenden Theorie eine freundliche Handreichung thun. Andre gehen vielleicht noch weiter, und halten die Schrift für eine neue Ausgabe des bekannten Höllenzwanges.

Ob und inwieweit nun diese und ähnliche Erwartungen Bestätigung erhalten, darüber wird vermutlich das Buch selbst Auskunft geben, und die Nachrede vollends verrathen, was die geneigten Leser, nach den Wünschen der Herausgeber, von dem Gespensterbuche hätten erwarten sollen.

F. Laun.

* * *

Der Freischütz.

Eine Volkssage.

1.

Höre Mutter – sagte der alte Förster Bertram in Lindenhayn – du weißt, ich thue dir gern alles zu Liebe, aber den Gedanken schlag dir aus dem Kopf, und bestärke mir auch das Mädchen weiter nicht drinn. Schlag's ihr rund ab, so weint sie ihr Thränchen und ergiebt sich drein; mit dem langen Trödeln und Hinhalten wird nichts gut gemacht.

Aber Väterchen – wandte die Försterin vorbittend ein – kann denn unser Käthchen mit dem Amtsschreiber nicht eben so glücklich leben, als mit dem Jäger Robert? Du kennst den Wilhelm noch gar nicht, er ist so ein braver Mensch, so herzensgut ...

Aber kein Jäger – fiel der Förster ein – Meine Försterei ist nun seit länger als zweihundert Jahren immer vom Vater zum Sohn vererbt. Hättest du mir einen Jungen gebracht, statt des Mädchens, da möcht' es seyn, dem hinterließ ich meine Stelle, und das Mädel, wenn eins dazu gekommen wär, möchte freyen, wen es wollte; aber so ... nein! Erst hätt' ich Mühe, Angst und Wege gehabt, daß der Herzog meinen Schwiegersohn zum Probeschuß lassen will, wenn er nur sonst ein braver Jäger ist, und nun sollt' ich das Mädel verschleudern? Nein, Mutter Anne, auf den Robert besteh' ich just nicht; wenn er dir nicht gefällt, such' dem Mädel einen andern flinken Jägerburschen aus, dem ich meine Stelle bei Lebzeiten übergeben kann, da wollen wir in Ruhe bei den Kindern unsre alten Tage verleben, aber mit dem Federschützen bleib mir vom Halse.

Mutter Anne hätte gern noch ein gut Wort für den Amtsschreiber gesprochen, aber der Förster, der die Kraft der weiblichen Ueberredungskunst kannte, wollte seinen Entschluß nicht einem wiederholten Angriffe aussetzen; er nahm seine Flinte von der Wand und ging in den Wald.

Kaum war er um die Ecke des Hauses, da steckte Käthchen ihr blondes Lockenköpfchen freundlich zur Thüre herein. Ist's gut gegangen, Mutterchen? Ja? – rief sie, und sprang nun munter in das Zimmer und an den Hals der Försterin.

Ach, Käthchen, freue dich nicht zu sehr – sagte diese – der Vater ist gut, herzensgut, aber er giebt dich keinem Andern, als einem Jäger, und davon geht er nicht ab, da kenne ich ihn schon.

Käthchen weinte und wollte lieber sterben als von ihrem Wilhelm lassen. Die Mutter tröstete und schmälte abwechselnd, endlich weinte sie mit der Tochter. Sie versprach eben noch einen Hauptsturm auf das Herz des Försters zu versuchen, da klopfte es an der Thüre, und Wilhelm trat herein.

Ach Wilhelm – rief ihm Käthchen mit verweinten Augen entgegen – wir müssen scheiden! Suche dir ein ander Mädchen, mich sollst du nicht freyn und ich dich nicht; der Vater will mich dem Robert geben, weil er ein Jäger ist, und die Mutter kann uns nicht helfen. Aber, muß ich auch von dir lassen, so will ich doch keines Andern seyn, und bleibe dein, und dir treu bis zum Tode.

Mutter Anne suchte den Amtsschreiber, der nicht wußte, was er aus Käthchens Reden machen sollte, zu besänftigen, und erzählte ihm, wie Vater Bertram gegen seine Person gar nichts einzuwenden hätte, aber nur seiner Försterei wegen durchaus darauf beständ einen Jäger zum Eidam zu haben.

Ist es weiter nichts – sagte Wilhelm beruhigt, und drückte das weinende Mädchen an seine Brust – so sei gutes Muthes, liebes Käthchen. Ich bin der Jägerei nicht unkundig, denn ich habe bei meinem Ohm, dem OberFörster Finsterbusch, in Lehre gestanden, und mußte nur meinem Pathen, dem Amtmann zu Lieb die Jagdtasche mit dem Schreibpulte vertauschen. Was hilft mir die versprochene Amtmannsstelle, soll ich mein Käthchen nicht als Frau Amtmannin in das Amthaus einführen? Willst du nicht höher hinaus, als deine Mutter, und ist dir der Förster Wilhelm so lieb, wie der Amtmann, so tausch' ich gleich, denn mir ist das lustige Jägerleben immer viel lieber gewesen, als das steife Leben in der Stadt.

O, du lieber, goldner Wilhelm – rief Käthchen, und alle Wolken waren von ihrer Stirn verschwunden, und nur ein glänzender Sonnenregen der Freude zitterte in ihren Augen – willst du das, so sprich recht bald mit meinem Vater, eh' er vielleicht gar dem Robert sein Wort giebt.

Wart, Käthchen – sagte Wilhelm – ich geh ihm gleich nach in den Wald. Er ist gewiß nach dem Hirsch, der morgen in das Amt geliefert werden soll. Gieb mir Flinte und Tasche, ich such' ihn auf, stelle mich ihm mit einem Jägergruß vor, und biete ihm gleich meine Dienste als Jägerbursch an.

Mutter und Tochter fielen ihm um den Hals, halfen den neuen Jäger, so gut sie konnten, aufputzen, und sahen ihm mit Hoffnung und Bangigkeit in den Wald nach.

2.

Ein wackerer Bursch, der Wilhelm! – rief der Förster freudig, als die Jäger nach Haus kamen – wer hätt' in dem Federhelden solch einen Schützen gesucht? Nun, morgen sprech' ich selbst mit dem Amtmann, das wär doch Jammerschade, wenn der nicht bei der edlen Jägerei blieb! Aus dem wird ein andrer Kuno. Du weist doch, wer der Kuno war?

Wilhelm verneinte.

Hab' ich dir das noch nicht erzählt – fuhr der Förster fort – Sieh, das war mein Urältervater, der diese Försterei zuerst besessen und erbaut hat. Erst war er armer Reitersbub' und diente bei dem Junker von Wippach, der konnt ihn wohl leiden, und nahm ihn überall mit sich in Fehden und zu Turnieren und Jagden. Einmal war dieser Junker von Wippach auch bei einer großen Jagd, die der Herzog hier hielt mit vielen Rittern und Edeln. Da jagten die Hunde einen Hirsch heran, auf dem saß ein Mensch, der kläglich die Hände rang und jämmerlich schrie, denn das war damals eine tirannische Weise unter den Jagdherren, daß sie die armen Menschen, oft wegen geringer Jagdfrevel auf Hirsche schmiedeten, daß sie elendiglich zerstoßen und zerrissen wurden oder vor Hunger und Durst umkommen mußten. Wie der Herzog das ansichtig wurde, ward er über die Maße zornig, stellte gleich das Jagen sein, und verhieß einen großen Lohn, wenn sich Jemand getraute den Hirsch zu treffen, dabei aber drohte er mit Ungnade und Bann, wenn der Schütze den Menschen verletzte, denn er wollte diesen lebendig haben, damit er wüßte, wer sich gegen sein Verbot solcher grausamen That erkühnt hatte. Da wollte sich nun niemand unter den Edeln finden, der den Schuß auf des Herrn Ungnade und Bann wagte. Endlich trat der Kuno vor, mein Urältervater, eben der, den du dort auf dem Bilde gemalt siehst, der sprach zum Herzog: Gnädigster Herr, wollt ihr mir's gestatten, so wag' ich's mit Gott, fehl' ich, so mögt ihr, wenn ihr wollt, mein Leben darum zur Buße nehmen, denn Reichthum und Güter hab' ich nicht, aber mich jammert des armen Menschen, würd' ich doch auch mein Leben dran setzen, wär' er unter Feinde oder Räuber gefallen. Das gefiel dem Herzog; er hieß den Kuno sein Glück versuchen, wiederholte ihm auch die Verheißung, doch ohne der Drohung zu gedenken, daß er ihn nicht furchtsam machte. Da nahm Kuno seine Büchse, spannte sie in Gottes Namen, und befahl die Kugel den heiligen Engeln mit einem gläubigen frommen Gebet. So schoß er wohlgemuth ohne lang zu zielen in den Wald, und in dem Augenblicke floh der Hirsch heraus, stürzte und endete, aber der Mensch war unverletzt, ohne daß ihm Hände und Gesicht etwas vom Gesträuch zerritzt waren. Der Herzog hielt Wort und gab dem Kuno zum Lohn diese Försterei für sich und seine Nachkommen erblich. Aber von Glück und Geschick ist der Neid niemals weit, das erfuhr auch Kuno.

Da waren viele, die seine Försterei auch gern für sich oder einen Vetter von der linken Seite gehabt hätten, die beschwatzten den Herzog, der Schuß wär mit Zauberei und Teufelskünsten geschehn, weil Kuno gar nicht gezielt, sondern einen Freischuß, der allemal treffen muß, ins Blaue hinein gethan hätte, da wurde denn beschlossen, daß von Kuno's Nachkommen jeder einen Probeschuß thun muß, eh' er die Försterei bekommt; den kann nun freilich der Landjägermeister, der die Probe abnimmt, schwer und leicht aufgeben. Ich mußte damals einem hölzernen Vogel, der an der Stange geschaukelt wurde, den Ring aus dem Schnabel schießen. Nun, bis jetzt hat noch keiner im Meisterschuß gefehlt, und wer einmal als mein Eidam mein Nachfolger wird, muß erst ein braver Jäger seyn.

Wilhelm hatte zu des Försters Freude mit sichtbarer Theilnahme der Erzählung zugehört. Jetzt faßte er lebhaft des Alten Hand, und versprach unter seiner Anleitung ein Jäger zu werden, dessen sich Urvater Kuno nicht schämen sollte.

3.

Noch nicht volle vierzehn Tage war Wilhelm als Jägerbursche in dem Försterhause, als Vater Bertram, der ihn mit jedem Tag lieber gewann, die Einwilligung zu seiner Verbindung mit Käthchen förmlich ertheilte. Nur sollte die Verlobung geheim gehalten werden bis zum Tage des Probeschusses, wo der Förster durch die Gegenwart des fürstlichen Landjägermeisters seinem Familienfeste noch mehr Feierlichkeit zu geben hoffte. Der Bräutigam schwebte in Entzücken und vergaß sich und die ganze Welt in dem offenen Himmel seiner Liebe, so daß ihn Vater Bertram mehrmals neckte, wie er kein Ziel mehr treffe, seit er Käthchen sich erzielt habe.

Wirklich aber hatte Wilhelm von seinem stillen Verlobungstage an ein ganz eignes Mißgeschick auf der Jagd. Bald versagte ihm das Gewehr, bald traf er statt des Wildes einen Baumstamm. Kam er nach Haus und leerte seine Jagdtasche, so fanden sich statt der Rebhühner Dohlen und Krähn, und statt des Hasens eine todte Katze. Der Förster machte ihm endlich ernsthafte Vorwürfe wegen seiner Unachtsamkeit, und Käthchen selbst fing an für den Probeschuß bange zu werden.

Wilhelm verdoppelte seine Aufmerksamkeit und seinen Fleiß; allein je näher der Tag rückte, an welchem er sein Probestück ablegen sollte, desto mehr verfolgte ihn das Unglück. Fast jeder Schuß mißrieth; endlich fürchtete er sich beinah ein Gewehr loszudrücken, um nicht Schaden anzustiften, denn er hatte schon eine Kuh auf der Weide angeschossen und den Hirten beinahe verwundet.

Ich bleibe dabei, – sagte Rudolf, der Jägerbursch, eines Abends – es hat jemand dem Wilhelm einen Weidemann gesetzt, denn mit natürlichen Dingen geht das nicht zu, und den muß er erst lösen.

Rede nicht so albern – versetzte der Förster verweisend – das ist abergläubisches Zeug, davon muß ein frommer Jäger gar nicht sprechen. Weißt du nicht mehr lieber Weidmann mein, welches die drey Stücke seyn, die ein geschickter Weidemann haben soll und haben kann? Ho, ho, ho! sag' an!

Rudolf räusperte sich zum Weidspruch und sprach schnell: Jo, ho, ho, mein lieber Weidmann, das will ich dir wohl sagen an: Gute Wissenschaft, Gewehr und Hund, der Weidmann braucht zu seinem Grund, wenn er was tüchtiges will verrichten, und sich nicht lassen gar vernichten, drum wird das gar wohl treffen ein ...

Schon genug – fiel ihm der alte Bertram ins Wort – mit den drey Dingen ist jeder Weidemann zu lösen, denn der heißt allemal entweder Faselhans oder Peter Ungeschick.

Mit Gunst, Vater Bertram – entgegnete Wilhelm etwas verdrüßlich – hier ist mein Gewehr, den will ich sehn, der mir etwas daran aussetzen soll, und meine Wissenschaft – ich will mich nicht rühmen, aber jagdgerecht denk' ich zu seyn, so gut wie ein Andrer, gleichwohl ists als gingen meine Kugeln krumm, und als blies sie der Wind mir vor dem Lauf weg. Sagt mir nur, was ich machen soll, ich will ja gern Alles thun!

Es ist wunderlich – murmelte der Förster, der nicht wußte, was er sagen sollte.

Glaub mir nur Wilhelm – wiederholte Rudolf – es ist nichts anders, als was ich gesagt habe. Geh einmal Freitags um Mitternacht auf einen Kreuzweg und mache mit dem Ladestock oder mit einem blutigen Degen einen Kreis um dich, den segnest du dreimal, wie es der Priester macht, aber im Namen Sammiel ...

Schweig! – unterbrach ihn der Förster unwillig – Weißt du, was das für ein Name ist? Das ist einer von des Teufels Heerschaaren. Gott bewahre dich und jeden Christen davor!

Wilhelm kreuzte sich ebenfalls, und wollte nichts weiter davon hören, wiewohl Rudolf auf seiner Meinung blieb. Er putzte die ganze Nacht an seinem Gewehr, untersuchte jede Schraube und jede Feder, und mit anbrechendem Morgen ging er aus, sein Glück von neuem zu versuchen.

4.

Aber alle Mühe war verloren, das Wild drängte sich um ihn und schien fast ihn zu necken. Zehn Schritt weit schoß er auf einen Rehbock, zweymal versagte ihm das Gewehr, das drittemal gerieth zwar der Schuß, aber das Wild floh unverletzt durch die Büsche. Unmuthig warf sich der unglückliche Jäger unter einen Baum, und verwünschte sein Schicksal, da rauschte es im Gebüsch, und ein alter Soldat mit einem Stelzfuße hinkte heraus.

Holla, lieber Weidmann – redete er Wilhelm an – warum so verdrüßlich? Hast du Liebespein, fehlt's im Beutel, oder hat dir Jemand das Gewehr besprochen? Gieb mir eine Pfeife Tabak, wir wollen eins zusammen plaudern.

Wilhelm reichte ihm verdrüßlich das Gebetene, und der Stelzfuß warf sich zu ihm ins Gras. Nach einigem Hin- und Herreden kam das Gespräch auf die Jägerei, und Wilhelm erzählte sein Unglück. Der Invalid ließ sich sein Gewehr zeigen. Das ist verzaubert, sagte er, als er es kaum in die Hand genommen hatte, damit wirst du keinen rechtschaffenen Schuß mehr thun, und ist dir der Weidemann recht nach der Kunst gestellt, so geht dir's mit jedem Gewehr so, das du in die Hand nimmst.

Wilhelm erschrak etwas, und wollte Einwendungen gegen den Hexenglauben des Fremden machen, allein dieser erbot sich zu einer Probe. Uns Kriegsleuten – sagte er – ist das nichts seltenes, und ich wollte dir bis auf den Abend und tief in die Nacht hinein Wunderdinge erzählen. Wie wollten die Scharfschützen zurecht kommen, die sich überall hinwagen, und ihren Mann aus dem Pulverdampf heraus schießen, wo ihn kein Mensch sehn kann, wenn sie nicht andre Künste könnten als zielen und losdrücken. Da, zum Exempel hast du eine Kugel mit der du sicher treffen sollst, weil sie besondre Tugend hat und allem Hexenwerk widersteht. Versuch' einmal gleich, es wird dir nicht fehlen.

Wilhelm lud sein Gewehr und sah sich nach einem Ziel um. Ein großer Raubvogel schwebte hoch über dem Wald, wie ein beweglicher Punkt. Schieß den Stößer da oben, sagte der Stelzfuß. Wilhelm lachte, denn der Vogel schwebte in einer, kaum dem Aug' erreichbaren Höhe. Ei, so schieß – wiederholte Jener, ich verwette meinen Stelzfuß, er fällt. Wilhelm schoß, der schwarze Punkt senkte sich und ein großer Geyer fiel blutend zu Boden.

Das sollte dich nicht wundern – sagte der Invalid zu dem vor Verwundrung sprachlosen Jäger – wenn du ein rechter Weidmann wärst. Solche Kugeln zu gießen ist noch lange kein Hauptstück in der Kunst und will bloß etwas Geschick und Herzhaftigkeit, weil es in der Nacht geschehn muß. Ich will dir's umsonst lernen, wenn wir wieder zusammen kommen, heute muß ich weiter, denn es schlug eben sieben. Versuch indessen noch ein paar von meinen Kugeln, du siehst mir immer noch aus, wie halb ungläubig. Auf Wiedersehn!

Der Stelzfuß gab bei diesen Worten Wilhelmen eine Hand voll Kugeln und hinkte weiter. Voll Verwunderung versuchte Wilhelm eine zweite von seinen Kugeln, und traf wieder ein fast unerreichbares Ziel; er nahm die gewöhnliche Ladung und fehlte das leichteste. Jetzt wollte er dem Invaliden nach, aber dieser war im Walde nicht mehr zu finden, und Wilhelm mußte sich mit dem versprochenen Wiedersehn trösten.

5.

Im Försterhause war große Freude, als Wilhelm wieder, wie sonst, mit einem Vorrath Wildpret ankam, und den Vater Bertram durch die That überzeugte, daß er noch der vorige brave Schütze sei. Er sollte nun die Ursache erzählen, warum ihn das Unglück bisher so wunderbar verfolgt habe, und was er gethan, um sie zu heben; allein er scheute sich, ohne sich eines bestimmten Grundes bewußt zu werden, von den unfehlbaren Kugeln zu sprechen, und schob die Schuld auf einen Fehler am Gewehr, den er erst in voriger Nacht beim Putzen desselben entdeckt haben wollte. Siehst du, Mutter Anne – sagte nun der Förster lachend – wie ich's gesagt habe: der Weidemann hat im Laufe gesteckt, und dein Kobold, der den Vater Kuno heut früh herunter geworfen hat, steckt in dem verrosteten Nagel.

Was ist das mit dem Kobold? – fragte Wilhelm.

Nichts – erwiderte der Alte – das Bild fällt heut Morgen, wie eben die Uhr sieben schlug, von selbst herunter, und da meint denn Mutter Anne gleich, es spukt. Um Sieben! – wiederholte Wilhelm und der Stelzfuß fiel ihm ein, der um eben diese Stunde von ihm geschieden war.

Freilich ist das keine rechte Zeit zum Spuken – fuhr der Förster fort, und klopfte Mutter Annen freundlich die Backen. Aber diese schüttelte noch bedenklich den Kopf: Gott gebe, daß alles natürlich zugegangen ist, sagte sie bedenklich, und Wilhelm entfärbte sich etwas. Er beschloß seine Kugeln bei Seite zu legen, und nur zu seinem Probeschuß eine zu gebrauchen, um sein Glück nicht durch die Bosheit eines Feindes zu verscherzen. Allein der Förster nöthigte ihn mit sich auf die Jagd, und wollte er nicht von neuem Mißtraun gegen seine Geschicklichkeit erregen und den Alten erzürnen, so mußte er schon einige von seinen Zauberkugeln dran wagen.

6.

In wenig Tagen hatte sich Wilhelm an seine Glückskugeln so gewöhnt, daß er in ihrem Gebrauch nichts bedenkliches mehr ahndete. Er ging täglich durch den Wald in der Hoffnung dem Stelzfuß wieder zu begegnen, denn sein Kugelvorrath hatte sich bis auf zwei vermindert, und wollte er seinen Probeschuß mit Sicherheit bestehn, so war die äußerste Sparsamkeit nöthig. Er schlug sogar dem alten Förster heut seine Begleitung auf die Jagd aus; denn morgen wurde der Landjägermeister erwartet, und es konnte möglich seyn, daß dieser noch außer dem eigentlichen Probeschuß einen Beweis seiner Geschicklichkeit zu sehn verlangte. Allein am Abend kam statt des Jägermeisters ein Bote, der eine starke Wildpretlieferung für den Hof bestellte, und die Ankunft seines Herrn auf acht Tage später ansagte.

Wilhelm glaubte zu Boden sinken zu müssen, und sein Erschrecken hätte Verdacht erregt, wären nicht alle geneigt gewesen, es der getäuschten Hoffnung des Bräutigams zuzuschreiben. Er mußte nun auf die Jagd, und wenigstens Eine seiner Kugeln aufopfern. Von der andern, schwur er, solle ihn nichts trennen, als der entscheidende Schuß am Verlobungstage.

Der Vater schmälte, als Wilhelm mit einem einzigen Hirsch von der Jagd zurückkam, denn die verlangte Lieferung war beträchtlich. Er zürnte am andern Mittag nochmehr, als Rudolf mit reicher Beute, und Wilhelm ganz leer nach Haus kam. Am Abend drohte er ihn fortzuschicken, und die Einwilligung zu seiner Verbindung mit Käthchen zurückzunehmen, wenn er nicht den folgenden Morgen wenigsten noch zwei Rehböcke bringen würde. Käthchen war in der größten Angst, und bat ihn bei aller ihrer Liebe, doch ja allen Fleiß anzuwenden und lieber auf der Jagd gar nicht an sie zu denken.

So ging Wilhelm verzweiflungsvoll in den Wald. Käthchen sah er in jedem Falle für sich verloren, es blieb ihm nichts übrig, als die traurige Wahl, auf welche Art er sein Glück zerstören wollte. Indem er, unfähig zu wählen, sich in Betrachtung seines Schicksals verlor, zeigte sich ihm ganz in der Nähe ein Rudel Rehe. Maschinenmäßig griff er nach seiner letzten Kugel; sie lastete ihm centnerschwer in der Hand. Schon wollte er sie zurückfallen lassen, entschlossen den Schatz zu bewahren, es koste, was es wolle. Da sah er in der Ferne den Stelzfuß auf sich zu kommen; freudig lies er die Kugel in den Lauf rollen, drückte los, und zwei Rehböcke sanken zu Boden. Wilhelm lies sie stürzen und eilte nach dem Invaliden, aber dieser mußte einen andern Weg eingeschlagen seyn; er war nicht zu finden.

7.

Vater Bertram war mit Wilhelm zufrieden, aber dieser ging den ganzen Tag in stiller Verzweiflung umher, und selbst Käthchens Liebkosungen vermochten nicht ihn aufzuheitern.

Auch am Abend saß er noch ganz stumm und bemerkte kaum, daß der Förster mit Rudolfen in ein ziemlich lebhaftes Gespräch gerathen war, bis ihn endlich jener aus seiner Betäubung weckte.

Das darfst du nun so wenig dulden als ich, Wilhelm – rief er dem Träumenden zu – daß jemand unsrem Altvater Kuno solche Dinge nachsagt, wie der Rudolf eben. Haben die Engel damals ihm und dem armen unschuldigen Menschen beigestanden, wie wir von ihrem englischen Schutz im alten Testamente mehr Exempel lesen, so wollen wir Gottes wunderbare Güte preisen, aber Teufelskünste lass' ich meinem Urvater nicht nachsagen. Er starb sanft und selig auf seinem Bette unter Kindern und Enkeln, aber wer Teufelskünste treibt, mit dem nimmt's niemals ein gutes Ende, wie ich selbst angesehn habe, als ich noch bei Prag im Böhmischen lernte.

O, erzählt doch, wie das war, rief Rudolf, und die Andern stimmten bei.

Schlimm genug war es – fuhr der Förster fort – es graut mir noch, wenn ich daran denke. Da war damals in Prag ein junger Mensch, Georg Schmid hieß er, ein verwogener, wilder Bursch, sonst aber brav und flink; der war ein starker Liebhaber von der Jagd, und so oft er konnte, kam er zu uns. Er wär auch ein tüchtiger Jäger geworden, aber er war zu flüchtig und schoß daher oft neben weg. Einmal, wie wir ihn damit aufzogen, vermaß er sich hoch, er wolle bald besser schießen als alle Jäger und es solle ihm kein Wild entgehn, weder in der Luft noch im Gebüsch. Aber er hielt schlecht Wort. Ein paar Tage drauf pocht uns früh ein unbekannter Jäger heraus, und sagt' an, draußen auf der Straße liege ein Mensch halb todt und ohne Hülfe. Wir Bursche machen uns gleich auf und hinaus, da liegt der Georg überall blutig und zerkratzt, als wär er unter wilden Katzen gewesen, sprechen konnte er nicht, denn er war ganz besinnungslos und gab kaum ein Lebenszeichen von sich. Wir trugen ihn gleich ins Haus, und einer meldet' es in Prag, wo er auch bald abgeholt wurde. Da hat er denn vor seinem Ende ausgesagt, daß er mit einem alten Bergjäger habe Freikugeln gießen wollen, die allezeit treffen, und weil er etwas dabei versehn, habe ihn der Teufel so zugerichtet, daß er's mit seinem Leben bezahlen müsse.

Was hatte er denn versehn – fragte Wilhelm bebend – ist denn der Teufel bei solchen Künsten allemal im Spiel?

Wer sonst? - erwiderte der Förster. - Ich weiß wohl, manche schwatzen von verborgenen Naturkräften und vom Einfluß der Sterne; nun, ich will niemand seinen Glauben nehmen, aber ich bleibe dabei, es ist Teufelsspiel.

Wilhelm schöpfte etwas freier Athem. Hat denn der Georg nicht erzählt, was ihn so übel zugerichtet? fragte er den Förster.

Freilich – antwortete dieser – vor Gericht hat er's ausgesagt. Er war gegen Mitternacht mit dem Bergjäger auf einen Kreuzweg gegangen; da hatten sie mit einem blutigen Degen einen Kreis gemacht, und den mit Todtenschädeln und Knochen kreuzweis belegt. Drauf hatte der Bergjäger Schmidten unterrichtet, was er zu thun habe. Er solle nämlich mit dem Schlag eilf Uhr anfangen die Kugeln zu gießen, nicht mehr und nicht weniger als drei und sechzig, eine über oder unter diese Zahl, wenn die Glocke Mitternacht schlüge, so wär er verloren, auch dürfe er während der Arbeit weder ein Wort sprechen, noch aus dem Kreise treten, es geschehe um ihm, was nur immer wolle. Dafür müßten aber auch sechzig von seinen Kugeln unfehlbar treffen, und nicht mehr als drei würden fehlen. Schmid hatte nun wirklich das Gießen angefangen, aber, wie er sagte, so grausame und erschreckliche Erscheinungen gesehen, daß er endlich laut aufgeschrieen und aus dem Kreise gesprungen, worauf er denn bewußtlos zu Boden gefallen, und sich nicht eher besonnen, bis er in Prag unter den Händen der Aerzte, und dem Zuspruch der Geistlichen, wie aus einem Traum erwacht sei.

Gott bewahre jeden Christen vor solchen Schlingen des Satans – sagte die Försterin und bekreuzte sich.

Der Georg hatte also wohl ordentlich ein Pakt mit dem Satan gemacht? – fragte Rudolf weiter.

Das will ich nicht grade behaupten – versetzte der Förster – denn es heißt: richtet nicht. Aber das bleibt doch immer ein schwerer Frevel, wenn der Mensch sich in Dinge einläßt, wo der Böse leicht an ihn kommen, und ihm an Leib und Seele verderblich werden kann. Der Feind kommt wohl von selbst, ohne daß der Mensch ihn ruft, oder ein Pakt mit ihm schließt. Ein frommer Jäger braucht das auch nicht, du hast es nur erst erprobt, Wilhelm, gut Gewehr und gute Wissenschaft, da braucht der Jäger keine Freikugel, und trifft doch wohin er soll. Ich möcht' auch um keinen Preis eine solche Kugel abschießen, denn der Feind ist ein arger Schalk, und könnte mir einmal die Kugel nach seinem Ziel führen, statt nach dem meinen.

8.

Der Förster ging schlafen und ließ Wilhelmen in der peinlichsten Unruhe, warf sich vergebens auf sein Lager, der Schlaf floh seine Augen. Der Stelzfuß, Georg, Käthchen, der fürstliche Kommissar, der den Probeschuß verlangte, schwebten abwechselnd seinen Augen vor, und eine fieberhafte Phantasie verwirrte ihre Gestalten zu furchtbaren Gruppen. Bald drohte ihm der unglückliche Geisterbeschwörer warnend als ein blutiges Schreckbild, bald verwandelte sich seine drohende Miene in Käthchens hinsterbendes, todtenbleiches Gesicht; und der Stelzfuß stand mit höllischem Hohngelächter daneben. Bald stand er selbst, zum Probeschuß fertig, vor dem fürstlichen Kommissar, er zielte, schoß und – fehlte. Käthchen sank in Ohnmacht, der Vater verstieß ihn, da kam der Stelzfuß und brachte ihm neue Kugeln – zu spät, kein zweiter Schuß war ihm verstattet.

So verstrich ihm die Nacht. Mit dem frühesten Morgen ging er in den Wald, und nicht ganz absichtlos nach der Stelle, wo der Invalid ihm begegnet war. Die frische, klare Morgenluft hatte die düstern Bilder der Nacht in ihm verweht. Thor sprach er zu sich selbst, weil du das Geheimnißvolle nicht begreifst, muß es darum ein feindliches Geheimniß seyn? Und ist es so unnatürlich, was ich suche, daß Geisterhülfe dazu nöthig wär? Der Mensch bändigt den mächtigen Trieb des Thieres, daß es nach des Herrn Willen sich bewegt, warum sollt' er nicht durch natürliche Kunst den Lauf des todten Metalls lenken können, das erst durch ihn Bewegung und Kraft erhält? Die Natur ist so reich an Wirkungen, die wir nicht begreifen, sollt' ich mein Glück um eines Vorurtheils willen verscherzen? Geister werd' ich nicht rufen, aber die Natur und ihre verborgenen Kräfte will ich auffordern und gebrauchen, auch wenn ich ihre Geheimnisse zu entziffern nicht vermögend bin. Ja, ich suche den alten Stelzfuß auf, und find' ich ihn nicht, – nun ich werde beherzter seyn, als jener Georg, ihn stachelte Uebermuth, mich ruft Lieb' und Ehre.

Allein der Stelzfuß war nicht zu finden, so angelegentlich auch Wilhelm suchte. Niemand von allen, die er fragte, wollte einen Menschen, wie er ihn beschrieb, gesehn haben.

Der folgende Tag verging unter eben so fruchtlosen Nachforschungen.

So sei es denn! – beschloß Wilhelm – die Tage sind mir zugezählt. In dieser Nacht noch geh' ich auf den Kreuzweg im Walde. Dort ist es einsam, niemand sieht meine nächtliche Arbeit und den Kreis verlasse ich nicht, bis mein Werk vollendet ist.

9.

Der Abend dämmerte, und Wilhelm hatte sich mit Blei, Kugelform, Kohlen und allem Nöthigen versehen, um nach dem Abendessen unvermerkt das Haus verlassen zu können. Er wollte sich eben entfernen und wünschte dem alten Förster eine ruhige Nacht, als dieser seine Hand faßte.

Wilhelm – sprach er – ich weiß nicht, wie mir so sonderbar zu Muth ist, ich fühle mich beklommen, daß ich mich vor dieser Nacht fürchte, wer weiß, was mir bevorsteht. Willst du mir einen Gefallen thun, so bleib diese Nacht bei mir, du mußt dir darum nicht bange seyn lassen, es ist nur für mögliche Fälle.

Käthchen erbot sich sogleich, bei ihrem Vater zu wachen, und wollte seine Pflege niemand anders, selbst ihrem Wilhelm nicht anvertrauen, aber Vater Bertram wies sie zurück. Ein andermal kannst du bleiben – sagt' er – heut' ist mir's als wär ich ruhiger, wenn ich den Wilhelm bei mir habe.

Wilhelm hätte gern Einwendungen gemacht, aber Käthchen empfahl ihm die Pflege ihres Vaters so dringend und mit so unwiderstehlichen Bitten, daß er gern blieb und seinen Vorsatz bis zur folgenden Nacht aufschob.

Nach Mitternacht ward Vater Bertram ruhig und schlief fest, so daß er am Morgen selbst über seine Angst lächelte. Er wollte mit Wilhelm in den Wald, allein dieser hoffte auf den unsichtbar gewordnen Unbekannten, und hielt den Förster mit scheinbarer Besorgniß um seine Gesundheit ab. Der Invalid zeigte sich nicht und Wilhelm beschloß zum zweitenmal den Gang auf den Kreuzweg.

Als er am Abend von der Jagd zurückkam, sprang ihm Käthchen freudig entgegen. Rath' einmal, Wilhelm – rief sie – wen du bei uns findest. Du hast Besuch bekommen, recht lieben Besuch; aber ich sag' es dir nicht, du mußt rathen.

Wilhelm war nicht aufgelegt zum rathen und noch weniger Besuch zu sehn, denn der liebste war ihm heut ein unwillkommner Störer. Er wies Käthchen's Freude mit Unmuth zurück, und sann auf einen Vorwand umzukehren, da öffnete sich die Thür des Hauses und der Mond beleuchtete einen ehrwürdigen Greis in Jägerkleidung, der heraustretend die Arme gegen Wilhelm ausbreitete.

Wilhelm rief ihm eine bekannte freundliche Stimme zu, und Wilhelm fühlte sich von den Armen seines Oheims umfangen.

Die ganze Zaubergewalt schöner Erinnerungen von kindlicher Liebe, Freude und Dankbarkeit drang mächtig auf Wilhelm ein, und vergessen war das nächtliche Vorhaben, als mitten im frohen Gespräch die Mitternachtsstunde schlug und Wilhelmen schauerlich an das Versäumte erinnerte.

Noch Eine Nacht nur ist mir übrig – dacht' er – morgen oder nie! – Die heftige Bewegung in seinem Innern entging selbst dem Greise nicht, aber gutmüthig suchte er den Grund in Wilhelms Ermüdung, und entschuldigte sich des langen Gesprächs wegen mit seiner Abreise, die er nicht länger als bis morgen früh verschieben könne. Laß dich das Stündchen heut nicht reuen – sagte er beim Auseinandergehn zu Wilhelm – du schläfst vielleicht nun um so sanfter.

Für Wilhelm hatten diese Worte einen tieferen Sinn. Er ahndete dunkel, daß die Ausführung seines Vorhabens die Ruhe des Schlafe von ihm scheuchen könnte.

10.

Der dritte Abend kam. Was gethan werden sollte, mußte heut geschehn, denn auf morgen war die Probe angesetzt. Den ganzen Tag hatte Mutter Anne mit Käthchen im Hause herumgeschäftert, um den vornehmen Gast anständig zu empfangen. Am Abend war alles auf das Beste geschmückt. Mutter Anne umarmte Wilhelmen, als er von der Jagd zurückkehrte, und begrüßte ihn zum erstenmale mit dem liebevollen Sohnesnamen. In Käthchens Augen glühte die zarte Sehnsucht einer jungen liebeglühenden Braut. Der Tisch war festlich mit deutungsvollen Blumen geschmückt, und reicher als sonst mit Wilhelms Lieblingsspeisen von der Mutter, und mit lange gesparten Flaschen von dem Vater besetzt. Heute ist unser Fest; sagte der alte Förster, indem er in seinem Bräutigamsschlafrock hereintrat, morgen sind wir nicht allein und können nicht so traulich und herzlich bei einander sitzen, drum laßt uns froh seyn, als wollten wir heute für das ganze Leben uns freuen.

Er umarmte Alle, und war bewegt, daß ihm die Stimme versagte. Nun, Väterchen – sagte die Försterin mit bedeutendem Lächeln – ich denke doch, die jungen Leute werden morgen noch froher seyn, wie heute, verstehst du mich?

Ich versteh dich wohl, Mutter – erwiderte der Förster – mögen's denn die Kinder auch verstehn, und sich voraus freuen. Kinder, der Pfarrer ist auf morgen mit eingeladen, und wenn der Wilhelm gut geschossen hat ...

Ein Geprassel und ein lauter Schrei von Käthchen unterbrach hier den Förster. Kuno's Bild fiel wieder von der Wand und die Ecke des Rahmens verwundete Käthchen an der

Stirn. Der Nagel schien zu locker in der Wand gestanden zu haben, denn er fiel mit der Kalkbekleidung nach.

Ich weiß auch nicht – sagte der Förster verdrüßlich – warum das Bild nicht ordentlich aufgehängt wird, das ist nun das zweitemal, daß es uns erschreckt. Hast du Schmerz, Käthchen?

Es ist unbedeutend – versetzte sie freundlich und wischte das Blut aus den Locken – ich bin nur sehr erschrocken.

Wilhelm war fürchterlich bewegt, als er Käthchens todtenbleiches Gesicht und das Blut an ihrer Stirn sah. So hatte sie seine Phantasie in jener entsetzlichen Nacht ihm gezeigt, und alle diese Bilder wurden jetzt aufgeregt und folterten ihn von neuem. Sein Vorsatz diese Nacht das zweideutige Werk zu beginnen, war heftig erschüttert, aber der Wein, den er, um seine innre Qual zu verbergen, schneller und häufiger als gewöhnlich trank, erfüllte ihn mit einem wilden Muth, er beschloß von neuen, kühn das Wagstück zu unternehmen, und sah in seinem Vorhaben nichts als den schönen Kampf der Liebe und des Muthes mit der Gefahr.

Die Glocke schlug jetzt Neun. Wilhelmen pochte das Herz gewaltig. Er suchte einen Vorwand sich zu entfernen; vergebens, wie konnte der Bräutigam am Hochzeitvorabend die Braut verlassen? Die Zeit flog ihm pfeilschnell vorüber, er litt namenlose Qualen in den Armen der belohnenden Liebe. Zehn Uhr war nun vorüber, der entscheidende Augenblick war gekommen. Ohne Abschied schlich Wilhelm sich von der Seite der Braut; schon war er mit seinen Werkzeugen vor dem Hause, da kam die Mutter ihm nach. Wohin, Wilhelm? fragte sie ängstlich. Ich habe ein Wild angeschossen, und es im Taumel vergessen, war die Antwort. Vergebens bat sie, vergebens schmeichelte ihm Käthchen, die in seiner verstörten Eile etwas ahndete, was ihr unerklärlich schien. Wilhelm drängte beide zurück und eilte in den Wald.

11.

Der Mond war im Abnehmen und stieg dunkelroth am Horizont herauf. Graue Wolken flogen vorüber und verdunkelten zuweilen die Gegend, die bald darauf sich wieder plötzlich vom Mondstrahl aufhellte. Die Birken und Aspen standen wie Gespenster im Wald und die Silberpappel schien Wilhelmen wie eine weiße Schattengestalt zurück zu winken. Er schauderte und die wunderähnliche Störung seines Vorhabens in den letztvergangenen Nächten, das bedeutende, wiederholte Fallen des Bildes schien ihm die letzte Abmahnung seines weichenden Schutzgeistes von einer bösen That zu seyn.

Noch einmal schwankt' er im Vorsatz. Schon wollt' er umkehren, da war es, als flüsterte ihm eine Stimme zu: Thor! hast du nicht schon den Zauber gebraucht, scheuest du nur die Mühe des Erwerbs? – Er stand, der Mond trat glänzend aus der dunklen Wolke und beleuchtete das friedliche Dach der Försterwohnung. Wilhelm sah Käthchens Fenster im Silberglanz flimmern, er breitete seine Arme aus und schritt bewußtlos nach der Heimath zurück; da flüsterte die Stimme von neuem, ein heftiger Windstoß brachte den Schlag des zweiten Stundenviertels. Fort, zur That! rief es um ihn: Zur That, wiederholte er laut, feig ist es und kindisch auf halbem Wege umzukehren, thöricht das Große aufzugeben, wenn man um kleineres schon vielleicht – sein Heil gewagt hat. Ich will vollenden.

Er schritt mit großen Schritten vorwärts, der Wind jagte die zerrissenen Wolken wieder vor den Mond, und Wilhelm trat in die dichte Finsternis des Waldes.

Jetzt stand er auf dem Kreuzweg. Der Zauberkreis war gezogen, die Schädel und Todtenbeine rings umher gelegt. Der Mond hüllte sich immer dichter in das Gewölk, und ließ die düstern Kohlen, von abwechselnden Windstößen aufgeblasen, allein die nächtliche That mit einem trüben röthlichen Scheine beleuchten. In der Ferne schlug eine Thurmuhr das dritte Stundenviertel an; Wilhelm legte die Gießkelle auf die Kohlen, und warf das Blei hinein, nebst drei Kugeln, die schon früher einmal getroffen hatten, denn von diesem Gebrauch der Freischützen erinnerte er sich in seiner Lehrzeit gehört zu haben. Im Walde fing es nun an sich zu regen. Zuweilen flatterten Eulen, Fledermäuse, und andres lichtscheues Nachtgeflügel vom Schein geblendet, auf. Sie fielen von ihren Zweigen und setzten sich um den Zauberkreis, wo sie dumpf krächzend mit den Todtenschädeln unverständliche Gespräche zu halten schienen. Ihre Zahl vermehrte sich, und unter ihnen huschten neblichte Gestalten, wie Wolken hin, bald thierähnlich, bald menschlicher gebildet. Der Windstoß spielte mit ihren trüben Dunstkörpern, wie mit abendlichem Thaugewölk, nur Eine stand schattenähnlich, aber unverändert unfern dem Kreis und blickte starr und wehmüthig auf Wilhelm. Zuweilen hob sie die blassen Hände klagend empor, und schien zu seufzen. Die Kohlen brannten düstrer, wenn sie die Hände erhob, aber eine graue Eule schwang die Flügel und fachte die verlöschenden an. Wilhelm wandte sich ab, denn das Angesicht seiner todten Mutter schien aus der düstern Gestalt mit klagender Wehmuth ihn anzublicken.

Da schlug die Glocke Eilf. Die weisse Gestalt verschwand seufzend. Die Eulen und Nachtraben flatterten krächzend auf, die Schädel und Todtenbeine rasselten unter ihren Flügeln. Wilhelm kniete an seinem Kohlenheerd, er goß, und mit dem letzten Glockenschlag fiel die erste Kugel aus der Form.

12.

Die Eulen und Todtenbeine ruhten. Aber auf dem Wege kam ein altes, gebücktes Mütterchen auf den Zauberkreis los. Sie war ringsum mit hölzernen Löffeln, Rührkellen und anderm Küchengeräth behangen, und machte ein fürchterliches Geklapper, die Eulen krächzten ihr entgegen und streichelten sie mit ihren Flügeln. Am Kreise bückte sie sich nach den Knochen und Schädeln, aber die Kohlen sprühten nach ihr und sie zog die dürren Hände zurück. Da ging sie um den Kreis und hielt Wilhelmen grinsend ihre Waare entgegen. Gieb mir die Knöchelchen – gurgelte sie ihm zu – ich geb dir ein Löffelchen, gieb mir die Schädel, was soll dir der Bettel? Kann dir nichts frommen, wirst nicht entkommen, mußt mit, zum Hochzeitreihn, lieb Bräutgam mein.

Wilhelm schauderte, doch blieb er still und eilte mit seiner Arbeit. Das alte Weib war ihm nicht unbekannt. Eine wahnsinnige Bettlerin war sonst öfters in diesem Aufzuge in der Nachbarschaft umhergegangen, bis sie endlich im Irrenhause eine Versorgung gefunden hatte. Er wußte nicht, war es Wirklichkeit oder ein Trugbild, was sich ihm darstellte. Nach einer Weile warf die Alte zornig ihren Vorrath ab, und mit den Worten: Nimm das zur Polternacht, das Brautbett ist gemacht, morgen, wenn Abend graut, bist du mir angetraut, komm bald, feins Liebchen! trippelte sie langsam in den Wald.

Plötzlich rasselte es, wie Räder und Peitschengeknall. Ein Wagen kam mit einem Sechsgespann und Vorreitern. Was soll das hier auf der Straße? rief der vorderste; Platz da! Wilhelm blickte auf, dem Hufschlag der Pferde entsprangen Funken, und um die Wagenräder leuchtete es wie phosphorischer Schein. Wilhelm ahndete ein Zauberwerk und blieb ruhig. Hinan, hinan, hinüber, darüber, im tollen Lauf hinan, hinauf! rief der Vorreiter zurück, und im Augenblick stürmte die ganze Schaar auf den Kreis los. Wilhelm stürzte zu Boden, als die Pferde hoch über seinem Kopf bäumten, aber die lustige Reiterei sauste mit dem Wagen in die Luft, drehte sich einigemal über den Zauberkreis und verschwand in einem Sturm, der die Wipfel zerriß und die Zweige weit umher streute.

Es verging einige Zeit, eh sich Wilhelm vom Schreck erholte. Er zwang seine zitternden Hände fest zu halten und goß ungestört einige Kugeln. Da schlug die ferne, ihm wohlbekannte Thurmglocke. Tröstend, wie eine freundliche Stimme schallte ihm der Klang aus der Menschenwelt in den furchtbaren abgesonderten Kreis herüber, aber die Glocke schlug zweimal, dreimal. Er schauderte über den blitzschnellen Verlauf der Zeit, denn noch war nicht der dritte Theil seiner Arbeit vollendet – Sie schlug zum viertenmal. Wilhelms Kraft war vernichtet, jedes Glied schien gelähmt und die Gießform entsank seiner bebenden Hand. Er horchte mit verzweifelnder Resignation auf den Schlag der vollen Stunde, der Klang säumte, zögerte, blieb aus. Ein Spiel mit dem Schall der ernsten Mitternachtstunde schien selbst den furchtbaren Mächten der Tiefe zu gewagt. Voll froher Ahnung ergriff Wilhelm seine Uhr, sie zeigte das zweite Viertel der Stunde. Er blickte dankbar zum Himmel, und eine fromme Empfindung mäßigte seinen Jubel, der gegen die Gesetze der dunkeln Welt eben in einem lauten Ausruf sich Luft machen wollte.

Gefahr und gestärkt gegen neue Täuschung ging er muthig wieder an sein Werk. Tiefe Stille war rings um ihn, nur die Eulen schnarchten und stießen zu Zeiten die Schädel gegen die Todtenknochen. Auf einmal knisterten die Büsche. Der Ton war dem kundigen Jäger nicht fremd, er blickte hin, und, wie er vermuthete, eine wilde Bache brach durch das Gebüsch und rannte auf den Kreis los. Wilhelm ahndete hier keine Täuschung, er sprang auf, faßte sein Gewehr und drückte es schnell auf das wilde Thier los, aber kein Funken sprang aus dem Stein, er zog den Hirschfänger, aber das borstige Unthier fuhr, wie zuvor Wagen und Pferde, über ihn in die Luft und verschwand.

13.

Der geängstete Wilhelm eilte, die verlorne Zeit einzubringen. Sechzig Kugeln waren gegossen, er blickte froh empor, die Wolken öffneten sich und der Mond warf seine hellen Strahlen wieder auf die Gegend. Da rief eine ängstliche Stimme im Walde: Wilhelm! Wilhelm! es war Käthchens Stimme. Wilhelm sah sie aus dem Gebüsch treten und furchtsam umherblicken. Hinter ihr keuchte das alte Weib und streckte die dürren Arme spinnenartig nach der Fliehenden, deren flatterndes Gewand sie zu erhaschen suchte. Käthchen sammelte die letzten ermattenden Kräfte zur Flucht, da trat ihr der Stelzfuß in den Weg, sie stockte einen Augenblick im Lauf, und jetzt faßte sie die Alte mit den entfleischten Knochenhänden. Wilhelm hielt sich nicht länger, er warf die Form mit der letzten Kugel aus der Hand, und eben wollt' er den Zauberkreis überspringen, da schlug die Glocke Mitternacht, das Zauberbild war verschwunden, die Eulen warfen flatternd Knochen und Schädel unter einander und flogen davon, die Kohlen verloschen, und Wilhelm sank erschöpft zu Boden.

Jetzt kam auf schwarzem Roß langsam ein Reiter heran. Er hielt vor dem zerstörten Zauberkreise. Du hast deine Probe gut bestanden, sprach er, was begehrst du von mir?

Nichts von dir – antwortete Wilhelm – was ich brauche, hab' ich mir selbst bereitet.

Mit meiner Hülfe – fuhr der Fremde fort – darum gehört mir mein Theil.

Mit nichten – rief Wilhelm – ich habe dich weder gedungen noch dir gerufen.

Der Reiter lächelte höhnisch. Du bist kühner – sprach er – als deines gleichen sonst zu seyn pflegen. Nimm die Kugeln, die du bereitet hast. Sechzig für dich, drey für mich; jene treffen, diese äffen, auf Wiedersehn, dann wirst du's verstehn.

Wilhelm wandte sich ab. Ich will dich nicht wiedersehn – rief er – verlaß mich!

Warum wendest du dich von mir? – fragte der Fremde mit furchtbarem Lächeln – kennst du mich?

Nein, nein! – schrie Wilhelm schaudernd – ich will dich nicht kennen, ich weiß nichts von dir! Wer du seyn magst, verlaß mich!

Der schwarze Reiter wendete sein Roß. Dein aufsteigendes Haupthaar – sagte er mit dumpfem Ernst – gesteht, daß du mich kennst. Ich bin der, den mit Schauder im Geist du sträubend nennst.

Mit diesen Worten verschwand er, und die Bäume, unter welchen er gehalten hatte, senkten verdorrte Aeste zum Boden.

14.

Barmherziger Gott, Wilhelm, was ist dir geschehen? riefen Käthchen und Mutter Anne, als Wilhelm nach Mitternacht bleich und verstört nach Haus kam – du siehst, wie aus dem Grabe gestiegen.

Es ist von der Nachtluft – antwortete Wilhelm – mir ist in der That etwas fieberhaft.

Wilhelm – sagte der Förster, der eben hinzu trat – dir ist etwas im Walde begegnet. Warum ließest du dich nicht halten? Mir machst du keinen blauen Dunst.

Wilhelm war über den Ernst des Vaters betroffen. Nun ja – erwiderte er – mir ist wirklich etwas begegnet. Aber geduldet euch neun Tage. Früher, wißt ihr selbst...

Gern, lieber Sohn, gern! – fiel der Alte ein – Gottlob, wenn es etwas ist, was neun Tage geheim bleiben muß. Laß ihn ruhig, Mutter, stör' ihn nicht, Käthchen! Ich hatte beinah dir Unrecht gethan, guter Wilhelm! Nun geh', erhole dich, die Nacht, sagt das Sprichwort, ist keines Menschen Freund, aber fasse nur Muth, wer in seinem Beruf ist und auf guten Wegen geht, dem schadet auch der Nachtspuk nicht.

Wilhelm hatte alle Verstellungskunst nöthig, um nicht zu verrathen, wie sehr des Alten Ahnung mit der Wahrheit übereinkam. Die schonende Liebe des Vaters, sein unerschüttertes Vertraun, wo Alles auf schwere Verschuldung deutete, zerriß sein Herz.

Er eilte auf sein Zimmer, entschlossen das Zauberwerk zu vernichten. Nur Eine Kugel – nur Eine will ich brauchen – rief er weinend mit gefalteten Händen zum Himmel – O die Absicht darf doch einmal das zweideutige Mittel entsündigen. Mit tausend Büßungen will ich's ja gern versöhnen, wenn etwas sündiges an meiner That ist! Kann ich denn jetzt noch zurück, ohne mein ganzes Glück, meine Ehre, meine Liebe zu zerstören?

Sein Vorsatz stillte die Unruh in seiner Brust, und er sah am Morgen der Sonne ruhiger entgegen, als er gehofft hatte.

15.

Der fürstliche Kommissarius kam, und verlangte vor der ernsthaften Probe eine kleine Jagdparthie mit dem jungen Förster zu machen. Denn – sagte er – es ist ganz gut, daß wir die alte Solennität beibehalten, aber die Kunst des Jägers zeigt sich draußen im Wald am besten. Frisch auf, Herr Expektant, in den Wald!

Wilhelm erblaßte und wollte Entschuldigungen vorbringen, und als diese bei dem Landjägermeister nichts fruchteten, bat er, seinen Probeschuß wenigstens zuvor thun zu dürfen. Der alte Förster schüttelte bedenklich den Kopf. Wilhelm, Wilhelm, – sagte er, mit bebender, tiefer Stimme – hätte ich gestern doch richtig geahndet?

Vater! – rief dieser, und Verzweiflung erstickte seine Stimme. Er entfernte sich schnell, und in wenig Augenblicken war er zur Jagd fertig bei dem Vater und folgte dem Jägermeister in den Wald.

Der alte Förster suchte seine Ahndungen zu unterdrücken, doch bemühte er sich vergebens um eine frohe Miene. Auch Käthchen war niedergeschlagen, und ging, wie träumend im Haus umher. Sie fragte den Vater, ob es nicht möglich sei, die Probe aufzuschieben? Ich wollt' es auch, sagte dieser, und umarmte sie schweigend.

Jetzt kam der Pfarrer glückwünschend, und erinnerte die Braut an den Kranz. Mutter Anne hatte ihn verschlossen, und in der Eil' beschädigte sie aufschließend das Schloß. Ein Kind wurde geschwind zu einer Kranzhändlerin geschickt, um einen andern Kranz für die Braut zu holen. Laß dir den schönsten geben, rief Mutter Anne dem Kinde nach, aber dieses griff in der Unwissenheit nach dem glänzenden, und die mißverstehende Verkäuferin gab ihm einen Todtenkranz für eine Braut, von Myrte und Rosmarin mit Silber durchwunden. Mutter und Braut erkannten das Deutungsvolle des Zufalls; jede schauderte, und beide suchten, sich umarmend, ihr Grauen in ein Lächeln über den Mißgriff des Kindes umzuwandeln. Das Schloß wurde noch einmal versucht, es öffnete sich leicht, die Kränze wurden gewechselt, und der Brautkranz in Käthchens Locken gewunden.

16.

Die Jäger kamen zurück. Der Kommissar war unerschöpflich in Wilhelms Lobe. Es dünkt mich fast lächerlich – sprach er – nach solchen Proben noch einen Probeschuß zu verlangen. Doch, dem alten Recht zu Ehren, müssen wir schon einmal etwas unnöthiges thun, und so wollen wir denn die Sache so kurz als möglich abthun. Dort auf dem Pfeiler sitzt eine Taube, schießen Sie die herunter.

Um Gottes willen – schrie Käthchen herzueilend – Wilhelm, schieß nicht danach. Ach mich träumte diese Nacht, ich war eine weisse Taube, und die Mutter band mir einen Ring um den Hals, da kamst du, und die Mutter ward voll Blut.

Wilhelm zog das schon angelegte Gewehr zurück, aber der Jägermeister lächelte. Ei, ei! – sagte er – so furchtsam? Das schickt sich nicht für ein Jägermädchen. Muth, Muth, Bräutchen! oder ist das Täubchen vielleicht ihr Favoritchen?

Nein – erwiderte sie – mir ist nur so bang.

Nun dann – rief der Kommissar – Courage, Herr Förster, schießen Sie!

Der Schuß fiel, und in demselben Augenblick stürzte Käthchen mit einem lauten Schrei zu Boden. Wunderliches Mädchen! – rief der Landjägermeister – und hob Käthchen auf, aber ein Strom Blut quoll über ihr Gesicht, die Stirn war ihr zerschmettert, eine Büchsenkugel lag in der Wunde.

Was ist? – rief Wilhelm – als lautes Geschrei hinter ihm ertönte. Beim Zurückblicken sah er Käthchen todtenbleich in ihrem Blut. Neben ihr stand der Stelzfuß und mit höllischem Hohnlachen grinsete er: Sechzig treffen, drei äffen. Wilhelm riß wüthend seinen Hirschfänger aus der Scheide, und hieb nach dem Verhaßten. Verfluchter – schrie er verzweifelnd – so hast du mich getäuscht? Mehr konnte er nicht sprechen, denn er sank besinnungslos neben der blutenden Braut zu Boden. Der Kommissar und der Pfarrer suchten vergebens den verwaisten Aeltern Trost zuzusprechen. Mutter Anne hatte kaum der bräutlichen Leiche den prophetischen Todtenkranz auf die Brust gelegt, als sie den tiefen Schmerz in der letzten Thräne ausweinte. Der einsame Vater folgte ihr bald. Wilhelm beschloß sein Leben im Irrenhause.

* * *

Das Ideal.

Lange, lange vor der allgemeinen Sündflut gab es einen Prinzen, dem der Hof von Kindesbeinen an vorsagte, daß er in der Folge ganz scharmant regieren würde, und der sich das gerne gesagt seyn ließ.

König Huldibert, sein Vater, hatte aber auch die berühmtesten Professoren der berühmtesten Universitäten in der ganzen Welt zu seiner Bildung zusammen holen lassen, so daß Prinz Heckerling Gelegenheit gehabt hatte, sich über ihre entgegengesetzten Ideen, Begriffe, Systeme, Meinungen und sonnenklaren Beweise todt zu lachen, wenn er seiner künftigen Bestimmung nicht besser eingedenk gewesen wäre. Schon im zwölften Jahre war er ein Weltwunder, und nun mußten die schönen Künste herhalten. Da währte es denn gar nicht lange, so tanzte er wie der damalige Vestris, komponirte besser als der damalige Haydn, und was Poesie betrifft, so hätte der damalige Göthe bei ihm in die Schule gehen können. Weil er obendrein ein Ausbund von Schönheit war, und das Reich, dessen Erbschaft ihm bevorstand, an Glanz und Größe alle Reiche umher weit übertraf, so müßte ja die Liebe noch viel blinder als gewöhnlich gewesen seyn, wenn sie nicht auf ihn Jagd gemacht hätte. Alle benachbarten Prinzessinnen aber hatten keine Ruhe und ließen ihren Vätern keine Ruhe. Immer wollten sie den schönen Prinzen im Auge haben, und es hätte Noth gethan, daß die guten Väter ihren Thron an den Meistbietenden verkauft und an Huldiberts Hofe privatisirt hätten.

Aber die benachbarten Prinzessinnen alle miteinander waren dem König Huldibert nicht berühmt und vornehm genug für seinen Sohn. Wenigstens nahm man bei der Verheirathung des Prinzen Heckerling auf keine einzige von ihnen Rücksicht. Niemand schien dem Stolze des königlichen Paares zur Schwiegertochter tauglich, als die Thronerbin eines viele hunderttausend Meilen weit entlegenen ungeheuern Reiches, deren Schönheit der Ruf von Stadt zu Stadt, von Land zu Land, bis in König Huldiberts Schloß ausposaunt hatte.

König und Königin entdeckten dem Prinzen, daß es zu einer würdigen Vermählung allmählig Zeit werde, und auf wen ihre Wahl gefallen sei. Wenn nun auch der Prinz des festen Glaubens lebte, daß die Natur ganz expreß für ihn ein Ideal habe aufwachsen lassen, so ward er's doch überdrüssig darauf zu warten, und ließ sich's nach und nach übel und böse gefallen, daß eine Gesandtschaft an den Hof des Königs Isegrimm geschickt wurde, welche dessen Tochter, die bezaubernde Isola, für ihn zur Gemahlin abholen sollte.

Man hatte schon ein entsetzlich großes Gesandtschaftspersonal ernannt und equipirt, als der Hofnarr die naseweise Frage aufwarf, in wie langer Zeit man denn wohl die Reise von vielen hunderttausend Meilen zweimal machen wolle? Das war bis dahin keinem Menschen eingefallen. Ehe die schwerfällige Gesandtschaft nur beim König Isegrimm anlangte, konnte die Prinzessin Isola längst verheirathet oder gar verstorben seyn, und im Fall sie ja noch ledig und lebendig gefunden wurde, so kam sie doch gewiß durch die Jahre schon unscheinbar gemacht und nicht eher an König Huldiberts Hofe an, als bis der König und seine Gemahlin längst zu ihren Vätern und Müttern versammelt waren. Denn der Ruf, der Isola's Schönheit hergebracht hatte, hätte viel Flügel haben müssen, um sie dem ansehnlichen Zuge zu borgen, und an Jakob Degen und seine Flugmaschinen war damals noch mit keinem Athem gedacht worden.

Diese Frage zerbrach mit Einem Male dem Könige und seinem Staatsrathe die Köpfe, und ein allgemeines Achselzucken war der Erfolg nach mancher qualvollen Nachtwache. Um jedoch wenigstens etwas in der Sache zu thun, wurde eine Preisaufgabe daraus gemacht, wer den Gesandten und seinen Sekretär in Zeit von wenigen Wochen zum König Isegrimm hin-, und nach glücklich beendigtem Auftrage, wenigstens die Prinzessin und den Gesandten, wieder zurück schaffen würde. Je unmöglicher die Sache schien, desto höher konnte der Preis gesetzt werden, und wirklich versprach König Huldibert dem glücklichen Spediteur seine reitzende Tochter, die Prinzessin Floribella, zur Gemahlin.

An allen Straßenecken und in allen Zeitungen war Floribella auf diese Weise ausgeboten worden, auch hatte man bereits einige unbefugte Schriftsteller, die sich über die Wohlfeilheit einer dergleichen Preisaufgabe vorlaut genug ausgelassen, bei den Ohren genommen, als ein Mann, der unter der vorigen Regierung des Landes verwiesen worden war, und an den keine Seele mehr gedacht hatte, mit dem Versprechen, des Königs Willen auszuführen, um sichres Geleit ansuchte.

Der Grund zu des Mannes damaliger Landesverweisung lag in ein Paar Siebenmeilenstiefeln und zwei außerordentlich hervorstehenden Höckern, womit seine Brust und sein Rücken versehen war. Mittelst der Stiefeln betrieb er nämlich nicht nur das Botenlaufen außerordentlich gut, sondern er machte sich obendrein zur lebendigen Postkalesche, indem er seine beiden Höcker also zu satteln verstand, daß vorn und hinten ein Passagier darauf reiten konnte.

So schlecht nun auch die Reisemaschine aussah, so gewährte sie doch jedem Reisenden, der bald an Ort und Stelle seyn wollte, den unläugbarsten Vortheil, daher denn der

Mann, welcher nur unter dem Namen Höckerlein bekannt war, so viel Kunden hatte, daß um alle zu fördern, hundert Höcker mehr kaum hingereicht haben würden.

Was aber das gesammte Publikum dabei gewann, das verloren einzelne Innungen und Gewerbe. So litten z. B. die Roßkämme, Wagner, Landkutscher und Schmiede gewaltig darunter, und den Schuhmachern kam ihre Einbuße auch nicht zu gute, denn Höckerleins Siebenmeilenstiefel waren so vortrefflich zusammengezaubert, daß sie niemals besohlt oder ausgebessert werden durften. Nicht minder war Höckerlein Schneidern und Sattlern ein Dorn im Auge, weil er Kleider und Sattel durch ungünstige Gesellen machen ließ, die darauf besser als die günstigen Leute eingerichtet waren. Die Gastwirthe murrten laut, daß wegen des so üblich gewordenen Riesenschritts kein Mensch mehr bei ihnen einkehre. Die Weiber wollten nicht mehr schwanger werden, so lange Höckerlein im Lande herumginge. Sie fürchteten nämlich, daß wenn sie sich ja nicht an seinen Höckern versähen, dieß doch gewiß an seiner Nase einmal geschehen würde, die in der That so unförmlich war, daß es garnicht aussah, als ob er jemand einen ordentlichen Kuß zu geben vermöchte. Das Murren von einer Menge Gewerbe dauerte eine geraume Zeit fort, als endlich Zollbediente und Postmeister eine Beschwerde einreichten, die Hände und Füße hatte. Da nun Post- und Miethpferde mit ihren Gründen für Höckerlein kein Gehör fanden, so wurde der Mann durch Urtel und Recht des Landes auf ewig verwiesen.

König Huldibert schwankte einen Augenblick, ob er Höckerleins jetziges Erbieten annehmen sollte. Einer solchen Mißgeburt konnte er doch unmöglich seine schöne, sechzehnjährige Prinzessin geben! In der Hoffnung jedoch, daß der Mann, der ohnedieß inzwischen alt geworden seyn mußte, solche ungereimte Dinge nicht prätendiren, sondern mit Reichthümern und Titeln leicht abzufinden seyn würde, ließ der König den Geleitsbrief ausfertigen und abgehen.

Prinzessin Floribella fiel in Ohnmacht, als sich Höckerlein auf dem Schlosse einstellte, der König aber redete ihn folgender Maßen an: Mein lieber Höckerlein, ich denke mich eurer in der bewußten, wichtigen Sache zu bedienen, und verspreche euch, wenn ihr euer Wort erfüllt, und die Prinzessin Isola wirklich auf hiesigem Schlosse angekommen ist, ein paar tüchtige Hände voll der edelsten Edelsteine und ein paar hundert schöne Rittergüter. Auch sollt ihr als mein Oberreisemarschall hinfüro von jedermänniglich angesehen werden, und es dabei in euerm Belieben stehen, ob ihr in dieser Qualität Dienste leisten möget oder nicht. Das seht ihr übrigens wohl ein, daß ihr kein Mann seid für eine bildschöne Prinzessin aus meinem Hause.

Darauf antwortete die Mißgeburt: Nein, Herr König, das sehe ich gar nicht ein. Ich glaube vielmehr, daß mir die gerechte Natur eben durch meine enorme Häßlichkeit die nächsten Ansprüche auf eine Frau von enormer Schönheit gegeben habe. Und wahrlich, ich bin keineswegs gesonnen, meine Rechte selber mit Füßen zu treten.

Aber, bedenkt nur, versetzte der erschrockne König, meine Tochter ist schon jetzt in Ohnmacht gefallen über euern Anblick, was würde nicht erst geschehen, wenn sie euer Weib werden sollte!

Auch hiervon aber wurde das Tigerthier nicht gerührt, sondern erwiderte ganz kaltblütig, daß sich die Prinzessin allmählig an seine Häßlichkeit gewöhnen und sie für den Stachel ansehen würde, welcher der schönen Rose zugetheilt worden. Wic ich über ihrer Schönheit das Urtheil meines Spiegels vergessen werde, fügte er hinzu, so wird sie über ihrem Spiegel meine Häßlichkeit vergessen, und alles gar bald in die rechte Ordnung kommen.

Der König, welcher sich über diese so kecken als grausamen Reden gewaltig betrübte, versprach ihm alles Mögliche außer der Prinzessin, und gab ihm obendrein die schönsten guten Worte. Doch Höckerlein blieb dabei, daß er die Prinzessin eben verlange und sonst gar nichts. Huldibert entließ ihn hierauf mit der Weisung, in zwei Stunden wieder zu kommen, und berief seinen Staatsrath. Daß dieser schon wieder nichts als Achselzucken zu geben hatte, verdroß ihn dermaßen, daß er ihn auf der Stelle abdankte. Aber freilich blieb das königliche Wort, das demjenigen, der die bewußte Sache ausführte, die Prinzessin Floribella versprach, nichts destoweniger an allen Straßenecken und in allen Zeitungen stehen. Endlich hatte noch der Gesandte einen Ausweg gefunden. Der König möchte nämlich Höckerleinen immerhin die Prinzessin zusagen, er und sein Sekretär, welche vorläufig bestimmt waren, die beiden Sättel des Siebenmeilenstieflers einzunehmen, gedachten schon die Erfüllung des Versprechens zu hintertreiben. Der Sekretär sollte nämlich unterweges mit Höckerleinen Brüderschaft machen, ihm am Orte ihrer Bestimmung kurz vor der Rückreise einen dreitägigen Schlaftrunk beibringen, und während des Schlafes die Siebenmeilenstiefel ausziehen, welche er niemals abzulegen pflegte. Wenn dieß geschehen war, so sollte der Sekretär seinem eignen Körper ein paar ähnliche Vorsprünge, wie Höckerlein von der Natur erhalten hatte, durch die Kunst anfertigen lassen, und auf der Rückreise des Schlafenden Platz gänzlich einnehmen.

Zwar mißbilligte der König, daß die Sache auf einem Betruge beruhte, als ihm aber die außerordentliche Wohlthätigkeit dieses Betruges recht anschaulich gemacht worden war, da ließ er sich's gefallen, drang jedoch darauf, daß eine Menge Kostbarkeiten

Höckerleinen, als Entschädigung, zurückgelassen würden. Denn daß dieser nach dem Verluste der Siebenmeilenstiefel die weite Rückreise im Leben nicht unternehmen könnte, darüber war der König und seine Familie mit dem Gesandten vollkommen einig.

Reiter und Pferd sollten aber wenigstens die Kostbarkeiten eines großen Gesandtschaftszuges an sich tragen, damit König Isegrimm sogleich schließen könne, welche würdige Hand es sei, worein er die Hand seiner Tochter Isola zu legen habe. Höckerlein selber wurde in die köstlichsten Zeuge gekleidet, und der Sattel des Gesandten mit den seltensten Perlen ausgeschmückt. Der Gesandte hatte jede Naht seines Kleides mit Brillanten besetzt, und der Sekretär war mit Rubinen und Smaragden überschüttet, trug auch überdieß einen aus den herrlichsten Edelsteinen gefertigten Blumen- und Früchtestrauß, als Geschenk für die Prinzessin Isola, der von den ungeheuern Brillanten und Karfunkeln so schwer wurde, daß er ihn kaum drei Minuten in Einer Hand halten konnte. Und damit doch die Ambassade auch die Ohren ergötzte, heftete man dem Sekretär, ungefragt, alle die goldenen Schellen an, die der Gesandte und Höckerlein sich in tiefster Demuth verbeten hatten.

Höckerlein, auf welchen die ganze Last zurückfiel, ächzte, bei aller Kraft, mit der ihn seine Zauberstiefel versahen, abscheulich, als die Reise fort und zwischen zwei unermeßlichen Reihen weit aufgesperrter Nasen und Mäuler hindurch ging, aber Ehre und Hoffnung spornten ihn, das Aeußerste zu thun, so daß er bald mit seiner Bürde an Ort und Stelle glücklich anlangte.

Das Geschäft reüssirte über Erwarten schnell. Der köstliche Blumen- und Früchtestrauß entzückte den König Isegrimm. Er gebot seiner Tochter, daß ihr der Prinz Heckerling gefallen sollte, auch wurde sie nach Verlauf von wenig Tagen dem Gesandten als Bevollmächtigten angetraut.

Dieser sah sein Glück in der hoffnungreichsten Blüte. Denn die Prinzessin war nicht nur über alle Begriffe schön, sondern ihr Vater versprach auch ohne alle Umstände, Heckerlings Erstgebornem seinen Thron und was dem anhängig.

Nichts blieb übrig, als des Sekretärs Geschäft wegen der Siebenmeilenstiefel. Mit dem aber wollte es mehrere Tage garnicht vorwärts. Es schien, als ob das Pferdemetier, welchem Höckerlein sich widmete, ihm auch zu einer ächten Pferde natur verholfen habe, denn der Schlaftrunk schlug selbst dann nicht an, wenn die Portion verdoppelt und verdreifacht worden war.

Der Gesandte gab schon Angstschweiß von sich, wenn er an das Unglück nach Höckerleins Rückkehr und die ungnädigen Blicke dachte, die es von König Huldibert und dessen Gemahlin und Tochter, für ihn abwerfen würde.

Endlich gelang dem Sekretär sein Vorhaben noch dadurch, daß er den Siebenmeilenstiefler in einen Zank mit mehrern Lastträgern verwickelte, welche ihm mit ihren freimüthigen Demonstrationen so zusetzten, daß körperliche Müdigkeit der Wirkung des Schlaftrunks zu Hülfe kam.

Der Gesandte war außer sich für Entzücken, als der Sekretär gegen Mitternacht einmal in den Siebenmeilenstiefeln zu ihm hereintrat. Auf seinen Befehl wurden sogleich der berühmteste Mechanikus und der geschickteste Sattler der Residenz aus dem Schlafe gepocht, um dem Sekretär das Maas zu nehmen und Sattel und Zeug zu verfertigen.

Weil der Ambassadeur bei Höckerleinen nicht ganz bequem gesessen hatte, so bestellte er die Sitze, deren Gestell der Sekretär abgeben sollte, um eine Viertelelle länger und breiter, auch ein paar goldene Lehnen zum Anhalten dazu. Dabei suchte er das unwillige Gesicht des Sekretärs durch die Vorstellung der unbeschreiblichen Ehre, die ihm widerführe, in die gewöhnlichen Falten zurück zu bringen.

Mit Tagesanbruch begab sich der Gesandte zu dem Monarchen, machte diesen mit den Eil erfordernden Umständen bekannt, und erlangte von ihm die Erlaubniß, Nachmittags mit der schönen Isola abreisen zu dürfen.

Damit auch keine Verhinderungsursache dazwischen käme, wurden dem Mechanikus und dem Sattler eine Uhr und ein Galgen vor die Hausthüren gesetzt. Die Uhr sollte ihnen nämlich das Herannahen der Mittagsstunde allaugenblicklich vorhalten, und der Galgen ihnen andeuten, wer nach dem Glockenschlage zwölf unfehlbar daran hängen würde, wenn Sitz und Sattel nicht zuvor fix und fertig wären.

Schon eine Stunde früher wurden die Uhren und die Galgen wieder weggenommen, und Sitz und Sattel obendrein so sinnreich und schön gefunden, daß Mechanikus und Sattler würden Gefahr gelaufen haben, als Hexenmeister verbrannt zu werden, wenn der König für dießmal kein Auge zugedrückt hätte.

Das einzige Bedenken waltete noch vor ob auch der Sekretär die äußerst solide und massive Arbeit würde ertragen können. Der Gesandte wartete auf ihn mit Ungeduld, und der König war sehr böse, daß er ihm nicht die Pünktlichkeit wie dem Mechanikus und dem Sattler eingeschärft hatte. Endlich kam alles darin überein, daß der Sekretär ein Verbrecher sonder Gleichen wäre, und man schickte Leute aus, ihn zu greifen und ihm die Siebenmeilenstiefel sammt den Beinen, die sich so lange erwarten ließen, mir nichts dir nichts, vom Leibe zu schneiden.

Die Leute kamen jedoch leider unverrichteter Sache wieder. Der Sekretär hatte nämlich nach reiflicher Ueberlegung, daß er zeither schon ärgerliche Lasten genug zu tragen gehabt, und daß vor dem jetzigen Uebermaße ein Gang über alle Berge am besten schützen würde, die Siebenmeilenstiefel bereits zu einer Promenade auf seine eigne Hand benutzt.

Da saß nun die Prinzessin und der Gesandte, während der Sekretär gut Lachen hatte über die Steckbriefe, welche nach ihm erlassen wurden, und welche ihm vorkamen, wie eine Heerde Schnecken, die einen Hasen einholen wollen.

Kein Mensch wußte, wie Isola ihrem Bräutigam in die Arme geführt werden sollte.

König Isegrimm ließ einem ganzen Kollegium, das er bei der schwierigen Sache vergebens um Rath gefragt hatte, die Köpfe vor die Füße legen, aber dadurch wurde das Kollegium nicht klüger und er auch nicht. Endlich fiel noch der Gesandte darauf, daß der vorige Besitzer der Siebenmeilenstiefel, als solcher, gute Konnexionen haben müsse, und ließ ihn, noch schlafend, in seine Wohnung bringen.

Beim Erwachen klagte er dem erschrockenen Höckerlein, daß der boshafte Sekretär sie insgesammt himmelschreiend überlistet hätte, und beschwor ihn, mit Hülfe seiner Freunde oder Freundinnen, auf Mittel und Wege zum baldigsten Rücktransport zu denken.

Als der erste Schreck vorüber war, erbot sich auch Höckerlein, die Fee, welcher er die Stiefel verdankte, zu citiren, und ihr, wo möglich, noch ein Paar dergleichen abzuschwatzen.

Wie er jedoch Wind bekam, daß der Gesandte nicht so unschuldig an dem Stiefelraube war, als er aussehen wollte, da war er weder durch Bitten noch Drohen eher zu bewegen, bis König Isegrimm seine Ehre verpfändet hatte, ihm im Gelingungsfall Huldiberts Tochter zur Gemahlin zu verschaffen.

Am Hofe des Königs Huldibert hatte sich aber inzwischen auch etwas sehr Bedenkliches ereignet. Prinz Heckerling wurde nämlich eines Tages auf dem Markte ein paar Alterthumskenner gewahr, die sich bei den Haaren gefaßt hielten. Auf seine Frage erfuhr er, daß eine eben angelangte weibliche Bildsäule die Ursache gewesen, die der eine dem Alterthum, der andre dem modernen Zeitalter zuzuerkennen gesonnen wäre.

Der Prinz vergaß gar bald Beweis und Beweisführer über der Statüe, gab auf der Stelle dafür, was der fremde Kunsthändler nur haben wollte, ließ sie auf das Schloß schaffen, und sagte zum Könige seinem Vater, so sollte und müßte seine künftige Geliebte aussehen. Denn das Original von dieser wäre es, welches die Natur mit ihm aus Einem Stücke gemacht hätte, und nach dem er sich nunmehr immerfort sehnen müsse, bis er mit ihm wieder vereinigt sei.

König Huldibert glaubte anfangs, sein vielgeliebter Sohn spaße bloß, und sagte lächelnd, daß die Prinzessin Isola ihn schon andres Sinnes machen würde. Aber der Prinz rief: Isola hin, Isola her. Wenn sie nicht ganz die Züge dieser Statüe hat, so mag sie immer bleiben, wo sie ist, oder der Gesandte sie an meiner Stelle behalten.

Nun erschrak König Huldibert über die so wunderlichen Aeußerungen, welche ihn um so mehr beunruhigten, da sie in keiner vorübergehenden Laune ihren Grund hatten. Denn der Prinz wurde von Tag zu Tage verliebter in die Statüe, unterhielt sich alle Nächte im Traume mit ihrem Originale, und die ganze übrige Zeit, jeden der ihm zu nahe kam, davon, wie das Traumbild spreche, oder tanze, oder singe. Denn von alle dem wurde er im Schlafe hinlänglich unterrichtet, hatte auch in kurzer Zeit viele Ballen Papier auf die Augen, den Mund, das Haar und den Wuchs der Einzigen verdichtet und verkomponirt.

Von der Prinzessin Isola fing er schon an ganz despektirlich zu reden, und arbeitete sich am Ende so tief in das neue Sehnen- und Thränensystem hinein, daß er an unmögliche Dinge gar nicht mehr glaubte, und einmal gradeweg vom Könige Huldibert verlangte, er solle doch Befehl geben, daß seine geliebte Statüe lebendig gemacht werde.

Darüber riß denn dem langmüthigen Könige der Geduldfaden, und er sagte: Ungerathener Sohn, habe ich dir darum eine so musterhafte Erziehung geben und dich mit allen möglichen Wissenschaften auffüttern lassen, daß du mir solche alberne Dinge zumuthest? Einsperren werde ich dich und dir eitel Brot und Wasser vorsetzen, damit dir die unnützen Gedanken und Triebe hübsch vergehen, und du einsehen lernest, wie sich ein vernünftiger Kronprinz zu geberden habe.

Und als auch diese kräftigen Worte nicht anschlugen, da führte der König die Drohung wirklich aus.

Aber das Mitleid der Königin Mutter verwandelte heimlich das Brot, das der Prinz erhielt, in köstliche Leckerbissen und das Wasser in Wein, so daß der Gefangene auf seiner Denkweise beharrte, und dem König Huldibert nach Verfluß einer Woche dreist sagen ließ: Er möchte ihn ganz unverzüglich auf freien Fuß stellen, wenn er nicht wolle, daß sich der Thronerbe den Kopf an der Wand entzwei renne.

Auch dieses Wort soll ihm das mütterliche Mitleid zugeflüstert haben.

So viel ist ausgemacht, daß es seine Wirkung nicht verfehlte.

König Huldibert ließ, als er es vernahm, Messer und Gabel vor Schrecken herunter fallen, und eilte in der einen Hand die Serviette, in der andern den Schlüssel, spornstreichs nach der Gefängnißthüre, um nun nothgedrungen die Güte zu versuchen. Aber der Prinz hörte und sah nichts als die geöffnete Thüre, sprang hinaus und in das Zimmer, wo die Bildsäule sich befand, und lag einen halben Tag vor ihr auf den Knieen.

Der König schickte ihm Leibes- und Seelenärzte, Moral- und Unmoralphilosophen vergebens über den Hals. Der Prinz warf die gedruckten Heilmittel so gut, wie die gekochten, zum Fenster hinaus. Ja, der König war, wenn er den Hausfrieden erhalten wollte, sogar genöthigt, einen Weltweisen, der allgemein für den ächten gehalten wurde, in's Narrenhaus zu placiren, weil er Prinz Heckerlingen vorgestellt hatte, daß aus dergleichen Passionen, wie er eine zu kultiviren geruhte, niemals etwas Gescheidtes herauskomme, daß obendrein die Bildsäule aus nichts weniger als schönen, sondern aus höchstalltäglichen Verhältnissen bestehe, und daß der Alterthumskenner, der sie für eine antike sitzende Venus gehalten hätte, ein Ignorant sonder Gleichen seyn müsse.

Das Letztere schien in der That beinahe so. Denn man hatte am Fußgestell eine ganz neue Jahrzahl und einen Künstlernamen entdeckt, der ebenfalls der neuern Zeit angehörte.

Hieraus schloß man, daß es ein Porträt sei, denn die Künstler der damaligen Zeit waren gewöhnlich viel zu arm, um ihre Phantasien in Marmor auszudrücken. Dazu kam, daß der Unbefangene wirklich nicht genug Phantasie an diesem Marmorbilde entdeckte, um es für eine Phantasie zu halten, ein Umstand übrigens, den niemand, dem das Schicksal des Weisen im Narrenhause zuwider war, sich zu äußern erkühnte.

Darin glaubte man übereinstimmen zu dürfen, daß die Bildsäule gestohlen seyn müsse, und das war ein großer Trost für den Prinzen Heckerling. Denn so hoffte er durch Zeichnungen, die er überall herumschickte, bald dahinter zu kommen, wer auf das Eigenthum des Marmors, und auf wen er selber Anspruch zu machen hätte. Aber lange Zeit vergebens.

Eine Vermuthung, welche den König Huldibert außerdem sehr betrübt haben würde, trug jetzt einiges zu seiner Beruhigung bei. König Isegrimm, meinte er nämlich, müsse unfehlbar seinen Antrag abgelehnt und die Siebenmeilenstiefel in seine Rüstkammer genommen haben, weil er sich das lange Ausbleiben der Gesandtschaft anders gar nicht erklären konnte.

Um nun seinem Sohne entweder das Urbild der Statüe zu verschaffen, oder es ihm aus dem Sinne zu treiben, veranstaltete er wöchentlich einige Bälle, zu denen die weibliche Jugend aller umliegenden Höfe nach und nach eingeladen wurde.

Seitdem wimmelten die Landstraßen immer von Balllustigen Prinzessinnen. Für andre Reisende waren keine Pferde mehr im Lande. Die Postmeister entliefen daher, und die Bauern mußten, wegen der tagtäglichen Spannfuhren, Pflug und Acker ruhen lassen, und hätten bald lieber den häßlichsten Teufel gesehen, als die allerschönste Prinzessin.

Weil aber Prinz Heckerling ganz ungerührt von den thränenreichen Vorstellungen und Bitten seiner Mutter und Schwester sich bei jedem Hofballe nur nach dem Original seiner Statüe umgesehen, und wenn er das nicht gefunden, allemal grade heraus gesagt hatte:

Auf Eine nur ist mein Sinn erpicht,
Die Andern alle mag ich nicht!

so wurden, als die Prinzessinnen im Umkreise von tausend Meilen durchgemustert waren, die Töchter der Standespersonen angefahren.

Als auch diese eine Menge glänzende Feste vergebens verherrlicht und manchen gescheidtern Mund wäßrig gemacht hatten, so kam die Reihe an die Bürgerstöchter und Bäuerinnen. Denn der König sagte: Ich will wenigstens das meinige thun.

Ob nun schon die Bäuerinnen, weil das Pferdegeschlecht im Königreiche durch die zeitherigen Anstrengungen so ziemlich ausgerottet war, sich ihrer dauerhaften Füße bedienen mußten, so machten sie doch außerordentliche Strecken Weges, um ihr Glück mit dem Prinzen zu versuchen. Umsonst. Das Urbild der Statüe war auch nicht unter ihnen, und Prinz Heckerling blieb bei seinem Wahlspruche:

Auf Eine nur ist mein Sinn erpicht,
Die Andern alle mag ich nicht.

Ueber den Aufwand, den dieß alles verursacht hatte, war der Staat in die bedenklichste Lage gerathen. In der Schatzkammer war nichts mehr zu finden als der Schatzmeister, der sich darinnen vor Langerweile aufgeknüpft hatte, und die Staatsbeamten bettelten Hand in Hand mit dem Bauersmanne vor den Thüren der Kellermeister, Köche,

Fleischhauer, Zuckerbäcker, Seifensieder, Kaufleute, Schneider, Schuhmacher, Tanzmeister u. s. w., welche die auserlesensten Paläste um einen Spottpreis erstanden hatten.

König und Königin seufzten ungemein, und die Prinzessin Floribella vollends. Denn diese hatte das eigne Malheur, daß sie nun seit einem halben Jahre mit sechs Prinzen heimlich verlobt gewesen war, die allezeit unmittelbar nach der Verlobung der Schlag rühren mußte.

Eines Abends, wie der Prinz eben in die gewöhnlichen Gedanken verloren, einen Spaziergang am Flusse versuchte, stand mit Einemmale ein dunkler Herr vor ihm, den er, seiner überaus hagern Statur wegen, für einen Schutzgeist anzusehen beliebte. Der Herr beschied den Prinzen geheimnißvoll an das östliche Ende des Königreichs, wo er mehr erfahren würde.

Mit Anbruch des Tages setzte sich der Prinz zu Pferde. Sein Leibkavalier mußte ihn begleiten, und die geliebte Statüe in goldnem Futterale auf seinem Pferde mitnehmen.

Sie ritten ohne Aufhören, bis sie auf der Grenze ankamen.

In dem ganz einsam liegenden Wirthshause zum unsichtbaren Drachen, erkundigte sich der Prinz, weßhalb ringsum alles so öde läge?

Man spricht nicht gerne davon! sagte der Wirth mit Achselzucken, blickte dabei schüchtern um sich, und schrie dann, als ob er am Spieße stecke.

Der Prinz, erbost über das ungesittete Benehmen, hatte schon seinen Stock aufgehoben, als der Mann vor ihm auf die Knie fiel. In diesem Augenblicke trat der Herr herein, welcher ihn hierher beschieden hatte, und der bei Tage noch viel abentheuerlicher aussah, als bei Nacht, weil sein dünner Körper völlig aus Horn bestand.

Der Wirth bezeigte dem Angekommenen alle Ehrerbietung, und der Prinz war schon zufrieden, wie er an dem Hörnernen weder Pferdefuß noch Schweif entdeckte, welches, wie ihn seine Amme gelehrt hatte, die unerläßlichen Zeichen der verdächtigsten Herkunft waren.

Der Hörnerne erklärte nunmehr dem Prinzen des Gastwirths Schrei.

Der Mann war nämlich von der Fee, welcher dieser Gasthof zugehörte, zur Strafe, weil er in seinem ehemaligen Hotel die mächtige Frau, die auf einer Reise bei ihm übernachtete, nicht nur mit dummem Geschwätz geplagt, sondern auch mit doppelter

Kreide bedient hatte, hierher verwiesen worden, wo ein Drache unsichtbar in der Luft schwebte, der ihm bald mit einem eiskalten, bald mit einem glühenden Schweife über den Mund fuhr, wenn er nur von weitem der Fee gedachte, oder überhaupt etwas redete, was nicht unmittelbar zur Sache gehörte. Fremde, die bloß aus Neugier hier übernachteten, oder sonst manches gegen sich hätten, kämen oft noch schlimmer, oder vielmehr gar nicht weg. Denn fast jeden Fremden, der hier einkehrte, hätte der Wirth am andern Tage zu begraben.

Der Hörnerne fügte hinzu, daß Prinz Heckerling darum nichts von diesen schauerlichen Anstalten zu befürchten habe, weil er in seinem Berufe da wäre, wenn er gleich für des Leibkavaliers Schicksal nicht bürgen wolle.

Der Prinz entließ hierauf seinen Leibkavalier, welcher im ersten Dorfe, das er im Galopp erreichte, ein Dankgebet zu den eben aufgehenden Sternen knieend verrichtete, worüber er vom Schulzen beinahe arretirt worden wäre, weil dieser ihn für einen Abentheurer hielt, und nicht glauben konnte, daß Leute, die so große Sterne auf den Kleidern trügen, wie der Leibkavalier, die kleinen Sterne am Himmel ihrer Aufmerksamkeit werth hielten.

Während der Zeit hatte der Prinz die köstlichsten Fingerzeige von seinem hörnernen Freunde bekommen. Aurora, das geliebte Urbild seiner Statüe, sollte nämlich in dem Reiche der Besitzerin des Gasthofs als Staatsgefangene leben, weil sie der Fee einmal einen Blumenstrauß ins Gesicht geworfen habe.

Prinz Heckerling erkundigte sich, wie Prinzessin Aurora zu einer so unmanierlichen Manier gekommen wäre, und hörte hierauf, daß die schöne Aurora nichts weniger als eine Prinzessin, sondern seine ganz ordinäre Blumenverkäuferin gewesen, und über den Tadel ihrer Blumen bis zu diesem ungezogenen Grade entrüstet worden wäre. Da sie nun als Blumenmädchen gerne die Spröde gespielt und alle Freier verworfen, so sei sie von der Fee verurtheilt worden, so lange in ihrem Schlosse einsam zu leben, bis sich ein Mann gefunden hätte, der ihretwegen Feuer und Wasser und andre Gefahren und Ungemächlichkeiten nicht achten würde.

Der Prinz gab sich sogleich als diesen Mann zu erkennen, und der dadurch noch offenherziger werdende neue Freund gestand, daß er selber vieles von Aurorens Befreiung zu erwarten habe. Er sei nämlich unter ihrer Freierschaar derjenige gewesen, der noch die meisten Hoffnungen gehabt, und daher einen Versuch gemacht hatte, Auroren der Fee mit Gewalt zu entreißen, als er mit Einem Male auf so lange zu Horn geworden wäre, bis sich des Mädchens Geschick entscheiden würde. Nur aus besondrer Gnade habe ihm die Fee die bewußte Bildsäule abgelassen, welche er jedoch seit Jahren auf Messen und Märkten herumgeschickt habe, ohne daß sich ein Liebhaber dazu gezeigt hätte.

Der Prinz fand hierin, wie in der Sprödigkeit der Schönen, den natürlichsten Zusammenhang mit der Ordnung der Dinge, welche ihn und Auroren aus Einem Stücke gemacht, und beschlossen habe, die Trennung zwischen ihnen wieder aufzuheben.

Auf die Frage nach dem Charakter der Fee antwortete der Hörnerne dem Prinzen: Heute so und morgen so, ein Charakter, der aus keinem einzigen haltbaren Stücke besteht. Die ächte Weiblichkeit in der höchsten Potenz würde ich sagen, wenn das nicht komisch klänge, was zu meiner tragischen Situation gar nicht passen will.

Als Heckerlings Augenpaar sich bei dieser, etwas frivolen, Aeußerung verfinstern wollte, fuhr der Hörnerne fort:

Verzeiht mir, Herr Prinz, daß ich euern verliebten Zustand einen Augenblick vergessen konnte. Aber, das ist gewiß, wenn auch die Weiblichkeit keine wunderlichen Launen hat, welches ich in diesem Momente euch zu Gefallen unterthänigst zu glauben nicht abgeneigt bin, so hat doch diese Fee der Launen die Hülle und die Fülle. Am längsten dauern diejenigen, die eine Beleidigung ihrer Eitelkeit erzeugte, und an denen ich und die arme Aurora zu leiden habe.

Aus die Frage, was um ihretwillen zu thun sei? antwortete der neue Freund dem Prinzen, daß er das am besten einsehen werde, wenn er sich um Mitternacht auf den Kopf stelle, und diese Kunst so lange wiederhole, bis ihm der Weg, den er zu nehmen habe, vor Augen liege.

Eine so ungewohnte Stellung kostete dem Prinzen Heckerling anfangs viel Mühe. Doch alle Tage gelang sie ihm besser. Als er's nun einen Monat lang getrieben hatte, und dem Hörnernen, der sich alle Morgen nach seinem Wohl- und Gutbefinden erkundigte, einstmals zu erkennen gab, daß er noch keinen Pfad entdecke, ja ihm vielmehr der Kopf durch die neue Methode, ihn aufzuräumen, immer toller und toller werde, da meinte der Hörnerne, daß er schon gewonnen Spiel habe und dem Pfade ganz auf der Spur sei.

Zwei Monate später sagte ihm Heckerling eines Morgens von einer blumigen Straße, welche auf beiden Seiten von Wald umgeben, an einem Flusse endige, hinter dem lauter hohe Flammen aufstiegen.

Der Hörnerne machte ihm dieserhalb seine Gratulation, weil er nun die Lehrzeit überstanden habe, und nächste Mitternacht nur aus dem Hause gehen dürfe, wo er diese Straße, die seiner Wanderung vorbehalten sei, unfehlbar vor sich würde liegen sehen.

Just hinter der Feuermauer, fügte er hinzu, sei der Palast der Fee, in welchem die geliebte Aurora gefangen gehalten werde. Der Prinz wollte mehr wissen, jedoch der Hörnerne zuckte die Achseln, weil er nichts hierüber sagen, sondern höchstens die Wahrheit des Aufgefundenen bekräftigen dürfe.

Um Mitternacht machte sich Heckerling auf den Weg, fand auch alles so wie es ihm geträumt hatte. Der schönste Irrwisch, den er in seinem Leben gesehen hatte, flackerte vor ihm her, und erleichterte seinen Weg, der sich obendrein zu verkürzen schien. Wie er um einen Berg herum gekommen war, da fand er auch wirklich hinter einem Flusse die Welt mit feurigen Bretern verschlagen, und die Thüre in dieser Wand mit einem Schlosse befestigt, welches bis weit über den Fluß herüber rothe Flammen ausspie.

Weil jedoch der Fluß sich äußerst gut mit diesen Flammen zu vertragen schien, so fing der Prinz an, sie für einen bloßen Theaterspuk zu halten. Er merkte indessen den Ungrund seiner schönen Hoffnung nur allzubald. Denn wie er einmal recht nahe hinhorchte, verbrannte er sich den einen schönen Backenbart total.

Am meisten verdroß es ihn, daß der Fluß, dem er das Benehmen mit dem Feuer gern abgelernt hätte, sich so respektwidrig betrug, daß er allemal aus Leibeskräften lachte, sobald der Prinz seinen Fuß in die Wellen setzte, und daß die bejahrten Bäume, wenn er hinauf kletterte, um über die himmelhohe Mauer zu sehen, allezeit die Köpfe so gewaltig schüttelten, als sollte er glauben, er wäre auf dem einfältigsten Wege von der Welt.

Er glaubte aber nichts weniger als das. Ein muntrer Salamander, der aus dem prasselnden Flammenschlosse herausgeschlüpft kam, war das einzige lebendige Wesen, und das ihm obendrein wie ein Hündchen auf dem Fuße nachfolgte.

Der Prinz ging erst mißvergnügt am Flusse hin und her, und verwünschte sodann auf dem Rückwege die Mitternächte, die er fruchtlos auf dem Kopfe zugebracht hatte, beschloß auch dem Hörnernen seine Meinung darüber tüchtig zu sagen.

Dem Salamander, der sich ihm immer mit aufgesperrtem Maule in den Weg stellte, wollte er schon eins auf den Kopf versetzen, als er sich noch zu rechter Zeit besann, daß dieses Thier allem Vermuthen nach in das Feenreich gehörte und sein Tod ihn in die verdrüßlichsten Händel verwickeln könne.

Bis zu des Hörnernen Ankunft am andern Morgen dachte er noch im Gasthofe über das Thierchen nach, welches sichtbar etwas von ihm hatte haben wollen, und der Hörnerne verschmerzte eine Handvoll Schimpfreden recht gern, als er hörte, daß Prinz Heckerling des Thieres Meinung zum Theil begriffen hatte.

Auf Heckerlings Frage, was wohl des Salamanders Lieblingsspeise sei, antwortete sein Freund, daß im Reiche dieser Fee, wohin das Thier allerdings gehöre, weder Thier noch Mensch zu essen pflege, und auch die schöne Aurora bloß von der Luft leben müsse.

Nach manchem Hin- und Herreden gerieth endlich Prinz Heckerling darauf, dem Salamander ein Billet an seine Herzenskönigin in den Mund zu stecken, worüber der Hörnerne ganz außer sich für Freude war, und das Genie pries, das den stummen Abgesandten der schönen Aurora so bald begriff.

Der Prinz, ganz ungewohnt, daß jemand ihm ins Gesicht lachte, oder den Kopf über seine Unternehmungen schüttelte, fragte noch nach einem Mittel, den lachenden Strom und die kopfschüttelnden Bäume zur Raison zu bringen.

Aber der Hörnerne konnte ihm hierin gar nicht dienen. Der Strom, sagte er, sei ein Zusammenfluß von mokantem Volke, das sich sein Lachen über die Sentimentalität nicht nehmen lasse, und die Bäume wären ein Heer verstorbener Moralphilosophen, die selbst im Tode noch das Kritisiren nicht vergessen könnten.

Prinz Heckerling bat, daß ihn sein Freund nunmehr allein lassen möchte, und quälte hierauf seinem unwilligen Kopfe folgendes Gedicht ab.

An die unvergleichliche Aurora.

Fürwahr die Welt ist kaum ein Nest voll Ratzen,
  Wenn deine Reitze mich nicht hell umfunkeln;
  Wenn deine Töne mich nicht zart ummunkeln,
  Der Sphärenklang Konzert von Hund' und Katzen.

O Edelstein, von dem Poeten schwatzen,
  O Urstoff du, zu Sternen und Karfunkeln,
  Gern wollt' ich aus der Erde mir, der dunkeln,
  Dich Klaftern tief mit meinen Nägeln kratzen.

Mein Herz tobt ärger als der ärgste Wüthrich,
  Heraus will es aus jedem Knopfloch lodern,
  Und alle Nähte reißen, dir zu Ehren.

Drum muß ich, Einzige, dich hoch beschwören,
  Reich' mir – Verzeihung meinem kühnen Fodern –
  Reich' zu dem Flammenschlosse mir den Dietrich!

Grade um Mitternacht war er damit fertig, und hatte sonach keine Zeit zu verlieren. Er fand auch, daß die Gegend völlig wie gestern aussah. Nur die Hauptperson für sein heutiges Vorhaben, der Salamander, ließ sich nicht blicken.

Schon war der Prinz Willens seine poetische Bitte auf gut Glück in den Strom zu werfen, als der Salamander endlich schleunigst herbeikam und durch äußerst unterwürfige Bewegungen den Fehler der Verspätigung abbüßen zu wollen schien.

Wie ihm hierauf Prinz Heckerling das Billet in den Mund gesteckt hatte, eilte das Thier ins Feuer zurück, legte auch nach einer kleinen halben Stunde, welche dem Prinzen wie die längste Ewigkeit vorkam, folgendes Antwortschreiben in tiefster Erniedrigung zu seinen Füßen.

Mein lieber Prinz! Da ich nicht hoffe, daß Du mich mit Deinen Sternen und Karfunkeln zum Besten haben willst, so sage ich Dir ganz kurz, und wie mir der Schnabel gewachsen ist, daß ich drei Thiere zu Dir schicken werde. Jedes von diesen Thieren weiß das Flammenschloß aufzuschließen, sobald Du geschickt genug bist, seinen Zähnen und Klauen auszuweichen und Dich auf seinen Rücken zu schwingen. Die Wahl unter ihnen bleibt Dir überlassen. Doch sind wir auf ewig von einander geschieden, wenn Du keines von diesen Dreien benutzest.

Aurora.

Der Prinz küßte jeden einzelnen Buchstaben des Billets, dessen Simplicität ihm das Höchste schien, was der menschliche Geist jemals hervorbringen könne. Er fand es überaus natürlich, ja nothwendig, daß die Rechtschreibung darin bis zum Unleserlichen vernachlässigt war, denn dem hohen Gemüthe, das, seines Erachtens, aus diesen Zeilen hauchte, wäre es ja schimpflich gewesen, sich von solchen Unwürdigkeiten fesseln zu lassen. Er beschloß auch sogleich das erste beste Thier zu benutzen, ward aber in diesem Vorsatze wankend, als ein bildschöner Löwe aus dem Walde hervorsprang, der ihm statt aller höflichen Anrede, sogleich im Vorbeigehen den einen Rockschoß vom Leibe riß, und ein paar Reihen so wohl konditionirter Zähne zeigte, daß Prinz Heckerling wohl schließen konnte, er werde es nicht dabei bewenden lassen.

Daher äußerte Heckerling gegen den Salamander, daß er wohl das zweite Thier zu sehen wünsche, worauf der Löwe sogleich in den Wald zurückeilte, aus dem der königliche Tiger dafür heraussprang. Als dieser ihm den Kragen vom Halse gebissen, und alle Bäume ihr Haupt bei jeder neuen Bewegung des Prinzen nach dem Rücken der Bestie, auf das Ungebührlichste geschüttelt hatten, da dachte der kluge Prinz: Respektwidrig ist und bleibt es wohl, und ich würde die Bäume insgesammt abhauen lassen, wenn sie in meiner Gewalt stünden, aber Recht haben sie dasmal gewiß. Denn schlimmer als diese beiden kann doch das dritte Thier unmöglich seyn. Daher bat er sich dieses dritte aus.

Aber als der Prinz lange vergebens nach dem Walde geblickt hatte und schon fürchtete, die schöne Aurora sei über sein Zögern böse geworden, und schicke ihm das dritte Thier gar nicht, da ließ sich auf einmal vom Ufer des Stromes her ein Geräusch wie von der größten Sagemühle vernehmen.

Der Prinz wandte sich nach der Gegend hin und ward hier ein ungeheures Krokodill gewahr, welches sich eben mit dem Wetzen seiner Zähne beschäftigte, und beim Erblicken eines Menschen wüthend auf ihn losschoß. Der Prinz mochte eine gute halbe Stunde seines immer hin und her fahrenden Gegners Rachen, in dem er Platz vollauf gehabt hätte, ausgewichen seyn, als das Krokodill sich endlich wieder nach dem Strome wendete.

Mißmuthig, daß er bei den ersten beiden Thieren nicht seinen ganzen Muth aufgeboten, stand der arme Heckerling da, und mußte gestehen, daß der einzige Dietrich zum Flammenschlosse, der ihm noch übrig war, die unbequemste Handhabe von der Welt hatte. Denn wenn ihn nun das Glück auch soweit begünstigte, daß er unzerrissen auf den Rücken des Krokodills gelangte, so war doch dessen Riesenleib ein Sitz, auf dem er sich gar nicht festhalten konnte, und fiel er einmal ins Wasser, so war sein Fallen von dem Tode unzertrennlich.

Er hörte schon im Geiste die Wellen ein höhnisches Grabelied pfeifen, und war, wie man denken kann, außer sich für Betrübniß.

Doch der schreckliche Schluß des gnädigen Handschreibens exaltirte ihn plötzlich dermaßen, daß er während des empörendsten Hohnlachens der Wellen sich wirklich auf das Krokodill hinaufschwang. Leider! mit Verlust seiner Nase, die ihm das barbarische Geschöpf rein aus dem Gesichte gebissen hatte.

Nun ging aber auch alles besser als er geglaubt hatte. Denn ehe er noch daran dachte, sich fest anzuhalten, war das Flammenschloß von der Zunge des Krokodills aufgeleckt, die Thüren sodann von einander gesprungen, und er hindurch, ohne daß ihm ein Haar versengt worden wäre. Jenseits der feurigen Wand, wo der Strom noch ein wenig fortdauerte, wurde auch das Krokodill das honetteste Thier unter der Sonne, schwamm gelassen mit seinem Reiter ans Ufer, und weinte wie ein Kind darüber, daß er so hundsföttischerweise um seine Nase gekommen war. Auch der Strom war innerhalb der brennenden Mauer so lautlos und manierlich geworden, daß der Prinz sich in seinem klaren Spiegel betrachten konnte.

Du lieber Himmel aber, wie sah der arme Herr aus! War es der schönen Aurora wohl zuzumuthen, einen Prinzen zu heirathen, der keine Nase mehr hatte? Wenn er ihr nun auch sagte, daß seine schöne Nase vor kurzem noch ein wahrer Zankapfel am väterlichen Hofe gewesen war, den die Poeten einander aus den Händen gerissen hatten, die schöne Vergangenheit konnte bei so einer häßlichen Gegenwart gar nicht in Anschlag gebracht werden.

Muthlos schlich der Prinz nach dem Marmorpalaste, der vor ihm stand. Er behielt aber nicht Zeit dessen Pracht anzustaunen, weil sogleich zwei ungeheure Mohren aus dem hohen Portal traten, welche ihn einluden, sich auf dem Sessel, den sie bei sich hatten, nieder zu lassen. Obschon dieser aus glühendem Eisen zu bestehen schien, so warf sich doch der Prinz in seiner Verzweiflung und der Ueberzeugung, daß ein Mensch ohne Nase weniger als jeder andre zu verlieren habe, hinein und erwartete sein Schicksal. Dieses fiel ganz passabel aus. Denn statt der Glut, die er gefürchtet hatte, fand er sich auf einem Kissen, das aus den herrlichsten Rosen bestand, und die Prüfungen der Lehr- und Wunderzeit schienen beendigt.

Zwischen einer Garde von baumlangen Adonissen ward er hindurch getragen, und in einem Zimmer, das aus einem einzigen unermeßlichen Rubin gehauen seyn mochte, vor der Fee niedergesetzt, die so schön war, daß dem Prinzen das Wort im offnen Munde stecken blieb.

Als er sich jedoch zusammen raffen wollte, da sagte die Fee: Keine Sylbe! Ich kenne deine Wünsche und bin nicht aufgelegt, viel Worte mit Leuten deines Schlages zu machen. Komm!

Sie führte ihn darauf zu einem Schranke, der aus einem Diamant geschnitten war, und holte aus dem vollkommenen Assortiment menschlicher Gliedmaßen, welches sich darinnen befand, eine Nase und einen Backenbart hervor, klebte beides Heckerlingen ins Gesicht, und sagte dann: Eile nun, meine Leute werden dich draußen ankleiden und deiner unwürdigen Neigung zuführen.

Dann wandte die Fee ihm den Rücken.

So sehr auch dieß dem Prinzen auffiel, so vergaß er es doch, wie er im Nebenzimmer seine durch den Löwen und den Tiger sehr mitgenommene Tracht mit einer äußerst geschmackvollen vertauschend dem Spiegel gegenüberstand, und die schöne Nase, welcher er einen Nachruf um den andern geweiht hatte, in ihrem vorigen Glanze am gehörigen Orte stehen auch keine Spur der Verkittung daran übrig sah.

Hierauf wurde ihm bekannt gemacht, daß er noch umkehren könne, wenn er seiner Sache mit der ewigen Liebe nicht recht gewiß wäre. Denn die Anordnung der Fee bringe mit sich, daß wenn er Auroren heirathe und jemals aufhöre sie zu lieben, jede andre, in die er sich späterhin verlieben wolle, ihn abscheulich finden werde.

Dummer Schnack! sagt Heckerling entrüstet, und man trug ihn sogleich in das abgelegene Zimmer der Geliebten. Hier ließ er sich vor ihr auf ein Knie nieder, und beschwor sie, ihm die längst ersehnte Hand zu geben und sogleich an seinen Hof zu folgen.

Das Mädchen machte auch gegen einen so schönen Prinzen keine halbe Einwendung mehr, als es die Sittsamkeit der damaligen Zeit grade mit sich brachte.

Der Schloßkaplan traute das Paar, und kaum hatte er das letzte Wort gesagt, so schellte auch schon ein Schlitten herbei, welcher bestimmt war, die Neuverehelichten aus dem Feenreiche hinaus zu transportieren.

Der Prinz wunderte sich nicht wenig über dieses Fuhrwerk in den heißesten Sommertagen, aber die schöne Aurora erinnerte ihn, daß sie es noch mit einer mächtigen Fee zu thun hätten.

Man zögerte nicht, und der Schlitten flog über den Fluß, als ob dieser eine Eisrinde gehabt hätte, und durch die Feuerwand und den Sommer hindurch, als ob er ein Pfeil wäre.

Mit Tagesanbruch stieg man im Gasthofe zum unsichtbaren Drachen ab, wo der Hörnerne, welcher nun wieder zu Fleisch geworden war, das Paar mit tausend Glückwünschen empfing, und ein Fuhrwerk bestellte. Denn der Feenschlitten hatte sogleich wieder zurücklaufen müssen.

Der Prinz, dem die Zeit überaus edel war, weil das Beilager, wie er in seinem Herzen fühlte, gar keinen Aufschub mehr leiden wollte, versprach den Kutschern auf jeder Station die größten Ehrenstellen, wenn sie ihn nur recht eiligst auf das königliche Schloß seines Vaters schafften, und die Leute thaten ihr Möglichstes, so daß der Reiter, welcher die Statüe im goldnen Futterale vorantrug, alle Hände voll zu thun hatte, um seinen Platz mit Ehren zu behaupten.

König und Königin freuten sich ganz ausnehmend, als ihr Sohn, um deswillen sie in so mancher Sorge geschwebt hatten, ihnen seine Gemahlin vorstellte. Nur darüber wunderte sich das Königspaar, daß die neue Prinzessin Tochter nicht einmal vor ihnen den Sessel verließ. Der Witz des ganzen Hofes gerieth deßhalb in eine heimliche Gährung, und ihre Art zu sprechen war auch nicht gemacht, den Hof in dem Glauben zu stören, daß bloß eine schlechte Erziehung den Grund zu solchem Benehmen in der Prinzessin gelegt haben könne.

Der Prinz selber besann sich jetzt, daß seine Gemahlin sogar während der Trauung sitzen geblieben war, und daß er sie überhaupt nicht anders als sitzend, und zwar allezeit in derselben Stellung wie ihre Bildsäule gesehen hatte. Er wußte nicht, sollte er's ihrem Stolze oder einem besondern Pflegma zuschreiben, hoffte aber sie auf jeden Fall davon zu kuriren. Denn, meinte er, kommt Zeit kommt Rath.

Die Zeit, auf die er am meisten gehofft hatte, kam endlich, aber der gute Rath wurde nun erst recht theuer. Die Prinzessin entdeckte nämlich ihrem Gemahl, daß die ganze untere Hälfte ihren Körpers zu besserer Konservation ihrer Reitze, durch die Fee versteinert worden sei.

König und Königin rangen die Hände, als der Prinz ihnen am andern Morgen die trostlose Nachricht zubrachte. Alle Aerzte und alle Priester wurden herbei geholt, und als ihr beiderseitiger Segen nichts über die Versteinerung vermochte, da sprachen Vater und Mutter ziemlich gerade heraus zu dem Prinzen: dergleichen steinerne Hälften wären in ihrem Königshause nicht im Gebrauch, weßhalb er denn diese Prinzessin wieder von sich thun möchte.

Damit aber kamen sie schön an bei dem Prinzen.

Wie seine ganze Liebe auf bloßen Träumen beruhte, so hielt er sich auch jetzt wieder an einem Traume fest, der ihn mit seiner Gemahlin in ein Bad schickte, welches nach und nach den Stein an ihr völlig auflösen werde.

Die Aerzte und Chemiker lächelten zwar darüber, wie sie hörten, daß Wasser Versteinerungen auflösen sollte, aber sie wußten freilich nicht, daß das Bad, von dem hier die Rede war, im Feenreiche lag, und es mit dem Wasser der Feen eine ganz besondre Bewandtniß hatte.

Die Prinzessin wußte es besser, freute sich aber gar nicht, daß ihr Gemahl von der Heilquelle Gebrauch machen wollte. Seit zehn Jahren, sagte sie zu dem Prinzen, lebe ich nun in diesem Zustande bei der Fee. Der steinerne Untertheil ist mir ein Ableiter für das

Alter gewesen. Was wird aber mein Gemahl sagen, wenn sich nach der Auflösung nicht nur die Spuren eines zehnjährigen frühern Lebens, sondern auch die der nächsten Jahre in meiner Gestalt versichtbaren werden?

Erst dann gelang es dem Prinzen sie zu der Badekur zu bewegen, als er ihr mit Achselzucken angedeutet hatte, daß König und Reich sonst nicht zufrieden zu stellen seyn würden.

Aber auch das mehrjährige Baden kam seinem Vater, der lieber heute als morgen einen Thronerben gesehen hätte, äußerst ungelegen. Er wünschte daher, daß der weiseste und beredteste Mann im Königreiche seinem Sohne Vorstellungen thun möchte, und ließ den Mann sogleich aus dem Narrenhause herbei holen.

Dieser nahm auch wirklich Heckerlingen so in die Klemme, daß dieser Prinz einigemal ganz stutzig wurde. Aber seine gute Natur half sich bald wieder.

Prinz Heckerling appellirte an die Ewigkeit seiner Liebe, wenn ihn jener auf die langweilige Kur aufmerksam machte, und wie ihm der Weise die Hinfälligkeit der menschlichen Reize recht malerisch beschrieb, da sagte er: Was Reize? In meinem Herzen werden Aurorens Reize ewig leben!

Ueberdieß behauptete Prinz Heckerling, daß ein Mensch, der nicht einsähe, daß er und seine Gemahlin nur aus Einem Stücke von der Natur geschnitten wären, nirgendhin als in das Narrenhaus gehöre.

Der Weise bat um die Gnade, dahin zurück gebracht zu werden, welche ihm auch ohne Bedenken gewährt wurde.

Es gab jetzt keinen betrübtern Hof als den des Königs Huldibert. Er und seine Gemahlin schwankten wie bleiche Schatten umher. Die Prinzessin Floribella hatte auch keine Ursache roth auszusehen, und der ganze weitläufige Hofstaat erbleichte unter diesen Umständen so jähling, daß ein halbes Dutzend berühmte Schminkehändler in Kurzem die Zahlungen einstellen mußten. Am Abende vor der Abreise des Prinzen und der Prinzessin Heckerling in's Bad, hatte alles die finstersten Gesichter, und wer keine hatte, der wußte doch recht natürlich welche zu schneiden.

Kaum war das hoffnungsvolle junge Paar seiner Bestimmung nachgereiset, als eine neue Erscheinung Hof, Stadt und Land in Unruhe setzte. Es rückte nämlich eine dicke, dicke Wolke, die nun schon seit acht Tagen bemerkt wurde, immer näher und näher. Alle Professionen hatten ihre eignen Gedanken über die Wolke. Die Spaziergänger zum Exempel, fürchteten, daß ihnen eine große Hemmung ihrer Geschäfte bevorstehe. Die

Kornsammler hofften, daß die nahe segenreiche Ernte durch die Wolke vernichtet werden würde. Die philosophischen Aerzte erklärten die Wolke für einen Augenfehler der Menschen, der epidemisch geworden wäre und Stadt und Land angesteckt hätte. Zugleich erklärten sie jeden für einen Dummkopf, der Umstände machte, ihnen zu glauben. Kein Wunder daher, daß diese Meinung am weitesten um sich griff. Bloß der Bauersmann nahm den Dummkopf lieber an, als die Meinung, und ließ sich die Gesundheit seiner Augen so wenig als das Daseyn der Wolke abdisputiren.

Und der Bauersmann hatte Recht gehabt. Denn eines Tages sank die Wolke selbst allmählich auf dem Schloßplatze nieder. Ein halb Schock Genien kamen herbei geflogen, um den Deckel davon aufzumachen, und als das geschehen war, da stieg eine äußerst zahlreiche Gesandtschaft vom König Isegrimm heraus, in deren Mitte sich die weltberühmte Prinzessin Isola befand.

Huldibert und seine Gemahlin erschraken nicht wenig, als die Nachricht voraus auf das Schloß eilte. Das hätten sie sich kaum im Traume einfallen lassen, daß ihnen auch von dieser Seite noch eine Verlegenheit bevorstehen sollte.

Was die philosophischen Aerzte vorhin von Augenübeln gesagt hatten, das trat nunmehro wirklich ein. Denn die Gesandtschaft starrte so von Gold und Edelsteinen, daß wer sie nur ansah, böse Augen bekam, und die Augenschirme darüber dermaßen Mode wurden, daß auch, wer gesunde Augen behalten hatte, welche tragen mußte, wenn er ein Mann von Geschmack heißen wollte. Hieraus bewiesen denn die Aerzte, daß sie vorhin im Grunde doch Recht gehabt hätten, und nannten nunmehro den einen Dummkopf, der ihren vorigen Ausspruch allzu buchstäblich genommen hatte.

So sehr man auch darauf dachte, der Gesandtschaft die Lage der Dinge zu verheimlichen, so bekam sie doch Wind davon, und König Huldibert hatte viel Mühe, den Leuten begreiflich zu machen, daß alles noch gut gehen werde, und sie in Gottes Namen ohne die Prinzessin zurückreisen könnten.

Mit Hülfe einiger Millionen vollwichtiger Ueberredungs-Gründe ward es endlich noch dahingebracht. Nur Höckerlein, welcher auch mitgekommen war, hatte dafür kein Ohr, sondern machte seinen Anspruch auf Floribellen geltend.

Der König Huldibert fragte, wie sich die Sache verhalte, und der Gesandte, halb todt schon über die vorgefundenen Umstände, bat um eine Privataudienz. Hier warf er sich dem Könige zu Füßen, berichtete die Treulosigkeit des Sekretärs, und welchen Auftrag Höckerlein sodann übernommen habe. Die Fee sei aber nicht sogleich, sondern erst nach einem Jahre erschienen, und der König Isegrimm habe sie durch ein prächtiges Gastmahl so sehr für sich eingenommen, daß sie der Prinzessin Isola ihren Sohn zum Gemahl angetragen. Allein Isegrimm hätte nun einmal sein Wort gegeben gehabt. Hierauf wäre denn die Fee mit dem Erbieten gekommen, die Prinzessin und eine ganze Gesandtschaft schleunigst und Portofrei dem Prinzen Heckerling zu übermachen. Obendrein hätte die Fee versprochen, darauf zu sehen, daß Isola ihrer Schönheit und ihren Tugenden gemäß behandelt werde, und im Gegenfalle schreckliche Rache an dem Prinzen zu nehmen.

König Huldibert stieß hierbei einen so heißen Seufzer aus, daß dem zitternden Gesandten das Wort auf der Zunge zerschmolz. Ein Befehl seines Gebieters machte jedoch, daß er also endigte: Als schon das Wolkenschiff ausgerüstet, und zum Absegeln bereit war, bat ich, eingedenk meines Eurer Majestät geleisteten Versprechens, den König Isegrimm unter vier Augen, daß er Höckerlein zurück behalten möchte. Aber darauf ließ mich König Isegrimm so ungnädig an, daß ich es kaum erzählen darf. Er meinte, er habe sein Wort gegeben, daß Höckerlein die Prinzessin Floribella zur Frau bekäme, und werde nicht ruhen, bis dieses geschähe. Müßte er doch auch sein Wort halten mit der Prinzessin Isola, so ungelegen es ihm gekommen wäre. Uebrigens rieth der Gesandte, daß der König den Prinzen baldmöglichst zur Heirath mit Isolen bewegen möchte, weil sonst Isegrimms Zorn im Einverständnisse mit der Fee gar leicht das ganze Königreich verheeren könne. Auch würde die Prinzessin Floribella am besten thun, wenn sie Höckerleinen ihre Hand nicht vorenthalte.

Bei diesem Worte aber reichte die Königin, welche eben herbeigekommen war, dem Rathgeber einen solchen Backenstreich herüber, daß er auf der Stelle mit Tode abging.

Die Aerzte, welche vergebens herbeigerufen wurden, behaupteten diesmal einstimmig, daß der Mann an dem Uebermaße zurückgetretener Hoffnungen erstickt sei.

Es war auch nichts weiter mit ihm zu thun, als daß er zur Warnung für Andre in Spiritus gesetzt, und im Archive neben den hundert und neun und neunzig Volumen Akten aufbewahrt wurde, die er während seiner Gesandtschaft hatte zusammen schreiben lassen.

König Huldibert, welchem brühheiß wurde, wenn er nur an Isegrimms Rache dachte, schickte sogleich nach seinem Sohne, und hieß ihn, bei Verlust des künftigen Thrones, schleunigst zurückzukehren. Er hoffte viel auf die bewundernswürdige Gestalt der Prinzessin, deren Gleichen es gar nicht mehr in der Welt geben konnte. Aber der verstockte Heckerling kam nur, um wieder abzureisen, und that noch erstaunend empfindlich, daß sein Vater, eines zeitlichen Königreiches halber, seiner ewigen Liebe solche grobe Zumuthungen zu machen im Stande wäre.

Unter diesen Umständen blieb dem Könige nichts übrig, als der Prinzessin Isola, die bis dahin gar nicht gewußt hatte, woran sie gewesen war, sein Leidwesen anzuvertrauen, und sie zu bitten, daß sie die Sache ja nicht übel nehmen möchte.

Isola war auch in der That ein so gutes Kind, daß sie alles vergeben und vergessen wollte, und sich übrigens auf den glänzenden Bällen, welche ihr zu Ehren angestellt wurden, froh und frei herum tummelte.

Destoweniger aber war Höckerlein in seinem Sinne, Floribellen zu heirathen, wankend zu machen, ja der Mann zog sich die Wendungen, die gegen ihn gemacht wurden, so zu Gemüthe, daß seine körperliche Konstitution äußerst darunter litt. Unter andern schob sich der Höcker von der Brust ganz auf den Rücken, und die unförmliche Nase wurde so spitzig, daß man sie hätte durch ein Nadelöhr bringen können. Er war bisher mit seinem Anliegen von der Prinzessin Floribella zum Könige und vom Könige wieder zur Prinzessin Floribella gewiesen worden. Nun aber verlangte er eine bestimmte Erklärung vom Könige, und nachdem dieser mit einem Ausschuß von weisen Männern Rücksprache genommen hatte, sagte er zu Höckerleinen, daß, da die Heirath zwischen Heckerling und Isolen rückgängig geworden, auch das königliche Wort, das bloß dieser Heirath halber gegeben sei, seine Gültigkeit verloren habe. Aber damit ließ sich Höckerlein nicht abweisen. Er behauptete, daß er sein Versprechen erfüllt habe, und der Wahnwitz des Prinzen Heckerling ja nicht ihm zur Last gelegt werden könne.

Als der König seiner Tochter gestand, daß er hierauf keine gnügende Antwort in Bereitschaft habe, da fuhr dieser auf Einmal ein Gedanke durch den Kopf, von dem sie gar nicht begriff, wie sie ihn nicht viel früher hätte haben können. Sie entdeckte nämlich Höckerleinen ihre sechsmalige Verlobung, und das Unglück, daß jeder ihrer Verlobten vom Schlage getroffen werde.

Damit glaubte sie ihm auf Einmal alle Hoffnung gewiß zu benehmen. Wer es aber darauf ankommen ließ, das war Höckerlein, und es blieb Floribellen nichts übrig als der Trost, durch die Verlobung selbst, von diesem Freier befreit zu werden.

Wer aber nicht daran starb, das war auch Höckerlein.

Zwar schob man die Hochzeit von Monat zu Monat, von Woche zu Woche, von Tag zu Tage unter allerlei Vorwande hinaus, aber statt der Nachricht von Höckerleins Ableben, auf die man täglich hoffte, wie das Kind auf den heiligen Christ, pflegte der Bräutigam gewöhnlich in Person zu erscheinen, und sich zu erkundigen, ob denn der glücklichste Tag seines Lebens noch immer nicht anbrechen solle.

Als endlich gar keine Aufschubsursache mehr zu ersinnen war, so mußte zum Werke selbst geschritten werden, und der schwache Hoffnungsschimmer, daß Höckerlein wenigstens am Hochzeitstage sterben würde, starb an dem Hochzeitstage. Denn grade dieser Tag bekam dem Manne außerordentlich wohl.

Um die damalige Zeit erschien zuweilen ein unbekannter Prinz an dem Hofe, gegen dessen Schönheit keine einzige auf der ganzen Welt Stich hielt, und mit dem, wie es schien, Prinzessin Isola gar nicht ungerne tanzte.

Auch Prinz Heckerling, der ein ganzes Jahr im Anfange gar nichts, und am Ende nur wenig von sich hatte hören lassen, machte wieder zuweilen einen Besuch.

Die Kur war bei seiner Gemahlin so wenig ohne Folgen geblieben, daß sie bereits bis an die Waden entsteinert war. Aber dieß hatte auch wirklich ihrem übrigen Körper schon so viel gekostet, daß sogar Hofleute und Dichter roth wurden, wenn sie ihren Reitzen eine Lobrede halten mußten.

Ihr Gemahl übertrieb fast die Schuldigkeit eines Ehemannes, seine Gattin in Gesellschaft nicht ausschließend besitzen zu wollen. Er konnte ihr, die sonst seinen Ohren lauter göttliche Dinge vorsagte, jetzt gar meschante Blicke zuwerfen, wenn ihre Reden etwas ungehobelt herauskamen. Auch merkten die spitzfindigen Hofleute gar bald, daß es ihm einen ordentlichen Dolchstich in's Herz gab, wenn der guten Hoffnung gedacht wurde, welche Prinzessin Heckerling unter ihrem Herzen trug.

Der vormals Hörnerne, der Anfangs sein ganzes Vertrauen besessen hatte, durfte ihm nicht mehr vor Augen, dagegen wurde, was beinahe noch seltsamer schien, der achte Weise im Narrenhause fast des Prinzen einziger Umgang.

Heckerling würde viel drum gegeben haben, wenn dieser Weise an den Hof, oder auch nur unter die vernünftigen Menschen überhaupt, hätte zurückgebracht werden können. So aber wollte er absolut im Narrenhause leben und sterben, weil er, wie er sagte, nirgends so gut wisse als da, wie er mit seinen Leuten dran wäre.

Endlich fand Prinz Heckerling, daß es sich mit einer so unausstehlichen Person, wie seine Gemahlin, durchaus nicht leben ließe, und kaum hatte er's gefunden, so eilte er allein an den väterlichen Hof, sagte hier zu seinem Vater und zu seiner Mutter ziemlich kleinlaut, er sähe endlich ein, daß die Träume Lügner wären, und daß seine Gemahlin gar nicht aus Einem Stücke mit ihm geschaffen worden sei. Daher wolle er sie auch Augenblicks verstoßen und im Nu die Prinzessin Isola heirathen.

Auf diese Worte schlossen die erfreuten Aeltern ihren Herrn Sohn mit einer so erstaunlichen Liebe in die Arme, als ob es Wunder was für ein Heldenentschluß wäre, der schönsten Prinzessin auf der Welt sein Jawort zu geben.

Die Lob- und Dankgebete für des Prinzen Entschluß erschollen sogleich in allen Kirchen, und kein Mensch zweifelte an Prinzessin Isola's Einwilligung, als diese Prinzessin selbst.

Diese nämlich wollte durchaus nichts vom Prinzen Heckerling wissen, und während er sich wie ein Regenwurm zu ihren Füßen krümmte, führte sie ihm das Mißgeschick seiner Gemahlin zu Gemüthe, und sagte, wiewohl viel verblümter, daß ein Narr darum, daß er sich entschlösse, ein Bösewicht zu werden, noch gar nicht aufhöre ein Narr zu seyn, und alle Rednertalente im Königreiche waren unvermögend, die Prinzessin andres Sinnes zu machen.

Eine neue Erscheinung erfüllte jetzt auf Einmal alle Menschen mit Furcht und Schrecken. Die Wolke, in welcher Isola durch die Luft geschwommen war, stand noch in zu gutem Andenken, als daß der Ursprung der ungeheuer großen Wolken, welche jetzt immer näher und näher zogen, nicht hätte errathen werden sollen.

Einmal des Morgens klärte sich die Sache vollends auf. Die Stadtsoldaten im Thore kamen nach Hause, und klagten ihren Weibern, daß die Zeiten immer schlechter würden, und sie nun nicht einmal mehr bei Nacht auf der Wache ungestört Schafkopf spielen könnten. Es wäre nämlich eine Armee von vielen hunderttausend Mann aus der Luft herunter gefallen, so daß sie über Hals und Kopf das Hasenpanier hätten ergreifen müssen, um nur ohne Schläge davon zu kommen.

Bald wirbelten die Trommeln in allen Straßen.

Nur im Schlosse, wo man später zu Bette ging, wußte noch niemand von den fürchterlichen Geschichten.

Als Isegrimm und die Fee mit gewaffnetem Gefolge daselbst anlangten, fuhr die königliche Leibwache aus dem ersten Schlafe auf. Gewalt mit Gewalt zu vertreiben schien ihr eine zu blutige Maßregel. Daher ließ sie sich von den Ankommenden in Gutem ablösen.

In König Huldiberts Schlafzimmer endigte alles nach einer halben Stunde. Prinz Heckerling wurde, wegen des der Prinzessin Isola angethanen Schimpfs auf ewig mit seinen Nachkommen von der Thronfolge ausgeschlossen. Isola heirathete den überschönen Prinzen, welcher schon bei den Bällen großen Eindruck auf sie gemacht hatte, und von dem es nunmehr herauskam, daß er der Sohn der Fee war. Diese übergab ihnen ein eigenes Königreich, das sie so eben erst in der Luft gestiftet und mit allem Zubehör versehen hatte.

Höckerlein und Floribella wurden zu Erben von Huldiberts Krone nach dessen Tode ausgerufen.

Als Isola, die Fee und König Isegrimm mit der ganzen Armee schon wieder durch die Luft abgesegelt waren, da wurde viel über Höckerleins Ursprung gesaalbadert. Er für seine Person erzählte selbst, daß er ein Findelkind und einmal des Morgens in den Zimmern der Fee unverhofft gefunden worden sei. Die Fee, welche damals noch unverheirathet gewesen, habe ihn einer alten Dienerin zur Erziehung anvertraut. Er sei auch bis in sein zehntes Jahr grade und schön aufgewachsen. Darauf aber habe ihn die Fee, als Braut, plötzlich wieder erblickt, und ihn, über seine zufällige Aehnlichkeit mit ihr ganz erschrocken, vorn, hinten und auf der Nase, mit ihrem Stabe berührt. Die Wirkung davon sei nicht ausgeblieben. Hierbei habe sie ihm jedoch versprochen, ihn nie zu verlassen, auch das Alter von ihm entfernt zu halten, solange er den Höcker trüge, daher es ihm denn auch niemals an etwas habe fehlen können. Das Lastträgermetier sei bloß aus Liebhaberei von ihm getrieben worden, weil ja doch der Mensch eine Liebhaberei haben müsse. Lange habe er in Zweifel gestanden, zu welcher er sich entschließen solle, und sich endlich zu dieser entschlossen, weil er einen entschiedenen Hang zur Originalität in sich spüre. So viel Gerechtigkeit aber werde man ihm wohl widerfahren lassen, daß er hierdurch dem verschrieenen Dilettantismus alle Ehre gemacht habe. –

Prinz Heckerling wollte den Herold vom Pferde reißen, der die Thronfolge seines Schwagers zu proklamiren hatte. Aber das Volk, das zeither bloß des Prinzen Titel, nicht seine verdienstlose Person verehrt hatte, nahm sich des königlichen Proklamators an.

Das Unglück brach von allen Seiten über den armen Prinzen herein. Seine Gemahlin hatte ihm einen Sohn geboren, der einem Affen über Gebühr ähnelte. Wo seine Liebe sonst anfragte, bekam er statt einer neuen Gemahlin einen neuen Korb. Am Ende war gar keine Gesellschaft mehr für ihn da, als die ihm unerträglich gewordene Frau, und er fand so das Wort, das ihm im Feenpalaste voraus gesagt worden war, in seinem ganzen verdrüßlichen Umfange bestätiget. Wunderlicher aber noch als dieß war es, daß es bald im Lande kein glücklicheres Paar gab als Prinzessin Floribellen und Höckerlein. So schwer der schönen Prinzessin auch die erste Zeit ihrer Ehe geworden war, so kam sie doch bald dahinter, daß Höckerlein ein guter, ehrlicher Schlag von Menschen und obendrein nicht auf den Kopf gefallen war. Mit jeder neuen Umarmung nutzte sich auch ein Theil des Ueberflusses von seinem Rücken und seiner Nase in der Prinzessin Augen ab. Am Ende ging das Ding so weit, daß ihr Höckerlein wie der schönste Mann im ganzen Königreiche vorkam, und nichts sie ärgerte, als daß andre Leute hierüber mit gutem Gewissen nicht ihrer Meinung seyn konnten.

Auch darin aber ging es ihr in Kurzem vollkommen nach Wunsche. Als nämlich König Huldibert zu ihrer großen Betrübniß endlich gestorben, und die Fee zum Krönungsfeste seines Nachfolgers erschienen war, da sagte diese zu Höckerlein, seinen überaus schönen Erstgebornen auf den Arm nehmend: Dieser da wird künftig deinen Platz behaupten. Altere denn von nun an wieder, gleich den übrigen Menschen. Dabei berührte sie Höckerleinen mit ihrem Stabe Rücken und Nase. Alsbald erscholl ein langes und allgemeines: Ah! – und darauf schrie alles was Odem hatte: Lange lebe König Huldibert der Zweite, der beste und schönste Mann im ganzen Königreiche!

* * *

Der Geist des Verstorbenen.

1.

Des Herrn Sollers Rittergut und drei ansehnliche Häuser in der Stadt, erwarben Julien, seinem einzigen Kinde, zwei Drittheile Verehrer mehr, als ihr ausgezeichneter Wuchs und ein besonders reizendes Gesicht dem artigen Mädchen verbürgen konnten. Daher hatte sie in einem Alter von siebzehn Jahren schon Gelegenheit gehabt, einigen Heirathsanträgen durch zweideutige Antworten auszuweichen, und einige andre graden Weges zurückzuweisen.

Ihr Vater, dem sie die Gründe dazu angegeben, freute sich, eine so verständige Tochter zu haben. „Da kennen Sie Julien nicht!“ sagte er zuversichtlich, als ihn jemand auf ihre besondre Freundlichkeit gegen den Doktor Heß aufmerksam machen wollte. Er glaubte, daß des Mädchens Hoffnungen den Kreis seines stillen, bequemen Hauses noch gar nicht überschritten hätten. In seinen, mit einer leidlichen Gesundheit und Ruhe zufriedenen Jahren, vergaß er, daß die Wünsche der Jugend sich ganz anders gestalten, und daß die Sehnsucht nach ihrer Erfüllung von einem wohlgepflegten, sorglosen Leben eher aufgereizt als besänftigt werde.

Um so mehr überraschte ihn ein Brief von dem Doktor, der für Julien bestimmt, in ihrer Abwesenheit durch die Einfalt des Ueberbringers Herrn Soller ausgehändigt worden war. Die Aufschrift zeugte von einer männlichen Feder und er wartete mit Ungeduld auf die Rückkehr seiner Tochter.

Ihr Erschrecken, als er den Brief übergab, machte, daß er denselben sogleich wieder an sich riß, eröffnete, und die unwandelbare Liebe mit ansah, auf die sich Gustav Heß darinnen zu wiederholten Malen berufen hatte. Einem scharfen Examen folgte ein noch schärferes Verbot. Was mußte Julie nicht alles in Einem Athem versprechen, um nur für den Augenblick Ruhe zu erhalten!

Der unterbrochene Postlauf, über dessen Ursachen des Mädchens verweinte Augen ihrem Geliebten vom Fenster aus Nachricht gaben, veranlaßte das ungestüme Herz des Doktors zu einem Gespräch mit Herrn Soller. Gustav hielt um Juliens Hand förmlich an, welche ihm von dem Vater nicht weniger förmlich abgeschlagen wurde. Dieses war um so räthselhafter, da Heß ein unabhängiges, großes Vermögen, einen guten Ruf, ein angenehmes Betragen, und alles besaß, was seiner Bitte das Wort reden konnte. Denn selbst ein kleines Ehrenzeichen, das ein akademisches Duell seiner Wange beigebracht hatte, zog ihm bei den bedächtigsten Leuten keinen Vorwurf zu, weil es allgemein bekannt war, daß er den Streit damals nicht veranlaßt hatte.

Vergebens hoffte Julie, ihr, sonst in seinen Meinungen ziemlich biegsamer Vater, werde ihren Liebkosungen nicht ewig widerstehen. Vergebens wurde von ihrer und des Doktors Seite alles angewandt, ihn für die sehnlich gewünschte Verbindung zu gewinnen.

Nach einer Menge fruchtloser Versuche schien dem Mädchen nur Eine Ursache seiner Halsstarrigkeit denkbar, und irrte sie sich in dieser nicht, so war wenig Hoffnung vorhanden, daß sie ihren einzigen Wunsch bei des Vaters Lebzeiten erreichen würde. Herr Soller war nämlich, seit der Kränklichkeit, welche ihn vermocht hatte, sich der Geschäfte seiner ausgebreiteten Handlung zu begeben, zu seinem großen Leidwesen im Besitz der Geisterseherei. Er hatte sich so gar nach und nach, trotz dem Doktor Jung, ein System der Geisterwelt gebildet; nach welchem unter andern diejenigen Personen, die während ihres Lebens „sich sehen ließen," allezeit einen höchst zweideutigen Charakter haben mußten.

Julie besorgte sehr, daß der Geist des Geliebten ihrem Vater erschienen seyn möchte, und ließ ihrer Schlauheit keine Ruhe, bis sie wußte, daß sich die Sache in der That also verhielt. Grade in der Nacht nach dem Auffangen des Briefes, war Doktor Heß ganz in seinem gewöhnlichen Anzuge bei Herrn Sollers Bette vorübergegangen.

Nur ein verzweifeltes Mittel, wogegen sich ihre Schamhaftigkeit auflehnte, fiel Julien ein, und die Liebe rastete nicht, bis sie es angewandt hatte. Sie that nämlich ihrem Vater das falsche Geständniß, daß sie von seinem Zorn, und ihrem Herzen verleitet, damals dem Doktor bei Nacht die Thore geöffnet, folglich Herr Soller ihn selbst, und nicht sein

Gespenst gesehen habe. Sie erzählte ihm dabei, wie sie sich der Schlüssel zu Haus und Vorsaal bemächtigt, in solchem Detail und mit so vieler Wahrscheinlichkeit, daß ihm gar kein Zweifel daran übrig blieb.

Die Folge zeigte, daß Julie ihre Mittel zu wählen verstand. So hart sie auch auf dieses Geständniß angelassen wurde, so milderte sich doch der väterliche Widerwille gegen den Doktor zusehends. Julie wußte den Geliebten davon zu benachrichtigen. Er wiederholte seine Bitte um ihre Hand, und Herr Soller, dem es bedenklich schien, eine Tochter länger zu hüten, welche dem Liebhaber im Nothfalle bei Nacht ihr Zimmer öffnete, ließ ihn Gehör finden.

Leider erschien dem Vater das Gespenst acht Tage vor der festgesetzten Hochzeit wieder. Und dießmal gab der Geisterseher zu genau auf die Thüren acht, als daß Julie ihre frühere Selbstanklage mit Glück hätte wiederholen können. Herr Soller bestand nun auf dem Rückgange der Heirath. Eine förmliche Prophezeihung, welche er seiner Tochter von ihrem künftigen Unglück machte, blieb auch wirklich nicht ohne Eindruck. Aber der Geliebte wußte ihr die Prophezeihung gar bald aus der liebenden Seele zu reden. Die öffentliche Verlobung war geschehen, und das Paar hielt den Vater beim früher gegebenen Worte. Da er wohl wußte, daß jedermann seine Ursache dieses Zurücknehmens für ein Hirngespinst erklären würde und eine gültigere sich nicht auffinden ließ, so willigte er zwar endlich ein, weigerte sich jedoch standhaft, einen Zeugen der Hochzeit abzugeben.

Als indessen diese vorbei war, so ließ er sich auch zur Wiederherstellung des natürlichen Verhältnisses zwischen Vater und Kind bereit finden, erwiderte des Paares Besuche, und gab einmal selbst der jungen Frau zu, daß er bis jetzt, seine Besorgnisse wegen ihres Gatten, nicht bestätiget sehe.

Doktor Heß entsagte der medicinischen Praxis, welcher er sich gewidmet hatte, oder beschränkte sich doch darin auf einige Freunde, denen er aus besonderm Wohlwollen diente. Um so gemächlicher konnten sich die Neuvermählten allen Launen der Liebe überlassen, und sie thaten es auch nicht selten bis zur Ausschweifung. Mit heißer Begier hingen sie an jedem Traume, der ihre jetzige Existenz so wenig verändert als möglich, verewigte, und Sollers Geisterseherei kam bei einer solchen Gelegenheit ebenfalls zur Sprache. Die Wünsche der Liebenden verwendeten sich für die Möglichkeit der Wiedererscheinung nach dem Tode. Das Paar war jetzt gar nicht abgeneigt, den Geistern, die Herrn Soller zuweilen besuchten, ein Wesen zuzugestehen, wenn sie auch die Resultate, welche er daraus zog und sein selbsterschaffenes System ganz verwerflich fanden. Gustav wußte die Geschichte zweier Liebenden, die sich das Versprechen gegeben hatten, auch im Tode nicht von einander zu weichen, und daß der zuerst verstorbene Gatte, seines Wortes eingedenk, zurückgekehrt war, bis auf ihre kleinsten, der Ueberzeugung überaus günstigen Umstände. Die Aeußerung, daß doch ihnen dieß ebenfalls vergönnt seyn möchte, wurde von Julien gethan und von Gustav mit Wärme wiederholt. Man ließ sich die seltsamsten Meinungen, welche jemals über die Geisterwelt gedruckt worden waren, zusammentragen, und einige sehr merkwürdige Handschriften vollendeten die zu großer Erbauung betriebene Lektüre dieser Art.

Unvermerkt wurde das Paar von der Vermuthung des Möglichen zu dem Glauben an die Gewißheit der Sache geführt, und mit Hülfe verschiedener, wie von ungefähr entstandener Hypothesen, gelangte man nun, so gut wie Herr Soller, zu einer eigenen Theorie. Nach dieser wurden ein Paar aufrichtig Liebende durch den Tod keineswegs getrennt, vielmehr hatte die zuerst gestorbene Hälfte des schönen Ganzen, bis zum künftigen Wiedervereine das Recht, den zurückgebliebenen Theil als Schutzengel zu umschweben.

Zum Glück wurde die neue Schwärmerei von der Zeit und dem Leben allmählig abgenutzt. Aber die menschlichen Schwächen, welche jede Hälfte an der andern entdeckte, zerstörten die Idee der Vollkommenheit, welche jede von der andern gehabt hatte, gar bald dermaßen, daß nach Juliens erstem Wochenbette, das Projekt der Rückkehr aus dem Schattenreiche, in gänzliche Vergessenheit gerathen war. Die sonst ganz unwandelbare Liebe wurde mit jedem Monate wandelbarer. Denn obschon der Knabe, worauf der ganze Lebenszweck der Mutter nunmehr hinzugehen schien, wieder zu Grabe getragen wurde, so schien darum doch Gustav ihr nicht näher gerückt zu werden.

Die beiden so glücklich zu einem Ganzen vereint gewesenen Hälften fingen an, ihre Selbstständigkeit wieder zu behaupten, und wenn auch kein Theil den andern einer förmlichen Untreue anklagen konnte, so waren doch beide entschiedene Zweifler an den Gesinnungen des Gegentheils in dieser Rücksicht geworden.

Nach Verlauf dreier Jahre schien das innere Band zwischen ihnen gänzlich aufgelöst. Nur ein äußeres hielt sie vielleicht noch beisammen. Die väterliche Prophezeihung Lügen zu strafen, und den Freunden, welche noch immer ihre beispiellose Liebe am Hochzeittage nicht vergessen hatten, keinen Stoff zum Lachen zu geben, wurde der Unfriede, der jetzt manchmal in ihrem Hause ausbrach, nicht über dessen Thürschwelle gelassen, wenn schon eine sehr merkliche Veränderung in dem gegenseitigen Betragen dem Kenner nirgends ganz zu verbergen war.

Doktor Heß, der, wie schon erwähnt, aus Liebe zu einem ruhigen, genußreichen Leben seine medicinischen Kenntnisse nicht zum Erwerbszweige nutzte, hatte während der beiden ersten Jahre einen großen Theil des Sommers in einem berühmten Bade mit Julien zugebracht. Der dritte Sommer war wieder diesem Bade von ihm bestimmt. Allein Julie schlug die Begleitung unter dem Vorwande einer von der zweiten verunglückten Niederkunft zurückgebliebenen Kränklichkeit aus.

Es war ihr gleichgültig, daß ihr Gatte, wie sein Lächeln bewies, die Nichtigkeit des Vorwands wohl durchschaute.

Erst nach seiner Abreise fiel ihr eine Unpäßlichkeit ein, worüber er seit einigen Monaten geklagt, und die sie für bloße Vermäntelung seines Mißmuths gehalten hatte. Wenn sie wahr wäre! Und wenn er weit von hier unter fremden Menschen erkranken sollte! Es fehlte wenig, und der Gedanke hätte sie zur Bestellung von Postpferden angetrieben.

Fröhliche Gesellschaft verjagte indessen diese Wolke gar bald von der jugendlichen Stirn, und sie schalt sich eine Thörin, daß sie an einen Mann mit solcher Sorge denken könne, der so eben Anstalt machte, sich von der Langeweile, womit ihn ihr Umgang gepeinigt hatte, in den Armen der Freude zu erholen.

Im Ganzen war ihr die jetzige Einsamkeit auch gar nicht ohne Behagen. Eine Menge Rücksichten, die sie vor ihrem Gatten zu beobachten hatte, konnten jetzt wegfallen. Sie stand einzig unter den Gesetzen des Anstands, und dachte nicht ohne einige Angst an die nahe Aenderung ihrer Lage, als ein Brief vom Doktor dessen Rückkehr um drei Wochen weiter hinausschob.

So willkommen ihr aber auch die Sache war, so sehr verdroß sie das, daß Gustav darin nicht einmal einen Grund seiner längern Abwesenheit anzugeben sich bemüht hatte.

Nach Verfluß einer Woche erhielt sie ein Schreiben von ihres Mannes Bruder, welcher ein ansehnliches Staatsamt in einem entfernten Lande verwaltete, und, wie sie jetzt zum ersten Male hörte, den geliebten, einzigen Bruder nach langer Entbehrung wieder zu sehen, die weite Reise in's Bad unternommen hatte. Die äußerst gefährliche Krankheit ihres Gatten, welche das Schreiben verkündigte, wirkte erschütternd, und kaum hatte sich Julie zur schleunigen Abreise bereit gemacht, als sie aus einem zweiten Schreiben ersah, daß das erste nur die Vorbereitung auf die Todespost hatte abgeben sollen. Ein plötzlicher Schlag war die Ursache seines frühen Lebensendes gewesen.

Da er in dem Bade, hauptsächlich wegen seiner gesellschaftlichen Talente, viel Freunde besaß, so war seine Beerdigung äußerst rührend und feierlich gewesen. Der Bruder, welcher dieses schrieb, eröffnete der Witwe zugleich, daß er schon in Begriff gestanden hätte, ihr alles persönlich zu melden, als er von seinem Dienstverhältnisse unvermuthet abgerufen worden. Uebrigens erinnre er sich von dem Verstorbenen kurz zuvor einmal in zufälligem Gespräche gehört zu haben, daß ihr ihm Zugebrachtes den dritten Theil seines hinterlassenen gänzlichen Vermögens bei weitem nicht erreiche, daher er bereits alle Anstalten getroffen habe, daß ihr dieser dritte Theil in sichern Dokumenten und baarem Gelde übergeben werden solle.

Julie fühlte sich von dem Hauptereignisse so tief verletzt, daß ihr diese ökonomische Sorgfalt jenes höchstunglückseligen Augenblickes ganz unwürdig erschien. Unwillkührlich faßte sie gegen den Briefsteller einen starken Widerwillen; daß er dergleichen in den ersten Tagen der Trauer zu berücksichtigen werth gefunden hatte.

Der Vorwurf, den sie sich unmittelbar nach des Verstorbenen Abreise machte, fiel jetzt mit zermalmender Gewalt auf sie ein. Jeder schöne Moment ihrer Liebe trat aus dem Verborgenen hervor, und vor allen die längstvergessene feierliche Scene, wie sie einander wechselseitig das Erscheinen nach dem Tode zugesagt hatten.

Nicht ohne ein fieberhaftes Grauen kam sie am Abend von ihrem Vater in die düstre Einsamkeit.

Als sie ausgekleidet und ihr Mädchen im Fortgehen begriffen war, rief sie es zurück. Aber der Entschluß, eine Wächterin zu behalten, wurde sogleich wieder verworfen, und die Dienerin fortgeschickt, ohne daß sie erfuhr, warum sie hatte umkehren müssen. Julie wollte dem Geiste ihres Gatten durch keine Zeugen Fesseln anlegen, ob sie schon vor Zittern kaum das Bette erreichen konnte. Sie wünschte keinen Schutz, als den des Schlafes.

Aber so fest sie auch ihre Augen verschlossen und die Bettvorhänge, welche gewöhnlich offen blieben, zugezogen hatte, so stellte sich doch kein Schlummer ein. Vielmehr rauschte es um sie herum, seltsamer, als es die Einsamkeit des Zimmers zu gestatten schien. Und als sie endlich, voll Entsetzen, ihr Gesicht von der Wand herüberwandte, auf alles gefaßt, die Vorhänge öffnete und aufblickte, da gab die Lampe einen so abentheuerlichen ungleichen Schimmer, und bildete auf der einen Seite des Zimmers einen so dunkeln, räthselhaften Schatten, wie er der Bebenden noch niemals vorgekommen war.

Diese Stelle ward ihr am verdächtigsten. Je länger sie hinsah, desto beweglicher wurde der Schatten. Auch prasselte die Flamme so, als ob etwas von außen auf sie wirken müsse.

Was Julien fast noch mehr als alles dieses angriff, war der Gang einer Stutzuhr, nicht weit vom Bette, dessen Einförmigkeit von den so ungewöhnlichen Ereignissen auch nicht im mindesten gestört wurde.

Schon hatte die Angstvolle so viel Muth gefaßt, um die Uhr still stehen zu lassen. Schon richtete sie sich dazu in die Höhe, als der Ton des Aushebens vor der Mitternachtstunde sie wie ein Geisterruf wieder zurückwarf. Es war, als ob der hell darauf erfolgende Glockenschlag ihr die festzugehaltenen Augen aufrisse, und dieß nur – damit sie wahrnehmen möchte, wie sich aus dem gefürchteten Schatten die kranke Gestalt ihres Gemahls deutlich hervorhob, und ihre lautlosen Schritte nach dem Bette richtete. –

Dieser Moment war der letzte ihres Bewußtseyns und am folgenden Morgen lag sie in einem überaus heftigen Fieber.

Erst nach mehrern Monaten wurde sie völlig davon hergestellt, und nun zeigte sich ihr Vater äußerst begierig, etwas von dem Geiste zu erfahren, dessen Erscheinen sie in der Hitze der Krankheit bisweilen gedacht hatte. Doch Julie wußte nichts mehr von diesen Aeußerungen, und die Nacht, welche die Einleitung zur Krankheit gewesen war, vermied sie absichtlich zu erwähnen.

Ihr erster Gedanke nach der Wiederherstellung war ein Besuch des Grabes von ihrem Gemahl, ganz in dem Sinne einer frommen Wallfahrt. Auch fand sich in einer unpäßlichen Freundin, welche der Arzt in's Bad schickte, eine gute Gesellschaft für die Trauernde.

Julie freute sich, daß ihr Verstorbener an dem Orte seiner letzten Tage noch in dem besten Andenken stand. Sie betrachtete mit Rührung und Dankbarkeit den Stein, den einige Freunde auf seinen Hügel hatten setzen lassen. Ihr Gatte war, wie sie erst jetzt erfuhr, gewissermaßen in seinem Berufe gestorben. Von einem hülflosen Kranken, den er aus Mitleid in seine Wohnung genommen, hatte er die Krankheit empfangen, welche ihn ins Grab stürzte. Man verschwieg ihr zwar den Umstand, daß sein Tod durch einen Fall aus dem Bette unstreitig beschleunigt worden, allein es hatten zu viel Leute davon gehört, als daß es ihr, die alle Menschen auf das Gespräch von ihrem Verstorbenen brachte, hätte verborgen bleiben können.

Da das ganze Bad, außer dem Begräbnißplatze keinen erträglichen Ort für die Traurende aufwies, so war sie sehr wohl damit zufrieden, daß ihre Gesellschafterin, deren Umständen das hiesige Wasser nicht zusagte, wieder abzureisen für gut fand.

Die Zurückkunft brachte Julien zwar Zerstreuung, aber keine ihrem Zustande anpassende entgegen. Ihr lange schon kränkelnder Vater war bettlägrig geworden, und die Aerzte verhehlten ihr nicht, daß sein Uebel wohl nur mit dem Tode gänzlich gehoben werden würde.

Um so angelegener ließ sie sich seine Pflege seyn. Die Gewißheit der nahen Einbuße einer geliebten Person, giebt unsrer Liebe eine zuvor nie geahndete Kraft. Julie wich nicht mehr aus dem Zimmer ihres Vaters. Wer sie sehen wollte, mußte den Kranken besuchen, und wirklich erhielt der Mann aus diesem Grunde mehrere Besuche von jungen Männern, die darauf ausgingen, das unstete Leben der Ehelosigkeit in ein zweckmäßigeres zu verwandeln.

Die so leise als immer rege Aufmerksamkeit der reizenden Witwe auf den Zustand und die noch unverlauteten Wünsche des Kranken mußte unfehlbar das Interesse solcher Zeugen an ihr ansehnlich erhöhen. Denn was würde ein Wesen, das mit allen Ansprüchen auf die Genüsse der Jugend sich von ihnen gänzlich zurückzieht, um Monate lang, den zuweilen recht fühlbaren Launen eines hoffnungslosen Kranken sich auszusetzen, was würde ein solches Wesen einem Gatten zu werden im Stande seyn. Aber so nahe ihr auch mancher seine Absichten legte, und so annehmlich einige Parthien genannt werden konnten, bei denen es nur auf ihre Wahl ankam, sie wählte selbst dann keine davon, als nach einem beinahe zehnmonatlichen Leiden ihr Vater entschlummert und beerdiget war.

In der Folge schloß sie sich zwar an einige gesellige Familien an, aber dieß keinesweges um Gelegenheit zum Austreten aus ihrem Wittwenstande zu finden. Die Erinnerungen an die ersten Wochen ihrer Ehe standen in der hellesten, kräftigsten Farbe vor ihr da. Die gegenseitige Liebe des Paares war damals zu groß gewesen, als daß sie sich getraut hätte, auf eine ähnliche, künftige Hoffnung zu fassen, ein Schattenbild aber ihres vergangenen Glückes scheute sie sich in's Leben zu rufen, weil sie der Verlust ihrer Unabhängigkeit ein viel zu hoher Preis dafür dünkte.

Sie gestand dieß auch mehrern Bewerbern ohne Rückhalt, so daß ihr Entschluß im Wittwenstande zu bleiben zu manchem Epigramm den Interessenten Veranlassung gab. Uebrigens waren ihre durch die Aufopferung von Ruhe und Schlaf, bei der väterlichen Krankheit, nur wenig niedergebeugt gewesenen Reize wieder vollkommen aufgeblüht, auch ihr Geist allmählig zu seiner frühern Anmuth und Heiterkeit zurückgelangt.

Der Vorwurf beunruhigte sie indessen noch immer zuweilen, daß sie ihren Gatten allein in's Bad hatte reisen lassen, wenn ihr auch sein Geist seit dem ersten Male nicht wieder erschienen war. Sie zweifelte jetzt sogar dann und wann daran, daß es sein Geist gewesen wäre, und hielt alles vielmehr für die bloße Folge ihrer durch das Gewissen und den Keim zur Krankheit beunruhigten Phantasie. Uebrigens mißbilligte sie auf jeden Fall ihre Furcht außerordentlich. Denn gesetzt, es wäre sein Geist gewesen, sagte sie, so sei doch glaublicher, daß der gute, seines frühern Versprechens eingedenk, zurückkehrte, als daß er ihr eine fürchterliche Erscheinung habe werden wollen.

Ihr Leben, das sich nach und nach von der geräuschvollen Freude geflissen zurückzog, verlor jetzt durch die Heirath ihres Mädchens, in dem sie die sorgsamste, treueste Dienerin gehabt hatte, auch vieles von der zeitherigen Gemächlichkeit im Hause. Diese Dienerin war mit Julien aufgewachsen, und hatte sogar einen großen Theil ihrer Bildung mit genossen. Jetzt verband sie sich mit einem Menschen, der weder durch Stand, noch Erziehung auf die über ihre Verhältnisse weit Emporragende, Ansprüche hatte.

Julie ließ sie gewähren, veranstaltete sogar die Hochzeit. Ein Umgang aber mit ihr, welche sich selbst erniedrigt hatte, war darum nicht fortzusetzen, weil er Julien in einen ungebildeten Kreis herabzuziehen drohte.

Je einsamer sie sich dadurch fühlte, desto sorglicher pflegte ihre Einbildungskraft die Bilder der ersten Liebestage. Es ging so weit, daß sie schon einigemal ihren Verstorbenen in Geistergestalt zurückgewünscht hatte, damit er sähe, wie sie aus seinen glühenden Briefen Freude schöpfte, oder sein Bild, oder irgend ein Andenken von ihm an ihr Herz drückte, kurz wie ihr ganzes Leben nichts selbstständiges, sondern bloß eine Beziehung auf das früher geführte zu nennen war.

Mit diesem Gedanken war sie wieder einmal schlafen gegangen, als eben die Wagen nach dem Maskenballe rasselten, zu welchem sie eine sehr dringende Einladung abgelehnt hatte.

Mehrere Stunden mochte sie geschlummert haben, als ihr Auge sich wieder öffnete. In demselben Moment erblickte sie eine Gestalt im Hintergrunde des Nebenzimmers, die sich mit der äußersten Langsamkeit näherte. Der sehnlich gewünschte Schatten, unverkennbar!

Der Vorwurf, ihren Gatten durch den unbefugten Wunsch des Wiedersehens in seiner Ruhe gestört zu haben, welcher Julien jetzt mächtig befiel, beraubte sie aller Freude an der Erscheinung. An den Vorsatz der Anrede war nicht mehr zu denken. Vielmehr benahm ihr die Furcht den Athem und verschloß ihre Augen, als der Schatten noch weit im Nebenzimmer war.

Bald darauf hob ebenfalls die Furcht ihr Augenlied wieder zu verschiedenen Malen unmerklich, und siehe da, die Erscheinung war dicht vor ihrem Bette stehen geblieben.

In der bangsten Erwartung hatte Julie lange gelegen, als die Gestalt endlich davon schlich.

Erst eine halbe Stunde später faßte die Erschrockene so viel Muth, um sich zu regen und an der Klingel zu ziehen. Allein sie zog dreimal, und zuletzt äußerst starr, ohne daß ihr Mädchen einen Laut von sich gab.

Die Uhr schlug eben zwei, und sie machte sich selbst auf, die Dienerin zu suchen. Doch sie fand nur das leere Bette. Die Köchin aber und der Bediente schliefen beide in einem der obersten Stockwerke, wohin keine Klingel geleitet war. Daß das Stubenmädchen ein unordentliches Leben führte, war Julien schon bekannt. Unfehlbar hatte sich die Dirne in der Hoffnung nicht vermißt zu werden, aus dem Hause gestohlen. Uebrigens fand die Wittwe doch die äußere Thüre verschlossen.

Des Mädchens schlafbedürftiges Auge sagte am folgenden Morgen voraus, was sie späterhin auf Juliens Frage selbst bekannte, daß sie dem Maskenballe, und nicht eben mit Mäßigung beigewohnt habe. Da Julie ihr schon mehrere Mal das nächtliche Verschwinden ernstlich verboten hatte, so wurde die schlechte Dienerin sogleich abgelohnt und aus dem Hause geschickt. Es gelang Julien auch noch an demselben Tage eine andre zu bekommen, welche weit besser einschlug, als drei, mit denen sie es seit der Verheirathung ihrer ersten vergebens versucht hatte.

Alle Nächte wurde die Wittwe nun von der Furcht, wie von einem bösen Fieber befallen. Der Ton jedes Lüftchens, das Knistern des Strohhalms, ging ihr durch den ganzen Körper. Ihr Auge weigerte sich zwar, die Gestalt des Verstorbenen anzuerkennen, aber ihr Ohr hörte die Bewegung derselben. Sie bat ihres Vaters Manen die Zweifel ab, welche sie vormals an seinen Erscheinungen gehabt hatte. Sie verheelte auch niemand die Sache, und konnte sich gegen jeden sehr ereifern, der die Gestalt, die vor ihr Bette getreten war, in Zweifel ziehen wollte. Sie würde sich, sagte Julie empfindlich, die Kraft ihrer Augen und Ohren von keinem Menschen abstreiten lassen. Sie erwähnte jetzt der frühern Erscheinung kurz nach ihres Gatten Tode, und daß sie darum niemand ein Wort davon gesagt habe, weil sie selbst solche zuweilen als die Folge ihres fieberhaften Zustandes bezweifelt hätte. Sie fragte, ob man seitdem Spuren von Verstandesschwäche an ihr gewahr worden wäre. Auch die natürlichen Erklärungen, welche häufig gewagt wurden, waren ihr ein Verdruß. Man meinte zum Beispiel, daß ja wohl ein Liebhaber ihres damaligen hübschen, im Punkte der Liebe sehr gastfreien Mädchens, das Zimmer verfehlt haben könne. Daß es ein solcher gewesen, sei um so wahrscheinlicher, da der sogenannte Geist ganz in gewöhnlichen Modekleidern erschienen wäre, welcher wohl dem Geisterkostüme nicht sonderlich anpassen möge.

Auf ersteres aber entgegnete Julie, daß diejenigen Liebhaber der Dirne, die so vertraut mit derselben wären, um Nachschlüssel von ihr zu Haus und Wohnung zu erhalten, unfehlbar ihr auf der andern Seite gelegenes Gemach gefunden haben würden. Und daß die äußere Thüre wirklich verschlossen gewesen wäre, das werde sie sich von niemanden abstreiten lassen.

Die Einwendung wegen des Kostüms suchte sie mit der Frage niederzuschlagen: ob wohl nicht, ein an sich körperloses Wesen, das sich in der Körperwelt zu erkennen geben wolle, eine kenntliche Gestalt anzunehmen genöthigt sei. Und ob sie denn, fügte sie mit Leidenschaft hinzu, keinen Glauben verdiene, wenn sie versichre, darauf mit gutem Gewissen einen Eid ablegen zu können, daß zwischen der Erscheinung und der Gestalt ihres Verstorbenen kein Unterschied, als der eines geistigen Wesens, statt gefunden, und daß ihr scharfes Auge selbst die Schramme im Backen deutlich wahrgenommen habe.

Julie sprach überhaupt so verständig und überzeugend von der Begebenheit, daß sie eine Menge Anhänger fand, und sie und ihre Geisterseherei wurde so häufig der Gegenstand des Gesprächs, daß es ein Wunder gewesen seyn würde, wenn die Sache der, jetziger Zeit alles ergreifenden, Druckerpresse entgangen wäre.

Obschon das Schriftchen, das irgend ein Unbekannter deßhalb ins Publikum förderte, von Unrichtigkeiten wimmelte, so fand sich doch die Heldin, da ihr Name darin verschwiegen, auch die Geschichte im übrigen ohne Beleidigung vorgetragen worden, zu keiner öffentlichen Berichtigung aufgefordert. Eben so wenig wurde sie von den Spöttern, die sich hier und da darüber vernehmen ließen, in ihrem festen Glauben wankend gemacht. Sie war zufrieden, daß sie, seit ihr jetziges Mädchen in Einem Zimmer mit ihr schlief, von keiner häuslichen Beunruhigung weiter etwas sah noch hörte. Mit den kurzen Sommernächten kam sogar ihr Muth schon in solchem Grade zurück, daß sie ohne die mindeste Besorgniß jede Nacht wieder ganz allein zubrachte. Bei alledem war ihr Glaube an die Wirklichkeit der Erscheinung weder erschüttert, noch auch nur in etwas geschwächt.

Gegen Ende des Sommers traf sie einmal ganz unvermuthet in einem Hause, das zu ihrem Umgange gehörte, einen von ihrem verstorbenen Gatten sehr geschätzten Freund, der ihr schon lange vor des letztern Tode nicht vorgekommen war. Sie freute sich sehr den Mann zu sehen, der bei innerer und äußerer Liebenswürdigkeit, den einzigen Fehler hatte, daß er nur im unstäten Leben sich gefiel, und von einer Heirath gar nichts wissen wollte.

Juliens Eintritt ward zum Raube an der Gesellschaft, welche bis dahin den lebendigen Geist des Mannes in seinen gewandten Erzählungen bewundert hatte. Herr von Rosen gerieth mit der Wittwe seines Freundes in ein besonderes Gespräch, das nur selten von der allgemeinen Unterhaltung unterbrochen, sich bis zum Abschiede munter erhielt, und am folgenden Morgen in der Wohnung der Wittwe fortgesetzt wurde.

Der Gegenstand war Juliens Geisterseherei. Herr von Rosen hatte sich schon früher als einen hartnäckigen Zweifler an diesem ganzen Felde der Erfahrung gezeigt, und noch bei Lebzeiten ihres Mannes mehrere Geistergeschichten mit großem Geschick natürlich erklärt. Er widersprach auch der Erscheinung seines verstorbenen Freundes, und Beweis und Gegenbeweis wurden von beiden Seiten mit zu großer Wärme geführt, als daß es zu einer Entscheidung hätte kommen können.

Nachdem Herr von Rosen lange vergebens behauptet hatte, daß Julie entweder durch ihre eignen Sinne, oder durch andre Menschen hierin getäuscht worden sei, rief er mit Einem Mal aus: „Oder wie, wenn sich alles auch noch anders erklären ließe!“

„Anders vielleicht!“ sprach seine Gegnerin, „aber auch besser?“

„Wer weiß. Sie haben mir die besondern Umstände beim Tode Ihres Gatten noch nicht erzählt. – Er starb im Bade; in Ihrer Abwesenheit, und plötzlich!“

„Sie schütteln dabei zweifelhaft den Kopf. Wollen Sie mich vielleicht überreden, daß er nicht wirklich gestorben sei?“

„Nichts will ich, als eine Erklärung versuchen, die Sie ja verwerfen können, wenn sie Ihnen nicht zusagt.“

„Und ich,“ sprach Julie empfindlich, „ich will Sie bitten, dergleichen Experimente nicht an der Asche der mir theuersten Person auf der Welt zu machen.“

Nunmehr bestand Herr von Rosen mit vielem Ernste darauf, daß er, als einer der vertrautesten Freundes des Verewigten, wohl ein Recht auf das Detail seines Todes habe, erhob sich, wie sich Julie darüber nicht erklären wollte, mit einigem Unwillen, und warf einen suchenden Blick nach seinem Hute.

„Es ist wahr,“ sagte Julie hierauf, „dieses Recht haben Sie, doch habe auch ich, indem ich es Ihnen einräume, wohl das Recht, Sie vor jedem Mißbrauch zu warnen.“

Unter vielen Thränen gab ihm die Wittwe die Geschichte mit allen Umständen, und sprach, als sie nach der Beendigung sich sein ernstes Gesicht nicht zu erklären vermochte: „Was sagen Sie nun?“

„Nicht das mindeste, was Sie nicht hören wollen.“

„Ihr Achselzucken beleidigt mich, Herr von Rosen. Ich glaube, daß gegen so viel unverwerfliche Zeugnisse des Todes nicht einmal der Versuch einer andern Erklärung gewagt werden könne.“

„Und mir ist es von Ihnen selbst verboten, Sie in diesem Glauben zu stören.“

„Herr von Rosen,“ sagte sie feierlich, als er Miene zum Fortgehen machte, „ich will, ich muß Sie jetzt anhören.“

„Dann aber erlauben Sie mir auch einen frühern Umstand zu erwähnen.“

„Erwähnen Sie, was Sie Ihrem Zweck gemäß erachten.“

„Ich bin bereit. – Aus Ihrem Munde habe ich es, daß das Verhältniß zwischen Ihnen und Ihrem Manne kurz vor dessen Tode, der frühern Harmonie so entwohnt war, daß ich besorgen muß, Sie sind beiderseits zur ehelichen Trennung zuweilen ingeheim nicht abgeneigt gewesen. Einige Jahre früher waren alle Wünsche ihres Gatten auf eine weite Reise gerichtet. Diese Wünsche wurden nachher von seiner Liebe zu Ihnen und dem Glück Ihres Besitzes sehr natürlich verdrängt. Die seitdem abermals sehr veränderten Umstände, will ich nun annehmen, hatten die alte Reiselust wieder in ihm erweckt, und es gab zwei Wege zu diesem Ziele, entweder mit Ihnen reisen, oder ohne Sie. Allein Ihnen war es zuviel zugemuthet, die allerlei mit der Reise in einen andern Welttheil verknüpften Beschwerden zu einer Zeit zu theilen, wo Sie, aufrichtig zu sprechen, seinen Umgang nicht einmal immer gern hatten. Die Reise ohne Sie aber, hätte Sie hier der Langenweile, oder der ewigen Besorgniß, durch seine Rückkehr in Ihrem Vergnügen gestört zu werden, Preis geben heißen. Von diesen beiden Wegen war also keiner gut einzuschlagen.“

„Es gab aber noch zwei Mittel, welche eine Radikalheilung versprachen, und wovon das eine – Scheidung hieße. Aber das häßliche Wort empörte Ihren Gatten. Es hätte Sie und ihn dem Gerede der Leute ausgesetzt, die nicht lange zuvor sich an der ungewöhnlichen Zärtlichkeit des Paars – geärgert hatten. Die Vorwürfe ihres Vaters, welcher der Verbindung von Anfang abgeneigt gewesen, hätten überdieß unfehlbar Ihr Leben verbittert. Daher wurde denn auch dieses Mittel verworfen. Das letzte Mittel, welches sich von selbst auseinander setzen wird, sah freilich etwas sonderbar und abentheuerlich aus, aber es versprach meinem Freunde seine Freiheit, und Ihnen nach kurzem Wittwenstande einen zweiten, Ihren Wünschen gemäßen Gatten."

„Herr von Rosen," so brach hier die Wittwe aus, „Sie machen es ganz wie der Anwalt eines schlechten Prozesses. Um den Gegner zu ermüden, ziehen sie die Sache mit zwecklosen Dingen in die Länge. Ich würde kein Wort deßhalb verlieren, wenn Sie nur dabei unterließen, diejenigen Punkte meines Lebens, die ich am meisten bereue, diejenigen Saiten meiner Gefühle, welche den schmerzlichsten Ton angeben, ohne alle Schonung zu berühren!"

„Theure Freundin," fiel der Erklärer ein, „ich habe mir die Vorwürfe wegen dieser bangen Erinnerungen schon früher selbst gemacht. Aber ich mußte jener Zeit gedenken, weil sie der nothwendige Grund des Gebäudes ist, das ich nun schon zur Hälfte beendet habe."

„Aber wozu denn dieses ganze Kartenhaus, welches der Todtenschein, den ich Ihnen sogleich vorzeigen kann, mit Einem Hauche niederwirft?"

„Der Todtenschein? Als ob noch nie einer ohne Grund ausgestellt worden wäre! Doch da ich über die schwierigsten Stellen bereits hinaus bin, so erlauben Sie mir meine Hypothese weiter zu verfolgen. Ihr Gemahl reiset ins Bad, wo er seinen Bruder vorfindet. Diesem entdeckt er seine häusliche Unbehaglichkeit. Er sagt ihm, daß er gern den dritten Theil seines Vermögens entbehren würde, wenn er damit seine Freiheit wieder erlangen könnte. – Der Umstand, daß vielleicht grade mehreren ihrer Dürftigkeit wegen nicht wohl besorgten Kranken, denen Ihr Gatte aus Mitleid seinen ärztlichen Beistand zuwendet, der unvermeidliche Tod schon zur Seite steht, giebt ein Mittel zum Kaufe der Freiheit um diesen Preis an die Hand. Die schlechte Wohnung des einen Patienten wird der Vorwand, diesem ein Zimmer in dem Hause einzuräumen, welches Ihr Mann mit seinem Bruder bewohnt. Wie voraus zu sehen war, stirbt der Kranke trotz der besten Pflege und Mittel, und Ihr Gatte – geht indessen bei Nacht davon, um alles Weitere seinem Bruder zu überlassen. Finden Sie meinen Wagesatz jetzt natürlicher?"

„Keineswegs, und bitte Sie daher die nähere Auseinandersetzung dieses Weiteren selber zu übernehmen."

„Wenn ich Sie damit nicht ermüde, recht gern. – Ihr Gatte, der schon auf diesen Plan hin einige Wochen zuvor scheinbar gekränkelt, hat seine Hauskleidung zurückgelassen, welche dem Verstorbenen angelegt wird, dessen Besserung mehrere Tage früher kann erwähnt worden seyn, und der, wie es nun heißen könnte, in seine Heimath zurückgekehrt ist. – Der Verstorbene wird für Ihren Mann ausgegeben und begraben. – So, dächte ich, wäre das Räthsel ziemlich aufgelöst."

„Bis auf einige Kleinigkeiten, über die Sie hinwegschlüpfen, so sehr auch grade diese Berücksichtigung verlangen. – Unter viele muß sich ein wichtiges Geheimniß niemals vertheilen, wenn es sein Wesen nicht bald verlieren soll, das werden Sie mir zugeben. Wie viele aber müßten hier in's Interesse gezogen worden seyn!"

„Kein Mensch als der alte Diener von Ihres Mannes Bruder, dessen seltene Treue, wie ich mich erinnere, sonst mehrere Male in diesem Zimmer hier gerühmt worden ist. Ihr Mann und dessen Bruder hatten vielleicht im Bade diesen einzigen Menschen zur Bedienung, und von ihm war für das Geheimnis nichts zu befürchten."

„Ich muß Einwendungen machen, um mich nur von Ihren leider sehr unwahrscheinlichen und falschen Erklärungen auf Einmal zu befreien. Sie vergessen noch gar manches andre, Herr von Rosen. Ein Mann, der so viel Freunde in einem Bade hatte, wie mein Verewigter, würde unfehlbar auch nach seinem Tode manchen Besuch erhalten haben. Die Freundschaft wünscht immer die geliebten Reste noch einmal zu sehen, wenn der Freund selber hinübergegangen ist, und würde in einer fremden, zufällig aufgerafften Leiche gewiß die bekannten Züge vermißt haben."

„Ja, werthe Freundin, auch ich bin überzeugt, daß Ihres Mannes Bruder manchen Besuch erhalten und des Vorfalls wegen vielfältig hat Rede stehen müssen. Letztres scheint mir sogar ein recht schwieriges Unternehmen: das indessen einem so geschickten Weltmanne wohl hätte gelingen können. Zuverläßig haben auch viele den Leichnam gesehen, bis – auf das Gesicht, welches durch den vorgeblichen Fall aus dem Bette ganz entstellt, in ein Tuch verhüllt worden seyn könnte."

„Und die Leichenfrau, Herr von Rosen? Oder giebt es in einem so berühmten Bade keine Personen dieser Art, oder haben sie dort nicht die Pflicht sich von des Verstorbenen natürlichem Tode zu überzeugen?"

„Unstreitig giebt es solche Personen und Pflichten auch dort. Aber wer wird einen allgemein für rechtlich anerkannten Mann einer Unternehmung gegen seines Bruders Leben fähig halten? Die Leichenwäscherin wird, wenn er sie bittet, daß sie die Wunde am Gesichte des Verstorbenen nicht aufreißen möge, unter diesen Umständen gar leicht durch ein Goldstück von ihrer Pflicht sich losgesprochen fühlen. Denn das brauche ich nicht einmal anzunehmen, daß der verstorbene Arme wirklich aus dem Bette gefallen, und dadurch sein Gesicht unkenntlich geworden sei, oder daß man sich nach seinem Tode gewaltsamer Mittel bedient habe, ihm das Kenntliche zu benehmen."

„Aber mein guter Rosen, was haben Sie nun mit dieser so langen, als künstlichen Erklärung, oder leider! vielmehr Verdrehung des Ereignisses bewirkt?"

„Doch wohl den Gedanken an die Möglichkeit, daß Ihr Gatte noch leben könnte?“

„Nur die Gewißheit davon würde mir Trost verschaffen, und diese hat mir Ihre seltsame Deutung nicht gegeben. Am Ende verfolgen Sie wohl gar die Sache noch weiter, und ziehen aus dem Zeitherigen den Schluß, daß es keine Erscheinung, sondern mein verstorben Geglaubter selbst gewesen sei, was ich in meinen Zimmern gesehen habe?“

„Wenn ich nicht die aufgeregte kränkliche Einbildungskraft in Ihnen, oder einen Betrug von außen her annehmen soll, unfehlbar.“

„Wozu, lieber Rosen, verleitet Sie dießmal der Hang scharfsinnig zu erscheinen! Der Mann also, der, um sich – Ihrer Erklärung nach – mit einem Drittheile seines großen Vermögens von mir loskaufte, derselbe Mann sollte nun auf Einmal wieder in meine Wohnung geschlichen seyn, um – sich der Gefahr meiner Ansprüche zu exponiren? Ich gestehe Ihnen, daß mein geringer Scharfsinn nicht ausreicht, um den Zusammenhang dieser zwiefachen Seltsamkeit auszumitteln.“

„Der doch wahrlich überaus nahe liegt. Sehen wir nur das gewiß nicht Unwahrscheinliche, daß Ihr Gatte seiner unbezwinglichen Vorliebe in einem andern Welttheile zu leben, gehuldigt, und das Vergnügen, sie bald befriedigt zu sehen, die erste Zeit über keinem andern Gedanken in seiner Seele Platz gelassen habe. Schieben wir sogar seine Reue bis nach Erreichung des Wunsches hinaus. – Aber kommen mußte diese Reue, zumal bei seinem tiefen Gefühle. Er sieht nun ein, wie schwer er sich an Ihnen vergangen hat, und daß sich nicht berechnen läßt, welche Folgen sein angeblicher Tod, bei dem Zwiespalt der zuvor zwischen Ihnen beiden geherrscht, wohl äußern könnte. Bei dieser Betrachtung erneuert sich Ihr Bild in seinem Herzen, mit der vollen Glorie der frühern Zeit. Seine Sehnsucht treibt ihn zurück. Er kommt hierher, und wünscht nichts sehnlicher, als sich von Ihrem Wohlseyn zu überzeugen. Er findet Mittel in Ihre Wohnung zu gelangen und wird von Ihnen für ein Gespenst gehalten.“

„Wollte Gott,“ rief die Wittwe, „daß Sie wahr geredet hätten. Doch, leider! ist diese Deutung noch unwahrscheinlicher, als die Auslegung seines Todes. Alles, bis zur Rückkehr angenommen, warum mußte er zu dem abentheuerlichen Nachtbesuch seine Zuflucht nehmen?“

„Warum? Weil er nicht das mindeste von Ihren Gesinnungen wußte, und sich, als ein Todtgeglaubter, in einer Stadt, wo ihn jedes Kind kennt, bei Tage vor niemanden sehen lassen durfte.“

„Und daß er durch die verschlossene Thür herein und wieder hinausgegangen war, wie erklärt sich das?“

„Recht leicht, nachdem Sie mir gesagt haben, daß Ihr weniger sittliches, als hübsches Mädchen sich grade in derselben Nacht auf dem Maskenballe befunden hat. Kann er denn nicht eben an diesem Abende angekommen, und auf den Maskenball gegangen seyn, um Sie selbst vielleicht da zu sehen, oder in seiner Verlarvung Nachrichten über Sie einzuziehen? – Kann denn nicht der Zufall ihn da mit Ihrem hübschen Mädchen zusammengeführt, und der ziemlich ausgedehnte Begriff von Maskenfreiheit ihm nähere Bekanntschaft mit den Reizen und übrigen Umständen der Nachtschwärmerin verschafft haben. Nun dürfte er seiner Gesellschafterin nur etwa einige Gläser Wein zu viel eingeschenkt, in dem dadurch bewirkten Zustande die Schlüssel heimlich weggenommen, und sich deren hier bedient haben. Ihm, der jeden Winkel dieses Hauses auswendig weiß, würde es wohl nicht allzuschwer geworden seyn, sich im Finstern bis vor Ihr Bette zu finden.“

Julie sagte hierauf sehr empfindlich: „Sie haben viel zu weit ausgeholt, Herr von Rosen, wenn es Ihnen nur darum zu thun war, mit einem so geringen Scherze zu endigen. Mein Verstorbener, das bin ich überzeugt, besaß jederzeit zu viel Stolz, um unwürdige Abentheuer, wie das mit dem Dienstmädchen, aufzusuchen und zu verfolgen. Daher muß es mich kränken, ihn noch nach seinem Tode dergestalt Preis gegeben zu sehen.“

„Aber, beste Freundin,“ versetzte Rosen, „Sie nehmen die Sache von der falschen Seite. Durch das Setzen dieses Falles wollte ich ja nur einen von den vielen Wegen zeigen, auf welchen er den Schlüssel hätte finden können, auf den Sie ein so großes Gewicht legten. Ich habe in der Eil einen ungeschickten, dem Charakter Ihres Gatten nicht angemessenen Fall ergriffen, das sehe ich jetzt ebenfalls ein. Viel wahrscheinlicher kann ich dem Doktor einen vertrauten Freund zum Begleiter zugesellen, dem solche Abentheuer auf Maskenbällen weniger zuwider sind. Während Ihr Gatte überall nach Ihnen, oder Nachrichten von Ihnen sucht, könnte dieser Vertraute, in dem Mädchen, zufällig Ihre Dienerin entdeckt, dem Doktor davon einen Wink gegeben, ihm die Schlüssel verschafft und diese, nach gemachtem Gebrauche, der vor Trunkenheit halb Bewußtlosen wieder zugesteckt haben, ohne daß sie von dem ganzen Vorgange das mindeste geahndet hatte.“

„Brechen wir ab, Herr von Rosen. Umsonst haben Sie mir durch Erwähnung der letzten Zeit vor meines Mannes Tode meine Schuld in recht schreienden Farben vor die wunden Augen gerückt. Umsonst haben Sie eine Menge Möglichkeiten gesetzt, mir Ihre Kunst in Erklärung von Geistererscheinungen wieder einmal zu zeigen. Denn nur diesen Zweck muß ich annehmen, wenn ich Ihre Bemühung nicht völlig zwecklos schelten soll. Uebrigens wird mich, so ähnlich auch die Gestalt, wovon die Rede ist, meinem Manne gewesen, kein Mensch überzeugen, daß ich ihn selbst in ihr gesehen habe. Ihr Gang und das Aetherische um sie her, das mich erschütterte, dieß sagte mir bestimmt genug, daß sie einer höheren Welt angehörte."

„Ihre Bangigkeit, beste Freundin, hatte unstreitig dieses Aetherische erst in die Gestalt hineingetragen."

Allein Julie widersprach, und blieb dabei, daß die Erscheinung durchaus nicht die Bestimmtheit eines menschlichen Umrisses gehabt hätte.

„Nun," fuhr der Geisterläugner fort, „so ist Ihnen ohne Zweifel ein Betrug gespielt worden."

„Still davon!" erwiderte Julie. „Der Betrug kann höchstens die Farbe, niemals aber das Wesen der Wahrheit sich aneignen."

„Sie kennen solche Kunststücke zu wenig," sprach der Herr von Rosen. „Ich selbst aber weiß mit Geisterblendwerken umzugehen."

Julie lehnte die Proben, zu denen er sich erbot, mit Lebhaftigkeit ab. Aber er schien sie mit Gewalt von ihrem Glauben an überirdische Erscheinungen bekehren zu wollen, und wurde hierin mit jedem Tage zudringlicher. Um ihn nur los zu werden, sagte die Wittwe endlich, daß sie ihn unter der Bedingung, nachher nie wieder einen Versuch gegen ihren Geisterglauben zu wagen, gewähren lassen wolle. Sie verbarg ihren Verdruß darüber, daß sie ihm eins ihrer Zimmer, welches einen abgesonderten Ausgang hatte, acht Tage früher zu den nöthigen Vorbereitungen abtreten mußte, und daß er Schlösser vor dieses Zimmer legte. Die geheimen Vorwürfe, welche die ganze Sache ihr verursachte, besänftigte der Gedanke, daß die Veranlassung dazu kein Vorwitz, sondern der sehnliche Wunsch sei, allen Vorwitz so weit als möglich von sich zu entfernen.

Dessenungeachtet wurde sie durch die schwarze Kleidung und die außerordentliche Feierlichkeit, womit der Geisterbeschwörer am festgesetzten Abend in ihr Zimmer trat, so sichtbar überrascht, daß es ihm auffiel und er zu ihr sagte: „Sehen Sie wohl, daß Sie sich sogar heute, da Sie wissen, daß Sie es mit einer bloßen Täuschung zu thun haben, einer ungewöhnlichen Stimmung nicht erwehren können! Vielleicht erhielte der Geist, der Ihnen bald erscheinen soll, dieselbe ätherische Hülle, welche ihr Auge der bewußten Erscheinung lieh, wenn ich dem nicht vorzubeugen, und um einen Theil des Eindrucks zu zerstören, meine Gravität ablegen, und Sie nochmals versichern wollte, daß Sie es mit lauter natürlicher Zauberei zu thun haben. Ja ich will Ihnen im Voraus zeigen, in welchem Kostüm die Gestalt sich Ihnen nähern wird."

Julie erstaunte, als er ihr ein Mignaturgemälde vorhielt, welches ihren beweinten Gatten, in demselben Mantel darstellte, in dem er zuletzt vor ihr Bette getreten war, und wovon sie niemanden gesagt hatte.

„Was aber würden Sie sprechen, theure Freundin," fing jetzt Herr von Rosen an, „wenn statt der versprochenen Täuschung, die Wahrheit, Ihr Gatte selbst aus diesem Zimmer käme, und die Falle, die ich neulich Ihrer Meinung nach so zwecklos und unnütz setzte, den letzten auf dem Maskenballe ausgenommen, der Ihren Verdruß am meisten erregte, die treue Erzählung des wirklichen Vorgangs enthalten hätten?"

Während sich Juliens Erstaunen durch Rosens zuversichtlichen Ton in Entzücken auflöste, ging er langsam auf die Thüre zu und öffnete sie, um den überzeugendsten Beweis für die Sache zu führen. Die Liebenden sanken einander schweigend in die Arme. Rosen selbst war der Vertraute des Doktors auf dem Maskenballe, und jetzt der Mann gewesen, der die Gesinnungen der vermeinten Wittwe hatte prüfen sollen. Kaum aber würde Heß die Sache gewagt haben, wenn ihm die Druckschrift, zu welcher die Geistergeschichte Anlaß gegeben, und die bei aller Falschheit der Angabe, doch seine Gattin kenntlich machte, und ihre Anhänglichkeit an den vermeinten Todten schilderte, nicht in die Hände gerathen wäre. Aus leicht erklärbaren Ursachen hat man den Vorgang in der Stadt, wo er sich zutrug, nicht verlauten lassen. – Julie verkaufte ihre Besitzungen und entfernte sich, niemand wußte eigentlich wohin. Welschlands fröhlicher Himmel, in dem des Doktors kranker Bruder seine Genesung hoffte, wurde auch des Paares Aufenthalt. Dort leben sie unter dem Namen, den Heß seit seinem vorgeblichen Tode geführt hatte, und wer das glückliche Paar sähe, und die Geschichte wüßte, der würde mancher an zu hohen Erwartungen tödtlich erkrankten Ehe einen dergleichen Salto mortale zum Heilmittel wünschen.

* * *

Der Stoff zu der vorhergehenden Geschichte, als Thatsache, durch einen Freund mitgetheilt, welcher die unter dem Titel: Die Reise nach Pyrmont, bereits von mir herausgegebene Erzählung eben gelesen hatte, schien mir, ungeachtet der zufälligen Aehnlichkeit einiger Umstände mit jener früher erschienenen Erzählung, des Bearbeitens nicht unwerth. Dieß zu meiner Entschuldigung, wenn ich mich hierin geirrt haben sollte.

F. L.

König Pfau.

Feenmärchen nach dem Französischen.

1809.

Es war einmal ein König und eine Königin in Taccamahacca, die hatten zwei allerliebste Prinzen. Wenn sie ausgetragen wurden, formirten allemal die Mahler und Bildhauer des Reiches eine Haye, um im Fluge einen Amors- und Engelskopf zu erlauschen, und die Männer, um die schönen Formen ihrer Phantasie einzubilden. Dabei waren die kleinen Prinzchen so klug und gelehrig, daß alle Gelehrte nichts mehr bedauerten, als daß die Wunderkinder Königssöhne waren, und nicht als junge Rosciusse, Apellesse und Homere die Welt in Erstaunen setzen konnten.

Die königlichen Aeltern hatten ihre einzige Freude an den lieben Kindern. Weil aber Wünsche ein wucherndes Unkraut sind, das die geschäftigste Erfüllung nicht genug zu beschneiden vermag, so keimte auch in den Herzen des Königs und der Königin bald ein neuer Wunsch auf. Sie sehnten sich nach einer Prinzessin, die, wenn sie nicht ganz aus der Art schlug, wenigstens eine doppelte Liebesgöttin an Gestalt, eine vierfache Grazie an Liebenswürdigkeit, und eine zehnfache Muse an Wissenschaft und Kunst seyn mußte. Die Jungen werden wild, sagte der König, aber ein Mädchen behält immer etwas zartes und einschmeichelndes. Die Jungen gehn an fremde Höfe, erwiderte die Königin, aber eine Tochter zieht oft selbst bedeutende Fremde an den Hof. So unterredeten sie sich alle Abende und Morgen, und freuten sich unter zärtlichen Umarmungen über das Einverständniß ihrer Herzen, Wünsche und Gedanken.

Das Schicksal ist nicht immer taub gegen die Bitten der Könige. Die Königin fühlte bald Grund zu der besten Hoffnung, und an dem schönsten Frühlingsabend, wo alle Sterne in den glücklichsten Konstellationen für Schönheit, Macht, Reichthum und alle königliche Freuden leuchteten, wiegte sie das schönste lebendige Rosenknöspchen auf dem Schooße. Die beiden Prinzen kamen aus ihren Betten wie kleine Genien herbeigesprungen, und küßten als entzückte Liebhaber dem zarten Mädchen die Lilienhändchen beinah weg, und die dunklen seidnen Ringellocken, unter welchen sich ein tiefer blauer Augenhimmel ihnen lächelnd öffnete.

Die Morgensonne röthete schon die Vorhänge der Wiege, als man nöthig fand, die königliche Kindbetterin der Ruhe zu überlassen. Sie blieb aber nicht lange allein. Auf Rosenblättern und Blumenkelchen, in Haselnußschalen, und Thautropfen, auf Mücken,

Schmetterlingen, Goldkäfern, Heupferden, Binsen, Sonnenstralen, Laubfröschen, kam es von allen Seiten geschwommen, geschwebt, gefahren, gekrochen, getrippelt, gehüpft, geritten, daß das ganze Zimmer von den seltsamsten Equipagen und Leibrossen erfüllt ward. Es waren alles Feen von der Königin Bekanntschaft, welche sie jedesmal zu ihren Festlichkeiten einlud und so gut bewirthete, daß sie gern das nächste Mal wiederkamen. Sie mußten aber ihre Besuche heimlich halten, denn der König war ein starker Geist und glaubte weder an Feerei noch Zauberei, noch an ähnliche Dinge.

Als sich die gesammelte Feenschaft bei der Königin genug geletzt, und das neugeborne Prinzeßchen genug gelobt und geküßt hatte, ging jede nach ihrem Fuhrwerk oder Leibroß und wollte sich empfehlen. Die Königin aber führte sie nochmals an die Wiege zurück, empfahl die kleine Rosamunde von neuem ihrem Schutz, und bat die prophetische Versammlung, sie möchte dem Kinde zum Abschied noch ein gutes Horoskop stellen. Die Feen sahen sich verlegen an, und wollten mit der Sprache nicht heraus. Endlich sagte die Aelteste von ihnen: Liebe Freundin, es thut uns leid, daß wir diesesmal in eurer Schuld bleiben müssen. Wir haben bei unserm letzten Ball das Schicksalsbuch verkramt, und es geht uns dabei, wie allen Gelehrten, ohne Bücher ist es mit unsrer Kunst nicht weit her, erlaßt und also immer für heute das Nativitätstellen.

Die Fee machte zwar ihr unschuldigstes Gesicht bei dieser Ausrede, allein die Königin merkte Unrath, und wiewohl sie nicht viel Gutes zu hören hoffte, so drang sie doch so lang in die Feen, bis sie von der angesehensten in der Versammlung den Bescheid erhielt: Rosamunde werde einmal, wenn sie groß und mannbar würde, ihren Brüdern große Gefahr, wo nicht gar den Tod bringen. Mit dieser Unglücksprophezeihung zog die Feenkarawane davon.

Die Neugier der Königin war gestillt, aber Sorge und Betrübniß wurden an ihrer Statt desto lauter. Die arme Königin wollte nicht essen, nicht trinken, kein Schauspiel sehn, keinen Ball besuchen, sich nicht mehr putzen, und endlich gar auch nicht mehr sprechen. Da merkte der König, daß ihr etwas schweres auf dem Herzen liegen müßte, und sagte eines Tages nach aufgehobner Tafel zu ihr: Mein Schatz, es muß dir etwas fehlen, denn wir sprachen bei Tafel über eine Viertelstunde von dem neuen Kutschgeschirr des geheimen Oberkanonierers, und du hast kein Wort dazu gesagt.

Ach, antwortete die Königin, ich habe mein Rosenölfläschchen zerbrochen, und das schmerzt mich so sehr.

Ist's weiter nichts, sagte der König, da läßt sich Rath schaffen. Und sogleich ließ er alle Apotheker, Olitätenkrämer und Galanteriehändler der Stadt zusammenberufen, und diese verschafften der Königin mehr Rosenöl in einer Stunde, als aus allen Rosen der Welt in tausend Jahren zu erlangen ist.

Aber am andern Tage war die Königin noch eben so zerstreut.

Was fehlt dir denn wieder? – fragte der König beim Ball – dein Rosenöl kann doch unmöglich schon verbraucht seyn.

Nein, sagte die Königin, aber ich habe mir meine schönste Locke verbrannt, das macht mich so betrübt.

Das ist nun freilich Schade – erwiderte der König – aber da läßt sich auch helfen. Wir wollen dir eine falsche Locke machen lassen, stecke die auf, du wirst sehn, morgen hat jeder Kopf etwas falsches an sich und die Perückenmacher tragen dich auf den Händen.

Die falschen Löckchen kamen an, und die ächten Locken des ganzen Hofs fielen unter der Scheere. Alles geschah, wie der König vorausgesagt hatte, aber die Königin blieb mißmuthig wie zuvor. Der König fragte von neuem. Ach sagte die Königin, ich will es nur gestehen, ich habe meinen Trauring in einen Born fallen lassen und das bedeutet nichts Gutes.

Der König machte ein langes Gesicht. Ew. Majestät – sprach er – geruhen sich etwas von der Wahrheit zu entfernen, denn der Ring, welcher in einen Born gefallen seyn soll, ist hier wohlaufbehalten als das erste Glied meiner Uhrkette zu sehn.

Er zog dabei seine Uhr heraus, und ließ seine Gemahlin beide Trauringe als Glieder seiner Kette betrachten.

Die Königin schämte sich etwas, denn sie wußte sich gegen ihren Gemahl viel mit ihrer Wahrhaftigkeit und Treue. Sie hätte gern eine neue Ausflucht ersonnen, aber Se. Majestät schmollten. Endlich, nach einigen Umschweifen, gestand sie die Kindtaufskonversation mit den Feen und ihre bedenkliche Prophezeihung.

Der König moralisirte gern. Er ergriff also diese Gelegenheit, seiner Gemahlin eine lange Strafpredigt über ihren verbotenen Umgang mit den Feen zu halten, und ereiferte sich dabei sehr über die verstandeswidrige Tendenz des Zeitalters zum Mystischen und Wunderbaren. Als er fertig war, erinnerte ihn die Königin, daß geschehene Dinge nicht zu ändern wären, und daß er klüger thun würde, auf Mittel zu denken, wie man dem Uebel vorbauen könnte, ehe es noch hereinbrach. Der König gab ihr Recht, und sie überlegten beide die ganze Nacht durch; bis am Morgen die Königin das Resultat gefunden hatte, der König sollte seinen Staatsrath darum befragen.

Der Staatsrath ward versammelt. Der Finanzminister war der Meinung: die Gefahr bestehe in nichts anderm als in einer bedeutenden Ausleerung des Schatzes bei einer künftigen Ausstattung, das sicherste Mittel dagegen sei offenbar eine neue Auflage. Der Kriegsminister sah die Gefahr von wichtigen Brautwerbern drohen und rieth Vergrößerung der Armee. Der Großalmosenier ahndete etwas von frevlerischer Liebe der Brüder zu der Schwester, und machte dem König es zur Gewissenssache, die Prinzessin dem Kloster zu bestimmen. So debatirte die Versammlung vom Morgen bis zum Abend ein ganzes Journal von Erfindungen, Theorien und Widersprüchen zusammen, bis sie endlich über den vorläufigen Punkt einig ward, daß man diese wichtige Sache in reifliche Ueberlegung ziehn und eine besondre Kommission dazu niedersetzen müsse.

Während die Kommission saß, ging die Königin mit ihrem gesammten Hofstaate auch fleißig über die Sache zu Rathe. Eines Tages hörte sie von ihrer alten Amme, daß in einem Walde, unfern der Residenz, eine alte Eremitin lebe, die weit und breit um Rath gefragt würde, und schon manchem aus großer Noth geholfen habe. Die Königin entschloß sich sogleich zu der Wallfahrt.

Am nächsten Morgen setzte sie sich auf ihr Leibroß. Es war weiß wie Schnee und an allen vier Hufen mit reinem Dukatengolde beschlagen. Ein paar Kavaliers, die sie begleiteten, hatten Rock- und Westentaschen voll Ringe und Juwelen, und zwei Mantelsäcke voll Schleiers und Schawls nach dem neuesten Geschmack für die alte Sibylle im Wald.

Die Königin und ihre Kavaliers mußten lange suchen, ehe sie die Wohnung der Wahrsagerin fanden, denn diese wohnte nicht wie andre ihrer einsamen Brüder und Schwestern in einer Hütte oder Grotte, sondern in einem hohlen Eichbaume, den man nicht bemerkt hätte, wär nicht in seinem Wipfel der Tummelplatz einer respektabeln Pfauenassemblee gewesen, welche hier die Reize ihres Putzes und ihres Gesanges entfaltete. Die Königin vermuthete in dieser Gegend die Wohnung der Waldeinsiedlerin, und ließ die Geschenke ausbreiten, während sie selbst sich dem Baume näherte. Sie mußte lange klopfen, eh inwendig eine Stimme antwortete, endlich bog sich die Baumrinde etwas abwärts, und es drängte sich ein Convolut Leinwand und Wollenzeug hervor, aus dem eine Nasenspitze und ein Kinn sich freundschaftlich mit gegenseitigen Küssen begrüßten.

Die Sibylle nämlich steckte ihren Kopf heraus, um zu sehen, wer sie in ihren Haushaltungsgeschäften störte. Als sie die schönen Sachen auf der Erde und an den Büschen ausgebreitet sah und die Königin an der goldnen Krone auf ihrem Haupte erkannte, bog sie in der Eile die Rinde ihres Baums so weit rückwärts, daß sie abbrach, und die Baumbewohnerin mit der Thüre nicht sowohl ins Haus fiel, als aus dem Hause. Die Königin lief selbst schnell hinzu, sie aufzuheben, und die Kavaliers durften aus Respekt für die Königin nicht zurückbleiben, aber die zarte Weiblichkeit der Einsiedlerin protestirte gellend gegen jede Entweihung ihrer Reinheit durch eine männliche Hand, und glaubte sich durch den bloßen Versuch so beleidigt, daß sie die vornehmen Gäste in die aromatischen Gegenden verwünschte, wo der Pfeffer wächst.

Die Königin hatte nun alle Hände voll zu thun, der schmollenden Dryade auf die Beine zu helfen, denn ihre Figur bedeckte ein ansehnliches Stück Landes mit einem langen, bunten, faltigen Talar, der in seiner frühern, glücklichern Zeit als Fußteppich gedient hatte. Endlich gelang es der Königin, aber statt einer erwarteten Riesin, stellte sie ein kleines, von Alter gebücktes Mütterchen auf die Füße, welches ihr kaum bis an die Knie mit dem Kopfe reichte, und eine Tagereise nöthig hatte, um die lange Schleppe des Talars hinter sich zu entfalten.

Als man sich vom ersten Schreck etwas erholt hatte, brachte die Königin ihre Worte an. Sie bat mit bedeutendem Blick auf die mitgebrachten Geschenke um guten Rath, und versprach noch zehnmal mehr zu bringen, wenn alles gut ablief. Die Alte schmunzelte und klatschte vor Freuden in die Hände über alle die schönen Sachen. Dann rief sie laut: Pfauchen, Pfauchen! und im Augenblicke flatterten alle Pfauen um sie her, und fingen ein so gräßliches Geschrei an, daß die Königin sich beide Ohren fest zuhielt.

Das tiefere musikalische Studium der Alten fand aber dieses Konzert äußerst harmonisch, und ärgerte sich über die Geschmacklosigkeit des galanten Auditoriums. Als der Lärm aufgehört hatte, trat die Alte vor die Königin und sprach:

Sei getrost, Königsweib. Baue einen stählernen Thurm für deine Tochter, und verschließe sie darin, daß sie von niemand gesehen werde, als von dem König mit seinem Haus und ihren Dienerinnen. So entgehst du aller Gefahr. Geht sie aber aus dem Thurm, so will ich ihr die zarte Frucht meiner ersten Liebe zum Manne geben, der wird deine Söhne von allem Uebel befreien, welches sie bedroht.

„Die Prinzessin wird bei diesen Aussichten ihren Stahlthurm nicht leicht verlassen," dachte die Königin, und war von dem Orakel der Waldsibylle eben nicht sehr erbaut. Die Alte aber trippelte nach ihrem Baum und kam bald mit einer Hand voll Federn und einem niedlichen Hündchen zurück.

Es ist billig, sagte sie, daß ich meinem lieben künftigen Schwiegertöchterchen ein Geschenk mache, das ihrer werth ist. Da sind ein paar Federn zum Brautbett, darauf wird sie gut schlafen, und mit dem Hündchen kann sie spielen, es ist die Prinzen und Prinzessinnen gewohnt, und beißt nicht, wenn sie es vexiren und necken.

Das Pfauenorchester fing nun wieder eine so mächtige Sinfonie an, daß die Königin ihrem Pferd die Sporen gab und im Galopp zum Walde hinaus sprengte. Das Hündchen gefiel ihr. Es war ein allerliebstes Thierchen von der seltnen Art, die gar nicht existirt, wenn man nicht ein Exemplar von einer Fee bekommt. Seine Farbe war das schönste Himmelblau, um Kopf, Hals und Brust von weissen Löckchen, wie von leichten Wölkchen zart umflossen, aus welchen zwei blaßrothe Oehrchen, wie zwei Rosenblätterchen sich hervorspitzten, der Rücken war wie Sammt, und der Schweif so voll, reich und beweglich, wie der schönste Federbusch auf einem jungen Feuerköpfchen. Die Federn vergaß die Königin über das allerliebste Hündchen, und das war ein rechtes Glück, denn weil sie nicht so viel daran dachte, um sie wegzuwerfen, so brachte sie das leichte Geschenk unwillkührlich mit in das Schloß.

Hier schallte ihr großes Wehklagen entgegen, denn das kleine Prinzeßchen hatte von früh an geschrieen und war nicht zu beruhigen. Die Königin ließ Hündchen und Federn fallen, und flog zu der Wiege; so wie aber die herumstaubenden Federn das Kind berührten, da ward es augenblicklich ruhig, lächelte und schlief ein. Die Königin ahndete nun erst ihren Schatz, sammelte schnell alle Federn, und füllte sie in das Bett der Prinzessin. Kein Kind hat jemals so gesund auf einem Bett gelegen, als Prinzessin Rosamunde.

Das Wunder mit den Federn versöhnte den König etwas mit dem Wunderglauben seiner Gemahlin. Er entließ die Kommission, die eben eine vorläufige Kommunikation mit den Universitäten des Königreichs und der benachbarten Staaten beschlossen hatte, und berief an ihrer Stelle alle Architekten des Landes. Diesen trug er auf, einen stählernen Thurm für die Prinzessin zu bauen, und zwar bei Todesstrafe so schnell, daß er mit der neuen Wache eingeweiht werden könnte. Die Baumeister versprachen zwar von einer solchen Eilfertigkeit nicht viel Gutes, indessen tummelten sie sich nach Möglichkeit, arbeiteten Tag und Nacht und wurden so geschwind mit dem Bau fertig, als die Geister von Aladdin's Wunderlampe. Der Thurm war eine Attrape in Großem. Von Außen sah er freilich nicht sehr einladend aus, aber inwendig war er desto schöner und recht für eine Prinzessin eingerichtet. Alle Wände waren von Spiegelglas, mit schwerfaltigen seidnen Tapeten behängt, die Treppen von Alabaster, die Thüren von Cedernholz, die Meubles von Schildkröte und Elfenbein, die Fußböden von Edelsteinmosaik und von den Decken hingen an goldenen Ketten Schalen von Krystall, Rubin, Smaragd, Saffir, Opal und andern kostbaren Steinen herab, in welchen beständig wohlriechender Spiritus flammte, zur Beleuchtung des Thurms, der, um die Prinzessin ganz abzusondern, keine

Fenster hatte. Dabei waren alle Zimmer so nach pädagogisch akustischen Principien gebaut, daß jedes Wort, welches einer Prinzessin zu hören nicht taugt, keinen Schall gab. Es entstanden dadurch zwar lange Pausen in dem Unterricht und der Konversation der Prinzessin, der König selbst verstummte wohl zuweilen auf einige Minuten, allein weil der Thurm fest gebaut war, so ließ sich dieses nicht mehr ändern.

In diesem Thurme wuchs die Prinzessin auf. Sie hatte keine Langeweile, denn der König schickte ihr alle Tage neue Spielsachen, und die beiden Prinzen kamen täglich, um mit ihr zu spielen. Sie erzählten ihr auch oft vom Tageslicht draußen, und von Wäldern und Gärten und Sonne, Mond und Sternen. Sie machten ihr auch oft Lust die Welt zu sehn, aber wenn sie davon zu sprechen anfing, schickte ihr der König neue Kleider und Bonbons, und so viel Spielsachen, daß sie die Welt darüber vergaß.

Indessen waren die Prinzen herangewachsen und die Prinzessin auch. Wenn der König bei Hofe von Parthien fremder Königstöchter erzählte, so fragte der große Prinz: Papa, warum macht unsre Schwester nicht auch eine Parthie? Wenn die Königin zur Hochzeit fuhr, fragte der kleine Prinz: Mama, wenn hat denn Rosamunde Hochzeit? Wenn der Edukationsrath von ritterlichen Thaten erzählte, faßten beide Prinzen den Heldenentschluß, Rosamunden aus ihrem Thurme zu befreien. Man hatte alle Künste nöthig, sie zufrieden zu stellen.

Der Prinzessin wollte es auch nicht mehr in ihrem Thurme gefallen. Die Bonbons schmeckten ihr nicht, die Spielsachen waren langweilig, der Hofstaat abgeschmackt, und die Kleider zeigten ihr nur, daß sie groß geworden war, und daß die Bestimmung vierzehnjähriger Mädchen nicht in einem Thurme zu suchen sei.

Der König und die Königin hatten nun wenig ruhige Stunden mehr. Im Thurme klagte die Prinzessin, im Schlosse plagten die Prinzen, und auswärts fragten eine Menge Kaiser und Könige nach der Prinzessin durch ihre Abgesandten. Denn der Ruf hatte von Rosamundens Schönheit nicht geschwiegen, und hätte sie vergrößert, wenn sie nicht schon viel größer gewesen wäre als die Phantasie der Frau Fama selbst.

Das hohe Königspaar verzweifelte schon an der Möglichkeit einen Ausweg aus diesem Labyrinth zu finden, endlich fanden sie ungesucht den natürlichsten, denn sie legten sich hin und starben beide an Einem Tage.

Der Hof und das ganze Land ging nun schwarz. Die Glöckner hatten Arbeit und keinen Verdienst, die Organisten Verdienst und keine Arbeit. Von den Kanzeln und andern Rednerstühlen bewies man, daß die Krone das würdigste Haupt verloren habe. Die Poeten sagten dasselbe in Versen und die Mahler in Allegorien. Unterdessen hatte man die königlichen Leichen bestattet, die Reichsstände versammelten sich, gaben dem großen Prinzen einen scharlachnen goldgestickten Mantel, mit Hermelin gefüttert, um, dann setzten sie ihm eine diamantene Krone auf sein Haupt, und ihn selbst auf einen goldnen Thron. Nun schrie alles Volk dreimal aus allen Kräften: es lebe der König! Die geistlichen und weltlichen Redner bewiesen, die Krone habe noch niemals ein so würdiges Haupt bedeckt, die Poeten sangen, und die Mahler allegorisirten dasselbe. Alle Welt war froh, und man dachte an nichts als an Feste zu Ehren des Königs, zur Freude der Gäste und zum Ruhme der Wirthe.

Als der neue König vom Thron gestiegen war, sagte er zum Prinzen: Bruder, nun sind wir Herren im Lande, nun wollen wir vor allen Dingen unsre Schwester aus ihrem Thurm erlösen, wo das arme Kind erbärmliche Langeweile hat. Sie wird dann oft Besuch von hübschen Mädchen haben und die sehn wir beide gern.

Gesagt, gethan. Sie sprangen durch den Garten, der König drehte in großer Eil den Bart vom Schlüssel, und der Prinz hob die Thüren aus den Angeln, um keine Zeit zu verlieren. Prinzessin Rosamunde fütterte eben ihr himmelblaues Hündchen mit Bonbons, als sie aber ihre Brüder kommen sah, stand sie auf, faßte den Aeltesten bei der Hand, und sagte: Schönen guten Morgen, Ihre Majestät! Du bist nun König, und ich deine gehorsame Dienerin. Aber nimm mich aus diesem abscheulichen Thurm, sonst sterb ich vor Langeweile. Damit fing sie bitterlich an zu weinen. Der König umarmte sie, und sagte: Weine nur nicht, liebes Kindchen, und gieb dich zufrieden, du sollst keine Langeweile mehr haben, ich bin eben gekommen, um dich aus dem Thurm in den Palast zu holen, wo dir eine Menge Ritter und Hofleute Kurzweile genug machen werden. Wie nun die Prinzessin noch immer fort weinte, zeigte ihr der Prinz die neusten Modekupfer und sagte: Komm, wir wollen fort aus dem häßlichen Thurm, suche dir einen recht schönen Brautstaat aus, der König wird dir bald einen hübschen Mann geben. Da gab sich die Prinzessin zufrieden und sprang fröhlich aus dem Thurm.

Der Thurm war in einem Winkel des königlichen Gartens. Rosamunde blieb wie bezaubert stehn. Die Stauden und Pflanzen ihrer Porzellanvasen standen hier als Riesengewächse in hohen Bäumen vor ihr, und die zarten Blüten, deren ihr Hauch vorsichtig geschont hatte, schwammen in glänzendem, duftendem Gewühl durch die Frühlingsluft. Blumen, schöner und bunter, als ihre Hand mit sorgsamer Pflege aufzog, blühten hier zu ihren Füßen, und statt einzelner Vögel aus goldnen Käfigen, tönten ihr ganze Chöre von Nachtigallen und Colibris aus Büschen und belaubten Wipfeln entgegen, die sie im goldnen Glanz des neuen Sonnenlichtes einladend und freundlich anwehten. Rosamunde flog von einem zum andern, küßte die Blumen, drückte die Vögel an ihre Brust, umarmte die schlanke Ceder, und nannte den Palmbaum ihren Bräutigam.

Auf einmal trat aus dem nahen Lustwald ein prächtiger Pfau, und breitete einen großen vielaugigen Irisbogen wie eine Glorie um sich. Was ist das? rief die Prinzessin, und ließ Palmbaum und Ceder, um den schönen Vogel zu umarmen, der scheu in die Luft sich erhob, und in den Wald zurückflog.

Ihre Brüder waren herbeigelaufen, und erzählten ihr, en wär nichts als ein Pfau, dergleichen sie schon manchen gespeißt habe. Die Prinzessin war außer sich. Wie, rief sie ganz entrüstet, diesen Fürsten der Vögel erkühnt man sich zu tödten? Aber so gewiß ich deine Schwester bin, ich heirathe niemand als den Pfauenkönig, und bin ich nur erst Pfauenkönigin, dann will ich den sehn, der mir einem Pfau nur ein unschönes Wort sagen soll!

Der König war etwas verblüfft über die seltsame Allianz, und besann sich einige Zeit, was er der Prinzessin sagen sollte. Endlich sagte er doch seinen ersten Gedanken ungekünstelt heraus: „Ei Rosamunde, du wirst doch keinen Vogel heirathen wollen?

Wer sagt denn einen Vogel? – antwortete die Prinzessin etwas ärgerlich – den Pfauenkönig will ich heirathen, und ein König wird wohl bei den Pfauen auch ein ander Ding seyn als ein Unterthan.

Ja – wandte der König ein – wer weiß denn, ob die Pfauen auch einen König haben?

Nun ward die Prinzessin im Ernst böse. Hör' einmal an – sagte sie – das sind Flausen. Papa und Mama haben mir oft gesagt, wenn keine Könige waren, säh es schlecht mit den Unterthanen aus. Die Pfauen sehn aber schön und recht sehr schön aus, folglich müssen sie einen König haben, und einen recht großen mächtigen König, und ich sag' es noch einmal, ich will und muß den Pfauenkönig heirathen.

Gegen diese Gründe ließ sich von dem König freilich nichts einwenden. Er führte die Prinzessin in das Schloß, und ließ ihr den schönsten Pfau fangen, der gleich neben der Prinzessin seine Zimmer und seinen eignen Hofstaat bekam.

Die schöne Rosamunde mit ihrem Pfau war nun der Gegenstand der allgemeinen Bewunderung am Hofe. Die Herren von erster Galanterie erklärten sie in Sonnetten und Xenien für die Juno, und baten um Erlaubniß ihr Pfau seyn zu dürfen, zu dessen Stellvertreter sie sich vorläufig durch den Wohlklang ihrer Verse legitimirten. Die vom zweiten Range begnügten sich dem neuen Günstling bei Tafel und Toilette aufzuwarten. Rosamunde lachte über die wunderlichen Leute, und fragte ihren Bruder täglich, ob der Pfauenkönig noch nicht gefunden wäre.

Der König und der Prinz sahen, daß die Prinzessin von ihrem Einfall nicht abließ und sich im Stillen grämte. Sie wurden darüber auch traurig und berathschlagten oft mit einander, was zu thun sei? Sie schickten überall herum, ließen Anfragen in alle Anzeiger und Intelligenzblätter einrücken, holten bei allen Universitäten und Fakultäten Response ein, setzten Preise aus, aber alles vergebens. Eines Tages sprach der König zum Prinzen: Weißt du was, Bruder, selber ist der Mann! Wir bekommen auf unsre Fragen gelehrte Abhandlungen über das Vaterland der Pfauen, die Wanderungen der Jo, die Galanterien Jupiters und Gott weiß, was für verwandte Gegenstände, aber keine Nachricht von unserem guten Bruder, dem Pfaukönig. Laß uns selbst ausziehen und ihn aufsuchen; wir haben hier ohnedieß nicht viel zu thun, und mehr Langeweile als uns lieb ist.

Der Prinz sagte Ja, und umarmte den König. Dann gingen sie beide zur Prinzessin, und sagten ihr, was sie vorhatten. Rosamunde küßte sie tausendmal vor Freude, und versprach während ihrer Reise recht gut zu regieren. Dann half sie dem Prinzen die Mantelsäcke packen, legte in jeden ein hübsches Souvenir, und empfahl ihnen, den Pfaukönig ja gleich mitzubringen.

König und Prinz waren nun unterwegs. Sie reisten inkognito, und hatten also kein Gefolge bei sich. Als sie über die Grenzen ihres Reichs kamen, fragten sie in jedem Gasthof nach dem Pfauenkönig, aber Wirth und Gäste lachten sie aus, und meinten, die Pfauenmajestät residire nur in Märchenheim und Fabelhausen, aber nicht in einem Lande, das in der Geschichte des Tages eine bedeutende Rolle spiele.

Die königlichen Wanderer zogen immer weiter und fanden immer seltsamere Sitten unter den Völkern. Bei einigen wurden die rechtlichen Entscheidungen zweimal in jeder Woche verloost, und weil man bemerkt hatte, daß die Urtel öfter mit den Gesetzen übereinstimmten als in den benachbarten Ländern, so ward dieses Reich immer bevölkerter. Bei andern wurden die ersten Staatsämter nur Todten übertragen, die von der zweiten Klasse konnten schon Alte und Kranke bekommen. Junge Leute durften höchstens Nachtwächterstellen bekleiden, und waren sie gesund, so konnten sie ohne besondre Rekommendation auch zu diesen nicht gelangen. Mit jeder neuen Sonderbarkeit stieg die Hoffnung der Reisenden, daß endlich wohl auch ein Pfauenreich erscheinen werde.

Sie hatten nun schon mehr Länder und Völker gesehn, als der Held der Odyssee, und glaubten nächstens an den großen Weltbreterverschlag zu gelangen, als sie durch ein hübsches Städtchen zogen. Auf dem Markt war ein Teppich ausgebreitet, und dann und wann kamen einige hübsch gekleidete Leute, machten auf dem Teppich drei

Purzelbäume, und gingen dann vergnügt ihres Wegs weiter. Der König wunderte sich, daß die Polizei so etwas gestatte, und wollte eben einen Vorübergehenden darum befragen, da kam ein Polizeidiener auf ihn zu, und kündigte ihm an, weil er täglich zwei und siebenzig Mal seine Frau küsse und der Prinz desgleichen, so habe jeder zwei und siebenzigtausend Goldinen zur Federsteuer zu entrichten. Die Wandrer lachten beide laut auf, und fragten, wer ihre Küsse hier so genau kontrolire? Der Bote aber versetzte ernsthaft, es sei hier nicht der Ort zum Lachen, wenn sie etwas gegen die Berechnung einzuwenden hätten, so stehe es ihnen frei, die tägliche Summe ihrer Küsse selbst zu bestimmen, und mit drei unfehlbaren Burzelbäumen zu bekräftigen.

Da half es nun nichts, daß König und Prinz sich als Reisende legitimirten, die weder Frauen hätten, noch mit sich führten, und folglich keine weder einmal noch zwei und siebenzig Mal des Tages küssen könnten; wollten sie nicht die Federsteuer bezahlen, so mußten sie Kopf oben Kopf unten machen.

Sie hatten eben ihr gymnastisches Probestück abgelegt, als sie nun auch zu wissen wünschten, warum die Küsse hier verzollt würden, und woher der geheime Kuß-Ausschuß seine boudoirstatistischen Notizen nehme?

Damit kann ich dienen, sagte ein hübscher Mann, der neben ihnen stand. Vor ungefähr neun und zwanzigtausend Jahren ward unser Land in einen bösen Krieg verwickelt, und unsre gute Stadt litt besonders dabei. Wir mußten den Kriegskanzleien alle Schreibfedern, und den Tafeln unsrer Gäste alle Gänse überlassen, welche in hiesiger Gegend vorzüglich gediehen, weil doch unsre Stadt der Sitz der Akademie ist, die viel Federn braucht. Der Verlust war in vielen Menschenaltern nicht zu ersetzen, gleichwohl zweifelt kein Mensch, daß in den Federn die Federkraft eines Staats liegt, und daß ohne Bücher, folglich ohne Schreibfedern, kein Staat bestehn kann, unsre Stadt am wenigsten, und die Akademie gar nicht. In dieser Noth schloß man eine Allianz mit einem benachbarten Reiche, aus welchem jährlich zwanzigtausend Millionen Bund Pfauenfedern, das Bund zu hundert Stück, an die Akademie geliefert werden, welche dann das Land mit dem nöthigen Bedürfniß weiter versorgt. Um die Kosten dazu aufzubringen, legte man eine Steuer auf die Küsse, die so leicht niemand entbehren kann, oder mag. Viele, besonders ältliche Herren, nehmen es sogar übel, wenn man sie zu gering anschlägt, und geben freiwillig mehr als man verlangt.

Der Erzähler schwatzte noch lange; aber als die Reisenden von der ansehnlichen Quantität Pfauenfedern hörten, wisperten sie sich in die Ohren, und gaben nicht mehr Acht. Endlich unterbrach der König die Erzählung mit der Frage: Ob vielleicht der Pfauenkönig in der Nähe residire und der Lieferant für die Akademie sei? Ja wohl, war die Antwort, sein Reich gränzt unmittelbar an das unsrige, und alle Jahre geht eine Gesandtschaft an ihn ab, um die Federallianzgeschäfte zu dirigiren.

Wer war froher, als Rosamundens Brüder, die nun ihren Pfauenkönig gefunden hatten! Sie umarmten den Pfauenfedersteuereinnehmer, versahen sich mit Empfehlungsschreiben an den Gesandten beim Pfauenhofe und eilten mit Kurierpferden davon.

Wo nur das Mädchen, die Rosamunde, errathen hat, daß es einen Pfauenkönig giebt, sagte der König unterwegs

Das weiß der Himmel – erwiderte der Prinz – uns wär so etwas nicht in den Sinn gekommen. Sie muß manchmal somnambul seyn.

An der Gränze des Pfauenreiches flogen und liefen ihnen überall Pfaue entgegen, weisse, blaue, grüne und bunte, wie man sie sonst nirgends in der Welt findet. Sie machten einen Lärm, daß man sie meilenweit hörte. Der König machte ein bedenkliches Gesicht, und sagte zum Prinzen: Bruder, wenn der Pfaukönig auch ein Pfau ist, so sind wir in einer fatalen Lage. Einen Pfau kann doch unsre Schwester unmöglich heirathen, das würde eine saubere Descendenz geben!

Freilich, sagte der Prinz. Ich weiß auch garnicht, was den Mädchen manchmal für wunderliches Zeug in den Kopf kommt.

Zu ihrer großen Beruhigung sahen sie in der Ferne eine große Stadt mit hohen Thürmen und festen Mauern, die nicht von Vogelschnäbeln erbaut zu seyn schienen. Vielleicht sind doch Menschen im Pfauenreich, sagte der König, und so war es auch. Alle Gassen der Stadt wimmelten von Männern und Frauen, aber ihr Anzug, ihr Putz und die meisten Geräthschaften waren von Pfauenfedern gemacht. Indem die Reisenden sich verwundert umsahen, öffneten sich ein paar große bronzene Flügelthüren an einem prächtigen Palast, und der König fuhr heraus in einer schönen Karosse, wovon das Gestell von Gold, die Räder von Diamant und der Sitz von Rubin war. Der König saß darin, wie in einem Firmament von Sternen und Sonnen, und zwölf große majestätische Pfaue bildeten sein Gespann. Der Pfaukönig war so jung, als die neuen Ankömmlinge, und so schön, daß man ihn nicht genug ansehn konnte. Außer einer Krone von Pfaufedern und einem Federmantel hatte er nichts Pfauenähnliches, bis auf ein kleines niedliches Stutzbärtchen unter der Nase, das nicht wie bei den jungen Stutzern andrer Länder von metaphorischem Flaum, sondern von ganz natürlichen zarten Federn gewachsen war. Er vermuthete in den beiden Fremden auf den ersten Anblick ein paar interessante Männer, und weil er die Länder- und Völkerkunde liebte, so hielt er sein Pfauengespann an, und ließ den König und den Prinzen rufen, um sich mit ihnen zu unterhalten.

Sie kamen beide, und nach den ersten Höflichkeitsbezeigungen sagte der Prinz: Wir sind aus sehr fernen Landen hergekommen, um Ew. Majestät ein sehr schönes Porträt zu zeigen. Bei diesen Worten zog er das Miniaturgemählde von Prinzessin Rosamunde aus seiner Brieftasche, und zeigte es dem Pfauenkönig. Dieser konnte vor Entzücken kaum Worte finden, endlich sagte er mit einem tiefen Seufzer: Ach, warum hat die Welt nicht eine Schönheit wie diese! – O, rief der Prinz, das Original ist noch viel tausendmal schöner. Es ist meine Schwester, Prinzessin Rosamunde, und hier steht mein Bruder, der so gut König in seinem Lande ist, wie Ew. Majestät in dem Ihrigen. Er heißt der König und ich der Prinz. Wenn Ew. Majestät Lust hat, das schöne Original dieses Bildes zu heirathen, so soll es an unsrer Einwilligung nicht fehlen. Unsre Schwester ist eben so tugendhaft als schön, und eben so klug als tugendhaft, und übrigens bekommt sie von uns zehn Scheffel Dukaten und hundert Scheffel Silbergeld zur Mitgabe.

Meiner Treu, sagte der Pfaukönig, ich mache mir ein besondres Vergnügen daraus, sie zu heirathen, wenn sie nur so schön ist als das Porträt, denn noch schöner, das hielt ja kein Mensch aus. Aber, das sag' ich euch, ihr Herren, so schön muß sie seyn, sonst habt ihr mir etwas aufgehängt, und dafür laß ich euch wieder aufhängen.

Die Fremden lachten, und versprachen, sich auf diese Bedingung mit Vergnügen hängen zu lassen. Sie konnten es; denn sie wußten, daß das Porträt ähnlich seyn müsse, weil es der verpflichtete Hofmahler, unter Direktion des geheimen Oberphysiognomieraths gemahlt, und der Naturcontroleur vidimirt hatte. Vorläufig mußten sie sich, zur Sicherheit, auf Befehl des Königs in das öffentliche Gefängniß begeben. Sie fanden darin alle Bequemlichkeit, denn im Pfauenreiche herrschte eine exemplarische Humanität, besonders gegen Verbrecher, auch besuchte der Pfauenkönig die beiden Gefangenen täglich, und rechnete mit ihnen die Stunden aus, wenn Prinzessin Rosamunde ankommen könnte. Sie saßen alle drei über dem Einladungsschreiben an die Braut, und wenn einer vor Freude über die künftige Freude die Feder oder den Gedanken fallen ließ, so nahm der Andre das Verlorne auf und schrieb weiter.

An Rosamundens Hofe zu Taccamahacca war die Freude auch nicht klein, als der Briefträger mit dem Briefe ankam. Die Prinzessin lief im ganzen Schlosse herum, und wenn ihr jemand begegnete, so klatschte sie in die Hände und erzählte, daß der Pfaukönig gefunden wäre, und sie bald heirathen würde. Stadt und Reich freute sich nun bald zu Tode. Alle Nächte war die Stadt von der Erde bis zu den Thurmspitzen illuminirt, und weil der Tag zum Anzünden aller Lampen nicht lang genug war, so ließ man sie gleich brennen. Alle Kanonen wurden so lange abgefeuert, bis sie glühten; dann verpuffte man als Surrogat Knallpulver; alle Kehlen schrieen dem Pfaukönig Vivat, bis sie heiser waren, dann stieß man die Gläser zusammen, und zwischen diesen Festlichkeiten wechselten unaufhörlich Bälle, Schauspiele, Maskenaufzüge mit Koncerten, Soirees und Thees. An Schlaf war nicht zu denken, denn mit Tagesanbruch ging man zum Souper, und wenn die Schauspiele Abends aus waren, wartete schon wieder ein Diner. Als das Oel alle war, brannte man Oelsurrogate, und so half man sich auch mit dem Wein und andern Bedürfnissen der Freude. Als aber die Lust selbst ausgegangen war, wollte sich kein Surrogat finden, im Gegentheil fand man eine anständige Betrübniß schicklicher, weil die Prinzessin ihr Reich bald mit dem Pfauenreiche vertauschen werde. Man schrieb eine allgemeine Stille aus, und verbot alle Lustbarkeiten bei hoher Strafe. Das Edikt ward pünktlich befolgt, und die Prinzessin reisete ab.

Sie schlug den nächsten Weg zu Schiffe ein, und wollte niemand mit sich nehmen, als ihre Amme, ihre Milchschwester, und ihr himmelblaues Hündchen, Azur genannt. Denn der übrige Raum im Schiffe war mit Gepäck angefüllt, dessen die Mädchen mancherlei auf Reisen brauchen und absonderlich die Bräute. Unterweges that man nichts als lachen und singen. Rosamunde fragte am Abend den Schiffer: Siehst du Land? siehst du Land? kommen wir bald zu dem Pfauenstrand? Aber er antwortete: das hat noch Zeit, das hat noch Zeit, der liegt viele hunderttausend Meilen weit. Am Morgen fragte sie wieder: Schiffer, sag' an, Schiffer, sag' an, ob wir uns bald dem Pfauenreiche nahn? Aber der Schiffer sagte: Frage den Wind, frage den Wind, bläßt der gut, so fahren wir geschwind. Als die Sonne sich ins Meer senkte, fragte sie nochmals: Schiffer, ist's nah? Schiffer, ist's nah? Lieber, guter Schiffer , sind wir bald da! Da sah sich der Schiffer um, schwenkte seine Mütze und rief: Frisch auf, wohl auf! Morgen geht in den Hafen unser Lauf!

Als die Amme dieses hörte, setzte sie sich in das Hintertheil des Schiffes zu dem Fährmann, und lobte seine Fahrt und sein munteres frisches Ansehen, daß der alte Steuermann herzlich schmunzelte. Dann drückte sie ihm die Hand und sprach: wenn du wolltest, so könntest du ein steinreicher Mann werden. Nun, warum werde ich nicht wollen, entgegnete der Schiffer, reich wären wir alle gern. Ja, wiederholte die Amme, einen Haufen Gold könntest du dir verdienen, so schwer wie dein Steuerruder, wenn du wolltest. Wenn's mit dem Wollen gethan wär, sagte der Schiffer ärgerlich, so läg euer Haufen Gold schon da, wenn ihr aber weiter nichts zu sagen wißt, so hättet ihr die Speisepforten gar können verschlossen bleiben lassen.

Da nahm ihn die Amme bei Seite. Du mußt – sagte sie ihm in's Ohr – die Prinzessin diese Nacht, wenn sie schläft, in's Meer werfen. Dann zieh' ich meiner Tochter, der schönen Popanzine, ihre Brautkleider an, und lasse sie Pfauenkönigin werden, und wir heirathen uns auch und haben vollauf.

Der Schiffer machte ein Kreuz, und meinte, es sei doch Schade um die Prinzessin, weil sie so jung sei und so schön, und eine Prinzessin, und obendrein eine Braut. Allein die Amme gab ihm eine Bouteille Wein und ließ ihn so viel trinken, daß er das Ertrinken für das höchste Glück hielt und Alles versprach, was die Amme verlangte.

Die Nacht war indessen stark hereingebrochen. Die Prinzessin lag auf ihrem Bett mit den Gedanken bei ihrem geliebten Pfauenkönig. Dabei sah sie schmachtend nach dem dunkelblauen Himmel auf, der ihrer Liebesphantasie mit seinen Millionen Sternen wie ein tausendäugiger Pfauenschweif aus bessern Welten vorkam. Zu ihren Füßen lag wie gewöhnlich ihr niedlicher Azur, und die Amme mit ihrer Tochter saßen am Bett und sangen sie ein.

Rosamunde war eben im ersten, süßesten Schlaf, da rief die abscheuliche Amme den Schiffer. Sie hoben die Prinzessin, um sie nicht aufzuwecken, mit allen Betten, Matratzen und Decken auf, und ließen sie so sanft ins Meer fallen, daß sie nichts davon gewahr wurde.

Ein Glück war es, daß in dem Unterbett sich noch die Federn befanden, welche die alte Sibylle im Walde der Königin für Rosamunden geschenkt hatte, denn das waren die Phönixfedern, die außer mehrern rühmlichen Eigenschaften auch diese haben, daß sie im Wasser niemals untersinken. Die Prinzessin schwamm daher in ihrem Bett so sicher, als in einem Nachen, indessen drang doch das Wasser nach und nach durch die Federn und Matratzen bis zur Decke, daß die Prinzessin darüber erwachte, und sich schon fürchtete am Morgen Ausgeschmältes zu bekommen.

Azur wachte von ihren Bewegungen auf, und weil er eine exemplarisch feine Nase hatte, so witterte er die Lampreten, Austern und Schildkrödten in der Nähe. Darüber fing er so laut an zu kläffen, daß er die ganze Fischheit und Schildkrötenschaft rege machte. Die großen Fische wurden böse und stießen mit den Köpfen gegen das schwimmende Bett, daß es sich auf den Wellen drehte, wie ein Kreisel. Die Prinzessin war nicht wenig verwundert, und schalt auf den Schiffer, denn sie glaubte, er führe so ungeschickt. Azur bellte eines Bellens und geberdete sich wie besessen. Die Amme hörte den Lärm in der Ferne, aber sie spottete nur darüber, und sagte zum Schiffer: Horch! das kleine Aeffchen trinkt mit seiner Prinzessin auf unsre Gesundheit und macht sich lustig. Indessen steuerten sie rasch nach dem Pfauenlandes zu, und Popanzine konnte es kaum erwarten, bis das Schiff in den Hafen einlief.

Hier hatte man es auch nicht an Empfangsanstalten fehlen lassen. Das Meer duftete viele Meilen weit wie Rosen, Lilien, Jasmin, Zimmt und Ambra. Denn alle guten Essenzen und Oele wurden unaufhörlich hineingegossen, um das Land gleich in guten Geruch bei der neuen Königin zu bringen. Viel hundert kleine Fahrzeuge kreuzten umher. Sie waren von Schildkröte, hatten statt des Mastes eine Riesenpfaufeder, und zu Segeln Blätter von der großen Wunderrose, welche nur in diesem Lande wächst. Im Hafen selbst wimmelte es von Menschen und Thieren zu Fuß und zu Wagen. Löwen, Esel, Bären, Hirsche, Wölfe, Tiger, Ochsen, Elephanten sah man vor den Karossen, denn die Polizei im Lande sah darauf, daß jeder ein, seinem Stande und Range angemessenes Gespann, vor seinem Wagen hatte. Für die Prinzessin stand ein Zug von acht schneeweißen Gazellen bereit. Ihr Geschirr war von purpurrothem Sammt mit goldnen Platten. Zweihundert schöne junge Mädchen hielten abwechselnd die Zügel, und die abgelöset waren, bildeten unaufhörlich die schönsten Gruppen und Gemählde, denn sie waren in allen Farben gekleidet, und gleichsam lebendige Musivstifte, die durch die reizendsten Tänze ein schönes Gemählde in ein immer schöneres verwandelten.

Die Amme hatte indessen ihr möglichstes gethan, ihre Tochter in die Prinzessin Braut zu verwandeln. Man würde Popanzinen unrecht thun, wenn man sagen wollte, die Natur habe an ihr irgend ein Stück vergessen, was der Schönheitrequisitenzettel des eigensinnigsten Kenners enthält. Sie hatte alle, aber die freigebige Natur hatte sich bei ihr nur in der Anordnung ihrer Gaben vergriffen. Die glühenden Rosen hatten sich von den Wangen in die Haare verirrt, das weisse Elfenbein der Zähne war auf den Lippen geblieben, deren Purpur sich in die Augen geflüchtet hatte, und diese hatten ihr dunkles Braun den Zähnen überlassen. Die schöne Wölbung der Brust war auf dem Rücken zu sehn; die beweglichen Grübchen, welche das süße Lächeln bezeichnen, waren feste Stereotypen des bittern Verdrusses, und die Beine beschrieben die schönen Bogen, welche man an den Augenbraunen gern bewundert. Der prächtige Schmuck, den die Amme nicht sparte, war daher nicht leicht anzulegen, die Armbänder fielen wegen der zarten Schlankheit der Arme bis auf die Handwurzel herab, und das Halsband war wegen der vollen Rundung des Halses nicht genug zu verlängern. Die Schuhe konnten nicht groß und die Kleider nicht klein genug gefunden werden. Das kosmetische Werk ging deßwegen ziemlich langsam von statten, als es aber vollendet war, trösteten sich Schmückerin und Geschmückte mit dem Spruche: Was lange währt, wird gut.

Im Pfauenreich aber schien dieser Satz keine allgemeine Gültigkeit zu haben. Dem Volke, das Vivat rufen sollte, blieb, bei Popanzinens Anblick, die ganze letzte Hälfte des Ausrufs im Munde zurück. Der Kammerherr, den die Braut bewillkommen sollte, konnte der Doppelattake seines ästhetischen und moralischen Gewissens nicht widerstehn, und der Anfang seiner zierlichen Rede: Wie erfreulich! verwandelte sich in den Ausruf: Wie abscheulich! Die ganze Menagerie vor den Karossen ward scheu, und selbst die sanften Gazellen wurden wild und suchten das Freie. Die Mosaiktänzerinnen jagten ihnen nach, und ihr verworrnes Gedräng bildete eine endlose Fülle von Karikaturen, welche alle viel Aehnlichkeit mit Popanzinen hatten. Man mußte in der Eil einen Zug von sechs Pavianen vor den Wagen der Braut legen, und sie brüstete sich darin nach Möglichkeit. Die Pfaue, die als Bürgerwache vom Hafen bis zum Palast eine Doppelreihe formiren und ihre Schweife präsentiren sollten, glaubten, der Leibaffe der Prinzessin eröffne den Zug, und trieben unziemliche Späße und Neckereien. Der Schiffer, dem bei dieser Aufnahme nicht allzu wohl zu Muthe ward, stieß die Amme an und sagte leise: das geht schlecht, die Mamsell sollte hübscher seyn. Die Amme aber fuhr ihn an, und sagte: der Beifall der Menge sei grade ein Beweis gegen die rechte, wahre Schönheit. Gemeine Naturen aber verstünden das nicht.

Man brachte indessen die frohe Nachricht von der Ankunft der Braut vor den König. Nun – sagte er – haben ihre Brüder recht, ist sie schöner als das Bild? Der Direktor der königlichen Vergnügungen war um die Antwort etwas verlegen. Zum Glück gehörte aber die Frage des Königs unter die vielumfassende Klasse der Fragen, welche auf keine Antwort Anspruch machen, denn der König fuhr gleich fort: Nun, wir wollen das bald sehn. Damit stieg er in seinen Pfauenwagen und fuhr der Braut entgegen.

Vor dem Wagen trugen zwei Reichsbarone feierlich Rosamundens Bildniß. Dann folgten alle Reichsämter mit den Gesandten fremder Höfe, dann der ganze Hofstaat, und nun ganz langsam der König in seinem Pfauenwagen, umgeben von den Reichsvasallen und allen seinen Pfauen. Er konnte es kaum erwarten seine geliebte Rosamunde zu sehn, sprang aus dem Wagen, und wollte sie umarmen. Es kam aber nicht dazu, denn kaum sah er Popanzinen, da fuhr er zurück, als hätte er einen Zitterrochen berührt. Kein Mensch hatte einen König jemals so zornig gesehn. Er warf sein Diadem zur Erde, zerriß seine königlichen Kleider, und warf so sprechende Blicke umher, daß niemand gern in der königlichen Nähe verweilen wollte. Als das erste Stadium seines Zorns vorüber, und die Entzündung seines Gemüthes etwas gestillt war, befahl er, Braut und Amme und Schiffer in die Ruinen eines tiefen Thurms zu werfen, die sich noch aus der inhumanen Zeit der Justiz erhalten hatten. Er wollte ein Exempel statuiren, damit niemand in Zukunft Lust bekommen konnte, einen König auf eine so grobe Art zu hintergehn.

Rosamundens Brüder wußten den Tag recht gut, an welchem ihre Schwester ankommen mußte. Sie hatten sich aufs beste herausgeputzt, und der König memorirte noch an der Empfangsrede, die der Prinz ihm aufgesetzt hatte. Da wurden die Thüren geöffnet, aber statt der höflichen Deputation und Ehrenwache, welche sie zum Hochzeitsfest rufen sollte, kam ein grober Kerkermeister mit einer Sicherheitswache von ein paar Dutzend Polizeidienern. Diese führten sie in einen häßlichen Keller, eine Tagereise tief unter der Erde. Es war ein Glück, daß es stockfinstre Nacht da unten war, denn hätten die armen Gefangenen sich umsehn können, so wären sie vor Schreck und Abscheu über ihre Umgebungen im ersten Augenblick gestorben.

Hier erschöpften sie sich nun in Hypothesen über den zureichenden Grund dieser unbegreiflichen Veränderung, ohne den wahren zu errathen. Indessen hatten sie doch den Vortheil von ihren teleologischen Studien, daß ihnen die Zeit ziemlich geschwind verging. Nach drei Tagen hörten sie die Stimme des Pfauköniges. Er stand oben an einem Luftgitter des Kellers und schimpfte ein vollständiges Sortiment bedeutender Redensarten hinunter. Könige und Prinzen wollt ihr seyn? sprach er zuletzt, Kartenkönige seid ihr und Bettelprinzen! Ihr seid die Luft da unten nicht werth, die doch eben nicht die beste ist, aber der Strick ist schon gesponnen, an den man euch henken wird.

Pfauenkönig! – rief der König unten zum König oben – hütet euch, geht nicht zu weit und nicht zu schnell in dieser Sache, ihr könntet es bereuen. Ich bin König so gut als ihr, habe Kronen aufzusetzen und zu verschenken so gut als ihr. Was schwatzt ihr also vom Strick? Es kommt mir fast lächerlich vor euch so sprechen zu hören. Wenn ein König auf dem Theater spräch wie ihr, man würde sagen, es sei höchst unnatürlich und sehr albern.

Der gefangene König von Taccamahacca rief dieses mit einem so absprechenden Tone herauf, daß der Pfauenkönig in die größte Angst und Verlegenheit kam. Er war nicht übel willens, die Gefangenen laufen zu lassen, damit sie ihm kein Leid anthun könnten. Aber sein Vertrauter rieth ihm ab und sagte, wenn er nicht ernstlich Rache nehme, so würde alle Welt sich moquiren und ihn für einen kleinen Titular- und Vasallenkönig halten. Das wirkte. Der König schwur strenge Gerechtigkeit zu üben und die schnellstmöglichste Justiz zu handhaben. Ein Mahler, der im Pfauenreichswappen eine Feder ausgelassen hatte, war wegen Hochverrathes in Verhaft. Man verurtheilte ihn, Popanzinen zu mahlen, das Gemählde stellte man dem Gerichtspräsidenten gegenüber auf den Gerichtetisch, und vor jeden Gerichtsbeisitzer eine Kopie. Keine Tortur war jemals so wirksam gewesen, als diese Gesichtsfolter. Eh sich noch einer von den Richtern setzte, war die Sitzung schon aufgehoben, und alle urtheilten einmüthig, daß die Gefangenen hängen müßten, weil sie gelogen, und eine häßliche Zigeunerin für eine schöne Prinzessin ausgegeben hätten.

Der Pfauenkönig, der ganze Hofstaat und die gesammten Reichsstände versammelten sich nun in dem großen Thronsaal. Die Gefangenen wurden in feierlicher Prozession vorgeführt, und ihr Urtheil ihnen eröffnet. Bei dieser Gelegenheit erfuhren sie auch ihr Verbrechen. Alles Protestiren half nichts, der Pfauenkönig war entrüsteter als jemals. Die Todtenglocke wurde geläutet, die Schüler sangen, die Stadtpfeifer bliesen, und der Zug bewegte sich langsam vorwärts nach dem offenen Operationspavillon der Justiz, wo sich die Professoren der Kriminal-Chirurgie mit ihren Ammanuensen versammelt hatten.

Der Zustand der schönen Rosamunde war indessen auch nicht viel glücklicher. Sie schwamm die ganze Nacht in der unbequemsten Lage, und als es früh dämmerte, sah sie sich mitten auf dem weiten Meer ohne Schiff und ohne Hülfe allein mit ihrem kleinen Azur. Beide erschraken nicht wenig, und Rosamunde weinte so kläglich, daß alle Fische Mitleid fühlten. Ach, schluchzte sie, gewiß hat sich der Pfaukönig anders besonnen, und will mich nicht mehr heirathen, da hat er mich ins Wasser werfen lassen, um mich mit guter Manier los zu werden. Das ist ein wunderlicher Mensch, der; ich hätt' ihn so lieb haben wollen, hübsch bin ich, und vom Regieren versteh ich auch das und jenes. Wir hätten gewiß recht gut zusammen gepaßt.

So schwamm sie den ganzen Tag auf dem Meere, ganz durchnäßt, und fast zum Tod erstarrt. Hätte ihr der kleine Azur nicht das Herz gewärmt, sie wär' hundert Mal gestorben. Am Abend machten ihr die Fische wieder bange, und sie sagte zu ihrem Unglücksgefährten: Azurchen, belle nur immer, daß uns die großen Wallfische und Meerungeheuer in der Nacht nicht fressen.

Azur bellte auch die ganze Nacht, und bellte gegen Morgen einen alten Fischer an das Ufer, denn glücklicher Weise hatte der Wind in der Nacht das Bett gegen das Land getrieben. Die Prinzessin streckte ihm flehend die Hände entgegen, und bat ihn, er möchte sie aufnehmen, weil sie sonst im Wasser umkommen müßte.

Der Alte hatte von Natur ein mitleidiges Gemüth, und übrigens war die Prinzessin so schön, daß wohl ein Löwe oder Tiger ins Wasser gelaufen wär sie herauszuholen. Nach einigen Versuchen gelang das Werk. Azur sprang ans Land und bellte ein unendliches Gratias. Rosamunde wickelte sich in ihre Decken und lispelte ihrem Befreier so melodischen Dank, daß dieser ganz verjüngt wurde. Er zog das Phönixbett aus dem Wasser, und trocknete es an der Sonne. Die Prinzessin führte er in seine Hütte. Hier machte er Feuer an, schloß seinen Koffer auf, und nahm den Sonntagsstaat seiner Frau heraus. Kleidet euch um, schöne Dame, sagte er, denn ihr seid pudelnaß, und in Bauerkleidern warm und trocken zu seyn, ist allemal besser, als in Staatskleidern frieren. Damit entfernte er sich und ließ der Prinzessin Zeit ihre Toilette als Bäuerin zu machen. Sie war bald damit fertig; der Anzug war eben nicht neumodisch, aber Rosamunde war schön, und ein schönes Mädchen macht den schlechtesten Anzug auch schön, wie die goldne Morgensonne auch die graueste Wolke vergoldet.

Der Alte merkte an den goldbrokatenen Decken und atlasnen Matratzen, daß er einen sehr vornehmen Gast beherbergte. Er kam darüber in nicht geringe Verlegenheit. Was fangen wir nun an, sagte er, ich merke an jeder Miene, daß ihr etwas Vornehmes seid. Ich bin aber ein armer Fischersmann, und wenn ich euch alles gebe, was ich in Blut und Leben habe, so ist das nicht so viel, als ihr sonst Eurem geringsten Diener gegeben haben mögt, geschweige eurem Hundchen dort. Ihr seid an gute Bissen gewöhnt, hier findet ihr nichts als schwarz Brot und- etwa einen Rettich zum Mittagsmahl, und statt Kaffee einen Trunk Wasser, so gut es eben quillt. Das wird euch schlecht behagen. Wenn ihr meinem Rath folgen wollt, so laßt mich in die Stadt gehn zum Pfauenkönig, der erwartet jetzt seine Braut, und wird euch gern bei ihr als Hofdame eine Stelle geben.

Als die arme Rosamunde hörte, daß sie in dem Pfauenreiche sei, fing sie von neuem an bitterlich zu weinen. Sie erzählte dem Fischer ihr ganzes Unglück, ihre Liebe, und wie der Pfaukönig sie nun in das Meer habe werfen lassen.

Der Alte stutzte, und sagte endlich kopfschüttelnd: Hört nur an, schöne Dame, daß euch der König über Bord geworfen habe, will mir nicht einleuchten, aber, mag es gethan haben wer da will, wer weiß, wozu es euch gut ist. Was hilft euch ein Mann, wie der Pfaukönig, der verzaubert ist; und alle Nächte zu einem schnöden Pfau werden muß? Ja, das wundert euch; ich glaub' es wohl. Eine neidische Fee hat es ihm angethan, weil er ihr nicht gut seyn wollte, denn sie war nun eben nicht die schönste. Sie hatte ihn erst ganz und gar zum Pfau gemacht mit seinem ganzen Hofstaat, aber seine Mutter, die auch was von der Feerei versteht, hat die böse Fee doch einmal überlistet, daß er wenigstens am Tage Mensch ist und die Federn verliert, bis auf den Zwickelbart. Dafür muß aber die gute Königin selbst so lange ein altes häßliches Weib seyn, bis der König entzaubert ist.

Also kann er doch entzaubert werden, fragte Rosamunde neugierig, und schmeichelte sich an den Alten an, o sagt geschwind, wie?

Ei, erwiderte der Fischer, ihr möchtet euch wohl gern das Verdienst um ihn machen, gelt? Aber das laßt euch vergehn. Da gehört ein ander Gesicht dazu, als ihr habt, nämlich ein ganz abscheulich häßliches. Wenn der König so eins zur Braut kriegen kann, dann kann ihm geholfen werden.

Ach, das ist Schade – sagte Rosamunde – da mag er lieber Pfau bleiben, als daß er so eine Braut nimmt.

Das wär noch das geringste, fuhr der Fischer fort, er soll sich aber im Angesicht des ganzen Hofes noch eine andre Braut an einem Orte holen, den man nicht gern nennt.

O nennt ihn immer – sagte Rosamunde – vielleicht wär es mir doch möglich ...

Nein, dann bewahr euch der Himmel, fiel der Fischer ein, wenn ihr's denn durchaus wissen wollt, der Ort, mit eurer Erlaubniß, ist der steinerne Kleiderschrank, wo man die Kleider mit sammt den Menschen aufhängt. Und die Braut soll noch dazu in Ketten und Banden seyn. Da könnt ihr ja gleich merken, von was für Gelichter sie seyn müßte. Das hat freilich die gottlose Fee so verklausulirt, daß der arme König erst auf den Nimmermehrstag loskommen kann. Denn er darf nicht einmal erfahren, wie er den Zauber los werden kann, das muß sich alles ohne sein Zuthun bloß so von ungefähr schicken.

Rosamunde schauderte und bat ihren Wirth, er solle sie nur nicht verrathen. Wenn ihr keine andre Sorge habt, als um unsern Tisch, setzte sie hinzu, so ist bald geholfen. Bindet nur meinem Hund ein Körbchen an den Hals, er hat eine sehr vielseitige Erziehung genossen, und es müßte nicht mit rechten Dingen zugehn, wenn er nicht etwas Gutes mitbrächte.

Gesagt, gethan. Der Alte brachte das Körbchen. Rosamunde band es dem Hundchen an, und sagte: Azur, das beste Gericht, das du in der Stadt findest, das bringst du uns, mach hübsch bald, denn mich hungert.

Azur sprang fort, und weil er glaubte, die königliche Küche sei die beste, so lief er hinein, sorgte zuförderst für seinen eignen Appetit, und packte dann den Rest für Rosamunden ein. Als er seinen Vorrath in der Hütte abgesetzt hatte, lief er noch einmal in die königliche Küche, und packte Konfekt, Eingemachtes, Muskatensekt und französische Brötchen ein. Er räumte Küche und Speisegewölbe so auf, daß die Mäuse im Palast einen allgemeinen Fasttag halten mußten.

Der Pfaukönig war nicht wenig erstaunt, als die Tafel Mittags unbesetzt blieb. Er fragte erst, dann ward er ungeduldig, und endlich brach sein Zorn aus. Er war überdieß schon von der Morgenunterredung mit seinen Gefangenen ziemlich echauffirt, und folglich etwas reizbar. Zuletzt mußte er sich doch zufrieden geben, und er tröstete seinen Appetit mit der Aussicht auf ein gutes Abendessen. Allein ehe die Abendtafel des Königs servirt war, kam der kleine, niedliche Truchses der Prinzessin und leerte die Küche von neuem.

Diese Prüfung war zu hart für eine königliche Geduld. Indessen schaffte der heftigste Zorn kein Essen herbei, und machte im Gegentheil den fastenden König nur hungriger.

Das schlimmste aber war, daß es am andern Tage mit dem Dejeuner, Diner und Souper des Königs gerade wieder so ging. Es fehlte wenig, so wär der König Hungers gestorben. Denn über der Hauptsache und ihrer Betrachtung dachte kein Mensch an die kleinliche Einzelnheit, den König aus andern Küchen einstweilen zu versorgen. Aber er hatte einen Favoriten, dem an des Königs Leben und Tafel so viel, als an seiner eignen Glückseligkeit lag. Dieser bewies, daß Könige Freunde haben. Denn er versteckte sich in die Küche hinter den Heerd, und verwendete kein Auge von dem Bratspieß und Kochtopf.

Es währte nicht lange, da kam Azur, schnupperte um alle Töpfe, Tiegel und Pfannen, kostete das Beste aus, und packte wie gewöhnlich sein Körbchen voll. Der Vertraute schlich dem himmelblauen Hündchen nach zur Stadt hinaus durch Felder und Wälder über Korn und Dorn bis zu der Fischerhütte, wo das Hündchen freundlich wedelte und kläffend Einlaß begehrte.

Außer Athem kam nun der Vertraute zu dem König gelaufen, und erzählte ihm sein Abentheuer und die Emigrationen der königlichen Mahlzeiten nach der Fischerhütte. Der König gab auf der Stelle Befehl, den himmelblauen Hund sammt seinen Komplicen in Verhaft zu nehmen und die Sache zu untersuchen. Der dienstfertige Vertraute führte selbst einige Gerichtediener nach der Hütte am Meer, wo der Fischer mit der Prinzessin und Azur sich eben bei der königlichen Küchenspende recht wohl seyn ließen. Hali, so hieß der Vertraute, befahl sogleich das ganze vorgefundne Personale, den kleinen Himmelblauen nicht ausgeschlossen, in Ketten und Banden zu legen, und nach der Stadt in das Gefängniß zu bringen. Bitten und Widersetzlichkeiten waren gleich vergeblich, denn Hali war hungrig und streng und hatte die Uebermacht auf seiner Seite.

Sie kamen eben in die Nähe der Stadt, als der König mit dem ganzen Zuge herauskam, um seinen Platz bei Handhabung der Gerechtigkeit einzunehmen. Der Fischer faßte sich im Vertrauen auf seine Unschuld ein Herz, warf sich dem Könige zu Füßen, und fing an alles ausführlich zu erzählen, von dem schwimmenden Bett an, bis zu dem letzten Gericht aus der königlichen Küche, das nun ein so hartes Gericht über ihn verursachte; denn er bildete sich ein, die Anstalten, zu welchen er eben kam, wären bloß seinetwegen gemacht. Seine Majestät waren zwar hungrig nach einer Mahlzeit, und durstig nach Rache an den vermeinten Betrügern, und daher eben nicht in der besten Laune zu einer Audienz; allein zum Glück stand die schöne Rosamunde nicht weit vom Fischer, und der König nahm sich während der etwas langen Apologie des Inhaftaten Zeit sie zu betrachten und sich möglichst in sie zu verlieben. Aller Zorn war in Schwermuth aufgelöst, daß diese Schönheit ein Fischermädchen war, und nicht die Tochter des mächtigsten Gränznachbars. Als aber der Fischer bewies, diese, seine Mitgefangne, sei die ächte und aufrichtige Rosamunde, und jene, die sich Rosamunde nennen lasse, könne nur ein falscher Wechselbalg seyn, da machte der König, so matt er auch vom Fasten war, drei große Luft- und Freudensprünge, fiel der schönen Rosamunde um den Hals, und löste ihr mit eignen königlichen Händen ihre Bande. Er sagte ihr tausend Artigkeiten und überzeugte sie bald durch seine Galanterien und Liebkosungen, daß er ganz andre Dinge mit ihr vor habe, als sie in das Meer zu werfen.

Unterdessen war der Gerichtszug weiter geschritten und die Todeskandidaten kamen dem Ort ihrer Bestimmung näher. Der gefangene König und der Prinz trösteten sich mit allgemeinen Bemerkungen über die Vergänglichkeit aller menschlichen Dinge, und repetirten sich alle schönen poetischen und prosaischen Stellen, die man sie ehmals über diesen Gegenstand hatte auswendig lernen lassen. Hinter ihnen kam Popanzine mit ihrer Mutter, der Amme, und der Schiffer. Als Rosamunde ihre Brüder gewahr ward, riß sie sich vom König los und fiel einem nach dem andern um den Hals. Der Pfaukönig merkte nun seinen großen Mißgriff, und war in nicht geringer Verlegenheit, wie er den starken Verstoß wieder gut machen sollte. Aber in dem Augenblick, da er sich dem gefangenen König näherte, um einige Entschuldigungen vorzubringen, fielen, wie durch einen Zauberschlag, die Ketten von den Händen und Füßen der beiden Gefangenen, eine purpurrothe Wolke senkte sich herab, und auf ihr schwebte die schönste Fee, die jemals auf Rosenwolken geschwebt hatte.

Der Zauber ist gelöst, mein Sohn – sagte sie, indem sie sich zu dem Pfaukönig wendete – Meine Verbannung ist zu Ende, und mit ihr die Zeit deiner Verwandlung. Nimm deine schöne Braut und lebt beide glücklich unter meinem Schutze.

Mit diesen Worten schwang die Fee ihren Zauberstab und verschwand. Die ganze Gegend war auf einmal umgestaltet. Der strenge Stil in den umliegenden Werken der Kriminal-Architektur verschwand und machte einem gefälligern Platz, der in Ehrenpforten, Freudenbogen mit Blumengewinden, Altären und Obelisken alle Augen entzückte. Die Reichspfauen dehnten Flügel und Schweife und verwandelten sich in schöngekleidete Pagen, und an dem König selbst hatte sich das niedliche Federbärtchen in ein allerliebstes Stutzbärtchen verwandelt, das ihn in Rosamundens Augen nur noch liebenswürdiger und hübscher machte.

Die Versöhnung mit Rosamundens Brüdern war bald geschlossen. Sie sahen ein, daß der ganze Verlauf der Dinge von höhern Händen geordnet, und ihre Rollen in diesem Zauberschicksalsdrama, wenn auch nicht sehr glänzend, doch nothwendig waren, um die Entwickelung herbei zu führen. Man schloß also eine allgemeine Amnestie. Nur Popanzine und ihre Konsorten fürchteten, man möchte in ihrem Spiel mehr

Freiheit, als Nothwendigkeit entdecken, und entfernten sich während der allgemeinen Freude.

Die Hochzeit war ein allgemeines Freudenfest für das Land. Der alte Fischer zog zu der neuen Königin in den Palast. Azur erwarb der gesammten Hundheit das Recht zu gewissen Jahrszeiten Medaillen zu tragen, und zum Andenken an die große Begebenheit trägt jeder Elegant im Pfauenreiche sein Stutzbärtchen, und wird davon in der Landessprache ein Stutzer genannt, bis auf diesen Tag.

* * *

Die Verwandtschaft mit der Geisterwelt.

Ein häßliches Regenwetter verhinderte den verabredeten Morgenspaziergang der drei Freundinnen. Doch unterließen Amalie und Marie nicht, sich in Florentinens Wohnung zur festgesetzten Stunde einzufinden. Florentine war seit einiger Zeit viel zu still, tiefsinnig und reizbar geworden, als daß die theilnehmende Freundschaft die Anfrage hätte vergessen sollen, was eine Nacht für Eindruck auf die Kränkelnde gemacht habe, in der Sturm und Donner und alles Ungethüm gegen den Schlaf der Residenz verschworen schienen.

Wirklich kam auch Florentine äußerst bewegt ihnen entgegen und nahm sie mit besonderer Zärtlichkeit in ihre Arme.

„Ein schönes Spazierwetterchen!“ rief Amalie. „Wie ist dir die heillose Nacht vergangen?“

„Nicht zum Besten, das könnt ihr leicht denken. Meine Wohnung hat bei solchem Wetter eine gar zu ausgesetzte Lage.“

„Zum Glück wird sie nicht lange mehr die Deinige seyn!“ versetzte Marie lächelnd.

„Das ist wahr,“ sagte Florentine mit lautem Seufzen. „Morgen kommt der Graf von seinen Reisen zurück, in der Hoffnung mich bald vom Altare in sein Haus zu führen.“

„Und nur in der Hoffnung?“ rief Marie. „Die räthselhafte Betonung des Wortes läßt mich beinahe fürchten, daß du seine Hoffnung zu vereiteln denkst.“

„ Ich? – Aber wie viele Hoffnungen des Lebens sind mehr als taube Blüthen?“

„Beste Florentine!“ rief Marie an ihrem Herzen, „schon lange fragen wir uns, ich und meine Schwester, vergebens, was der Munterkeit unsrer geliebten Freundin widerfahren ist. Schon lange quält uns der Gedanke, daß vielleicht – Familienrücksichten die dir bevorstehende Ehe wider deinen Willen veranstaltet haben?“

„Familienrücksichten?“ erwiderte Florentine. „Bin ich doch der einzige Zweig unseres Hauses, den das Erbbegräbniß noch nicht in seinen dunkeln Armen festhält. Und liebe ich denn meinen Bruno nicht mit der ganzen Gewalt jugendlicher Gefühle. Oder glaubt ihr, daß es nur schändliche Heuchelei war, wenn ich euch vor wenig Wochen noch den Mann meiner Wünsche mit ihren glühendsten Farben schilderte?“

„Wissen wir denn was wir glauben sollen?“ rief Marie aus. „Und liegt nicht ein eben so großer Widerspruch darin, daß eine liebende Braut von Schönheit und Geist, Stand und Vermögen, die überdieß keiner geliebten Familie mehr entzogen werden kann, so sichtbar mit Schauer und Beben dem Traualtare näher rückt?“

Florentine reichte beiden Freundinnen ihre Hände. „Gute Seelen,“ sprach sie, „ich muß mich schämen, daß ich eure Freundschaft noch nicht tiefer in dieses unwirthliche Dunkel blicken lassen. In diesem Augenblicke bin ich außer Stande dazu. Aber noch heute, hoffe ich, soll es geschehen. Doch, Lieben, laßt uns ein andres gleichgültigeres Thema für die Unterhaltung der nächsten Momente wählen.“

Die heftige Gemüthsbeschaffenheit, in der sich Florentine so unverkennbar befand, unterstützte ihr Verlangen bei den Freundinnen, und da diese das Wetter für den gleichgültigsten Gegenstand hielten, so suchten sie alle Bosheiten der vorigen Nacht mit einiger Laune aufzudecken, bis Marie endlich nicht sehr scherzhaft hinzufügte: „Wahrhaftig, ich will es nur gestehen, daß ich einige Male geglaubt habe, es gehe gar nicht mit rechten Dingen zu. Denn erst war es grade, als ob das Fenster unseres Schlafzimmers auf- und wieder zugemacht würde, und als ob nachher jemand meinem Bette immer näher träte. Trapp trapp, trapp trapp, klang es ordentlich, so daß mir ganz eiskalt dabei wurde, und ich mit dem Kopfe tief unter die Bettdecke fuhr.

„Ach,“ fiel Amalie ein, „ich mag niemanden sagen, wie oft ich schon dergleichen mit angehört habe. Nur vor meine Augen ist mir bis jetzt noch nichts Unheimliches gekommen.“

„So will ich herzlich wünschen,“ sagte hier Florentine sehr feierlich, „wünschen, daß keine von euch je in ihrem Leben eine Erfahrung dieser Art machen möge.“

Der tiefe Athemzug, der sich an ihre Rede hing, und das unruhige Auge, welches dabei auf die Freundinnen blickte, erschütterte diese augenscheinlich.

„Solltest du vielleicht selbst?“ versetzte Amalie.

„Nicht ich so eigentlich – aber –. Doch verspart eure Wißbegierde. Auf den Abend, wenn ich ihn erleben – wenn ich, wollte ich sagen, da fähiger seyn sollte, auf den Abend hoffe ich euch alles mitzutheilen.“ –

Marie stieß Amalien an, und diese verstand die Schwester sogleich. Es schien als ob Florentine gern allein seyn wollte, und so beunruhigend auch ihre Stimmung war, so konnte doch ein zudringliches Bleiben diese schwerlich verbessern. Das aufgeschlagene Kirchenliederbuch, welche Marien jetzt erst ins Auge fiel, verrieth noch mehr. Wie unversehens schob sie beim Suchen nach ihrem Shawl das Taschentuch, worunter der goldene Schnitt nur ein wenig hervorblickte, von dem Buche, und die Rubrik der Gesänge, mit denen sich Florentine vor ihrer Ankunft beschäftigt zu haben schien, hieß: Vom Tod und Sterben.

Der Abschied war reich an Thränen und so rührend, als ob er auf der Grenze zweier unvereinbarlicher Welten vorfiele.

Um so mehr sehnten die bekümmerten Freundinnen den Abend herbei, und um so froher sanken sie an Florentinens Busen, als sie von dieser mit einem ihr seit langer Zeit nicht mehr eigen gewesenen Humor begrüßt wurden.

„Lieben Kinder," sagte sie dann, „verzeiht mein ungeschicktes Benehmen am heutigen Morgen. Von der bösen Nacht entkräftet, glaubte ich wirklich schon am Rande des Grabes zu stehen und mein Irdisches sowohl, als das Jenseitige, berücksichtigen zu müssen. Ich habe auch bereits diesen Vormittag meinen letzten Willen aufgesetzt und in der Obrigkeit Hände niedergelegt. Doch seit der Mittagsruhe fühle ich mich so wohl und bei guten Kräften, daß ich der Gefahr, welche mich diesen Morgen bedrohte, wieder entschlüpft zu seyn glaube."

„Aber, liebes Herz," versetzte Marie mit sanfter, gutmüthiger Mißbilligung, „wer wird sich durch eine schlaflose Nacht sogleich bis zu den trübsinnigsten Phantasien herauftreiben lassen?"

„Niemand so leicht. Auch ich nicht. Die Nacht war es jedoch bei weitem nicht allein. Sie fand mich schon auf einem Punkte, der ihrer kaum bedurft hätte. Doch keine unnützen Räthsel weiter. Ich will euch meine Schuld abtragen und Aufschluß über manches Unerklärliche in meinem Wesen und Betragen ertheilen. Macht euch nur immer auf seltsame und auffallende Ereignisse gefaßt. – Es wird aber bei der naßkalten Luft, von der das Zimmer nicht verschont geblieben ist, gerathen seyn, den Kamin zuvor in Thätigkeit zu setzen, damit der innere Frost, den doch vielleicht meine Erzählung hervorlocken könnte, von außen wenigstens keine Unterstützung erhalte."

Während Feuer gemacht und Holz zu dessen Unterhaltung daneben gelegt wurde, bezeigte Marie und ihre Schwester die Freude über Florentinens so ganz veränderte Stimmung. Letztere konnte dagegen nicht genug beschreiben, wie wohl ihr der nunmehr gefaßte Vorsatz thue, ihren nächsten Freundinnen das lange verhaltne Geheimnis mit zuzueignen.

Als man wieder allein war, fing Florentine also an: „Ihr seid mit meiner seligen Schwester zwar ziemlich gut bekannt gewesen, aber genau kann nur ich mich rühmen mit ihr gestanden zu haben. Daher muß ich über sie selbst manches vorausschicken, ehe ich zur eigentlichen Geschichte komme, deren Hauptperson sie übrigens ist.

„Schon von ihrer Kindheit an hatte das Mädchen viel besonderes. Sie war ein Jahr jünger als ich. Aber während ich vor unsern gemeinschaftlichen Spielsachen mit ihr saß und in das bunte Allerlei meine ganzen Sinne versenkte, konnte sie oft halbe Stunden lang vor sich hinstarren. Ueberhaupt nahm sie nur geringen Antheil an allen Ergötzlichkeiten der lustigen Kinderwelt. Unsere Aeltern waren darüber nicht wenig besorgt. Sie schrieben Seraphinens Antheillosigkeit einem Stumpfsinne zu, welcher der Bildung, die ein Haus verlangte, dessen Vorsteher den ersten Platz im Lande nach dem Fürsten einnahm, überall in den Weg treten mußte. Man dachte deßhalb auch schon darauf, ihr in einem adelichen Stifte eine Stelle zu erkaufen, als mit einem Male die Sache sich anders wendete.

„Der bejahrte Lehrer nämlich, dem sie schon frühzeitig, gewissermaßen nur um ihre müßigen Stunden auszufüllen, anvertraut wurde, versicherte, daß ihm in seinem Leben keine Fassungskraft von dieser Auszeichnung vorgekommen sei. Unser Vater wollte zweifeln, allein des Mädchens Prüfung in seiner Gegenwart überzeugte ihn bald von des Lehrers Worten.

„Nun gab es sogleich Anstalten, um etwas Außerordentliches aus der kleinen Virtuosin im Lernen zu bilden, und Sprach-, Musik- und Tanzmeister begegneten einander zu allen Tageszeiten auf unserer Treppe.

„Aber der Vater merkte bald, daß er sich abermals verrechnet hatte. Der Unterricht in fremden Sprachen ging so wenig vorwärts, daß die Lehrer die Achseln zuckten und der Tanzmeister behauptete, Seraphine habe ein paar Füße, aus denen, so schön sie auch wären, doch im Leben nichts werden könne, weil ihr Kopf sich allzuselten die Mühe nähme, sich um sie zu bekümmern.

„Dagegen machte sie in der Musik solche Fortschritte, daß die nothdürftige Meisterschaft ihrer Lehrer bald nicht mehr zu ihrem Unterricht ausreichte. Im Gesange übertraf sie unsre geschicktesten Opernsängerinnen.

„Der Vater sah nunmehr wohl ein, daß seine Plane für dieses seltsame Kind bald zu enge bald zu weit waren, und daß er es an einem lockergehaltenen Bande seinen eigenen Weg müsse gehen lassen. Das gab denn Seraphinen Gelegenheit eine Wissenschaft besonders zu berücksichtigen, die man sonst nicht leicht zu der ihrigen gemacht haben würde, nämlich die Astronomie. Wahrlich, Ihr habt keinen Begriff, meine Lieben, mit welchem – Heißhunger möchte ich sagen – sie alle Bücher verschlang, die von den Sternen handelten, und welch Entzücken ihr die Fernröhre verschafften, mit denen sie der Vater an ihrem dreizehnten Weihnachtsfeste beschenkte.

„Allein gar bald reichte der Gang, den diese Wissenschaft in neuern Zeiten mit so vielem Erfolge genommen hatte, bei weitem nicht für Seraphinen aus. Nun verfiel sie, zu des Vaters großem Leidwesen, auf die fast vergessene Astrologie, und mancher Morgen fand sie noch über sterndeutenden Schriften, die am Abend ihr in die Hände gerathen waren.

„Die Mutter hatte, als sie starb, ein Wort an Seraphinen, wahrscheinlich eine Warnung, vor dieser Kunst, auf der Zunge, allein der Tod bemächtigte sich der Guten zu früh. Der Vater meinte, daß dergleichen sonderbare Neigungen sich in ihrem jungfräulichen Alter von selbst verlieren würden.

„Aber er wurde bald inne, daß sie auch als Jungfrau den Neigungen des Kindes noch so viel möglich getreu blieb.

„Ihr wißt, liebe Seelen, welches Aussehen ihre Schönheit am ganzen Hofe erregte, wie häufig der edle Wuchs, das goldene Haar besungen wurden, und wie besonders die verliebten Dichter scheiterten, wenn sie die räthselhafte Eigenheit ihres großen blauen, nur zu oft im Perlenglanze schwimmenden, Auges bezeichnen wollten. Ich kann wohl sagen, daß ich die herzlichgeliebte Schwester zuweilen nur umarmte, um diesem milden, heiligen Auge, von dem das fast allzublasse Gesicht den größten Theil seiner Hoheit entlehnte, gern so nahe als möglich zu stehen.

„Es geschahen dem Mädchen auch mehrere recht vortheilhafte Heirathsanträge, aber vergebens. Uebrigens hielt sie sich, wie ihr wißt, wo möglich nur zur Einsamkeit oder zu mir. Auch konnte sie nie eine Vorliebe für Putz und dergleichen gewinnen, ja sie vermied jeden Prachtanzug und die Gelegenheiten, bei denen so etwas erfordert wurde.

„Nur wer sie und ihr Eigenthümliches gar nicht kannte, konnte ihr dieß für Affektation auslegen.

„Eine ganz besonders merkwürdige Eigenheit entdeckte ich zufällig an ihr in ihrem funfzehnten Jahre, und ich werde den Schreck, den ich dabei hatte, in meinem Leben nicht vergessen. Ich kam grade von einem Besuche zurück nach Hause, und fand Seraphinen mit ganz unbeweglichen Augen nicht weit vom Fenster in des Vaters Studierzimmer stehen. Schon seit ihrer Kindheit gewohnt, in diesem Zustande nicht von ihr bemerkt zu werden, schloß ich sie in meinen Busen, aber auch dadurch brachte ich sie nicht zu dem Gedanken an meine Gegenwart. In diesem Momente fällt mein Blick in den Garten hinunter und ich sehe den Vater neben derselben Seraphine gehen, die ich in meinen Armen halte.

„Um Gotteswillen, Seraphine!“ rufe ich, selbst erstarrt, wie das von mir umfaßte Marmorbild, und dieses fing nun an sich zu regen. Zu gleicher Zeit sucht mein Auge unwillkührlich den Garten wieder, und ich sehe den Vater allein, und ängstlich, wie es scheine, nach der vermißten Begleiterin umherforschend.

„Zwar bemühte ich mich den Vorfall der geliebten Schwester zu verbergen, doch unterließ sie nicht, mich mit theilnehmenden Fragen nach der Ursache meiner so sichtbaren Unruhe zu bestürmen. Ich lehnte ab was ich konnte, und erkundigte mich, ob sie schon lange im Zimmer wäre. Das, antwortete sie lächelnd, würde ich wohl am besten wissen, daß sie sich erst nach mir hier eingefunden habe. Vorher sei sie, wenn sie nicht irre, mit dem Vater im Garten gewesen.

„Dieses nur halbe Bewußtseyn eines unmittelbar vorangegangenen Zustandes würde mir übrigens an sich gar nicht aufgefallen seyn, da dergleichen bei dem seltsamen Mädchen sehr häufig vorzukommen pflegte.

„In demselben Augenblicke trat der Vater herein und rief: „Aber sage mir, Seraphine, wie du so plötzlich von meiner Seite und hier herauf gekommen bist? Wir waren doch im Gespräch, wie du weißt, und kaum hattest du eben ausgeredet, und ich sehe mich nach dir um, als ich mich allein finde. Daß du dich im nahen Busche verloren haben mußt, war natürlich. Aber auch da fand ich dich nicht, und nun bist du schon vor meinem Eintritte hier im Zimmer.“

„Sehr wunderlich,“ sagte Seraphine, „und ich möchte selbst wissen, wie das zugehe.“

„Von Stunde an erklärte ich mir die schon zuweilen vom Vater bestrittene Meinung mehrerer Leute, welche Seraphinen, während sie bei uns im Hause gewesen war, anderswo gesehen haben wollten. Auch hatte ich nun in geheim meine eigenen Gedanken darüber, daß das Mädchen oft in ihrer Kindheit, sie wußte nicht ob im Träume oder wachend, von der Erde nach dem Himmel abgerufen worden zu seyn und dort mit den Engeln gespielt zu haben behauptete; ein Umstand, dem sie es zuschrieb, daß sie für unsre Kinderspiele so wenig Sinn hatte behalten können.

„So mächtig, wie diese Vermuthung, bestritt der Vater auch den Aufschluß, den ich über Seraphinens so schleunige Entfernung aus dem Garten erlebt hatte und ihm als ein Geheimniß hinterbrachte.

„Laß mich,“ sagte er voll Unwillen, „mit den Wundern zufrieden, die eure tagtäglich damit genährte Phantasie so dankbar euch zurückgiebt. Es ist wahr, daß deine Schwester manche Eigenheit in ihrem Charakter und Wesen hat, bis zum Wunderkinde aber, das in unmittelbarem Verkehr mit der Geisterwelt steht, werdet ihr mir sie niemals hinaufschwatzen können.“

„Der gute Vater wußte zu jener Zeit noch nicht, daß der schwache Mensch Bestimmungen, wie das Wort niemals! Wenn von der Zukunft die Rede ist, gar nicht in den Mund nehmen sollte.

„Ein und ein halbes Jahr später ereignete sich ein Vorfall, der seine zeitherige Denkweise darüber in ihren Wurzeln hätte erschüttern können. Es war ein Sonntag, an dem Seraphine und ich einen schon lange verschobenen Besuch endlich abstatten wollten. Aber so gern auch meine Schwester in meiner Gesellschaft war, so vermied sie solche doch lieber, wenn sie sie nicht anders als mit dem genußlosen Zwange einer glänzenden Assemblee erkaufen konnte. Das Ankleiden dazu war ihr eine Vorhölle, weil sie bei dieser Bemühung dachte, daß sie sich derselben nur unterzog, um mit Leuten zusammen zu kommen, deren Leerheit und Glätte ihr in der tiefsten Seele zuwider war. Zudem fand sie bei dergleichen Gelegenheiten zuweilen Physiognomieen, an die sie kein Wort ohne Schauder richten, deren Nähe sie auf mehrere Tage krank machen konnte.

„Auch diesesmal wollte sie mich, wie die Zeit heranrückte, doch wieder allein fahren lassen, als der Vater, der es vermuthen mochte, in unser Zimmer trat und auf Abänderung ihres Vorsatzes bestand. „Man kann sich unmöglich von allen Rücksichten lossprechen,“ sagte er, und verlangte, daß Seraphine noch schleunigst sich fertig machen und mich begleiten solle.

„Die Dienerin war eben von mir weggeschickt worden, daher ging meine Schwester selbst mit dem Lichte, um sich ihren Anzug aus dem im obern Stocke stehenden Kleiderschrank herbei zu holen.

„Sie blieb länger, als ein so bald abzuthuendes Geschäft erfordert hätte.

„Wie sie endlich ohne Licht wieder hereintrat, stieß ich einen Laut des Entsetzens aus. Der Vater selbst fragte mitleidig: „Was ist dir widerfahren, mein gutes Kind?“ Ihr Gesicht war nämlich seit ihrer Abwesenheit von einer Viertelstunde vollkommen anders geworden, ihre gewöhnliche Blässe in eine todtähnliche Bleichheit, und die Rosenfarbe ihrer Lippen in ein unscheinbares Blau übergegangen.

„Unwillkührlich öffneten sich meine Arme für das inniggeliebte Wesen. Meine Augen fragten kläglich, da mein Mund den ihrigen nicht zur Antwort bewegen konnte. Aber lange Zeit lag sie starr und sprachlos an meinem Herzen. Bloß der unendlich liebevolle Blick, mit dem sie mich und den Vater ansah, gab zu erkennen, daß dieses reizende, unerklärbare Leben der Welt noch wirklich angehörte, oder, weil letzteres eigentlich niemals Statt fand, ihr noch nicht gänzlich entzogen war.

„Eine Krankheit überfiel mich," so viel brachte sie endlich leise heraus, „doch ist mir jetzt in der That schon besser."

„Sie fragte den Vater, ob er noch verlange, daß sie in die Gesellschaft gehe. Doch dieser fand es unter solchen Umständen bedenklich. Mir jedoch erließ er den Besuch durchaus nicht, so sehr ich ihm auch zu verstehen gab, daß ich der guten Seraphine vielleicht unentbehrlich seyn könne, und ich ging mit dem bekümmerten Herzen von ihr.

„Ich hatte den Wagen mich abzuholen sehr zeitig bestellt, und doch machte es meine gränzenlose Unruhe mir unmöglich ihn zu erwarten, daher ich früher zu Fuß nach Hause ging.

„Der Bediente, den ich zur Begleitung mitgenommen, konnte mir kaum nach, so sehr eilte ich, um den verhaßten Raum zwischen mir und Seraphinen baldmöglichst an ihrem Herzen zu vergessen.

„Aber in dem Zimmer wurde meine Ungeduld noch immer nicht befriedigt.

„Wo ist sie denn?" fragte ich ungestüm.

„Wer?"

„Wer anders, als Seraphine?"

„Fräulein Seraphine sind im Kabinet von Ihro Excellenz."

„Allein?"

„Mit Ihro Excellenz."

„Ich eilte nach dem Kabinet und fand die Thür verschlossen. Doch öffnete man in demselben Augenblicke und beide traten heraus.

Seraphine weinte, und an dem Vater bemerkte ich ein verlegenes, beklommenes Wesen, das ich noch niemals an dem gewandten Staatsmanne wahrgenommen hatte.

„Auf meinen freundlichen Wink folgte mir Seraphine sogleich in ein anderes Zimmer. Zuvor mußte sie jedoch dem Vater versichern, daß sie ihres, mir zur Zeit noch unbekannten, Versprechens eingedenk seyn wolle.

„Seraphine schien so voll von innern widersprechenden Bewegungen, daß meine Sehnsucht nach Kenntniß von der geheimnißvollen Begebenheit, die sie vorhin in einen so krankhaften Zustand versetzt hatte, mehrmals vergebens sich zu äußern bestrebte. Endlich aber gelang es mir, und Seraphine sagte: „Dein Wunsch soll zum Theil erfüllt werden. Ich will dir etwas von dem Räthsel lösen. Jedoch nur unter einer nicht zu erlassenden Bedingung."

„Ich zeigte mich begierig diese zu hören, und sie fuhr fort:

„Schwöre mir, mit dem was ich dir entdecke, zufrieden zu seyn, und nie in mich zu dringen, nie deine Gewalt über mein Herz dazu zu mißbrauchen, auch die Wissenschaft von dem zu erlangen, was ich gezwungen bin dir vorzuenthalten."

„Ich schwöre!"

„Und nun vergieb mir auch, geliebteste Florentine, daß ich dir, zum ersten Male in meinem Leben, etwas verheimliche, so wie, daß ich bei dem geforderten Versprechen dein bloßes Wort nicht zureichend achtete. Der Vater, dem ich das Ganze mittheilte, hat mir beides zur Pflicht gemacht, und seine letzte Rede hatte einzig darauf Beziehung."

„Ich bat nur daß sie zur Sache kommen möchte.

„Hierauf fing sie an: „Ich kann dir nicht sagen, welch eine Last auf meine Seele fiel, als ich vorhin nach meinen Kleidern gehen sollte. Wie ich die Thüre zwischen euch und mir zugemacht hatte, war es grade, als ob ich von dem freundlichen Leben geschieden sei, und bis zu einer bessern Heimath noch viele schauerliche Nächte zu durchreisen habe. Die Luft auf der Treppe war nicht dasselbe Element, das uns hier gemeinschaftlich umfängt. Es war eine Luft, die mir den Athem versetzte und große, kalte Tropfen über die Stirne heruntertrieb. Ich ging auch nicht allein auf der Treppe, so viel war ausgemacht. Gleichwohl wagte ich es lange nicht, mich umzusehen."

„Du weißt, Florentine, wie ich nach dem Tode unserer gütigen Mutter so sehnlich, aber vergebens wünschte und betete, daß sie mir doch nur noch Einmal erscheinen möchte. Jetzt nun glaubte ich den Geist der Verstorbenen auf meinen Fersen zu hören, und fürchtete, daß er nur gekommen sei, mich wegen des damaligen Wunsches und Gebetes zu bestrafen. Seltsam genug war freilich der Gedanke, daß die so unendlich Gütige durch das zärtliche Verlangen ihrer geliebten Tochter sich hätte beleidigt finden und es ihr als

Vorwitz auslegen sollen. Eben so seltsam, daß sie jetzt erst, nachdem das Grab ihre Gebeine schon Jahrelang fesselte, auf eine Strafe hätte denken sollen, deren Ursache ich fast vergessen hatte. Auch fühlte ich bald darauf diese Seltsamkeiten in dem Grade, das ich bis zu dem Muthe gelangte, mich umzublicken."

„Ob nun aber schon mein bebendes Auge nicht das mindeste zu entdecken vermochte, so schritt es doch, als ich weiter stieg aufs neue und immer vernehmlicher hinter mir her. Ja, oben in der Thüre des Zimmers fühlte ich meinen Rock festgehalten, so daß ich erschrocken nicht weiter konnte und an der Schwelle niedersank."

„Ich verwies mir jedoch gar bald meine unzeitige Furcht, als ich gewahr wurde, daß alles sehr natürlich zuging, und mein Rock an der Handhabe eines alten Geräthes hängen geblieben war, das auf den Gang gesetzt worden, um den andern Tag aus dem Hause geschafft zu werden.

„ Der Umstand ermuthigte mich von neuem. Ich gehe hierauf nach dem Kleiderschranke; denke dir aber den Todesschauer, der mich überfällt, als, wie ich eben aufschließen will, beide Schrankthüren ohne alles Geräusch sich öffnen, das Licht in meiner Hand auslöscht und gleich, als stünde ich vor dem Spiegel, mein getreues Abbild herausgetreten kommt, das mit dem Lichte, welches von ihm ausströmt, einen großen Theil des dunkeln Zimmers erleuchtet."

„Was zagst du," so redet es mich an, „vor deinem eigenen Wesen, das nur zu dir tritt, um dir das Bewußtseyn deines nahen Todes zu verschaffen und die Schicksale deines Hauses zu offenbaren."

„Die Erscheinung entdeckte mir hierauf, was geschehen soll, und wie ich nach tiefem Sinnen über die prophetische Stimme, an die Prophetin selbst eine Frage, Deinetwegen eine Frage richten will, ist das Zimmer dunkel und alles Uebernatürliche verschwunden. – Das, Geliebteste, ist, was ich dir davon sagen darf."

„Dein Tod schon nahe?" rief ich aus, weil der Gedanke in diesem Augenblicke alle andere verdrängte.

„Sie nickte freundlich und machte übrigens ein Zeichen, daß ich auch dieses Punktes halber nicht weiter in sie dringen möchte. Der Vater, fügte sie noch hinzu, habe versprochen, mir zur rechten Zeit das Nöthige selbst mitzutheilen.

„Zur rechten Zeit!" wiederholte ich, leise klagend. Denn es schien mir, nachdem ich so viel wußte, die höchste Zeit, alles Uebrige gleichfalls zu erfahren.

„Ich äußerte auch diesen Abend noch gegen den Vater so etwas. Doch er war unerbittlich. Dabei meinte er, daß ja wohl vielleicht alle die Dinge, welche Seraphinen begegnet wären, einer aufs höchste gereizten und in Unordnung gebrachten Einbildungskraft zuzuschreiben seyn möchten.

„Aber, als am dritten Tage nachher meine Schwester wirklich bettlägerig wurde, da schienen seine Zweifel wieder an Kraft zu verlieren, und ob man mir schon ihren Sterbetag nicht bezeichnet hatte, so merkte ich doch aus der Heftigkeit, mit welcher die schon Todtenbleiche bald mich, bald den Vater auf ihr Lager nieder, und in ihre Arme zog, daß die Entscheidungsstunde nahe seyn möchte.

„Wird die Glocke bald neun Uhr schlagen?“ fragte sie, als wir Abends an der Betenden Bette saßen.

„Bald!“ antwortete der Vater.

„Nun so denket mein, ihr Lieben, bald sehen wir uns wieder!“ Sie drückte uns die Hand und sank grade mit dem Glockenschlage aufs Bette, um sich nicht wieder zu erheben.

„Der Vater hat mir das alles erst nachher gesagt, denn ich war in solcher Bestürzung, daß ich durchaus nichts von mir selbst wußte.“

„Erst als Seraphine die Augen geschlossen hatte, erwachte ich wieder zu einem in diesem Momente mir ganz verächtlichen Leben. Ich konnte mich darüber nicht fassen, daß die Stumpfheit, worein der bevorstehende Verlust mich versenkt hatte, der Verschiedenen wohl gar wie ein Mangel an Liebe vorgekommen seyn könne, und vermag es noch immer nicht, diese mein Herz vernichtende Scene, ohne einen heftigen Fieberfrost in mein Gedächtnis zurückzurufen. –

„Es versteht sich,“ sagte mein Vater am Begräbnißabend grade um dieselbe Stunde, und zwar hier am Kamine, „es versteht sich, daß die sogenannte Erscheinung für jetzt noch ganz verschwiegen zu halten ist.“

„Ich fand das ebenfalls, konnte mir es aber nicht erwehren hinzuzufügen: „Noch immer also, lieber Vater, da schon ein Theil der Voraussagung so grauenvoll in Erfüllung gegangen, noch immer sagen Sie, die sogenannte Erscheinung?“

„Ja wohl. Du weißt noch nicht, mein gutes Kind, was der Mensch für ein gefährliches Wesen an seiner eignen Phantasie mit sich herumträgt. Seraphine wird nicht das letzte Opfer dieser Mörderin seyn.“

„Wir saßen, ich wiederhole es, grade so wie ich jetzt sitze, und ich wollte ihm eben, ich habe vergessen was, darauf erwiedern, als ich gewahr wurde, wie sein Blick mit ängstlicher Aufmerksamkeit auf der Thüre ruhte. Weßhalb wußte ich nicht, auch konnte ich an der Thüre noch gar keine Veränderung wahrnehmen. Doch eine Minute später ging plötzlich die Thüre von selber weit auf."

Florentine hielt hier, wie von dem Grauen der damaligen Zeit aufs neue überwältigt, ein wenig inne, und in diesem Augenblicke sprang Amalie lautschreiend vom Stuhle.

Man fragte, was ihr fehlte, aber sie blieb lange die Antwort schuldig, wollte auch ihren Stuhl, dessen Lehne nach der Thüre gekehrt war, durchaus nicht wieder einnehmen. Endlich jedoch gestand sie, sich ängstlich umsehend, daß sie auf Einmal von einer eiskalten Hand am Nacken gefaßt worden sei.

„Da haben wir die leibhafte Phantasie," rief Marie sich erholend. „Ich selbst bin das gewesen. Ich hatte ja schon lange meinen Arm auf deinen Stuhl gelehnt, und fühlte bei der aufgehenden Thüre das Bedürfnis, mich an etwas Lebendes anzuhalten. – Wie war es aber mit der Thüre?"

„Seltsam genug!" fuhr Florentine fort. Ich schauderte zusammen, lehnte mich an den Vater, und fragte, ob er nicht eine Art von Licht, oder Schimmer, oder irgend etwas anderes Blendendes hereinquillen sähe?

„Und wenn ich es nun sähe," antwortete er mit merklich bewegter, leiser Stimme. „Wir haben beide ein sehr geliebtes Wesen eingebüßt, sind also beide gewissermaßen in der nämlichen exaltirten Gemüthsverfassung. Unsre Einbildung kann daher auch wohl gar leicht auf einen und denselben Abweg gerathen. Daß übrigens eine Thüre von selbst aufgeht, das ist sehr gut natürlich zu erklären."

„Ich dächte aber doch, man versuchte sie wieder zuzumachen!" sagte ich, ohne den Muth zur Ausführung zu haben.

„Das können wir auch!" sprach er. Allein mit sichtbarem Beben stand er dazu auf und ging nur einige Schritte, um dann wieder umzukehren und hinzuzufügen: „Wir können die Thüre ja offen lassen. Es wird ohnehin etwas zu warm im Zimmer."

„Uebrigens bin ich durchaus nicht im Stande den sonderbaren Schein zu vergleichen oder zu beschreiben, auch versichere ich euch, daß wenn statt seiner, der Schatten meiner geliebten Schwester hereingetreten wäre, ich ihn gewiß mit offenen Armen aufgenommen hätte. Denn nur das Räthselhafte und Unbestimmte dieser seltsamen Lufterscheinung war es, was mir Furcht und Schauder erregte.

„Bald darauf kam die Dienerschaft mit dem Souper, und alles blieb an diesem Tage ohne weitere Folgen.

„Die Zeit verwischte indessen zwar keineswegs das Andenken an unsre Unvergeßliche, aber wohl an diese ungewöhnliche Erscheinung. Der Umgang mit euch, ihr Lieben, ward mir seit Seraphinens Hintritt eine sehr ersprießliche Zerstreuung und allmählig eine nicht zu entbehrende Gewohnheit. Ich dachte kaum flüchtig noch daran, was meiner Schwester Ebenbild unserm Hause geweissagt haben könne und ließ an euerm freundschaftlichen Arme dem harmlosen Leichtsinne der Jugend den Zügel.

„Ein herrlicher Frühling beförderte die Heiterkeit durch mannichfache Anregungen. Einesmals hatte euch eben die Abendglocke nach eurer Behausung gerufen, als ich mich noch immer nicht von unserem buntfarbigen Garten zu trennen vermochte, und wie trunken von dem reinen Himmelblau und dessen goldenem Saume und den milden gewürzhaften Wellen der Abendluft auf- und niederhüpfte.

„So in den unschuldigsten Genuß meines Daseyns versunken, gehörte eine auf und niederschwirrende Fledermaus dazu, mir die Zeit der Rückkehr in‘s Haus anzukündigen. War ich dießmal ganz außer Acht gelassen worden, oder wie ging es sonst zu, daß der seit der Schwester Tode um meine Gesundheit zwiefach besorgte Vater, welcher von meinem Aufenthalt im Garten unfehlbar wußte, mir nicht, wie gewöhnlich, eine wärmere Bekleidung heruntergeschickt hatte?

„Indem ich dieß bedachte, so schüttelte mich ein eigentlicher Fieberfrost, den der indessen zwar kühl, doch keinesweges kalt gewordene Abend an sich kaum hervorzubringen vermochte. Von ungefähr fiel mein Blick auf die blühenden Bäume und das seltsame Licht, das an Seraphinens Begräbnißtage zur Thüre hereingequollen war, schien auf ihnen zu lagern und alle seine Strahlen nach mir herüberzuwerfen. Die Blütenallee war Seraphinens Lieblingsplatz gewesen.

„Dieser Gedanke gab mir den Muth mich zu nähern, weil ich ihren Schatten dort zu finden hoffte. Da aber mein Hoffen ohne Erfüllung blieb, so flog ich bald auf bebenden Füßen in unsre Wohnung.

„Doch hier fand ich wieder viel Ungewöhnliches. An das Souper, das ich schon halb versäumt glaubte, dachte noch kein Mensch. Vielmehr liefen die Dienstleute mit schleunigem Einpacken von Kleidern und Hausgeräth beschäftigt in grosser Bestürzung durch einander.

„Wer verreiset denn?“ fragte ich.

„Mein Gott, das wissen Sie nicht?“ rief der Haushofmeister. „Ihro Excellenz, Sie, wir alle.“

„Und wann denn?“

„Diese Nacht noch auf die Güter.“

„Warum denn das?“

„Man zuckte die Achseln und ich eilte in des Vaters Kabinet. Er saß auf seinem Lehnstuhle vor sich hinsehend.

„Die zweite Prophezeihung unsrer Seraphine“ so redete er mich an, „wäre also doch ebenfalls eingetroffen. Grade die unwahrscheinlichste; ich bin in Ungnade gefallen.“

„Das hat sie auch vorausgesagt?“

„Freilich! Es ist wahr, ich habe dir‘s verheimlicht. – Uebrigens füge ich mich gelassen in mein Geschick. Mag ein Anderer den gefährlichen Platz besser zu behaupten suchen. Ich will auf unsern Gütern dir und meinen Unterthanen leben.“

„So gewaltsam mich auch sein Unglück mit berührte und aus allen zeitherigen lieben Verhältnissen riß, so wirkte doch seine Fassung recht wohlthuend auf mein Gemüth.

„Nach Mitternacht ging die Reise fort und mein Vater fand sich so gut in den veränderten Zustand, daß er in vollkommener Heiterkeit auf seinem Eigenthume anlangte.

„Hier gab es mancherlei zu thun, einzurichten und zu verbessern, und bald hatte sich seine Liebe zur Thätigkeit einen behaglichen Wirkungskreis geschaffen.

„Hieraus entfernte ihn jedoch nicht lange darauf eine Unpäßlichkeit, welche die Aerzte für bedeutend hielten. Er gehorchte zwar ihrer Verordnung, sich gänzlich von Geschäften loszumachen, jedoch ohne auf einigen Nutzen zu hoffen. „Seraphine,“ sagte er jetzt, ganz von seiner vorigen Meinung zurückgekommen, „Seraphine hat zweimal wahr geredet. Sie wird es auch das dritte Mal.“ Es erschütterte mich heftig, als ich vernahm, daß er in Kurzem zu sterben glaubte.

„Wirklich verfiel er zusehends, wurde bettlägerig und rief mich einst Abends zu sich, nachdem er alle Fremde aus dem Zimmer gewiesen hatte.

„Die Erfahrung“ sagte er, und das schon mit schwacher Stimme und nach häufigem Innehalten, „hat meinen Unglauben geheilt. Die heutige neunte Stunde ist nach Seraphinens Aussage mein Todesaugenblick, daher zwei nothwendige Worte an dich, meine Geliebte. Bleibe, wo möglich, in deinem jetzigen, unverheiratheten Zustande. Das

Geschick scheint es auf Erlöschung unseres Stammes abgesehen zu haben. – Weiter nichts vor der Hand davon. – Sollte indessen einmal die Ehe dein ernstes Bestreben werden, so vergiß nicht dieses Blatt zu eröffnen und zu lesen. Doch ist es mein ausdrücklicher Wille, daß die Eröffnung nicht früher geschehe, weil dir außerdem das Papier zwecklose Unruhe verursachen könnte."

„Bei diesen Worten, welche mein Schmerz schluchzend empfing, zog er unter seinem Kopfkissen ein versiegeltes Blatt hervor und händigte mir es ein. Uebrigens war der Augenblick für mich durchaus nicht gemacht, über das Wichtige seiner Ermahnung nachzudenken. Das trostlose Bild der neunten Stunde, in der der gute Vater hernach, an meine Schulter gelehnt, wirklich hinüberschlummerte, raubte mir alle weitere Besinnung.

„Seinen Begräbnißtag zeichnete der unnatürliche, blendende Schimmer von neuem aus.

„Ihr wißt, wie ich hierauf sogleich die Residenz aufsuchte; um in euerm lieben Umgange Trost zu finden. Ihr wißt auch, wie die Kraft meiner Jugend euere Bemühungen mir eine annehmliche Existenz zurückzugeben, begünstigte, und wie ich dem Leben wieder allmählig eine erfreuliche Ansicht abgewann. Nicht weniger ist es euch bekannt, daß zwischen mir und dem Grafen in der Folge Verhältnisse Statt fanden, welche die Ermahnung meines Vaters zur Ehelosigkeit kraftlos machten. Der Graf liebte mich, ich liebte ihn. Mehr bedurfte es kaum zu meiner Ueberzeugung, daß ich nicht unverheirathet bleiben könne, auch hatte der selige Vater dieses nur verlangt, wenn es mir möglich wäre.

„Ich glaube übrigens, daß er, indem er mir das versiegelte Papier in die Hände gab, einen wiewohl sehr verzeihlichen Mißgriff gethan hat. Denn grade das geheimnisvolle Siegel beunruhigte mich höchlich und würde, ich gestehe es gern, vielleicht beigetragen haben, mich sogar zur Ehe mit einem minder geliebten Manne zu überreden, weil ich ja außerdem niemals erfahren hätte, was die Weissagung der seligen Schwester in Hinsicht meiner betroffen haben möchte. –

„Da nun meine künftige Heirath so gut als gewiß war, so zögerte ich nicht länger die verhängnißvolle Schrift aufzuschneiden. Hier habe ich sie, und will sie euch vorlesen:

„Seraphine wird Dir bereits mitgetheilt haben, daß die bewußte Erscheinung, als sie sie Deinethalben noch um etwas befragen wollte, plötzlich verschwunden war. Das unerklärbare Wesen hatte nämlich unter andern auch Deiner gedacht, und sein trostloser Ausspruch, daß Du drei Tage vor Deiner Hochzeit, in der uns allen so gefährlichen neunten Abendstunde verscheiden würdest, Deine selige Schwester nach der ersten Bestürzung zu der Frage vermocht, ob Dein Leben sich nicht außer der Ehe bewahren ließe."

„Leider war freilich die Antwort ausgeblieben, doch ist nach meiner Ueberzeugung auf dem Pfade zum Traualtare nur Untergang für Dich zu finden, daher meine Vermahnung an Dich, im jungfräulichen Stande zu bleiben. Wenn Du es Deiner Neigung angemessen findest! Setze ich hinzu. Denn ich weiß nicht, ob dieser Ausweg Dir auch gewiß Rettung bringen wird."

„Dich, herzlichgeliebtes Kind, aller Angst vor der Zeit zu überheben, wollte ich die Offenbarung des Ganzen bis zu dem bedenklichen Augenblicke Dir vorenthalten. Ueberlege nun, was Du zu thun hast."

„Unfehlbar wird Dich mein Schatten beim Lesen dieser Zeilen segnend umschweben, mögest Du auch unter den beiden Wegen wählen, welchen Du wollest."

Florentine legte das Blatt stillschweigend wieder zusammen, und sagte nach einer, zufolge der Versicherung ihrer beiden Freundinnen, sehr unwillkommenen und unbehaglichen Pause:

„Von dieser Zeit, lieben Kinder, mag wohl die Veränderung herrühren, die ihr mir zuweilen vorgeworfen habe. Doch sagt mir nun auch, wer an meinem Platze nicht gestört, ja halb vernichtet werden würde von der Weissagung, daß ihm an der Schwelle seines höchsten Glückes der Tod begegnen solle?"

„Und hiermit bin ich am Ende meiner Erzählung. Denn morgen kommt Bruno von seinen Reisen zurück und sein gränzenloses Verlangen hat unsre Hochzeit schon auf den dritten Tag seines Hierseyns angesetzt."

„Also heute?" riefen Amalie und Marie mit Einer Stimme und dabei bleich und unruhig ihr Gesicht auf eine Stutzuhr gerichtet, welche so eben die Nähe der neunten Stunde aushebend verkündigt hatte.

„Ja heute ist der entscheidende Tag!" vollendete Florentine gefaßt und sogar heiter. „Seit dem schaurigen Morgen bin ich mir jedoch selbst wiedergegeben, und mein noch in diesem Augenblicke völlig gesunder Zustand versichert mir, daß der Tod heute wohl schwerlich mich erreichen möchte. Vielmehr wird eine Ahndung, eine herzliche Ahndung in mir recht lebendig, daß leicht diesen Abend mein lange genährter Wunsch erfüllt werden, daß meine geliebte Schwester mir erscheinen, und den wahrscheinlichen Irrthum ihrer Weissagung in dem, was mich betrifft, widerlegen könne. Geliebteste

Seraphine, du wurdest mir so schnell, so lieblos entrissen. Wo bist du, daß ich dir die damals vorenthaltene Liebe endlich mit Wucher zurückgebe?“

Bewegungslos starrten ihre beiden Freundinnen auf die Uhr, welche jetzt eben die Stunde des Verhängnisses laut anzeigte.

„Willkommen!“ jauchzte nun Florentine, als die zuletzt nur wenig beachtete und genährte Flamme des Kamins auf Einmal völlig erlosch. Das Fräulein eilte dazu von ihrem Sitze mit weit ausgebreiteten Armen vorwärts. Amalie und Marie blickten ächzend nach der Thüre, zu der Seraphinens, wie vom Vollmond erhellte, Gestalt hereingetreten war. Florentine umschlang die Geliebte mit ihren Armen.

„Dein auf ewig!“ erscholl es jetzt, und man wußte nicht, ob der leise und schaurige Ton von Florentinens oder der Erscheinung Lippen, oder von beiden Schwestern zugleich gekommen war.

Unmittelbar nachher stürzten die Dienstleute mit verstörten Gesichtern herein, um zu sehen, was vorgegangen sei. Es hatte nämlich draußen geklungen, als ob alles Glaswerk und Porzellan im Zimmer auf Einmal zu Grunde gehen wolle. Statt dessen mußten sie ihre verehrte Gebieterin an der Thüre umgesunken finden. Von der Erscheinung keine Spur weiter.

Alle Mittel Florentinen ins Leben zu rufen blieben fruchtlos. Die Aerzte maßen es einem plötzlichen Schlage bei. Doch Marien und Amalien begleitet der Schauer der erlebten Scene durch‘s ganze Leben.

* * *

Nachrede.

Ohne Nachrede, gute oder üble, bleibt ein Buch so wenig als ein Mensch, so bald sie vor das Publikum treten. Warum soll der Autor, der gern zu seiner Erleichterung die Vorrede seines Buchs einem Fremden überträgt, nicht einmal zur Erleichterung des Lesers die Nachrede übernehmen? Man weiß, daß gelehrte Tribunale, gleich bürgerlichen, ungern ein Urtheil sprechen, bis sie sich den fremden Gegenstand möglichst eigen gemacht haben, wer könnte aber natürlichern Beruf haben, zuerst von einem Buche zu sprechen, als sein ursprünglicher Eigenthümer, der Verfasser?

Der Nachredner hat den Vortheil, daß er nicht wie sein Vorfahrer und Kollege, der Vorredner, mit bloßen Titularlesern spricht, sondern mit wirklichen, d. h. mit solchen, die außer dem Titel auch das Buch selbst gelesen haben. Mit diesen kann er ein ernsthafteres Wort sprechen, und sogar hoffen, gelesen zu werden.

Ob es Gespenster gebe, soll eine sehr unentschiedene und streitige Sache seyn, aber entschieden und unstreitig ist es, daß es Gespenstergeschichten giebt, und die Erfahrung, welche über Gespenster selbst sehr zweideutig belehrt, zeigt unwidersprechlich, daß sehr viel Leute die Gespenstergeschichten außerordentlich gern hören und lesen. Der geneigte Leser bezeugt mir dieses willig, denn wär es nicht so, warum hätte er sich denn durch dieses Bändchen bis zur Nachrede durchgelesen?

Damit begnügt sich aber der kritisirende Leser nicht, der neben dem Glimmer des Vergnügens auch noch gediegene Ausbeute fordert. Beweißt das Buch die Gespenster – fragt dieser – oder streitet es dagegen?

Keins von beiden, lieber kritischer Leser. So wenig du in deinen Mythologien eine Widerlegung des Polytheismus, oder eine Apologie des Heidenthumes suchst, eben so wenig erwarte in unserm Gespensterbuche etwas für oder wider den Gespensterglauben. Du liesest mit Vergnügen in deinem Ovid, wie der liebentzündete Dichtergott statt seiner Dafne ein Lorbeerreiß in die Hand bekam, ohne darum zu fürchten, daß du, statt süßes Minnesoldes von der Geliebten, dir nur den poetischen Lorbeer ersingen werdest, wiewohl dich in Petrarka's umkränztem Haupte ein bedenkliches Beispiel anblickt; so lies denn auch unsre Geschichten von alten Schlössern, Grabmälern, Wunderbildern, Schätzen, Todtenglocken, Vorzeichen, weißen Frauen, schwarzen Männern, grauen Zwergen, Leichentüchern u. s. w., ohne zu fürchten, daß dir etwas unheimliches der Art im Leben begegne, wenn auch eine alte Sage, die deine Wärterin dir erzählte, dadurch eine bedenkliche Bestätigung erhalten sollte.

Ueberhaupt, wie der Mythus die Dämmerung bezeichnet, vor dem Sonnenaufgang des Glaubens – Götterdämmerung als Morgen – so ist die Gespenstersage das Zwielicht vor dem vollen Tage der Erkenntniß. Denn Wunderbar nennen wir das, dessen Grund wir in unsrer Bekanntschaft mit der Natur nicht auffinden, und wahre Aufklärung verdrängt den Wunderglauben, indem sie jene Bekanntschaft erweitert, und das Wunderbare begreifen lernt; während die vermeinte, eingebildete Aufklärung die Thatsache selbst läugnet, weil sie das Wunderbare an ihr nicht begreifen kann, und es deßhalb für absolut unbegreiflich zu halten pflegt. So verfuhr sie z. B. mit den alten Nachrichten von Donnerkeilen und Steinregen.

Eine Geschichte des Wunderglaubens wär also für die Naturerkenntniß dasselbe, was eine Geschichte der Religionen für die Theologie. Da wir, ohne zu erröthen, gestehn dürfen, daß unsre Naturerkenntnis wenigstens noch im ersten Aufdämmern sei, so befinden wir uns in Ansehung des Wunderglaubens auf der Stufe, auf welcher wir polytheistische Nationen in Ansehung ihrer Mythen erblicken. Eine vollständige Geschichte dieses Glaubens muß daher einer erleuchteren Zeit vorbehalten bleiben, unser Verdienst kann bloß seyn, künftigen Forschern dieser Geschichte Materialien dazu aufzubehalten, wie unsre Vorzeit die religiösen Mythen für spätere Mythologen sammelte und aufbewahrte.

Und so, lieber kritischer Leser, möchtest du nicht ganz Unrecht haben, wenn du neben dem exoterischen Zweck der Unterhaltung noch einen esoterischen bei unserm Gespensterbuche forderst und vermuthest. Wir geben dir, als Materialien zu einer solchen Geschichte, die verschiedenartigen Erzeugnisse des Wunderglaubens in Gespenstersagen, Ahndungsgeschichten, Zauberhistorien, Mysterien, Feenmährchen, Legenden u. s. w., theils unverfälscht aus der Volkstradition aufgegriffen, theils abenteuerlich und fantastisch erfunden oder umgebildet. Denn, wie jene Mythen durch willkührliche Dichtung umgestaltet wurden, so widerfährt es auch diesen Sagen, und oft sondert sich, wie bei vermischten Metallen, das ächte vom unächten, nur bei einer gewissen Quantität fremdes Zusatzes.

Das zweite Bändchen, welches in der nächsten Messe erscheint, wird mehr eigentliche Gespenstersagen und Erscheinungsgeschichten enthalten, als dieses erste, so wie denn überhaupt, wenn das Interesse der Leser nicht ermüdet, jedes Bändchen, bei aller Mannichfaltigkeit, doch vorzüglich einer bestimmten Gattung des Wunderbaren gewidmet seyn wird.

Die Todtenbraut.

Es war ein köstlicher Sommer, auch hatte seit Menschengedenken der Brunnenort keinen so zahlreichen Besuch erlebt. Aber obschon die Gesellschaftssäle sich zuweilen mit Gästen überfüllten, so wollte doch die Unterhaltung nicht immer herbeikommen. Der Adel hielt zusammen, das Militär ebenfalls, und der Bürger machte gehässige Glossen über beide. Bei so vielen Zusammenhalten mußte nothwendig dem Ganzen aller Zusammenhalt abgehen. Selbst die öffentlichen Bälle stifteten keinen innigern Verein unter den Gebildeten und konnten keinen stiften, weil auch auf ihnen der Besitzer des Bades mit Ordensband und Stern erschien und hierdurch sowohl als durch die steife Haltung seiner Familie und des vergoldeten Lakaienschwarms hinterher, die Mehrheit der Anwesenden stillschweigend in die Schranken der verschiedenen Stände zurückverwies.

Daher verloren denn auch die Versammlungen immer mehr von ihrem Umfange und angenehme Privatzirkel suchten die Geselligkeit unter sich zu erhalten, die in der öffentlichen Gesellschaft mit jedem Tage abnahm.

Eine von diesen Privatverbindungen fand sich wöchentlich ein Paar Abende in einem der Säle ein, welcher um diese Zeit leer zu stehen pflegte. Hier soupirte man und erfreute sich nachher entweder im Hause oder auf den Promenaden einer anständigen und ungezwungenen Mittheilung. Die Mitglieder dieses Vereins hatten einander schon zuvor, wenigstens dem Namen nach, gekannt. Nur der Marchese, der sich der Gesellschaft anschloß, war sowohl ihr als allen Badegästen überhaupt ein unbekannter Mensch. Der Titel Marchese schien an ihm um so seltsamer, da er, der Badeliste nach, einen durchaus nordischen mit Konsonanten dermaßen überhäuften Namen führte, daß kein Mensch ihn auszusprechen wagte. Ueberhaupt lag viel Wunderliches in seinem Wesen und Thun, auch hatte seine lange, blasse Gestalt, und sein dunkles, gebieterisches Auge so wenig Einnehmendes, daß er unfehlbar von jedermann vermieden worden wäre, wenn ihm nicht eine Menge Geschichten zu Gebote gestanden hätten, welche dem Zirkel in langweiligen Momenten zu Hülfe kamen. Nur behauptete man allgemein, daß seine Erzählungen den Glauben der Zuhörer gewöhnlich allzusehr in Anspruch nähmen.

Die Gesellschaft war eben wieder beisammen und stand dießmal in einer lästigen Stimmung von der Tafel auf. Der Ball der vorigen Nacht lag ihr noch in den Gliedern, daher der schöne Mondschein vergebens zum Spazierengehn aufforderte. Sogar zum

Gespräche war man zu schwerfällig, kein Wunder, wenn der abwesende Marchese heute mehr als sonst vermißt wurde.

„Wo er nur bleiben muß!“ rief die Gräfin ungeduldig.

„Zuverläßig wieder beim Faro, um die Banquiers in Verzweiflung zu setzen,“ antwortete Florentine. „Blos seinetwegen sind heute Morgen zwei dieser Herren plötzlich abgereiset.“

„Ein leichter Verlust!“ erwiederte man.

„Für uns,“ fügte Florentine hinzu, „aber nicht für den Besitzer des Bades, der das Spiel hauptsächlich darum verboten hat, damit es desto ärger getrieben werde.“

„Der Marchese sollte sich solcher Dinge enthalten!“ sagte der Chevalier geheimnißvoll. „Die Spieler sind rachsüchtig und haben gemeiniglich gute Konnexionen. Wenn es wahr ist, was man sich zuflüstert, daß der Marchese in politische Händel gefährlich verwickelt seyn soll – –“

„Aber,“ fragte die Gräfin, „was thut denn der Marchese den Bankhaltern?“

„Nichts weiter, als daß er auf Karten setzt, die fast allezeit gewinnen. Und wunderbar genug; wird das von ihm selbst wenig oder gar nicht benutzt, weil er stets bei dem niedrigsten Satze stehen bleibt. Desto besser jedoch befinden sich die andern Pointeurs dabei und belegen seine Karten immer dermaßen, daß die Bank gesprengt ist, ehe man eine Hand umkehrt.“

Die Gräfin wollte weiter fragen, als das Hereintreten des Marchese dem Gespräch eine andere Richtung gab.

„Endlich!“ riefen einige zugleich.

„Wir haben uns heute,“ sagte die Gräfin, „vorzüglich nach Ihrer Unterhaltung gesehnt, und heute grade lassen Sie so lange auf sich warten.“

„Ich hatte eben eine Hauptexpedition vor, die mir auch trefflich gelungen ist. Morgen wird hoffentlich keine einzige Bank mehr im ganzen Bade existiren. Ich bin von Spielzimmer zu Spielzimmer gegangen, und es fehlt an Postpferden, um die ungehaltenen Banquiers fortzubringen.“

„Können Sie uns Ihre wunderbare Kunst zu gewinnen nicht mittheilen?“ fragte die Gräfin.

„Schwerlich, meine Gnädige. Eine glückliche Hand gehört dazu, sonst nichts.“

„Aber,“ versetzte der Chevalier lächelnd, „so glücklich, wie die Ihrige, ist mir doch in meinem Leben keine Hand vorgekommen.“

„Bei Ihrer Jugend, lieber Chevalier, mag Ihnen wohl noch manches künftig erst vorkommen.“ Hierbei fixirte der Marchese den jungen Mann so scharf, daß dieser sagte:

„Wollen Sie mir etwa gar die Nativität stellen?“

„Nur heute nicht, Chevalier,“ fiel ihm die Gräfin in's Wort. „Wer weiß, ob Ihr künftiges Leben sich zu einer unterhaltenden Geschichte qualifizirt, wie der Marchese uns schon seit ein Paar Tagen eine versprochen hat.“

„Unterhaltend habe ich wohl nicht gesagt?“

„Wenigstens eine mit ungewöhnlichen Ereignissen, und solche gehören dazu, um uns der Lethargie zu entziehen, worein wir heute versunken sind.“

„Ich will mich nicht weigern,“ sprach der Marchese. „Doch möchte ich zuvor wissen, ob schon jemandem unter Ihnen die wunderliche Sage von der Todtenbraut bekannt ist?“

Kein Mensch erinnerte sich davon gehört zu haben.

Ein ungeduldiges Husten der Gräfin und mehrerer machte, daß der Marchese, der noch etwas vorausschicken zu wollen geschienen hatte, ohne weitere Einleitung also anfing:

Schon längst hatte ich den Grafen Globoda auf seinen Gütern besuchen wollen. Wir waren fast in allen Gegenden Europa's zusammengetroffen, hier von dem glücklichen Leichtsinne der Jugend, dort von der heitern Ruhe der spätern Jahre begleitet. Wir waren alt geworden und sehnten uns beide die gemeinschaftlich durchlebte Vergangenheit durch den Zauberspruch der Erinnerung aus dem Grabe hervorzulocken. Zugleich lag mir daran, den Wohnsitz meines Freundes in Augenschein zu nehmen, der in einer, seiner Beschreibung nach, überaus romantisch gelegenen Burg bestand, die seine Vorfahren vor vielen Jahrhunderten erbaut und ihre Nachkommen mit so treuer Sorgfalt unterhalten hatten, daß sie noch ihr ganzes, trotziges Ansehen behauptete, ja sogar durchaus bewohnbar geblieben war. Der Graf pflegte den größten Theil des Jahres mit den Seinigen hier zu verleben, und nur den Winter in der Residenz zuzubringen. Das wußte ich; daher bedurfte es keiner Vorbereitung, und ich überraschte ihn einmal Abends mit Sack und Pack grade in der jetzigen Jahreszeit. Ich staunte über die bunte, glückliche Natur, die dem braunen Felsenneste zu Füßen lag.

Die freundschaftliche Aufnahme, welche ich fand, konnte mir den stillen Harm nicht verschleiern, der auf den Gesichtern des Grafen und seiner Gemahlin und Tochter, der schönen Libussa, lagerte. Ich vernahm auch gar bald, daß man noch immer die Zwillingsschwester der letztern nicht vergessen konnte, deren irdische Ueberreste nun bereits ein Jahr lang in der Kirche beigesetzt waren. Libussa und Hildegarde waren einander so ähnlich und durch nichts zu unterscheiden gewesen, als durch ein kleines Mahl in Form einer Erdbeere an dem Nacken der Verstorbenen, deren Zimmer mit allem Zubehör noch im vorigen Zustande gelassen und von der Familie zuweilen besucht wurde, wenn die Sehnsucht nach der seligen Hildegarde sich einen Festtag bereiten wollte. Libussa und sie hatten nur Ein Herz und Einen Sinn gehabt. Die Aeltern konnten sich daher nicht überzeugen, daß hier eine Trennung auf lange Zeit möglich sei, und fürchteten sehr, ihre geliebte Libussa werde ihnen auch noch entzogen werden.

Ich that, was ich konnte, die achtungswürdigen Menschen durch ergötzliche Scenen des vergangenen Lebens zu zerstreuen, und ihre Gedanken auf fröhlichere Gegenstände zu leiten. Auch hatte ich die Freude, daß mein Bestreben nicht ohne allen Erfolg blieb. Bald genossen wir die mit der ganzen Pracht des Sommers geschmückte Gegend, bald sannen wir in den verschiedenen Gemächern der wirklich wunderbar erhaltenen Burg über das kräftige Thun und Treiben der verschwundenen Geschlechter nach, aus denen der Bildersaal noch eine Reihe von ehrwürdigen Schatten aufbewahrte.

Eines Abends, nachdem der Graf mit mir manches über die Zukunft vertraut gesprochen, und unter andern den Wunsch Libussen, die, wiewohl erst im sechzehnten Jahre, schon eine Menge Bewerber abgewiesen, glücklich verheirathet zu sehen, mir zu erkennen gegeben hatte, trat der Gärtner außer Athem in's Zimmer, mit der Nachricht, daß sich ein Gespenst unten sehen lasse, welches unfehlbar der alte Burgkaplan seyn müsse, der ein Jahrhundert früher erschienen wäre. Mehrere vom Gesinde folgten dem Gärtner auf dem Fuße und die bleichen Gesichter aller bestätigten die Schreckenspost.

„Ihr werdet euch wohl noch vor dem eigenen Schatten fürchten!“ erwiederte der Graf und schickte sie mit dem Bedeuten fort, daß sie ihn wenigstens mit dergleichen Mährchen verschonen möchten. „Es ist erschrecklich,“ sagte er nachmals zu mir, „wie weit der Aberglaube dieser Menschen geht und daß ihn niemand bei der Wurzel herausziehen kann. Da schleppt man sich schon seit Jahrhunderten mit der Sage, daß von Zeit zu Zeit ein vormaliger Burgkaplan um das Schloß herumgehe, auch wohl in der Kirche Messe lese und dergleichen mehr. Diese Fabel hat nun, seitdem ich Burgbesitzer bin, ziemlich geruht, aber sterben kann so was nicht, wie ich merke.“

In diesem Augenblicke ward fremder Besuch in der Person des Duca di Marino angekündigt.

„Duca di Marino!“ der Graf entsann sich nicht, jemals einen dieses Namens gekannt zu haben.

„Ich bin ziemlich vertraut mit der Familie gewesen,“ antwortete ich, „und habe erst vor Kurzem der Verlobung eines jungen Marino zu Venedig beigewohnt.“

Das Hereintreten des nämlichen würde mir jetzt seine noch angenehmere Erscheinung gewesen seyn, wenn ihn nicht meine Anwesenheit so sichtbar erschüttert hätte.

„Nun,“ sagte er nach den gewöhnlichen Eintrittshöflichkeiten wieder ziemlich gewandt, „nun da ich Sie finde, lieber Marchese, erkläre ich mir leicht den Umstand, daß man mich hier in der Gegend zu nennen wußte. Wenn ich schon die dumpfe Stimme nicht kenne, die meinen Namen unten am Schloßberge dreimal sehr vernehmlich aussprach und ein lautes Willkommen hinzufügte, so merke ich doch jetzt, daß sie von Ihnen hergerührt haben müsse, und schäme mich des Schauers, der mich dabei anwandelte.“

Ich versicherte ihn, daß ich kein Wort von seiner Ankunft vor dem Anmelden gewußt, auch von meinen Leuten ihn gewiß keiner gekannt habe, weil der Kammerdiener, der mich nach Italien begleitet, nicht mit hierher gekommen sei. Uebrigens, fügte ich hinzu, würde es bei der heutigen Dunkelheit wohl überhaupt schwierig genug seyn, selbst die bekannteste Equipage zu erkennen.

„So weiß ich wahrlich nicht!“ rief der Duca mit Befremden, und der durchaus ungläubige Graf sagte galant, daß die Stimme mit dem: Willkommen! wenigstens die Gesinnungen des Hauses ausgesprochen hätte.

Noch ehe ein Wort von dem Zwecke dieses Besuches verlautet war, bat mich Marino um ein Gespräch unter vier Augen und vertraute mir dabei, daß er wegen der Komtesse Libussa gekommen sei. Er wolle, wenn er ihren Beifall nicht verfehle, ohne Weiteres den Grafen um ihre Hand angehen.

„So ist also die Gräfin Apollonia, ihre Verlobte, ein Raub des Todes geworden?“ fragte ich.

„Darüber ein ander Mal,“ sprach er.

Aus dem tiefen Seufzer, der seine Worte begleitete, zog ich den Schluß, daß sich die Braut unfehlbar der Untreue, oder einer andern schweren Vergehung gegen den jungen

Mann schuldig gemacht haben mochte, und glaubte anstehen zu müssen, seinem empfindlich verletzten Herzen durch weitere Erwähnung wehe zu thun.

Da er mich inzwischen zum Vermittler bei dem Grafen für seine Wünsche verlangte, so führte ich ihm das Bedenkliche einer Verbindung zu Gemüthe, die blos geschlossen werde, um damit das bittre Andenken an eine frühere und unfehlbar geliebtere auszulöschen. Aber er äußerte, daß er weit entfernt sei, auf solchen Mißbrauch der schönen Libussa zu denken, und daß er sich ganz glücklich fühlen würde, wenn er sie seinem Vorhaben nicht zuwider fände.

Der Enthusiasmus, mit dem er von ihr redete, stillte auch wirklich meine anfängliche Besorgniß und ich versprach ihm, den Grafen Globoda auf seinen Wunsch vorzubereiten, auch ihm über des Duca Familie und Güter die nöthige Auskunft zu geben. Doch erklärte ich zugleich, daß ich übrigens die Sache durch meinen Rath nicht beschleunigen würde, weil ich den ungewissen Ausgang fremder Ehen niemals auf meine Schultern zu nehmen pflegte.

Der Duca war damit zufrieden. Dabei nahm er mir, die, meines damaligen Erachtens, ganz unschuldige Zusage ab, seine frühere Verlobung unerwähnt zu lassen, weil er im Gegenfalle zu sehr verdrüßlichen Auseinandersetzungen genöthigt seyn würde. –

Die Absichten des Duca gelangen über Erwarten schnell. Das funkelnde Auge des wohlgewachsenen braunen Mannes bahnte seiner Liebe den Weg zu Libussens Herzen. Sein angenehmes Geschwätz versprach der Gräfin Mutter einen unterhaltenden Schwiegersohn und die ökonomischen Kenntnisse, die er gelegentlich zeigte, ihrem Gemahl eine zweckmäßige Unterstützung in seinen gewöhnlichen Geschäften. Denn daß der Duca sein Vaterland ganz verlassen werde, das war in den ersten Tagen schon ausgemacht.

Marino betrieb seine sichtlichen Vortheile über die Familie sehr eifrig, und seine Verlobung mit Libussen überraschte mich eines Abends, als ich sie noch gar nicht so nahe glaubte. Ueber Tafel kam gelegentlich die Rede auf diejenige Verlobung, deren ich unmittelbar vor dem ersten Eintreten des Duca in die Zimmer des Schlosses erwähnt hatte. Die alte Gräfin fragte, ob der Held jener Verlobung mit dem heute Verlobten nahe verwandt gewesen sei?

„Ziemlich," antwortete ich der Verschwiegenheit eingedenk, die ich dem jungen Manne, der jetzt einen sehr verlegenen Blick auf mich warf, am ersten Abende zugesagt hatte. „Nun aber, lieber Duca," fuhr ich fort, „nennen Sie mir auch die Person, welche Ihre Aufmerksamkeit auf die liebenswürdige Komtesse Libussa hingeleitet, und ob ein

Portrait, oder was sonst, Sie veranlaßt hat, eine Ihrem Geschmacke so durchaus zusagende Schönheit in diesem entfernten Schlosse zu vermuthen und aufzusuchen? Denn wenn ich nicht ganz irre, so äußerten Sie gestern, daß Sie noch ein halbes Jahr unstät in der Welt hätten herumschwärmen wollen, als auf einmal – ich glaube in Paris – sich Ihr Plan geändert und Sie Ihre Reise, bestimmt und einzig und allein der reizenden Komtesse Globoda wegen, hierhergerichtet hätten."

„In Paris, ja!" antwortete der Duca. „Sie haben ganz recht gehört. Ich ging mir die köstliche Gemäldegallerie des Museums zu beschauen. Aber kaum hinein, gleiten meine Blicke von der leblosen Schönheit ab, und vereinigen sich auf einer Dame, deren ungewöhnliche Reitze durch einen Zug von Schwermuth gleichsam verklärt wurden. Nur mit Zagen erkühne ich mich ihr zu nahen, und mich immer dicht hinter ihr zu halten, ohne jedoch den Muth zur Anrede zu haben. Ich folgte auch nachher, als sie die Gallerie verließ, und nahm ihren Diener auf die Seite, um mich nach dem Namen zu erkundigen. Er nannte ihn, fügte jedoch auf meinen Wunsch, mit dem Vater der Schönen Bekanntschaft zu machen, zugleich hinzu, daß dies schwerlich in Paris würde geschehen können, weil man in Begriff stehe, diese Stadt und überhaupt Frankreich zu verlassen."

„Ein Augenblick wird sich doch wohl finden!" sage ich hierauf, und sehe mich mich nach der Dame um. Sie war jedoch, vermuthlich in der Meinung, daß der Bediente ihr auf dem Fuße folge, immer weiterschritten und mir gänzlich aus dem Auge gekommen. Indem ich nun ihre Spur überall zu verfolgen suchte, hatte sich auch der Bediente von mir verloren.

„Und wer war die Dame?" fragte Libussa verwundert.

„Wer? So sollten Sie in der That mich damals in der Bildergallerie gar nicht bemerkt haben?"

„Ich? – Meine Tochter?" riefen die Komtesse und ihre Eltern zugleich.

„Ja wohl, Sie! Der Bediente, den Sie zu meinem Glücke in Paris zurückgelassen hatten, und den ich Abends wie meinen Engel unverhofft wieder fand, hat mir das Uebrige mitgetheilt, so daß ich nach einer kurzen Reise in meine Heimath den Weg hierher sicher antreten konnte."

„Was wir da hören!" sagte der Graf Globoda zu seiner vor Erstaunen verstummten Tochter. „Libussa" fügte er, zu mir gekehrt, erklärend hinzu, „Libussa ist noch nicht aus ihrem Vaterlande gekommen, und auch ich habe Paris seit siebzehn Jahren und länger nicht gesehen."

Der Duca blickte Vater und Tochter so befremdet an, wie sie ihn, und die Unterhaltung würde ganz eingeschlafen seyn, wenn ich nicht einen neuen Gesprächsfaden angefangen und fast allein ausgesponnen hätte.

Nach Tische nahm der Graf den Duca an ein Fenster, und ob ich schon ziemlich ferne davon stand, und meine ganze Aufmerksamkeit an den neuen Kronleuchter zu verschwenden schien, so vernahm ich doch das ganze Gespräch.

„Was," fragte Globoda sehr ernst und mißbilligend, „was kann Sie zu der wunderlichen Erfindung der Galleriescene in Paris bewogen haben, die, meines Erachtens, zu gar nichts in der Welt zu führen vermochte? Wenn Sie den Anlaß zu Ihrer hiesigen Bewerbung verschweigen wollten, so durften Sie das nur gradeheraus sagen. Und hatten Sie auch gegen das letztere irgend ein Bedenken, so gab es ja tausend Umgehungen der Antwort, und Sie brauchten gar nicht die Wahrscheinlichkeit so zwecklos zu mißhandeln."

„Herr Graf," erwiederte der Duca beleidigt, „ich schwieg vorhin über Tische, weil ich glauben mußte, Sie hätten Ursache, die Reise Ihrer Tochter nach Paris geheim zu halten. Aus bloßer Diskretion schwieg ich. Aber die jetzige Seltsamkeit nöthigt mich, bei meinem Worte fest stehen zu bleiben, und es, daferne Sie die Sache nicht fallen lassen wollen, vor jedermann zu behaupten, daß Frankreichs Hauptstadt der Ort gewesen ist, wo ich die Komtesse Libussa zum ersten Male gesehen habe."

„Wenn ich Ihnen nun aber nicht nur alle meine Leute, sondern auch alle meine Unterthanen zu Zeugen bringe, daß Libussa noch niemals die vaterländischen Gegenden verlassen hat?".

„So werde ichs immer an meinen Augen und Ohren Zeugen behalten, welche mir nicht weniger gelten."

„Es ist sehr räthselhaft, was Sie sagen!" fuhr der Graf gemäßigter fort. „Ihr Ernst dabei überzeugt mich indessen, daß Sie selbst im Irrthume befangen gewesen sind, und unfehlbar eine andere Person für meine Tochter angesehen haben. Verzeihen Sie daher meine vorige Aufwallung."

„Eine andere Person! – So habe ich nicht allein eine andere Person für Ihre Tochter angesehen; sondern auch der Bediente, dessen ich bereits gedachte, und der mir alles in diesem Schlosse grade so beschrieb, wie ich es finde, ist ein anderer gewesen."

„Liebster Marino, dieser Bediente muß nothwendig ein hier bekannter Betrüger seyn und Ihnen, Gott weiß warum, eine Libussen ähnliche Dame, für meine Tochter aufgeschwatzt haben."

„Ich scheue mich, Herr Graf, Ihnen gradezu zu widersprechen. Aber wahrlich, es sind Libussens Züge selbst gewesen, die meine Phantasie seit der Scene in Paris mit der ängstlichsten Treue aufbewahrte!“

Globoda schüttelte bedeutend den Kopf, und Marino fuhr fort: „Noch mehr! Doch vergeben Sie mir, daß ich mich jetzt in der Nothwendigkeit glaube, einer Sache zu gedenken, die sonst nicht über meine Lippen gekommen seyn würde. Als ich in der Gallerie hinter der Dame stand, hatte sich das Tuch um ihren Nacken ein wenig verschoben, und ich ward recht deutlich ein Maal in der Gestalt einer kleinen Erdbeere an dem sonst wunderschönen Nacken gewahr.“

„Was ist das wieder?“ rief der Graf erblassend. „Sie scheinen mich zu dem Glauben an sehr seltsame Dinge gewöhnen zu wollen.“

„Nur die einzige Antwort jetzt: Befindet sich dieses Zeichen an Libussens Nacken?“

„Nein!“ sagte Globoda, den Neuverlobten anstarrend.

„Nicht?“ rief dieser heftig erschrocken.

„Nein! aber Libussens, ihr ganz ähnliche, Zwillingsschwester hat diese Erdbeere vor länger als einem Jahre mit in die Gruft genommen.“

„Und doch sind es nur wenig Monate, daß ich diese Gestalt in Paris gesehen habe!“ sagte der Duca, und die Gräfin und Libussa, die ängstlich in der Ferne stehend gar nicht wußten, was sie von der augenscheinlichen Bedeutung des Gespräches denken sollten, traten näher.

Globoda verscheuchte sie jedoch sogleich wieder mit einer herrischen Miene, zog dann den Duca noch weiter in den Winkel des Fensters, und setzte das Gespräch so heimlich fort, daß auch ich kein Wort mehr vernehmen konnte.

Niemand wußte, was es zu bedeuten habe, als noch in dieser Nacht der Graf Befehl gab, den Sarg der verstorbenen Hildegarde in seiner Gegenwart zu eröffnen. Bevor es geschah, theilte er mir in der Kürze das schon Erzählte mit, und stellte es in meinen und des Duca Willen dabei zu seyn. Der letztre dispensirte sich indessen hiervon unter der Aeußerung, daß ihm schon der Gedanke daran großen Schauer verursache, weil er seine Scheu vor todten Leichnamen am wenigsten in der Nacht zu bezwingen vermöge.

Der Graf bat ihn hierauf um Stillschweigen in Rücksicht der Galleriescene gegen jedermann, und daß er besonders das zarte Gemüth seiner Braut mit den nähern

Umständen verschonen möchte, wie sehr sie auch wegen Entdeckung des auffallenden Gespräches, welches sie zusammen gehabt, vielleicht in ihn dränge.

Der Kirchner kam inzwischen mit der Laterne, und wir, der Graf und ich, folgten ihm. Unterwegs sagte Globoda leise zu mir: „Kaum ist es möglich, daß ein Betrug bei dem Tode meiner geliebten Kindes stattgefunden haben sollte. Die Umstände sind mir allzugenau bekannt. Auch können Sie leicht ermessen, Marchese, daß unsre älterliche Liebe die Verblichene gewiß nicht dem Entsetzen eines allzu frühen Begräbnisses exponirt haben würde. Aber gesetzt, es wäre geschehen, und die Habsucht hätte den Sarg geöffnet und zu ihrem Schrecken eine Wiederauflebende gefunden, so läßt sich doch gar nicht denken, daß die geliebte Tochter, statt in den Schooß ihres Hauses zurückzukehren, in ein fernes Land geflüchtet sein sollte. Selbst dann läßt es sich nicht denken, wenn man annimmt, daß sie gezwungen worden sei, sich aus der Gegend zu entfernen, weil immer tausend Wege zur Rückkehr geblieben wären. Indessen," fügte der Graf hinzu, „meine Augen sollen mich überzeugen, daß der Sarg ihre heiligen Reste wirklich verschließt. – Ueberzeugen!" rief er bald darauf klagend und so laut, daß der Kirchner sich umsah.

Hierdurch aufmerksam geworden sprach der Graf ganz leise: „Wie konnte ich in dem Wahne stehen, daß noch eine Spur von den Zügen meines Kindes aufzufinden seyn, daß die gierige Verwesung die holde Gestalt unversehrt lassen würde! Kehren wir um, Marchese. Denn wer sagt mir, wenn ich sie auch wirklich erblicke, daß es kein fremdes Gerippe ist, nur hingelegt, um ihren Platz unwürdig auszufüllen?"

Wirklich wollte er schon das Aufschließen der Kirche verhindern, vor der wir just anlangten. Doch äußerte ich, daß ich in seiner Lage mich zwar schwerlich zu dem Gange entschlossen hätte, man indessen, da der Schritt einmal angefangen sei, ihn ja wohl auch vollenden und sehen könne, ob dem Leichname vielleicht etwas von dem Schmuck fehle, den man ihn in den Sarg gegeben. Ich fügte hinzu, daß mancher Erfahrung nach, die Verwesung ihre Rechte nicht in allen Särgen sogleich geltend mache.

Diese Vorstellung wirkte. Er drückte mir die Hand, und wir folgten dem Kirchner, der übrigens, aus seinem Erbleichen und Zittern zu schließen, zu nächtlichen Abentheuern dieser Art wenig aufgelegt seyn mochte.

Ich weiß nicht, ob jemand aus der Gesellschaft irgend einmal gegen Mitternacht in einer Kirche vor der eisernen Thür des unterirdischen Grabgewölbes gestanden hat, um die Reihen von zinnernen Behältnissen der Ueberreste eines angesehenen Hauses in Augenschein zu nehmen. Aber gewiß ist es, daß in solchen Momenten das Rasseln der

Schlösser einen eigenen bedeutenden Eindruck macht, daß man das Aufknarren der Thüre wie einen Frevel fürchtet, und wenn nun der schwarze Eingang offen dasteht, der Fuß den Schritt hinein gern um einige Augenblicke verzögert.

Mehr als mancher wurde der Graf von dieser Bangigkeit betroffen, das sagte ein Seufzer aus der Tiefe seiner Brust. Indessen that er sich Gewalt an, warf aber, so viel ich bemerkte, keinen Blick auf die blanken Särge der übrigen Todten, sondern hielt sich allein an den Sarg seines Kindes, welchen er auch selber eröffnete. „Sagte ich es nicht?“ rief ich, als die Leiche wirklich noch so sehr die Züge ihrer Zwillingsschwester trug, daß ich den Erstaunten an dem Kusse verhindern mußte, den er ihr auf die Stirne drücken wollte.

„Keine Störung der Verblichenen!“ sprach ich, und wendete alle Mühe an, ihn baldigst aus dem schaurig wiederhallenden Gewölbe des Todes an die lebendige Luft zurückzubringen.

Die im Schlosse Gebliebenen fanden wir in einer unangenehmen Spannung. Beide Frauen hatten dem Duca wegen des Vorganges sehr zugesetzt und sein Berufen auf das angelobte Schweigen nicht für Entschuldigung gelten lassen. Jetzt suchten sie uns, aber ebenfalls umsonst, ihrer Wißbegierde günstig zu machen.

Besser gelang es ihnen am andern Tage mit dem Kirchner, der heimlich herbeigeholt wurde, und der wenigsten so viel sagte, als er wußte. Dadurch aber spannte er ihre Neugier nur höher auf das Gespräch, welches die Veranlassung zu dem Todtenbesuche gegeben.

Ich meines Orts sann während des ganzen noch übrigen Theils der Nacht über die Erscheinung nach, welche Marino in Paris gehabt hatte. Ich kam auf Vermuthungen, die ich jedoch anstand dem Grafen mitzutheilen, weil dieser an der Verbindung einer höhern Welt mit der unsrigen gänzlich zweifelte und über diesen Punkt auch gar keine Lehre annahm. Unter solchen Umständen war es mir angenehm, daß die Sache, wenn auch nicht in Vergessenheit gerieth, doch nur noch zuweilen in flüchtige Anregung kam.

Etwas anderes aber fing an große Besorgnisse in mir zu erwecken. Aus dem fortdauernden Ausweichen des Duca mit mir auch unter vier Augen von seiner frühern Verlobten zu sprechen, und aus der Verlegenheit, welche sich seiner bemeisterte, sobald ich die Rede auf den vormaligen Anschein ihrer guten Eigenschaften brachte, so wie aus manchem andern, mir nicht mehr erinnerlichen Umstande, zog ich den Schluß, daß Marino's Treue gegen die Gräfin Apollonia in der That durch das Anschauen der schönen Erscheinung in der Gemäldegallerie zum Wanken gekommen, daß Apollonia, weil er der

Versuchung nachgegeben, von ihm verlassen worden, und ohne Zweifel ganz schuldlos an der Auflösung des feierlichen Bündnisses mit ihm seyn möge.

Da ich bei dieser Lage der Dinge für die treffliche Libussa wenig Glück aus der Verbindung mit Marino hervorgehen sah, so entstand der Wunsch in mir, dem Neuverlobten, dessen Hochzeit schon nahe war, baldmöglichst die Maske vom Gesicht zu nehmen, und ihn reuig der Verlassenen zurückzusenden.

Es fand sich auch einesmals, wie ich glaubte, gute Gelegenheit zu einem Versuche dieser Art. Wir saßen nach dem Souper noch bei Tische, und es kam die Rede darauf, daß das Unrecht meistens schon in dieser Welt seine Strafe erhalte. Ich äußerte, daß ich hiervon die auffallendsten Beispiele erlebt hätte und die Gräfin Mutter und Libussa drangen besonders auf Mittheilung eines dieser Beispiele.

„Dann," sagte ich, „müssen Sie mir auch erlauben, einer Geschichte zu gedenken, die Ihnen meines Erachtens am nächsten liegt."

„Uns?" fragten die Damen, indem ich einen Blick auf den Duca warf, welcher, schon seit mehrern Tagen mißtrauisch gegen mich, ihn mit dem bleichen Gesichte des bösen Gewissens empfing.

„So denke ich wenigstens!" war meine Antwort. „Wenn nur Sie, lieber Graf, mir verzeihen, daß das Uebersinnliche sich abermals in meine Geschichte verwebt hat."

„Recht gern," versetzte er lächelnd. „Auch will ich meine Verwunderung, daß Ihnen so viel dergleichen begegnet ist, und mir noch gar nichts, völlig zu bezwingen suchen."

Es entging mir nicht, daß der Duca ihm seinen Beifall zuwinkte, doch ließ ich ihn ruhig gewähren und antwortete dem Grafen: „Nicht jeder hat vielleicht Augen zu sehen!"

„Das muß seyn!" lächelte er ferner."

„Und," flüsterte ich ihm hieraus bedeutend zu, „die so ganz unversehrte Gestalt im Sarge war doch auch keine von den gewöhnlichsten Erscheinungen!"

Er stutzte, und ich fuhr sogleich leise fort: „Uebrigens erlaubt sie recht gut eine natürliche Deutung, und es wäre zwecklos Ihnen dies abstreiten zu wollen."

„Wir kommen ganz von der Sache ab!" sagte hierauf die Gräfin mit einigem Unwillen, und winkte mir. Ich fing daher ohne weiteres Säumen an: „Der Schauplatz meiner Anekdote ist Venedig."

„Da sollte ich ja wohl auch davon wissen können!“ rief der Duca argwöhnisch.

„Vielleicht. Doch hat man die Sache mit Absicht möglichst geheim gehalten. Auch trug sie sich vor anderthalb Jahren zu, wie Sie Ihre Reisen schon angetreten hatten.

Der Sohn eines sehr reichen Nobile, den ich hier nur mit dem Namen Filippo bezeichnen will, hatte, während er sich in Erbschaftsangelegenheiten zu Livorno aufhielt, daselbst durch fleißige Bewerbung die Liebe eines schönen Mädchens gewonnen, und ihr und ihren Verwandten vor seiner Rückkehr nach Venedig versprochen, sich nächstens wieder einzufinden und Hochzeit mit der geliebten Klara zu machen. Der Abschied war bis zum Furchtbaren feierlich. Nachdem die gegenseitige Liebe alle Betheurungen erschöpft hatte, rief Filippo auch die Geister der Rache für den Fall der Treulosigkeit auf. Der unschuldige Theil sollte selbst im Grabe nicht ruhen, sondern den Verbrecher hinüberfordern, um ihm die entzogene Liebe noch Jenseits abzuzwingen. Die Verwandten saßen mit bei Tische, erinnerten sich ihrer eigenen Jugend, und ließen den Abentheuerlichkeiten der jungen Leute den Lauf. Diese gingen so weit, daß sie sich die Arme aufritzten, und ihr Blut in einem mit weißem Champagner gefüllten Glase vermischten. „Unzertrennlich wie dieses Blut sollen auch unsre Seelen seyn!“ rief Filippo, trank die Hälfte des Weines, und reichte Klaren das Uebrige.

Hier, so schaltete den Erzähler ein, hier ward der Duca auffallend unruhig, unterließ auch nicht mich von Zeit zu Zeit mit drohendem Auge anzublicken, so daß ich auf eine ähnliche Scene in seiner eigenen Geschichte schließen mußte. Doch kann ich versichern, daß ich die Umstände bei Filippo's Abschiede von Klaren ganz so mitgetheilt habe, wie ein Brief von des Mädchens Mutter aus Livorno sie berichtet, von dem weiter unten die Rede seyn wird.

Wer hätte, so fuhr der Marchese in der Erzählung fort, wer hätte, nach so vielen Ausbrüchen der heftigsten Leidenschaft, erwarten sollen, was gar bald nachher erfolgte. Filippo's Rückkehr traf grade mit dem Erscheinen einer jungen Schönheit zusammen, die, bis dahin in einem auswärtigen Kloster erzogen, plötzlich wie ein Engel aus einer Wolke hervortrat, und die Bewunderung der Stadt erregte. Seine Eltern, die zwar von Klaren wußten, aber seine Verbindung mit ihr, wie eine von den tausenden ansahen, die heute, man weiß nicht wie, geschlossen und morgen eben so aufgelößt werden, leiteten ihres Sohnes Bekanntschaft mit der jungen Schönheit ein. Auch durch ihr Herkommen war Kamilla ein Stern erster Größe. Man stellte dem Filippo vor, welchen Einfluß er mit Hülfe ihrer angesehenen Verwandten erlangen könne, und die Maskenzeit, die seinen Umgang mit ihr begünstigte, that das Uebrige, so daß gar bald das Andenken an Livorno wenig Platz mehr in seinem Gemüthe finden konnte. Seine Briefe dahin ermatteten immer mehr und mehr, bis Klarens Empfindlichkeit über diese Veränderung ihn bewog, die ganze Korrespondenz aufzugeben, und sich mit der ungleich schönern, sehr begüterten Kamilla baldmöglichst zu vermählen. Die zitternde Hand in Klarens lästigen Briefen und die Thränenspur vermochten so wenig als ihre Bitten über das Herz des Leichtsinnigen. Selbst die Drohung, ihn der Abrede gemäß bald in ihr frühes Grab hinabzufordern, machte nur wenig Eindruck auf den, der keinen Gedanken mehr hatte, als in Kamilla's Armen glücklich zu werden.

Kamilla's Vater, in dessen Hause ich wie in dem meinigen lebte, bat auch mich im voraus zu der Hochzeit. Ob ihn schon überhäufte Geschäfte diesen Sommer in der Stadt so festhielten, daß er die Villeggiatura nicht mit der gewohnten Bequemlichkeit genießen konnte, so fuhren wir doch mehrere Male in der Woche nach seinem am Ufer der Brenta gelegenen, schönen Landhause, und auch das Fest seiner Tochter sollte hier mit möglichster Pracht gefeiert werden.

Ein eigener Umstand gab Veranlassung, daß dieses Fest um mehrere Wochen aufgeschoben wurde. Weil nämlich die Eltern der Braut eine recht glückliche Ehe führten, so wünschten sie ihre Tochter von demselben Geistlichen eingesegnet zu wissen, der einst ihrer Trauung vorgestanden hatte. Allein der trotz eines hohen Alters, noch sehr kräftig scheinende Mann wurde so eben von einem schleichenden Fieber heimgesucht, das ihm nicht gestattete das Bette zu verlassen. Es ging jedoch immer besser und besser mit ihm, und der Tag der Trauung wurde endlich festgesetzt.

Doch als ob ein höherer Wink die Sache verhindern wolle, befiel den Geistlichen an dem zur Trauung bestimmten Morgen wieder ein solcher Frost, daß er sich nicht aus dem Zimmer wagen durfte, und dem Paare anrathen ließ, einen andern Priester für die vorhabende Handlung zu wählen.

Allein die Eltern beharrten auf ihrem Vorsatze, nur von diesem ehrwürdigen Manne den Segen über das Paar aussprechen zu lassen, und hätten sich gewiß manchen Kummer erspart, wenn sie auch späterhin nicht davon abgegangen wären.

Das Fest war indessen einmal veranstaltet, und sollte, da es sich nicht mehr aufschieben ließ, als eine feierliche Verlobung betrachtet werden. Schon am frühen Morgen warteten die festlich geschmückten Gondoliere im Kanal, und bald ging, von ihren lustigen Liedern begleitet, die Fahrt einer zahlreichen und sehr angesehenen Gesellschaft auf das mit frischen Blumen reich geschmückte Landhaus zu.

Bei der Mittagstafel, die bis in den Abend hineinreichte, waren kaum die Ringe gewechselt worden, als ein durchdringender Schrei von allen Anwesenden mit

Erschrecken, von dem Bräutigam mit Schaudern gehört wurde. Man lief an die Fenster. Aber obschon in der Dämmerung alles noch sehr gut zu sehen war, so fand sich doch die Veranlassung nicht auf.

„Halt!" fiel hierbei mit wildem Lachen der Duca ein, dessen Gesicht den Farbenwechsel des bösen Gewissens schon lange getragen hatte, „den Schrei aus freier Luft kenne auch ich. Er ist aus den Memoiren der Clairon entlehnt, die von einem verstorbenen Liebhaber auf diese originelle Weise geängstigt wurde. Nach dem Schrei folgte ein Händeklatschen. Hoffentlich, Herr Marchese, werden Sie auch dies in Ihre Fabel mit aufgenommen haben?"

„Und warum," versetzte ich, „warum glauben Sie, daß niemandem, als dieser Schauspielerin, so etwas begegnen konnte? Ihr Unglaube sieht wirklich um so wunderlicher aus, da er sich auf Thatsachen stützen will, die für den Glauben sprechen können."

Die Gräfin winkte mir, daß ich fortfahren möchte, und ich erzählte weiter: Bald nach diesem unerklärlichen Schrei bat ich die Braut, der ich gegenüber saß, daß sie mir ihren, schon zuvor wegen der köstlichen Arbeit daran sehr bewunderten, Ring noch einmal zeigen möchte, und – er ist nicht an ihrem Finger. Man sucht und sucht, aber nirgends eine Spur von dem Ringe. Darüber wird ein allgemeines Aufstehen, doch ebenfalls ohne allen Erfolg.

Indessen rückt die Zeit zu der Ergötzlichkeit des Abends heran. Dem Maskenballe soll ein Feuerwerk auf der Brenta vorausgehen. Man maskirt sich daher, und besteigt dann die Gondeln. Aber die Stille bei diesem Feste ist unerhört; die allgemeine Verstimmung entschieden. Kaum daß dem ausgesuchten Feuerwerke bisweilen ein kaltes Bravo zugerufen wurde.

Der Ball war einer der glänzendsten, denen ich beigewohnt habe. Die kostbaren Juwelen, womit sich die Gesellschaft geziert hatte, sogen die Lichtströme der Lüstres und zahllosen Wandleuchter nur ein, um sie verherrlicht wiederzugeben. Am reichsten jedoch war die Braut geschmückt, und ihr prachtliebender Vater ergötzte sich an dem Gedanken, daß es hierin gewiß niemand seinem einzigen Kinde nachzuthun vermöge.

Wahrscheinlich, um seine Ueberzeugung hiervon zu befestigen, geht er eben beobachtend umher, und bricht bald in lautes Staunen aus; daß er auf einmal dieselben Juwelen, welche Kamilla trägt, an zwei Damen zugleich entdeckt. Er hat mir ein Paar Monate später die Schwäche eines leichten Verdrusses darüber selbst eingestanden.

Indessen freut er sich doch, auch die Kostbarkeit dieser Juwelen mit einem, der Braut für die Nachttafel bestimmten Strauße noch weit überbieten zu können.

Als es aber zur Tafel kommt, und der alte Herr sein Auge von neuem Umgang halten läßt, ist die Dame von vorhin mit einem, wenigstens eben so kostbaren, Strauße als Kamilla versehen.

Jetzt hält sich seine Neugier nicht länger, und er fragt: „Darf ich so unbescheiden seyn, schöne Maske, mich ganz leise nach Ihrem Namen zu erkundigen?" Doch zu seinem großen Befremden schüttelt die Dame den Kopf, sich von ihm abwendend.

Zu gleicher Zeit kommt der Haushofmeister und will wissen, ob die Gesellschaft seit dem Mittage größer worden sei, da die Kouverts diesmal nicht zureichen wollten. Der Herr antwortet hierauf ein unwilliges Nein! und beschuldigt die Dienerschaft eines Versehens. Der Haushofmeister besteht indessen auf seiner Behauptung.

Als nun die Gedecke um eins vermehrt sind, überzählt der Herr selber, und findet in der That einen über die Zahl der gebetenen Gäste. Da er nun vor Kurzem, einer unvorsichtigen Aeußerung halber, einigen Verdruß mit der Polizei gehabt, so glaubt er diese Vermehrung seiner Gäste durch sie bewirkt zu sehen. Weil übrigens gar nicht zu besorgen war, daß heute irgend etwas Polizeiwidriges gesagt oder gethan werden würde, so behält er sich, die Störung zu vermeiden, und um volle Genugthuung von Seiten der Regierung wegen so nichtswürdigen Eindringens in ein Familienfest zu erhalten, die Bitte um Demaskirung sämmtlicher Anwesenden bis zum Ende zu verschieben vor.

Wir Anwesenden erstaunten über den Luxus der Tafel. In Ansehung des Getränkes überstieg er die Gewohnheit des Landes bei weitem. Und doch war der Wirth noch nicht zufrieden, und beklagte laut, daß ein Unglück seinen vortrefflichen rothen Champagner betroffen hätte, so daß er nicht im Stande sei, ein einziges Glas davon aufzusetzen.

Wirklich schien auch die Versammlung die den ganzen langen Tag versäumte Fröhlichkeit nachholen zu wollen. Nur in meiner Nähe war es ein andres: da konnte man vor Neugier nicht dazu kommen. Ich saß nämlich unweit der köstlich geschmückten Dame und bemerkte, daß sie, weder Speise noch Trank anrührend, keinem ihrer Nachbarn ein Wörtchen zurückgab, sondern immer nur ihr Auge auf das Brautpaar zu richten schien.

Das Gerücht davon verbreitete allmählig den Umstand im Saale, und störte dadurch das Vergnügen aufs neue gar sehr. Man zischelte sich eine Menge Muthmaßungen über die räthselhafte Person in die Ohren. Die meisten waren der Meinung, daß eine unglückliche

Leidenschaft für den Bräutigam der Grund ihres wunderlichen Benehmens seyn möchte. Ihre Nachbarn besonders standen bei Zeiten auf, um bei Bekannten eine bessere Unterhaltung zu gewinnen.

Nach und nach setzte sich eine große Anzahl von den Gästen neben die Dame, in der Hoffnung, eine Bekannte in ihr zu finden, und eines bessern Geschickes gewürdigt zu werden. Vergebens.

Endlich kam, grade zu der Zeit, als weißer Champagner herumgegeben wurde, auch der Bräutigam, um einen der Stühle neben der stummen Dame einzunehmen.

Jetzt schien sie wirklich belebter zu werden. Wenigstens wandte sie sich nach dem neuen Nachbar herum, was bei den vorigen gar nicht geschehen war, auch reichte sie ihm ihr Glas, als ob er daraus trinken solle.

Aber Filippo fing heftig an zu zittern, als sie ihm fest in's Gesicht sah.

„Der Wein ist ja roth!“ rief er, auf das Glas deutend. „Ich denke es fehlt an rothem Champagner?“

„Roth?“ – fragte der Vater der Braut, welcher aus Neugier nachgegangen war, voller Verwunderung.

„Betrachten Sie nur das Glas der Dame!“ versetzte Filippo.

„Nun, es ist so weiß wie alle übrigen!“ Er rief dabei die Andern zu Zeugen an, welche sämmtlich den Wein für weiß erklärten.

Filippo trank nicht, und verließ den Sitz, nachdem ihn ein zweiter Blick seiner Nachbarin vollends erschüttert hatte.

Er nahm den Wirth auf die Seite, und dieser entschloß sich bald darauf zu folgender Bitte: „Ich ersuche,“ sagte er, „aus Ursachen, über die ich mich nachher erklären werde, sämmtliche werthe Gäste mir ihr Gesicht auf einen Augenblick zu zeigen.“

Da er hiermit, weil jedermann begierig war, die stumme Dame ohne Maske zusehen, gewissermaßen nur einen allgemeinen Wunsch aussprach, so gab es im Nu kein maskirtes Gesicht mehr, – die stumme Dame ausgenommen, auf welche alle Blicke hingekehrt blieben.

„Sie sind die einzige Maske noch,“ redete der Wirth sie nach einer langen Pause an. „Darf ich nicht auf das Glück hoffen?“

Doch sie verweigerte hartnäckig sich zu erkennen zu geben.

Es war dem Hausherrn umso empfindlicher, da er in allen übrigen wirklich zum Feste geladene Freunde und Freundinnen entdeckte, und diese Dame daher ohne allen Zweifel die Ueberzählige seyn mußte. Gleichwohl unternahm er es nicht, sie zu Ablegung der Maske zu nöthigen, weil der seltene Reichthum ihres Schmuckes den Argwohn, als ob es die Polizei gewesen, welche seine Gäste vermehrt habe, gar nicht mehr in ihm aufkommen ließ, und er eine sehr vornehme Person, wofür er sie hielt, nicht beleidigen mochte. Konnte sie doch gar zu den auswärtigen Freunden seines Hauses gehören, und vielleicht, bei ihrer Ankunft in Venedig von dem Feste unterrichtet, einen unschuldigen Scherz sich vorgenommen haben.

Indessen fand man für gut, auf jeden Fall unter der Dienerschaft einige Erkundigung einzuziehen. So viel aber auch fremde Diener und Dienerinnen im Hause anzutreffen waren, dieser Dame gehörte niemand davon. Auch erinnerten sich des Hauswirths Leute nicht, jemanden, der sie anginge, gesehen zu haben.

Dies war um so seltsamer, da die Dame, wie schon erwähnt, vor der Tafel erst den kostbaren Strauß vorgenommen. –

Das Flüstern, welches alles eigentliche Gespräch verdrängt hatte, ward immer lauter und lauter, als jetzt mit Einem Male die Maske sich von ihrem Sitze erhob, dem Bräutigam winkte, und dann nach der Thüre schritt. Aber die Braut verhinderte ihn ihr zu folgen. Sie hatte schon längst die Aufmerksamkeit der räthselhaften Person auf ihn wahrgenommen. Auch war ihr nicht entgangen, daß er diese vorhin ganz erschüttert verlassen hatte, und sie besorgte sehr, es könne gar ein Wahnsinn aus Liebe hier im Spiele seyn. Der Hausherr folgte jedoch, trotz aller Vorstellungen seiner bekümmerten Tochter, der Unbekannten wirklich von Weitem, und verdoppelte seine Schritte, als schon die Thüre zwischen ihr und der Gesellschaft war. Doch in diesem Momente ließ sich der Schrei vom Mittage, nur durch die Stille der Nacht um vieles verstärkt, auf Einmal wieder hören, um die ganze Gesellschaft gleichsam zu erstarren. Als der Wirth sich von dem Schrecke wieder zusammenraffte und hinaustrat, war von der Unbekannten keine Spur mehr zu erblicken.

Die Leute draußen wußten ebenfalls nichts von ihr, und wiewohl der Platz um die Villa herum gar nicht einsam, auch das Ufer von Gondolieren belebt war, so wollte doch niemand die verschwundene Maske wahrgenommen haben.

Dies alles zusammen hatte die Gesellschaft so unruhig gemacht, daß jedermann die Heimfahrt herbeiwünschte, und der Wirth sich entschließen mußte, die Schiffe früher, als er gewollt, abgehen zu lassen.

Es war zu erwarten, daß die Rückkehr noch düsterer als der Morgen seyn würde.

Am Tage nachher fand ich jedoch das Paar wieder ziemlich beruhigt. Selbst Filippo war der Erklärung seiner Braut beigetreten, daß die Unbekannte ohnfehlbar eine aus Liebe verrückt gewordene Person gewesen seyn müsse. Den wiederholten Schrei – den glaubte man irgend einem ausgelassenen Menschen zuschreiben zu können, und der Umstand, daß die Maske so ungesehen entkommen war, ließ sich mit der Unachtsamkeit der Leute, zur Nothdurft erklären.

Daß der Ring so plötzlich weggekommen, und immer noch fehlte, das wurde irgend einem bösartigen Taschenspielerstreiche der Bedienung beigemessen.

Kurz, man schlüpfte heute über alle die Kleinigkeiten, welche diese Aufklärungen entkräften konnten, mit gar leichtem Muthe hinweg, und war nur darüber verlegen, daß der zur Einsegnung bestimmte Priester bereits im Sterben lag, und wegen der genauen Freundschaft, welche die Familie mit ihm gehalten hatte, in der ersten Woche nicht füglich an den Freudentag der Trauung gedacht werden konnte.

Grade am Begräbnißtage des Geistlichen aber erlitt Filippo's Leichtsinn eine große Störung. Ein Brief von Klara's Mutter benachrichtigte ihn nämlich, daß seine vormalige Geliebte aus Gram über den Treulosen gestorben sei, und noch in den letzten Augenblicken geäußert habe, daß sie auch im Grabe nicht ruhen werde, bis sein ihr gegebenes Wort erfüllt worden.

Dieses schon allein machte einen so heftigen Eindruck auf ihn, daß die beigefügten mütterlichen Verwünschungen ganz überflüssig wurden. Dazu kam, daß, wie Filippo sich genau erinnerte, der erste räthselhafte Schrei auf der Villa grade in der Stunde ihres Todes sich hatte vernehmen lassen. Auch glaubte er nun fest, daß die unbekannte Maske niemand, als Klara's Geist gewesen sei.

Dieser Gedanke raubte ihm zu Zeiten alle Besinnung.

Er trug den Brief stets bei sich, und zog ihn bisweilen halb bewußtlos aus der Tasche, um sein stieres Auge hineinzuversenken. Auch die Gegenwart Kamilla's verhinderte ihn nicht daran, und da diese ohnehin die Ursache seiner auffallenden Veränderung in dem Briefe suchte, so nahm sie ihn einst, als er ihm eben aus der Hand gefallen, und Filippo in tiefes Nachdenken gerathen war, von der Erde auf und las.

Erschrocken merkte er es erst, als sie bleich und düster das Blatt wieder aus der Hand legte.

Filippo fiel der Braut reuig zu Füßen, und beschwor sie, ihm zu sagen, was er zu thun habe?

„Doch wohl mich treuer zu lieben, als die Erblaßte!“, rief die Liebende betrübt, und er gelobte dies von Herzen.

Aber seine Unruhe vermehrte sich immer, und wuchs am Morgen der Trauung zu einer befremdenden Heftigkeit. Denn als er im Dunkeln nach dem Hause der Braut ging, um diese, nach Landessitte, vor Tagesanbruch zur Kirche zu führen, da glaubte er fortdauernd Klara's Schatten an seiner Seite zu erblicken.

Kein liebendes Paar ist wohl jemals so vom Entsetzen zum Traualtare begleitet worden, als dieses. Auf die Bitte von Kamilla's Eltern war ich als Zeuge mit ihnen zugegen, und wir erinnerten uns nachher oftmals an die Grabesschauer dieses Morgens.

Wir gingen in aller Stille nach der Kirche della Salute. Aber schon in der Straße flüsterte mir Filippo zu wiederholten Malen zu, daß ich doch die Fremde, die uns verfolge, von seiner Braut abhalten möchte, weil er ihr üble Vorsätze gegen Kamillen zutraue.

„Welche Fremde?“ fragte ich.

„Nicht so laut, um Gotteswillen nicht!“ sprach er. „Sie sehen ja doch, wie sie sich zwischen mir und Kamillen mit Gewalt einzudrängen sucht.“

„Phantasien, mein Bester. Hier ist niemand als Sie und Ihre Braut.“

„Wollte doch Gott, daß meine Augen mich betrögen! – Nur nicht mit in die Kirche!“ fügte er hinzu, als wir schon an der Thüre standen.

„Gewiß nicht!“ antwortete ich; und stellte mich zum lauten Erstaunen von Kamilla's Eltern so an, als ob ich jemanden hinwegweisen wollte.

In der Kirche selbst fanden wir auch Filippo's Vater, von dem sein Sohn, sobald er ihn erblickte, wie ein Sterbender Abschied nahm. Kamilla schluchzte, und ihre Eltern wurden, als er jetzt ausrief: „So ist die fremde, bleiche Gestalt doch hereingeschlüpft?“ zweifelhaft, ob die heilige Handlung unter solchen Umständen vorzunehmen sei.

Aber die liebende Kamilla sagte: „Grade bei diesen Phantasien hat er ja meine Pflege am nöthigsten.“

Man näherte sich dem Altare, dessen Lichter in diesem Augenblicke durch einen Windstoß sämmtlich ausgelöscht wurden. Der Priester war unwillig, daß man die Fenster nicht besser verwahrt habe. Doch Filippo rief: „Die Fenster! Seht Ihr denn nicht, wer hier steht, und die Kerzen recht geflissentlich ausgeblasen hat?“

Man staunte einander an, und Filippo fuhr fort, indem er sich hastig von Kamillen losmachte: „Seht Ihr auch nicht, wer mich so eben von der Braut hinwegreißt?“

Kamilla sank ohnmächtig in die Arme ihrer Mutter, und der Priester äußerte, daß bei einer so ganz bedenklichen Lage der Dinge die Trauungsceremonie unmöglich statt finden könne.

Die beiderseitigen Verwandten nahmen Filippo's Zustand für eine Verstandesverrückung, ja man sprach gar von erhaltenem Gifte, als der unglückliche Bräutigam bald darauf unter den heftigsten Konvulsionen verschied. Doch niemand begriff die Ursache und den Anstifter. Auch fand sich bei der chirurgischen Untersuchung des Leichnams nicht die mindeste Bestätigung dieses Argwohns.

Die Verwandten, welche, so wie ich, in der Folge durch Kamillen von den Veranlassungen zu Filippo's sogenannten Phantasien unterrichtet wurden, unterdrückten die Geschichte so viel als möglich. Allein die räthselhafte Maske bei der Verlobung ließ sich, wenn man die Umstände zusammenhielt, doch nicht recht geschickt erklären. Auch war das wunderbar genug, daß sich der auf der Villa verlorne Ring sogleich, als man aus der Kirche zurückkam, unter Kamilla's übrigem Schmucke wieder fand. –

„Das nenne ich eine Wundergeschichte!“ sprach der Graf. Seine Gemahlin holte tief Athem und Libussa sagte: „Mir ist wirklich eiskalt darüber geworden.“

„Wie jeder Verlobten dabei werden muß!“ erwiederte ich mit einem Blicke auf den Duca, der während meiner Erzählung mehrmals aufgestanden war, und sich wieder gesetzt hatte, auch in seinem verstörten Blicke die Besorgniß nicht verbergen konnte, daß seinen Wünschen von mir entgegengewirkt werden möchte.

„Ein Wort zuvor!“ flüsterte er mir beim Schlafengehen zu, mich auf mein Zimmer begleitend.

„Ich durchschaue Ihren nobeln Zweck,“ fing er hier an. „Diese lügenhafte Geschichte –“

„Halt!“ rief ich auflodernd. „Ich bin Zeuge gewesen, das haben Sie gehört. Wie mögen Sie einen Mann von Ehre der Lüge bezüchtigen, ohne vor seiner Ahndung zu zittern?“

„Davon hernach!“ versetzte er spöttelnd. „Zuvor nur so viel: Wo Sie auch die Anekdote mit dem vermischten Weine und Blute hergenommen haben, ich weiß aus wessen Leben die Scene entlehnt ist.“

„Aus Filippo's Leben, wie ich Ihnen versichern kann. Uebrigens könnte es ja wohl, wie mit dem Schreie der Fall seyn, daß dieselbe wunderliche Manier sich auf ewig zu verbinden, auch einem andern Paare eingefallen wäre.“

„Das wohl! Indessen ließen sich noch mehrere Aehnlichkeiten in Ihrer Erzählung mit einer gewissen andern Begebenheit nachweisen.“

„Leicht möglich. Alle Liebeshändel stammen im Grunde von Einer Familie ab, und können gewisse Hauptzüge nicht verläugnen.“

„Dem sei aber wie ihm wolle,“ fuhr Marino fort, „für's erste verlange ich, daß Sie von heute an keine Anspielung weiter auf mein früheres Leben machen, viel weniger etwa dem Grafen gewisse Geschichten hinterbringen. Unter dieser Bedingung, und nur unter dieser, vergebe ich Ihnen die vorige, sinnreiche Komposition.“

„Vergeben! Bedingung! Und beides von Ihnen? – Das ist zu viel. Zur Antwort hierauf, daß der Graf morgenden Tages von Ihrer frühern Verlobung und von Ihrem jetzigen Ansinnen benachrichtigt werden soll.“

„Marchese, wenn Sie dies wagten!“ –

„Ha ha! Ich wage es. Ich bin es dem alten Freunde schuldig. Der Lügner, der mich einer Lüge zeihen wollte, soll seine glatte Larve am längsten in diesem Hause getragen haben!“

Wider Willen hatte mich der Zorn so weit gebracht, daß es ohne Aufforderung kaum abgehen konnte, auch entschloß sich der Duca sogleich dazu, und wir versprachen uns beim Scheiden, den andern Morgen in den benachbarten Busch mit Pistolen zu kommen.

Bei Tagesanbruch nahmen wir daher beide unsre Diener mit uns in den Busch. Als Marino bemerkte, daß ich den meinigen gar nicht auf den Todesfall vorbereitet hatte, so übernahm er dieses selbst, und disponirte schon im voraus über meinen Leichnam, als ob alles bereits entschieden wäre. Zuvor jedoch redete er mir noch einmal zu, weil, wie er sagte, der Kampf zwischen uns beiden ein sehr ungleiches Ansehen habe. Er sei jung, und seine feste Hand schon in mehrern Zweikämpfen erprobt gefunden worden. Zwar sei bis dahin noch niemand durch ihn gefallen, doch habe er seinen Gegner allezeit nach Wunsche gezeichnet. Bei mir werde er zum ersten Male auf den Tod ausgehen, weil nur dieser mich ihm unschädlich zu machen vermöge. Doch gäbe ich ihm auf der Stelle mein Ehrenwort, alles was sein früheres Leben betreffe, dem Grafen zu verschweigen, so wolle es noch jetzt die Sache für völlig abgethan halten.

Es war natürlich, daß ich seinen Antrag zurückwies.

„So befehlen Sie dem Himmel Ihre Seele!" sagte er hierauf, und wir machten uns fertig.

„Sie sind am Schusse!" sprach er sodann.

„Ich trete ihn Ihnen ab."

Er nahm es nicht an, und ich schoß ihm das Pistol aus der Hand.

Das war ihm auffallend, außer sich aber wollte er gerathen, als sein Schuß mich verfehlt hatte. Er behauptete grade auf mein Herz angelegt zu haben. Auch konnte er nicht bergen, daß kein feiges Ausweichen von meiner Seite sein Fehlen veranlaßt hätte.

Auf sein Verlangen schoß ich zum zweiten Male. Ich zielte wieder nach dem Pistole, das er in der linken Hand hielt, traf auch zu seinem Erstaunen abermals sehr gut, aber so nahe an der Hand, daß es ohne Kontusion nicht abgehen konnte.

Als sein zweiter Schuß bei mir vorbeigestrichen war, sagte ich, daß ich kein Pistol mehr anrühren würde, erbot mich aber ihn, der seine Fehlschüsse vielleicht dem allzuheftigen Blute zuzuschreiben habe, noch auf mich anlegen zu lassen. Allein ehe er dies noch ablehnen konnte, war schon der Graf, welcher Argwohn geschöpft hatte, und Libussa in unsrer Mitte. Globoda beschwerte sich sehr über das Betragen seiner Gäste. Er verlangte Aufschluß, und in Marino's Beiseyn entdeckte ich die ganze Sache. Des letztern Betroffenheit überführte den Grafen und Libussen ebenfalls von des Duca bösem Gewissen. Auch war in den ersten Stunden eine allgemeine Verstimmung nicht zu verkennen.

Allein gar bald wußte Marino durch Libussens Liebe eine kräftige Verwendung bei Globoda zu bewirken, und dieser sagte noch an demselben Abende zu mir: „Sie haben Recht, ich sollte hart seyn, und den Duca aus dem Hause weisen. Aber was würde dadurch für seine verlassene Braut gewonnen, die er nun einmal nicht wieder sehen will? Zudem ist er der erste Mann, für welchen mein einziges Kind eine herzliche Neigung zeigt. Lassen wir dem Paare seinen Willen. – Die Gräfin denkt hierin ebenfalls, wie ich, und gesteht, daß es ihr sehr leid thun würde, wenn unser Haus den schönen Venetianer wieder verlieren sollte. Wie viele Treulosigkeiten werden denn nicht in der Welt begangen, die ihre Entschuldigungen in den besondern Umständen finden!"

„Aber eben die entschuldigenden Umstände scheinen dem Duca zu fehlen!" wandte ich ein, verstummte jedoch, als ich bemerkte, daß der Graf von dem Wagestücke durchaus nicht abzubringen seyn würde.

Die Trauung ging vor sich, ohne alle Störung; doch herrschte wenig Laune bei dem übrigens lauten und glänzenden Feste. Selbst der Tanz am Abend wurde ziemlich schläfrig betrieben. Nur Marino tanzte mit einer unnatürlichen Ausgelassenheit.

„Zum Glück, Herr Marchese!" sagte er, als er grade einmal abtrat, mit lautem Lachen mir ins Ohr, „zum Glück ist noch kein Gespenst bei der Hand, wie bei Ihrer venetianischen Verlobung."

„Aber," versetzte ich mit aufgehobenem Finger, „frohlocken Sie doch nicht allzufrüh. Das Unglück hat einen leisen Schritt. Oft wird man es erst gewahr, wenn es uns auf den Fersen ist."

Wider Vermuthen machte ihn die Rede ganz stumm, und was mich noch mehr von ihrem Eindrucke überzeugte, war die verdoppelte Wildheit, mit der er sich dem Tanze hingab.

Vergebens bat ihn die Gräfin Mutter, seiner Gesundheit besser eingedenk zu seyn. Nur Libussens Flehen gelang es endlich, den Athemlosen zum Sitzen zu bewegen.

Nicht lange nachher sah ich die Braut mit Thränen, die wahrlich keine Spur von Freude an sich trugen, aus dem Zimmer schleichen. Sie war es, ich täuschte mich nicht. Denn ich stand so nahe an der Hauptthüre, durch welche sie ging, als jetzt bei Ihnen. Noch seltsamer mußte es mir vorkommen, daß sie nur wenige Minuten später das heiterste Gesicht zurückbrachte. Ich folgte ihr, und sah nun wie sie ihren Bräutigam zum Tanze aufforderte, und ihrem vorigen Abmahnen ganz entgegen, seine rückkehrende Ausgelassenheit theilend anfeuerte. Ich bemerkte auch, wie der Duca nach diesem Tanze von den Eltern Abschied nahm, und mit seiner Braut durch eine Tapetenthüre schlüpfte, die nach ihrem gemeinschaftlichen Schlafzimmer führte.

Ehe ich noch dazu kommen konnte, durch Zusammenstellungen von allerlei Möglichkeiten auf die Ursachen von Libussa's veränderlicher Stimmung zu gerathen, entstand an der Hauptthüre ein Flüstern zwischen dem Kammerdiener und dem Grafen. Daß der Gegenstand nicht ganz ohne Bedeutung war, bewies die zornige Miene, mit welcher der Hausherr den Gärtner ansah, der jetzt, und wie es schien zum Beweise dessen, was der Kammerdiener gesagt hatte, hereintrat.

Ich eilte hinzu, und hörte sagen, daß so eben die Orgel in der Kirche wieder ganzvernehmlich gegangen, auch alles darin bis um Mitternacht, welche just vorüber war, erleuchtet gewesen sei.

Der Graf ereiferte sich sehr über das einfältige Märchen, wie er's nannte, und fragte, warum man ihn nicht früher gerufen habe? Weil, hieß es, jedermann den Ausgang der Sache nicht hätte versäumen wollen. Uebrigens, fügte der Gärtner hinzu, sei, er dürfe es nicht verhehlen, auch der alte Kaplan wieder zum Vorschein gekommen. Ja die Häusler am Walde wollten sogar die Bergspitze, die daraus hervorragt, erleuchtet und einen Geistertanz mit angesehen haben.

„Bravo," rief der Graf finster. „Die ganze alte Posse kommt nach und nach wieder auf's Tapet. Ich hoffe, die sogenannte Todtenbraut wird auch nicht weit von meinen Ohren seyn."

Der Kammerdiener stieß den Gärtner an, daß dieser den Zorn seines Herrn nicht noch mehr anfachen möchte. Daher sagte ich: „Wenigstens könnte man wohl alles mit anhören, was die Leute gesehen haben wollen. Wie ist es denn mit der Todtenbraut gewesen, mein Lieber?"

Der Gärtner zuckte die Achseln.

„Sagte ich's nicht," rief der Graf, „daß sie auch dabei vorkommen würde. Das hängt einmal in dem Gedächtnisse der Leute zusammen, und bahnt sich von da gar leicht einen Weg zu ihren Augen. – Kann man wissen in welcher Gestalt?"

„Wenn ich es sagen darf – „ antwortete der Gärtner, „so ist sie, ganz wie die selige Komtesse Hildegarde, vor Kurzem erst im Garten dicht bei mir vorbei in das Schloß gegangen."

„Hört einmal," sprach nun Globoda, „seid künftig wenigstens diskret in euren Phantasien, und laßt mir meine lieben Verstorbenen in Ruhe. – Uebrigens ist es gut!"

Dabei deutete der Graf auf die Thüre, durch welche die Leute auch sogleich verschwanden.

„Nun, lieber Marchese?" fragte der Hausherr.

„Nun?"

„Sollten Sie wirklich in Ihrem Märchenglauben so weit gehen, um auch diese Erscheinung meiner Hildegarde nicht zu bezweifeln?"

„Wenigstens ist sie dem Gärtner nicht allein erschienen. Erinnern sie sich nur an die Scene im Museum zu Paris."

„Da haben Sie Recht, das war auch eine saubere Erfindung, der ich noch bis diese Stunde nicht auf den Grund sehe. Glauben Sie wohl, daß ich dem Duca weit eher darum, weil er uns eine so plumpe Lüge auftischen konnte, als wegen seines Vergehens an der ersten Geliebten, meine Tochter hätte verweigern mögen?"

„Ueber den Punkt, merke ich wohl, werden wir uns nicht leicht vereinigen. Denn wie Sie mein Glauben, grade so finde ich Ihr Zweifeln unbegreiflich. –"

Die Gesellschaft verlor sich indessen allmählig, und als endlich niemand mehr da war als die Eltern der Braut und ich, tritt auf Einmal Libussa im Ballanzuge zur Hauptthüre herein, und erstaunt, daß sie keine Gesellschaft mehr antrifft.

„Was bedeutet denn das?" fragt die Mutter, und der Vater kann nicht einmal so viel Worte für seine Verwunderung auffinden.

„Wo ist Marino?" ruft Libussa.

„Das fragst Du uns?" erwiedert die Gräfin. „Haben wir dich nicht mit ihm durch die Tapetenthüre gehen sehen?"

„Unmöglich. Sie irren sich durchaus."

„Ih, nein, nein doch, gutes liebes Kind! – Du tanztest noch kurz zuvor so unmäßig. Dann seid ihr gegangen?"

„Ich, beste Mutter?"

„Ja wohl. Wie hast du nur dies alles vergessen können?"

„Nichts habe ich vergessen, ich versichre Sie."

„Wo wärst Du denn so lange gewesen?"

„In dem Zimmer der seligen Schwester!" sagte sie, und ich bemerkte deutlich, wie dem Grafen bei diesem Worte das Blut ein wenig zurücktrat. Auch suchte sein Auge schüchtern nach dem meinigen. Er schwieg jedoch, und die Gräfin, in Sorgen, daß ihre Tochter irre rede, fuhr traurig fort: „Wie kommst du nur grade am heutigen Tage auf diesen sonderbaren Einfall, mein Herzenskind?"

„Davon weiß ich keine Ursache anzugeben. Ich weiß nur, daß mir auf Einmal so beklommen ums Herz wurde, und es schien, als ob niemand mir fehle als Hildegarde. Zugleich hatte ich die feste Hoffnung, sie auf ihrem Zimmer bei der Guitarre zu finden. Und daher schlich ich mich leise hinauf."

„Trafst Du sie denn an?"

„Ach nein, doch hatte mich das heftige Verlangen nach ihr, verbunden mit der Müdigkeit vom Tanze, dermaßen erschöpft, daß ich in einen Stuhl gesunken und eingeschlummert bin."

„Und wie lange ist es, daß Du den Saal verließest?" fragte die Mutter weiter.

„Die Thurmglocke schlug eben drei Viertel auf Zwölf, als ich in der Schwester Zimmer trat."

„Was ist das?" flüsterte die Gräfin ihrem Gemahle schmerzlich zu. „Sie spricht so zusammenhängend; gleichwohl weiß ich genau, daß ich sie grade, wie die nämliche Uhr drei Viertel auf Zwölf schlug, hier auf dieser Stelle zur Mäßigung im Tanze ermahnte."

„Und Dein Bräutigam?" rief der Graf.

„Wie gesagt, den glaubte ich hier zu sehen."

„Gott, Gott!" rief die Mutter, „sie ist wahrlich von Sinnen. Wo aber, wo muß er seyn?"

„Was, gute Mutter?" sprach Libussa ängstlich an sie geschmiegt, während der Graf ein Licht ergriff, und mir, ihn zu begleiten, winkte.

Im Brautgemache, wohin er mich führte, erwartete uns ein furchtbares Schauspiel. Der Duca allein auf dem Boden und keine Spur von Leben in ihm. Dabei war sein Gesicht zum Entsetzen verzogen.

Denken Sie sich Libussens Betrübnis, als sie Nachricht davon erhielt, und alle ärztlichen Bemühungen, den Verstorbenen wieder zu beleben, keinen Erfolg hatten. –

Die ganze Familie gerieth in eine Bestürzung, wogegen alle Trostgründe wenig vermochten. Daher kam mir ein dringendes Geschäft, das meine Abreise erforderte, überaus erwünscht.

Ich unterließ indessen nicht, zuvor über die Sage von der Todtenbraut im Dorfe nähere Erkundigung einzuziehen. Leider hatte sich die Geschichte durch mündliche Ueberlieferung nur ziemlich unvollkommen erhalten. Die sogenannte Todtenbraut sollte ein Fräulein aus dem vierzehnten oder funfzehnten Jahrhunderte und in dieser Gegend zu Hause seyn. Es hieß, sie habe so undankbar und treulos an einem Geliebten gehandelt, daß dieser darüber gestorben sei, seine Erscheinung habe sie auch grade in ihrer Hochzeitsnacht getödtet. Seitdem, erzählte man ferner, wandre ihr Geist auf der Erde in allerlei vorzüglich schönen Gestalten herum, um Liebende zur Treulosigkeit zu verleiten. Da ihm nicht vergönnt sei, den Körper noch lebender Personen anzunehmen, so pflege er unter den Todten solche auszusuchen, die schönen Lebenden sehr ähnlich sähen. Aus diesem Grunde verweile er auch gern in Sälen, wo Familienporträts aufgestellt sind, ja selbst in öffentlichen Gemäldesammlungen wolle man ihm schon auf die Spur gekommen seyn. Die Rede geht, daß das Fräulein zur Strafe ihrer Treulosigkeit so lange herumirren solle, bis sich ein Mann gefunden, den sie vergebens vom rechten Wege abzulocken sucht.

„Noch müsse ihr dies nicht geglückt seyn!“ fügte man hinzu.

Ich erkundigte mich, was es mit dem alten Kaplan für Bewandniß habe, und erfuhr, daß sein Schicksal von dem ihrigen abhange, weil er den Unterhändler ihrer strafbaren Neigung abgegeben habe.

Was das Namenrufen, welches ebenfalls vorgekommen war, so wie die bei Nacht erleuchtete Kirche, in der Hochamt gehalten wurde, bedeute, darüber konnte mir niemand auch nur einigermaßen befriedigende Auskunft geben. Auch wußte kein Mensch, was der Tanz auf dem Berge im Walde bezeichnen möge.

„Uebrigens,“ fügte der Erzähler hinzu, „werden Sie gestehen, daß diese Sage auf eine sehr wunderbare Weise in die erzählte Geschichte eingreift, und werden die Lücken in dieser, selbst, so gut als möglich, auszufüllen suchen. Wenigstens bin ich nicht im Stande, einen bessern Schlüssel dazu zu leihen. – Eine Geschichte von derselben Todtenbraut, die ich vor einigen Wochen erst erfahren habe, und die meines Erachtens nicht ohne Interesse ist, erspare ich auf ein ander Mal, da ohnehin schon mein Geschwätz Ihnen mehr Zeit, als ich wünschte, gekostet hat.“ –

Kaum war er fertig, und die zum Theil nicht ganz gläubige Gesellschaft auf einige Artigkeiten für seine Bemühung gefaßt, als ein Bekannter eiligst zur Thür hereintrat, und dem Marchese ein Wort in's Ohr raunte.

Auffallend war dabei die Wichtigkeit und das ängstliche Wesen des eben Angekommenen im Gegensatz von der Ruhe, womit der Marchese seine Nachricht empfing.

„Eilen Sie," rief jener, durch diese Ruhe ganz außer Fassung gebracht, „in ein Paar Minuten werden Sie sonst das Zögern bereuen."

„Ich danke Ihnen für Ihre freundschaftliche Fürsorge," sagte der Marchese, schien aber seinen Hut mehr deshalb zu nehmen, weil sich alle Anwesenden zur Heimkehr fertig machten, auch gar nicht eilen zu wollen.

„Nun sind Sie verloren!" sprach hierauf der Andere, als ein Officier mit einigen Mann hereintrat, der nach dem Marchese fragte.

Er gab sich sogleich selbst zu erkennen.

„Sie sind mein Gefangener," sagte der Officier, und der Marchese ging mit ihm, nachdem er der Gesellschaft freundlich gute Nacht gesagt, und gebeten hatte, daß man seinetwegen ganz außer Sorge seyn möchte.

„Außer Sorge!" sagte der Mann, dessen Warnung er verschmäht hatte. „Sie müssen wissen, daß der Marchese in den gefährlichsten Verbindungen steht, und sein Todesurtheil so gut wie gesprochen ist. Aus Mitleid eilte ich ihn zu benachrichtigen, da es vielleicht noch Zeit war, und kann, nach seinem jetzigen Benehmen, kaum glauben, daß er noch bei Sinnen sei."

Die Muthmaßungen liefen in der sehr bestürzten Gesellschaft noch eine Zeitlang hin und her. Doch jetzt kam auf Einmal der Officier zurück und fragte wieder nach dem Marchese.

„Er ist ja vor Kurzem erst mit Ihnen hinaus!" sagte einer.

„Aber auch wieder zurückgekehrt."

„Hier ist niemand gewesen."

„So müßte er verschwunden seyn!" rief der Officier lachend, und ließ jeden Winkel aussuchen.

Alles vergebens. Das ganze Haus wurde umsonst durchstört, und am andern Morgen ging der Officier mit seinen Soldaten allein und sehr mißvergnügt aus dem Badeorte.

* * *

Die Bräutigamsvorschau.

Volkssage.

1.

Kind, du hast diese Nacht wieder mehr geweint, als geschlafen – sagte die alte Gertrud zu der jungen Gräfin Viola, als sie früh an ihr Bett trat, sie zu wecken – Was soll daraus werden? Sieh, wie trüb deine Augen sind! Wenn du es so forttreibst, so welkst du hin, eh du noch aufgeblüht bist. Ermuntre dich! sieh, was ich da für dich bringe, ein schönes neues Kleid zum Ball, bei deiner Schwester Hochzeit. Sieh, wie reich, wie das glänzt, und die künstliche Stickerei! da wird mein Violchen alle Fräuleins und Prinzessinnen ausstechen. Nicht wahr, das vertreibt die Grillen? Komm, steh auf, wir müssen gleich sehen, wie es dich kleidet.

Ach, liebe Gertrud – antwortete Viola, und verbarg die heißen Augen an der Brust der treuen Wärterin – laß mich immer weinen. Wie kannst du mir von Hochzeit sprechen, und von frohen Tänzen! Nimm dein prächtiges Kleid; dürft' ich es doch an Glücklichere verschenken, und in der einfachsten Kleidung auf meine Weise mein Glück suchen!

Du bist noch ein unerfahrnes Kind – fiel Gertrud ein – du kennst die Welt nicht, und bist aus diesem Schlosse nicht weiter gekommen, als bis zum nächsten Kloster. Glaube deiner alten Gertrud, Viola; jungen Mädchen in deinen Jahren spielt das Herz nur gar zu oft schlimme Streiche. Du wärst nicht die Erste, die gern ihr halbes Leben daran gesetzt hätte, ihren Liebhaber zu bekommen, und hernach die andre Hälfte um ihn wieder los zu seyn!

O wie wenig kennst du meine und meines Serini Liebe – rief Viola – ohne ihn giebt es auf der Welt und im Himmel für mich kein Glück! Rede nicht so, Gertrud, oder willst du dich auch von uns wenden, und hat dich der reiche Bräutigam meiner Schwester gegen den armen Geliebten deiner Viola kalt gemacht? Freilich, solche Kleider, wo Kostbarkeit und Geschmack sich überbieten, hat er nicht zu verschenken.

Gertrud war bewegt, und tröstete mit heitern Aussichten auf bessere Zukunft, denn der junge Serini hatte, durch seine treue Liebe zu Viola, auch ihr Herz gewonnen.

Des Menschen Schicksal – sagte sie zuletzt – wendet sich oft wunderbar, und wenn du auch jetzt einige trübe Tage hast, gräme dich darum nicht allzusehr, und verdirb die schöne Jugend nicht mit beständigen Traumgedanken. Du wirst gewiß noch deine Wünsche erfüllt sehn, denn erstlich bist du immer ein gutes frommes Kind gewesen, und dann – hab' ich auch noch meine besondern Ursachen das zu glauben.

Du hast mir schon mehrmals etwas ähnliches gesagt, Gertrud – fiel Viola hier ein – laß mich doch mehr wissen, es scheint ja etwas Gutes zu seyn und wenn könnt' ich denn mehr etwas Gutes und Tröstliches zu hören nöthig haben, als gerade jetzt!

Gertrud ließ sich eine Zeitlang bitten, endlich erzählte sie:

Ich trug dich noch auf dem Arm, und, weil du ein sehr kränkliches Kind warst, und nichts weniger als eben hübsch – nun, das hat sich freilich geändert – so bekümmerte sich niemand viel um dich, sondern alles schmeichelte deiner Schwester Maria, die schon damals wie ein kleiner Engel aussah. Du warst mir ganz allein überlassen, und hättest wol manchmal Mangel gelitten, wenn ich nicht für dich gesorgt hätte. Einmal, wie ich von einem Spaziergange mit dir nach Haus ging, begegnete uns die alte Waldmutter, die schon damals hier in der Gegend wohnte. Sie konnte mich kaum in der Ferne gewahr geworden seyn, da kam sie, wie ganz außer sich, auf mich los. Gertrud, schrie sie mir entgegen, was tragt ihr da für einen Engel! und damit kniete sie nieder, und küßte dir Händchen und Kleiderchen und konnte nicht fertig werden, das schöne Kind zu loben. Nun, sagt' ich, Waldmutter, mein Violchen ist wol ein gutes frommes Kind, aber was die Schönheit anlangt, da solltet ihr erst Fräulein Maria sehn. Doch die Alte ließ sich nicht stören. Maria ist schön, fuhr sie fort, aber Viola ist schöner; wo Viola sich zeigt, muß Maria weichen. Glück wird sie haben in der Liebe, und den schönsten Mann im Lande, den sie selbst sich wünscht, zum Bräutigam. Sie küßte dir nochmals die Händchen, und trippelte fort, ohne auf mich zu hören. Nun siehst du, Violchen, weil das Eine eingetroffen ist, wegen der Schönheit, was ich damals nicht geglaubt hätte; so denke ich, es wird auch wol das Andre sich bewähren, von dem Glück in der Liebe, und dem schönen Bräutigam, so wenig auch jetzt noch Hoffnung dazu vorhanden ist. – Ich habe dir's eigentlich nicht erzählen wollen – setzte Gertrud hinzu – denn, wenn der Mensch in die Zukunft sehen sollte, so hätt' ihm unser Herrgott die Augen darnach gegeben; aber, weil du so gar kleinmüthig bist, so wollt' ich es dir zum Trost sagen, damit du Muth bekommst und heiter wirst.

Viola war neubelebt. Sie dankte der alten Gertrud mit Thränen für diese Beruhigung. „Nun will ich standhaft bleiben – rief sie – mag noch so dunkle und hoffnungslose Nacht um mich seyn. Ich werde meinen Serini doch endlich ganz mein nennen. Noch gestern in der Laube am See schwuren wir uns ewige Treue ...“

Ein leises Händeklatschen tönte jetzt unter dem Fenster. Viola erkannte das Zeichen von der Nähe des Geliebten, sie eilte hinab, Freude funkelte in ihren Blicken; es war Serini.

Warum so reisefertig und gerüstet? – fragte Viola, als sie nach der ersten stürmischen Freude des Wiedersehens ihren Serini genauer betrachtete.

Ich muß dich auf einige Tage verlassen, meine Viola – antwortete Serini – ich bin zum Gefolge des Grafen Nadasti entboten.

Was willst du dort? – fragte Viola schmeichelnd – Bleib lieber bei Viola.

Wie gern – erwiderte er – aber ich trage mein Lehn von Nadasti und kann die Folge nicht versagen. Er will seine Vermählung mit allem Glanz feiern.

Zu Nadasti's Vermählung? rief Viola erstaunend – O, da sehn wir uns ja! – fuhr sie freundlich fort – Nadasti heirathet ja meine Schwester. Nun geh' ich gern zur Hochzeit, da ich weiß, daß ich dich dort finde.

Serini war nicht angenehm überrascht. Sein Vasallenverhältniß zu Nadasti fiel wie ein Felsen auf sein Herz, und zertrümmerte das schöne Gebäude seiner Hoffnung. Viola sollte ihre Schwester im Glanze des reichen, mächtigen Nadasti erblicken, und neben dem glänzenden Lehnherrn ihn, den armen Serini, der seiner Braut statt einer beneidenswerthen blendenden Zukunft nur Abhängigkeit zu bieten hatte, und Abhängigkeit vom Gemal ihrer eignen Schwester. Wie sehr, glaubte er, wurde ihn dieses bei der Geliebten in nachtheiligen Schatten setzen!

Viola'n entging Serini's Bewegung nicht. Zu kindlich aber, und zu wenig bekannt mit den Verhältnissen der Welt, ahndete sie den wahren Grund davon nicht. Erneuerte Schwüre treuer, ewiger Liebe strömten von ihren Lippen, sie rief den Himmel und alle Heilige zu Zeugen, aber umsonst; Serini blieb verstimmt, und hinterließ den ersten nagenden Zweifel an der Innigkeit seiner Liebe in Viola's Busen.

2.

Hast du denn die alte Waldmutter niemals nachher wiedergesehn? – fragte Viola Abends nach einem langen Schweigen – Wer ist sie denn eigentlich?

Das kann ich dir nicht genau sagen – erwiderte Gertrud – Sie lebt, so lange ich mich erinnern kann, hier am Walde, und giebt den Leuten Rath und sagt ihnen wahr. Ich habe mir niemals viel mit ihr zu thun gemacht, denn ich halte von solchen Künsten nichts.

Was treibt sie denn aber für Künste? – fragte Viola neugierig weiter.

Wie ich dir sage – antwortete Gertrud – sie prophezeiht aus der Hand, aus Krystallkugeln und Erdspiegeln, zeigt den Leuten Personen, die sie zu sehn verlangen, und was dergleichen Teufelspossen mehr sind.

Viola ward immer neugieriger und ließ sich noch mancherlei von der Waldmutter und ihren magischen Künsten erzählen. Endlich bat sie, Gertrud möchte sie doch einmal zu der Waldmutter führen, und ihr einiges, nur zum Scherz von ihren Künsten zeigen lassen. Nur zum Scherz, wiederholte sie, da hat es ja nicht viel zu bedeuten, und es muß sich gewiß recht hübsch anhören, wenn einem von der Zukunft so dunkel und geheimnißvoll vorgesprochen wird, daß man sich selbst erst weiter denken und auslegen muß, wenn es hernach eintrifft. Viola bat noch lange, aber Gertrud blieb unbeweglich. Nein – sprach sie ernsthaft – mit solchen Dingen darf man durchaus keinen Scherz treiben. Gute Geister sind mir für den Scherz zu hoch und böse zu gefährlich. Man hat Beispiele, daß solcher Scherz zum größten Verderben ausgeschlagen ist, und die Menschen auf Lebenszeit um Glück und Frieden gebracht hat.

Viola schwieg eine Zeitlang, aber der Wunsch, mehr von der Zukunft zu wissen, war einmal in ihr erwacht. Sie konnte nicht begreifen, wie das Wissen um die Zukunft einem Menschen schädlich werden könnte, und bat von neuem ihre treue Gertrud um einen Besuch bei der Waldmutter. Wir wollen mit diesen Geheimnissen keinen Scherz treiben – sagte sie – vielleicht kann mir die Wahrsagerin doch einen guten Rath geben, oder mir sagen, ob mich Serini noch liebt, und ob meine treue Liebe alle Hindernisse noch besiegen wird. Mir ist nur bange, daß ihn der Widerstand, den du von meinen Eltern fürchtest, und der ihn oft selbst mißmuthig macht, endlich ganz ermüdet und von mir abzieht; o, du glaubst nicht, wie stolz er ist! Laß mich nur das die Waldmutter fragen. Du sagst ja, sie könnte die künftige Braut oder den Bräutigam zeigen. Nicht wahr, wir gehn, und recht bald?

Kind – sagte Gertrud – quäle mich nicht mit solchen Bitten! Ich mache dir gern alle Freude, aber das kann und darf ich ja nicht. Du weißt nicht, was du verlangst. Du könntest für deine Neugierde einen Schreck haben, daß du des Todes wärst, oder doch in deinem Leben nicht wieder froh würdest. Ich vergesse es bis an mein Ende nicht, wie es der Agnes Rosenberg gegangen ist; die hatte sich auch blenden lassen, und war auf die Bräutigamsschau gegangen.

Viola war höchst begierig zu wissen, wie es dieser Agnes gegangen wäre. Gertrud weigerte sich anfangs, die Geschichte zu erzählen, endlich ließ sie sich erbitten.

Ich will dir es zum Exempel erzählen, dich zu warnen – sagte sie – wiewol ich sonst ungern an solche Sachen denke, die einem den Kopf mit bösen Gaukeleien erfüllen und den Schlaf rauben. Höre zu! Die Agnes Rosenberg war erst ein gutes frommes Kind; bis in ihr funfzehntes Jahr, und so schön wie du. Aber sie hatte noch ein paar Schwestern, die älter waren, und auch hübsch, doch bei weitem nicht so schön als Agnes. Diesen mochte die Zeit lang werden, weil sich nicht gleich Männer für sie fanden; sie beredeten sich also zusammen, daß sie mit einander in den Wald gehen, und da das Andreasgebet beten wollten. Das ist nämlich so ein gottloser Gebrauch, daß die Dirnen den heiligen Andreas noch zu ihrem bösen Vorhaben anrufen, und bitten, er solle ihnen den künftigen Bräutigam zeigen. Die beiden leichtsinnigen Dirnen gingen also Abends bei Mondschein hinaus in den Wald, und verführten auch die unschuldige Agnes, daß sie mitgehn und an ihren bösen Künsten Antheil nehmen mußte. Ich kann dir nun die abergläubischen Ceremonien nicht alle beschreiben, womit solche mannsüchtige Dirnen ihre Liebhaber zur Stelle rufen, so viel weiß ich aber noch, daß jede mit gewissen Worten etwas hinlegen oder hinstellen muß; woraus sie denn sehen wollen, ob der Liebhaber zu einer Dirne Lust hat, oder nicht. Manche setzen ein Tellerchen mit Essen hin, oder ein Glas Wein, und was der Possen mehr sind. Nun hatte die älteste Schwester, Martha, einen Rosenstock hingesetzt, die andre einen Lilienstengel. Agnes aber hatte sich erst durchaus zu nichts verstehen wollen, und es wär ihr Glück gewesen, wenn sie bei dem frommen Vorsatz geblieben wär. Wie nun die drei Mädchen etwas zurückgetreten waren, und die älteste ihren Spruch gesagt hatte, da kam es hinter den Bäumen vor, wie ein ansehnlicher Mann in prächtiger türkischer Kleidung, der ging mit schnellen Schritten herzu und schwang seinen Säbel zornig über dem Haupte; als er aber an den Rosenstock kam, ward er sanftmüthig und griff nach den Blumen, aber alsbald war auch das Gesicht verschwunden. Wiewol nun die Dirnen nicht wenig erschrocken waren, so faßten sie sich doch bald wiederum ein Herz, und die zweite Schwester rief auch den Bräutigam, aber sie sagte ihren Spruch wol zweimal, ohne daß sich etwas zeigte. Da scherzten die andern mit ihr, daß sie kein Mann zur Ehe begehren würde, bis sie zuletzt unwillig ward, und verlangte, Agnes sollte auch ein Zeichen ausstellen, denn der Bräutigam wolle die Wahl haben, und stelle sich vor Einem Zeichen nicht. Endlich ließ sich auch Agnes bereden, und weil sie nichts anders mit sich genommen hatte, so hing sie ein Tüchlein an einen Baumast auf. Ihre Schwester rief nun nochmals den heiligen Andreas an, und alsbald kam ein schöner junger Mann in polnischer Kleidung auf einem prächtigen Pferde geritten, der blickte gar traurig, hielt auch einige Zeit und ritt dann langsam zu der Lilie und küssete sie, worauf er, wie der vorige verschwand. Die beiden Schwestern machten sich nun mancherlei Auslegungen von den Gesichten, und weil sie beide mit dem Ansehn ihrer Freier nicht übel zufrieden waren, so beredeten sie auch ihre jüngste Schwester, das Andreasgebet zu sagen, und in der Meinung, daß es, wie vorhin, bei einem alleinigen Zeichen keine Kraft äußern werde, ließ sie sich überreden, ihren Schwestern den Willen zu thun. Vielleicht aber war auch eine sündhafte Lust und Neubegierde in ihr erwacht, und trieb sie gegen ihr Gewissen zu dem frevelhaften Leichtsinn. Aber, wie sie ihren Spruch gesagt, und, weil sich nichts zeigte, so gar wiederholt hatte, da kam es ganz schwarz aus dem Walde, und Trauermänner, mit großen langen Flöten zogen herein, und trugen eine Baare mit Sarg und Leichentuch, und wie sie an den Baum kamen, wo Agnes ihr Zeichen aufgestellt hatte, da wehte das Tüchlein herunter, und fiel mitten in den schwarzen Trauerzug. Da wär nun bald aus dem leichtsinnigen Spaße der bitterste Ernst geworden. Denn Agnes war von dem grausamen Anblick ohnmächtig hingesunken, und lag wochenlang todtkrank danieder, so, daß sich jedermann ihres Lebens verzieh, und die beiden Schwestern nichts sicherers erwarteten, als daß der angedeutete kalte Bräutigam seine junge Braut in das schmale Hochzeitbett heimführen werde.

Viola schauderte bei der Erzählung. Nein – liebe Gertrud – rief sie, und schmiegte sich furchtsam an sie an – ich will gern nichts von solchen entsetzlichen unnatürlichen Dingen sehn. Die arme Agnes! Mich tödtete solch ein Anblick auf der Stelle, oder brächte mich von Sinnen. Bleib ja wach in dieser Nacht, bis ich eingeschlafen bin, liebe Gertrud, ich fürchte mich sonst todt.

Gertrud war sehr zufrieden mit der Wirkung ihrer Erzählung, und um des Guten noch mehr zu thun, wollte sie die Fortsetzung hinzufügen, wie diese unglückliche Vorschau so traurig auf das Schicksal der armen Agnes eingewirkt habe. Allein Viola wollte nichts mehr hören. Laß uns von froheren Dingen sprechen – sagte sie – ich fürchte ohnedies, daß mir der schwarze Trauerzug und Agnesens wehendes Tüchlein im Traume vorkommt.

Die dienstfertige Gertrud erzählte nun von den glänzenden Anstalten zu Nadasti's Hochzeit, und wie Viola, die bisher auf einem einsamen Schlosse allein unter Gertruds Pflege aufgeblüht war, ihre Eltern mit ihrer Schönheit überraschen, und alle Männer bei ihrem Eintritt in die Welt bezaubern werde. Viola ließ sich alles ausführlich beschreiben, und konnte nicht genug zu hören bekommen, um die furchtbaren Bilder, mit welchen jene Erzählung ihre Fantasie erfüllt hatte, zu verscheuchen.

3.

Du wolltest mir gestern noch das Ende von Agnesens Geschichte erzählen – sagte Viola am andern Tage – jetzt, da es Morgen ist, fürcht' ich mich nicht mehr. Trafen denn die Vorbedeutungen bei Allen ein, oder bloß bei der armen Agnes?

Du sollst es gleich hören – erwiderte Gertrud – und der Ausgang wird dir zeigen, wie der Böse solche Dinge zu wenden weiß, daß selbst das gehoffte Glück dem Menschen zum Verderben gereichen muß, und das Unglück von einer ganz andern Seite kommt, als er es meint, so, daß er es sich selbst zubereitet, indem er sich abmüht, ihm zu entfliehen. Agnes lag lange krank von dem Schreck, endlich aber erholte sie sich doch, und ward nur schöner als vorher. Da fanden sich nun Liebhaber die Menge, aber einer besonders, ein junger schöner Mann, wußte ihre Gunst zu gewinnen, und sie wurden auch schon so weit unter einander einig, daß man sie allgemein als Braut und Bräutigam ansah. Nur sollte Agnes, weil sie noch gar jung war, erst die Hochzeit ihrer ältern Schwester abwarten, die mit einem kaiserlichen Rathe verlobt war. An die Anzeichen in dem Walde ward weiter nicht gedacht, und dem Anscheine nach, war auch an keine Erfüllung davon zu denken. Agnes und ihr Verlobter waren mit bei der Hochzeit der ältesten Schwester auf einem Landgute des Bräutigams. Aber wie der Priester eben das Brautpaar zusammengeben wollte, entsteht auf einmal ein Geschrei: Feinde! Hülfe! Feinde! und ehe sich noch einer von den Gästen besinnen kann, was der Lärm bedeute, stürzt auf einmal ein Haufen Türken herein in den Hochzeitsaal, die hauen nieder, was nur Miene macht, sich zu widersetzen, rauben, plündern und schleppen Weiber und Jungfrauen als Gefangene davon. Der Anführer des Trupps sah die Braut, und, weil sie ihm gefiel, denn sie war auch sehr schön, rief er seinen Leuten, übergab sie diesen, und befahl sie ihnen auf Leib und Leben, denn er wollte sie unter seine Frauen aufnehmen. Das hatte die Erscheinung des Türken bedeutet.

Das ist entsetzlich – sagte Viola – aber raubten denn die Türken auch die arme Agnes, oder bewährte sich die Erscheinung durch ihren Tod?

Höre nur weiter – fuhr Gertrud fort. – Der Böse legt seine Plane so listig an, daß sie der Mensch mit aller Klugheit nicht durchschaut. Wie Agnes die Türken eindringen sah, fiel sie vor Angst, und vielleicht noch mehr vor Schreck über die Erfüllung jener Bräutigamsvorschau, ohnmächtig in die Arme ihres Geliebten. Der stritt aber wacker für seine Braut, er riß einem Türken den Säbel aus der Hand und bahnte sich einen Weg durch die Feinde. In dem einen Arme hielt er die ohnmächtige Agnes, mit der andern hieb er, wie verzweifelnd, um sich, und entkam glücklich mit dem halb todten Mädchen in das Haus ihrer Eltern, denn die Türken waren bloß auf Raub und Plünderung ausgegangen, und hatten sich nicht mit Nachsetzen verweilt. Agnes erholte sich bald und jedermann glaubte, daß sie nun ihrem Befreier und Erretter ihre Hand reichen würde, aber der Türke, der ihre Schwester wegführte, hatte sie so erschüttert, daß sie das Blendwerk in jener Nacht nun für unfehlbare Prophezeihung hielt.

Sie trennte sich also von ihm? – fiel Viola ein.

Freilich – erwiderte Gertrud – Siehst du nun die gefährlichen Fallstricke des Satans? Hätte Agnes nicht jene heillosen Künste treiben helfen, so wär sie jetzt die glücklichste Frau geworden, aber nun drängte jener schwarze Leichenzug immer den Bräutigam aus ihrem Herzen und in ihrer Brust stritt unaufhörlich die Liebe mit der Furcht vor dem Tode, denn sie glaubte sicherlich, daß sie eine Braut des Todes sei, und daß dieser, wie der Türke bei ihrer Schwester noch vor dem Altar sein Recht auf sie geltend machen werde. So grämte sie sich ab, daß sie bald nur ein bloßer Schatten der vorigen Schönheit war. Ihr Geliebter, dem sie ihre frevelhafte Neugierde nach dem Bräutigam nicht bekennen wollte, warf einen bittern Haß auf sie, wurde aber darüber fast tiefsinnig und nahm endlich unter dem tapfern Sobieski Dienste gegen die Türken, wo er Wunder von Tapferkeit that, aber den Tod nicht fand, den er suchte. Als der Krieg nun geendigt war, und er als polnischer Feldoberster entlassen wurde, lernte er Agnesens zweite Schwester kennen, und weil er seine geliebte Agnes nicht vergessen konnte, heirathete er jene, um doch etwas zu lieben, das seiner ersten Liebe angehörte. So war denn auch diese Vorbedeutung erfüllt. Aber solche Ehen, wo man in dem Gatten nur eine frühere Liebe lieben will, gerathen gewöhnlich nicht zum Besten. Denn der Mensch soll niemals mit kindischem Eigensinn durchsetzen wollen, was ihm einmal versagt ist. So ging es auch hier. Agnesens Schwester lebte zwanzig Jahr mit ihrem Mann, allein, nach den ersten Wochen entwich die Täuschung und er fand den Unterschied zwischen der eigentlichen Agnes und seiner Frau täglich größer und merklicher. Er machte weite Reisen, zog zu Felde, aber er kehrte von beiden immer mißmuthiger zurück, als er ausgezogen war. Seine Frau härmte sich darüber ab, und der lange Gram zehrte ihr Gesundheit und Leben weg. Auf ihrem letzten Krankenlager sehnte sie sich nur noch einmal ihre Schwester Agnes zu sehn. Sie schickte Boten nach ihr und Agnes kam auch. Aber zu spät. Eben als sie nach dem Haus ihrer Schwester gehn wollte, kam der Leichenzug die Straße her und zog bei ihr vorüber. Der leidtragende Wittwer erkannte Agnes, die ganze Gewalt seiner vorigen Liebe ergriff ihn, und sich und alles um sich her vergessend, trat er aus dem Leichenzug und umarmte seine Schwägerin, und wie ihm die Thränen bei dem Wiedersehn aus den Augen flossen, ergriff er das Tüchlein, das Agnes in ihrer Hand hielt, und trocknete sich die Wange damit. Da erkannte Agnes zu spät die rechte Deutung ihrer Vorschau, und wie ein falsches Blendwerk sie um die schönsten Jahre ihres Lebens betrogen hatte. Sie hütete sich indessen, ihrem Schwager davon wissen zu lassen. Denn das soll, wie die Sage geht, den Mann zum tödtlichen Haß gegen eine Frauensperson bringen, wenn er in der Folge dahinter kommt, daß sie ihn zur Bräutigamsschau citirt hat, weil eine solche Citation die Seele mit grausamer Gewalt und tödtlichem Schmerz vom Körper reißt. Nach einem Jahr Trauer gab Agnes ihrem Schwager ihre Hand, und sie lebten noch viele Jahre mit einander, aber immer ward ihr Glück durch den Gedanken gestört, daß sie erst so spät angefangen hatten, es mit einander zu genießen.

Siehst du Gertrud – fiel Viola freudig ein – so sind sie ja noch vereinigt worden; und recht geliebt hat Agnes doch nicht. Ich hätte meinen Serini genommen und wenn mir zehnfacher Tod gedroht hätte. Warum hatte sie aber auch so eine Auslegung von dem Leichenzuge im Walde gemacht? Sie hätte doch erst zusehn sollen, wer ihr Tuch wegnahm.

Kind – sagte Gertrud lächelnd – gestern Abend fürchtetest du dich vor der bloßen Erzählung, und nun verlangst du von der armen Agnes so viel Muth bei der wirklichen Erscheinung? Woher kommt dir denn auf einmal die Herzhaftigkeit? Ist es die frische Morgenluft, die dich so stark macht?

Nicht allein, gute Gertrud – antwortete Viola – deine Erzählung hebt selbst durch ihr Ende das Schauerliche des Anfangs wieder auf. Es ist, als wären die Leute nur geneckt worden, freilich nicht so, daß ich darüber lachen könnte, denn man muß sie herzlich bedauern, aber doch grauet mir es nicht mehr vor den Erscheinungen; ich denke nun, ich wollte mich schon besser hüten, da ich durch deine Geschichte hinter die Blendwerke gesehn, und ihre Trüglichkeit erkannt habe.

O, liebe Viola – entgegnete Gertrud – rede nicht so vermessen! Wer kann die Listen des bösen Feindes auslernen. Er weiß jeden zu fangen. Bei dem fängt er es so an, bei jenem anders, und wer es nur mit ihm aufnimmt, der ist verloren und betrogen, eh' er es selbst noch gewahr wird, daß er in der Schlinge ist.

4.

Ein Bote von Viola's Vater unterbrach das Gespräch. Graf Harras sendete seiner Tochter noch einige Kostbarkeiten, und meldete ihr, daß sie sich bereit halten sollte, nach der Vermählung ihrer Schwester bei ihm in der Residenz zu wohnen. So glänzend die Zukunft war, welche dieser Brief Violen eröffnete, – so düster war die Stimmung, in die er sie versetzte. Die Trennung von ihrem Serini, der auf seinem kleinen Schloß lebte, und ihr mit seinen geringen Mitteln nicht in die glänzende Residenz folgen konnte, schien ihrem Herzen unmöglich, dem Befehl des Vaters sich widersetzen, war in ihren

Verhältnissen unausführbar. Bestürmt von diesen Gefühlen flog sie zu ihrer Gertrud, und beschwor sie um Rath und Hülfe. Gertrud erschöpfte ihre Ueberredungskunst, sie zu trösten; aber das glühende Mädchen war nicht zu besänftigen. Ich habe geschworen – rief sie händeringend – ihn niemals zu verlassen, ich habe betheuert, eher der Seligkeit und dem Himmel zu entsagen, als ihm! Kann ich denn meinen Eid brechen, um mir ein glänzendes Loos zu bereiten, das mich von dem Geliebten trennt? Gertrud verwieß ihr die Vermessenheit solcher Eide, sie warnte sie vor jeder Uebereilung, doch sie konnte Violen nicht zurückhalten, einen Boten mit einem Brief an Serini abzuschicken, worin sie diesen beschwor, augenblicklich zu ihrer Rettung zurückzueilen. Wenn er mich jetzt verlassen könnte – sprach sie zu Gertrud – so wär er meiner Liebe unwerth, aber er wird kommen; ich weiß, meine Liebe geht ihm über alles.

Gertrud gab sich alle Mühe, Violen zu beruhigen. Sie besuchte mit ihr einige Bekannte, und ihr Weg führte sie bei der Hütte der alten Waldmutter vorüber.

Laß uns die Wahrsagerin fragen! – sagte Viola hastig zu Gertrud – unser Weg führt uns nicht umsonst hierher.

Gertrud versuchte Alles, Violen diesen Einfall auszureden; aber vergebens. Sie wieß all' ihre Gründe mit der Vorstellung der innern Angst zurück, die sie fühle, und die ihr keine Ruhe gönnen werde, bis sie wenigstens wisse, ob ein Ausweg aus diesem Labyrinth für sie zu finden sei.

Du zwingst mich, dir nachzugeben – sagte endlich Gertrud – aber ich thue es mit schwerem Herzen, mir ahndet, daß du statt Beruhigung nur neue Unruhe dir holen wirst; denn auf solchen Wegen, glaub' es mir, kann niemals wahre Ruhe erlangt werden.

Sie gingen nach der Wohnung der Wahrsagerin.

Ist die Waldmutter zu Haus? fragte Viola ein kleines Mädchen, das vor der Thür saß und zur Zither sang.

Nein – erwiderte die Kleine – sie ist seit der Dämmrung fort nach Schädelmoos und Alraun. Ich warte auch auf sie. Sie muß bald kommen.

Nach einigen Wechselreden bat Viola das Kind fortzusingen.

Ich kann das Lied nicht ganz – sagte die Kleine und griff in die Saiten der Zither – ich singe nur, was ich gemerkt habe, weil es oft vorkommt:

der Mond der scheint so helle,
die Todten reiten so schnelle,
   Feins Liebchen, fürchte dich nicht.

O weh! was heult vom Klosterthurm,
was flattert dort in Wind und Sturm?
   Der Kauz ruft Mitternachtstunde,
   die Todten halten die Runde,
      Feins Liebchen, fürchte dich nicht.

O weh! laß Kauz und Todtenbein
und laß mich sehn den Bräutgam mein.
   Und willst du den Bräutigam schauen,
   so laß dir vor Todten nicht grauen,
      Feins Lieb, sonst findest ihn nicht.

Es sind noch mehr Verse – sagte das Mädchen unwillig, nachdem sie mehrmals die Musik zu singen angefangen hatte, um sich in den Text zu helfen; – ich kann sie nur nicht merken.

Viola hatte nicht Lust mehr zu hören, und wollte auch die Waldmutter nicht länger erwarten. Gertrud glaubte ein besonderes Warnungszeichen in dem zufälligen Antreffen dieses Kindes zu finden und ermahnte Violen ernsthaft, nicht mehr an die Waldmutter und ihre prophetischen Künste zu denken.

5.

Der Tag, an dem Viola nach der Residenz abreisen sollte, erschien, und Viola sah ihm ruhiger entgegen, als Gertrud von ihrem heftigbewegten Gemüth erwartet hatte. Die treue Erzieherin durfte ihren Liebling nicht in die Residenz begleiten. Beide trennten sich unter tausend Thränen, und versprachen einander gegenseitig den pünktlichsten und fleißigsten Briefwechsel.

Viola bezauberte, wie Gertrud ihr vorausgesagt hatte, Vater, Mutter und alle Männerherzen, die in ihrem Kreise schlugen. Selbst ihre Schwester Maria, Nadasti's Braut, eine zarte Heiligengestalt, schien von der stralenden Schönheit Viola's verdunkelt zu werden. Der alte Graf Harras verdoppelte die Pracht bei den Anstalten zur Vermählung seiner ältern Tochter, denn ihr Hochzeittag sollte zugleich Violen in die Welt einführen, und nichts schien ihm glänzend genug, um seinen neuen Liebling, seinem Wunsche gemäß, zu verherrlichen.

Unter diesen Vorbereitungen erschien der Vermählungstag. Der Bräutigam wollte mit allem Glanz seines Standes und Reichthums sich zeigen, und verspätete durch die Umständlichkeit der Feierlichkeiten seine Ankunft. Die Gäste hatten sich indessen schon zahlreich versammelt. Ihre Glückwünsche umrauschten die Braut, aber alle Blicke wendeten sich voll Bewundrung und Sehnsucht nach Viola's blendender Schönheit. Doch so freundlich diese jedem neuen Ankömmling entgegen blickte, so gelang es doch keinem, ihre Blicke länger zu fesseln, als der gesellige Wohlstand es erforderte, und jeder Eintretende zog von neuem ihre Aufmerksamkeit an sich, bis sein Näherkommen ihn von neuem ihr gleichgültig machte.

Die Braut schien über das lange Ausbleiben ihres zukünftigen Gemales etwas unruhig. Man tröstete, man sendete Späher auf die höchsten Thurme des Schlosses, und Viola selbst entfernte sich mit einigen ihrer jungen Freundinnen, um ihnen bei dieser Veranlassung die schöne, weite Aussicht aus den höher gelegenen Zimmern des Schlosses zu zeigen. Sie geriethen bald in mancherlei Gespräche, als auf einmal Lärm im Schlosse wurde und Graf Nadasti mit seinen Vasallen und Dienern in langem prächtigem Zuge ankam. Viola eilte hinab, um bei seinem Empfang nicht zu fehlen, aber im flüchtigen Lauf schien sie den Weg nicht in Obacht zu nehmen. Sie verfehlte, im Gedräng der Neugierigen, die sich auf den Ruheplätzen der weiten Treppe versammelt hatten, eine Stufe, fiel zu Boden und ward ohne Bewußtseyn aufgehoben.

Nadasti war mit seinem Gefolg eben in der Nähe, als Geschrei und Zusammenlauf ihn ein Unglück ahnden ließen. Er eilte in das Gedräng und erstaunte nicht wenig, als er das schöne Mädchen bewegungslos und blaß wie eine Leiche vor sich in den Armen ihrer Freundinnen und Frauen liegen sah. Er fragte nach ihrem Namen und nach der Veranlassung ihres Zustandes, als eben Graf Harras und Maria herbeieilten und die leblose Viola in ein einsames Zimmer begleiten halfen. Nadasti folgte ihnen, und klagte sich selbst an, daß er, wiewol unschuldig, durch das Gedräng seines Einzugs, vielleicht eine Veranlassung zu dem Unglücksfalle gegeben habe. Man wendete alle Mittel an, aber vergebens. Die Aerzte schienen bedenklich, obgleich von außen keine bedeutende Verletzung an Viola zu bemerken war. Vater und Mutter waren in Verzweiflung und Nadasti fühlte, daß bei der Ungewißheit des Ausganges die Vermählungsfeierlichkeit nicht wohl vollzogen werden könne. Graf Harras dankte ihm für die aufopfernde Rücksicht auf seinen Schmerz, und die weinende Maria sank mit einem Blick unnennbarer Wehmuth an den kalten Busen ihrer bleichen Schwester.

6.
Viola an Gertrud.

Verbirg deine frommen Augen nicht vor deinem gefallenen Kinde, Gertrud! Lies das Bekenntniß meiner Schuld, und wenn Viola dann noch deines Mitleides werth scheint, so eile, ihr zu helfen mit Rath und Tröstung. Du verweisest mir meine Unachtsamkeit, die Gefahr über mich und Bangigkeit und Störung über mein Haus gebracht habe. O Gertrud, möcht' ich diesen Verweis verdienen! Nicht Unachtsamkeit war es: ein Schrecken, das mein Innres mit Blitzesgewalt zerriß, warf mich besinnungslos zu Boden. Du sollst Alles wissen.

Du lobtest in den letzten Tagen unsres Zusammenlebens auf Roseck oft die Fassung, mit der ich meiner Reise und meiner Bestimmung entgegen ging, obwol sie mich von meinem geliebten Serini vielleicht auf immer trennte. Wie wenig verdient' ich dein Lob! Diese Fassung, wie du sie nanntest, war in einer dunklen Stunde von unheiligen Mächten mir gegeben. Sie war die Frucht einer verbotenen Erkenntniß, die meine Sehnsucht über die Gränzen des Paradieses meiner Kindheit trieb. Ach, darum folgt' ich so gelassen den vorausgeeilten Wünschen! Gertrud, ich bin fürchterlich bestraft.

Ahndest du meine Schuld? Höre! Als jener Bote, den ich in der Angst meines Herzens nach Serini schickte, mit leeren, todten, eiskalten Worten zurückkam, und statt des Geliebten, der mich schützen sollte, niemand mir nahte, als herzzerreißende Verzweiflung, da weckten die Schatten der Abenddämmrung keine bange, zaghafte Furcht mehr in der Brust deiner unglücklichen Viola. Sie sehnte sich nach einem Helfer aus einer fremden, dunklen Welt, da die Erde keine Zuflucht bot, und der Himmel seine Engel zurückhielt. Damals entwich ich leise deiner Obhut; während du mütterlich für meine irdischen Bedürfnisse sorgtest, ging vielleicht das Heil meiner Seele verloren. Ich fand ohne Führer den unbekannten Weg durch Wälder und Felsengründe, und stand vor der Hütte, von der mich früher das Kind mit seinem unheimlichen Gesang wegschreckte. Ach, kein warnender Engel hütete jetzt die furchtbare Pforte, oder mein bethörter Sinn erkannte die Warnung nicht. Ein bleicher abgehärmter Knabe, kaum so alt, als ich, lag auf der Schwelle, und sang mit sterbender Stimme ein Liebeslied an Walfrida , nach einer wildsehnsüchtigen-Weise, die er sich selbst bloß mit dem Tamburin begleitete. Du Glückliche, sang er mir zu mit Wahnsinn in Blick und Ton, du wirst Walfrida seyn, und Santo muß in Liebesglut vergehn! Walfrida, Walfrida!

Was säumst du mich zu tödten,
zur Liebesflut

mit meinem Blut
dein Abendbad zu röthen?

Entfeßle seine Quellen;
er spielt mit Lust
um Arm und Brust,
in heißen Liebeswellen

Mir grausete bei dem Liede und der furchtbaren Begeisterung, womit der Knabe sein Instrument dazu schwang. Gleichwol vermehrte sein Wahnsinn nur mein Verlangen, die Waldmutter zu sehn. Ich klopfte an die Thüre. Ein ansehnliches, schwarzgekleidetes Weib trat heraus. Sie bemerkte den Knaben nicht, der mit seinen Lippen auf den Saum ihres Kleides sank. Willkommen, Jungfrau, redete sie mich an, ihr kommt zu bequemer Zeit. Was begehrt ihr? Ich schwieg, denn mein Mund wollte nicht aussprechen, was das Herz dachte; aber sie nahm das Wort wieder. Redet ohne Scheu, sagte sie, wollt ihr wissen, ob eure Liebe euch treu ist, oder wollt ihr sehn, was euer Buhle, von euch abwesend, beginnt, oder wollt ihr den künftigen Bräutigam schauen? Walfrida zeigt euch alles, in Mond und Wolken, in Spiegel und Krystall, in Rauch und in leiblichem Bild, wie ihr es begehrt. Zeig' mir meinen künftigen Gemal, sagte ich zitternd, daß ich erkenne, ob es mein Geliebter sei, oder ein anderer. Das Weib hieß mich nun ihr nachfolgen. In der Hütte gingen wir durch viele Gemächer, die in den Felsen gehauen waren, zu dem die Hütte nur den Eingang bildete. Alles war hier wunderbar ausgeschmückt, und Walfrida redete mir viel vor von Erdspiegeln, Alraunen und andrem Zauberwesen, zeigte mir auch dieses und jenes, aber die Angst ließ mich auf nichts merken. Endlich führte sie mich in ein weites Gemach und hieß mich eine kleine Weile warten. Es war finstre Nacht um mich, und ich getraute mich keinen Schritt vorwärts oder rückwärts zu treten, wiewol ich mich sehr fürchtete, und die Augen fest zuschloß, um nichts zu sehn. Auch war es todtenstill um mich, und nur dann und wann dünkte es mich, als hört ich die Stimme jenes Knaben. Aber plötzlich fühlte, ich einen Schmerz in der Brust, als durchborte sie glühender Drath, so daß ich laut aufschrie. Als nun Walfrida auf mein Geschrei herzutrat, und ich ihr erzählte, was mir begegnet war, da verlachte sie mich fast höhnisch, daß ich mich entsetzte, aber bald hieß sie mich gutes Muths seyn, und setzte drei hohe brennende Kerzen in das Gemach. Um mich aber legte sie einen pergamentenen Streif mit abenteuerlichen Bildern und Charakteren, aus dem verbot sie mir zu treten, was auch immer um mich her vorgehn möchte. Nun sprach sie unverständliche Worte, sang auch einiges dazwischen, und lief dazu mit fürchterlichen Geberden im Kreise um mich herum. Nach einer Weile kam der Knabe mit dem Tamburin und kniete vor der Zauberin nieder, aber diese ergriff einen metallenen

Spiegel, der umgewendet an der Wand lehnte, den hielt sie schnell, ohne darein zu blicken, dem Knaben vor, und er sank augenblicklich todt zu Boden, daß ich fast vor Graus über die That aus dem Kreise gesprungen wär, wenn mich das Weib nicht gehalten hätte, und mit fürchterlicher Drohung gezwungen im Kreise zu bleiben. Das ist ein neuer Planetenspiegel, sagte sie, der in der kräftigsten Constellation gearbeitet ist, darum bringt er dem ersten, der hineinsieht, unvermeidlichen Tod. Nun aber ist er unschädlich und du sollst seine erste, volle Kraft erfahren. Sie fing nun von neuem an zu beschwören, und gebot mir wohl Acht zu haben, denn ich war von dem schnellen Tod des Knaben heftig bestürzt. Da sah ich bald in dem Spiegel das Bild eines Mannes, der mein ganzes Herz auf einmal umwandelte und an sich zog, daß ich die Augen nicht von ihm wenden konnte, und entzündet wurde, bis zum Wahnsinn, als strömte die Liebeswuth des Knaben aus dem Spiegel, der ihm den Tod brachte in mich. Das Bild im Spiegel schien nach einer Welle näher zu kommen, und bald war es nicht mehr im Spiegel, sondern stand in leiblicher Gestalt, als ein wirklicher Mensch dicht neben dem Zauberkreise vor mir, so, daß ich jeden seiner Züge klärlich unterschied. Er trug prächtige ungarische Kleidung, als ein vornehmer Magnat und war mit vielen glänzenden Orden geziert. In seiner Hand hielt er ein schönes Bild in goldener Fassung mit feurigen Edelsteinen. Wie er näher auf mich zu schwebte, sah er mich mit Blicken an, wie noch kein Mann, auch Serini nicht, dessen Blicke mir gegen diese wie matter Schimmer gegen Sonnenglanz schienen. Nun sank er vor mir auf die Knie und streckte bittend die Arme nach mir aus, da sah ich, daß das Bild in seiner Hand zerbrochen war und ihn blutig geritzt hatte, daß ihm Arm und Kleid davon geröthet war. Ich vergaß alles um mich her, und wollte nicht aufhören ihn zu beschauen, und als mir beifiel, der sei mein bestimmter Gemal, hätte mich die Wonne dieses Gedanken fast getödtet. Da störte mich die Wahrsagerin in meinem Glück und sagte: Ihr seid zufrieden, wie es mir scheint, aber besinnt euch und, entlaßt das Schattenbild wieder. Ihr träumt nicht, überzeugt euch und nehmt etwas von ihm, was es auch sei zum Andenken, oder werft ihm etwas zu, denn solches geziemt der Jungfrau, die den Bräutigam ruft. Ich fürchtete mich aber, und weigerte mich zu thun wie sie begehrte. Da ward sie zornig, daß ihr die Augen funkelten, und sprach: So haltet mir den Mann wenigstens nicht auf, Jungfrau! meint ihr, daß ihr eurer Liebesbrunst bei mir pflegen sollt? Ihr habt gesehn, den ihr sehn wolltet, rührt ihn nun an mit der Hand, oder mit was ihr sonst wollt, daß er von hinnen gehe. Ich wußte nicht, was ich ergreifen sollte, denn die Hand wollt' ich dem Schattenbilde nicht reichen; da zog ich eine Schmucknadel aus meinem Haar, die den Schleier anheftete, und berührte damit die Hand, welche die Erscheinung gegen mich ausstreckte, und worin sie das zerbrochene Bild hielt. In dem Augenblick war alles verschwunden, und ich fand mich mit der Wahrsagerin allein. Hab' ich geträumt? – rief ich aus, und sah mich um, überall, ob ich nichts mehr erblicken könnte. Ihr habt nicht geträumt, sagte das Weib zu mir; seht an eurer Schmucknadel noch das Blut von der Wunde eures künftigen Gemals. O, meine Gertrud, es war, wie das Weib sagte! der Stein am Knopfe der Nadel war blutig. Ich rieb hastig das fürchterliches Zeichen, aber ich konnte das Blut nicht ganz vertilgen. Nun eilt' ich bestürzt nach dem Schlosse, und wunderte mich noch alles wach zu finden, da ich geglaubt hatte, die halbe Nacht bei dem Weibe gewesen zu seyn, aber niemand hatte mich vermißt, und die Uhr zeigte mir, daß ich nicht viel über eine halbe Stunde mit allen diesen schauderhaften Begebenheiten zugebracht hatte. Ich entkleidete mich, und meine blutgefärbte Nadel erfüllte mich von neuem mit Grauen, ich versuchte nochmal die Spur des Blutes zu vertilgen. Vergebens! Immer zog sich ein röthlicher Blutstreif über den so reinen Diamant; erst als der Morgen mir zu meiner bangen Arbeit leuchtete, ward der Schein bleicher, und ich hatte die Nacht ruhelos in furchtbarer Angst verwacht. O, Gertrud, es war nicht die einzige bange Nacht! Sie ist fruchtbar, wie die Sünde. Wie viel Schreckenstunden wird sie mir noch gebären!

Erräthst du nun den Zusammenhang? Jene Erscheinung hatte mich mit der heftigsten Liebe entflammt. Gertrud, die schüchternen Augen deiner Viola blickten jetzt frei um sich in die Schaar der Männer, sie suchten das schöne Urbild zu jenem unbekannten Schattengesicht. Viel schöne junge Männer drängten sich um mich, als meine Schwester ihren Bräutigam erwartete. Keiner war dem Bild in meinem Herzen ähnlich. Endlich, als das Geschrei im Schloß erscholl: der Bräutigam kommt! und ich die Stufen hinabeilte, ihm die Schwester mit dem Vater entgegen zu führen; o ihr Heiligen! da stand er vor mir, schön, wie damals in jener Nacht. Ich banne meine ganze Seele in meine zweifelnden Augen; da hebt er die Rechte, ein Verband zeugt von einer Wunde. Er war es, Gertrud, Nadasti war es, Maria's Verlobter! Alle Sinne verließen mich; ich sank zu Boden. Wie lang' ich bewußtlos gelegen hatte, erfuhr ich erst spät. O daß ich nie erwacht wäre!

Was soll ich nun beginnen, meine treue Gertrud? Rathe mir. Kann ich schwaches Mädchen ändern, was vom Schicksal unwiderruflich beschlossen ist? Nadasti liebt mich, das sagen mir seine Blicke. Er sucht mich überall und versäumt meine Schwester, die himmlisch duldende Maria. Noch immer ist sie nur seine Braut, nicht seine Gattin. Wie soll das enden!

7.

Nadasti war von Viola's Anblick nicht weniger entzündet worden. Er wich nicht von ihrem Bett, und als sie zum erstenmal das Zimmer verlassen durfte, bot er alles auf, den Tag mit der größten Auszeichnung als ihr Genesungsfest zu feiern. Die ganze Gegend rings umher war zu Vergnügungen allerlei Art eingeladen, um Violen bei jedem Schritt mit neuen fröhlichen Auftritten zu überraschen.

Es ist sonderbar – sagte Nadasti; als von den Gästen einige Worte über Viola's Unfall gewechselt wurden – daß ein ziemlich ähnliches Schicksal gewissermaaßen eine natürliche Verwandtschaft zwischen mir und unsrer Viola anzuzeigen scheint. Auch ich hatte, wenig Tage zuvor, einen, mir unerklärlichen Zufall, den ich mit meiner sonst so festen Gesundheit nicht in Uebereinstimmung zu bringen verstehe. Ich hatte eben meiner theuren Maria Bild erhalten, und in der Freude über die Schönheit meiner holden Freundin drückte ich das Gemäld' an meine Lippen, als mir plötzlich eine unbeschreibliche Beklemmung Athem und Besinnung raubte, und ich, wie Viola, eine lange Zeit bewußtlos am Boden lag, bis ich mich endlich unter den Händen meiner Diener nach und nach erholte. Mein schönes Bild, war in der Heftigkeit meines Falles zerbrochen, und von meinem Blute, denn das Glas hatte meine Hand nicht unbedeutend verletzt, bis zur Unkenntlichkeit verlöscht. Welch Glück, daß unsre Viola ohne gefährlichere Verletzung der Gefahr entgangen ist!

Viola war bei dieser Erzählung etwas erblaßt. Nadasti nahm es für Theilnahme. Wie freue ich mich – sprach er mit steigender Wärme – dieses Zufalls der meinem Leben mit dem Ihren einen, wenigstens scheinbaren Zusammenhang gibt. Es ist mir, als hätt' ich Sie, liebste Viola, schon irgendwo gesehn, wär' es auch in einer andern Welt. Nennen Sie mich immerhin Schwärmer; es bleibt doch ein schönes Märchen, sich das Band der Liebe und Freundschaft so heilig und unauslöslich zu denken, daß selbst eine zweite Welt es noch als zarte mystische Vereinigung, die wir oft Sympathie nennen, ehrt und fortführt. Lassen Sie mir die Fantasie, die mich erfreut, wenn Sie sie auch nicht mit mir theilen wollen, oder irre ich mich nicht, und wär' ich Ihnen auch beim ersten Anblick mit dem Recht eines vormaligen Freundes erschienen?

Viola schwebte in peinlicher Bangniß vor nähern Erklärungen. Sie wendete das Gespräch, so gut sie es in der Angst vermochte. Der Zufall begünstigte sie. Maskenaufzüge, ernster und komischer Gattung erschienen, und vereinigten sich zu fantastischen Tänzen in Sälen und auf freien Plätzen. Als die Sterne zahlreicher von dem dunklen, klaren Himmel herabblickten, tanzte Nadasti scherzend mit Viola aus den Reihen heraus, und auf dieses Zeichen wandelte sich, wie durch Zauber die Gegend. Festliche Feuer flammten auf den Berggipfeln, die Wälder brannten in farbigem Schmuck, von dem Boden stiegen Sternheere auf und wetteiferten mit den Lichtern des Himmels, und ringsum, unter Donner und Musik, hallte Viola's Name, begrüßt und gefeiert, aus Wäldern und von Felsenwänden wieder. Die Ueberraschte blickte hocherröthend zu Nadasti auf. Es schloß sie fest in seine Arme, und ein schneller, glühend erwiderter Kuß lößte die letzte, leichte Hülle ihres gegenseitigen Geheimnisses.

Die kühlere Nachtluft versammlete nun die Gesellschaft in die Säle des Schlosses. Tanz und gesellige Spiele wechselten, und die Masken gaben Veranlassung zu mancherlei Verkleidungen und romantischen Zusammenstellungen. Als Viola ein orientalisches Gewand auf Nadasti's Bitten angelegt hatte, und dieser ihren Kopfschmuck zu ordnen bemüht war, reichte ihm Maria zu Befestigung des Schleiers ihre Schmucknadel. Plötzlich erbleichte Nadasti, und wehrte sie mit wildem Blick ab. Was ist das? – rief er heftig bewegt – weg, fort mit der Nadel! Die Umstehenden sahen ihn befremdet an, aber er faßte sich schnell. Vergeben Sie, schöne Maria – sagte er nach kurzem Besinnen – diese Nadel erinnerte mich an etwas, das mit Blitzesschnelle vor meinem Gedächtnis vorüberging, und mir schon entflohn ist, so viel Mühe ich mir auch gebe, es zurückzurufen. Vielleicht geht es mehrern so wie mir, daß ganze Begebenheiten, wie zuweilen Worte, auf die man sich besinnen will, durch verwandte Klänge oder Bilder in der Erinnerung angeregt werden, ohne ganz deutlich in das Bewußtsein zu kommen. So war es mit dieser Nadel, als Sie mir sie reichten. Sie erschütterte mich bis in das Innerste, ich weiß nicht warum, und wirklich fühle ich sogar jetzt noch körperlichen Schmerz in meiner noch nicht völlig geheilten Wunde.

Maria reichte ihm nochmals die Nadel. Besehn Sie die Nadel nur genau – sprach sie lächelnd – und Sie werden sich bald auf sie besinnen. Es ist dieselbe, die Sie mir auf dem Ball, wo wir bekannt wurden, gegen meine verlorne eintauschten.

Nadasti's fortgesetzte Weigerung, die Nadel anzunehmen, schien Maria unwillig zu machen. Sie sind ein Kind – sagte sie – laß dir die Nadel von mir aufstecken, Viola, da der Graf einmal so eine wunderbare Antipathie dagegen hat.

Nein, nein! – rief Viola heftig abwehrend – Wie kannst du mir zumuthen die Nadel zu tragen! Nimmermehr soll so eine Nadel an mir zu sehn seyn.

Viola erschrak selbst über das, was sie in der Heftigkeit gesagt hatte. Allein Nadasti nahm ihre Weigerung für ein hervorbrechendes Zeichen ihrer Liebe zu ihm. Wie viel gütiger sind Sie gegen mich gesinnt, als Maria – sagte er zu Viola – und ein Blick auf Maria verrieth, daß seine neue Liebe in diesem Augenblick den bedeutendsten Sieg über das letzte Hinderniß in seinem Herzen erkämpft habe.

8.

Viola hatte mit Entsetzen die furchtbare Wirkung dieser Nadel auf Nadasti gesehn. Die Worte in Gertrud's Erzählung: Es soll der Sage nach tödtlichen Haß wecken, wenn ein Mann erfährt, daß ihm eine Frauensperson zur Vorschau gerufen habe, fielen lastend auf ihr Herz, und sie eilte auf ihr Zimmer, um den unglücklichen Schmuck, dessen Abbild schon so mächtig wirkte, von sich zu entfernen. Hastig öffnete sie das Etui, aber bleich vor Schreck und tief erschüttert fuhr sie zurück, denn Stein und Fassung war wie in jener Nacht, von Blut entstellt. Sie warf schaudernd den Gegenstand des Schreckens von sich, und am Morgen, eh noch ein Lauscher erwacht seyn konnte, senkte sie den verrätherischen Zeugen ihrer That in die verborgenste Spalte der Gebirgsfelsen.

Für Serini war indessen Viola's und Nadasti's Liebe kein Geheimnis geblieben. Er klagte der treuen Gertrud den Wankelsinn seiner Geliebten; allein diese weigerte sich, in einem Verständniß, das sie bloß aus nachsichtiger Schwäche für ihre geliebte Pflegtochter geduldet hatte, eine Vermittlerin abzugeben. Er schrieb nun selbst an die Treulose, allein Viola, welche den Inhalt errathen konnte, verschob die Eröffnung der unangenehmen Briefe von einer Zeit zur andern, und ihre Antwort blieb aus. Serini war nun auf das äußerste gebracht; er fühlte sich verlassen, ja verachtet: seine Liebe verwandelte sich in den bittersten Haß, und er schwur tödtliche Rache an Viola und Nadasti. Unerkannt war er bei jenem Feste, womit Nadasti Viola's Genesung feierte; er sah der beiden Liebenden Sehnsucht und war Zeuge ihres ersten einweihenden Kusses. So überzeugte er sich selbst von seinem Geschick. Maria schien ihm gleiches Recht zur Rache an den Liebenden zu haben, als er, und mit ihr beschloß er sich zu Beider Verderben zu vereinigen.

Allein der Ungestüme hatte sich verrechnet. Maria hatte Nadasti's und Viola's Liebe früher als Serini gesehn. An jenem Tage, wo ihre Vermählung so unerwartet gestört wurde, hatte sie allein den tiefen, ahndungsvollen Blick in Viola's Herz gethan. Sie liebte ihre Schwester von ihrem ersten Eintritt in das väterliche Haus mit wunderbarer Schwärmerei. Die lange Verborgenheit, in der Viola, wie sie glaubte ihretwegen vernachläßigt, gelebt hatte, war ihrem zarten Gemüth ein stiller Vorwurf; der sie trieb, mit aufopfernder Liebe, alles zu thun, um Viola mit dem Schicksale, das ihre Kinderjahre getrübt hatte, zu versöhnen. Als nun die geliebte Schwester so nahe dem Tode in ihrem Arm lag, that sie das stille Gelübd, ihre Liebe, die sie ahndete, nicht zu stören, und die Schwärmerei, die sie schon in ihrer Kindheit zum Kloster zog, erwachte mit erneuter , doppelter Gewalt. Ohne sich und ihren stillen Vorsatz zu verrathen, beobachtete sie die Liebenden, und als Serini's Eifersucht ihr die sichersten Beweise brachte, daß Viola nur in Nadasti's Liebe sich glücklich fühle, stand ihr Entschluß fest. Sie mahnte Serini ernsthaft von seinem Entschluß ab, die Liebenden seiner Rache zu opfern, und als Bitten und Zureden fruchtlos blieben, drohete sie, seinen Plan Nadasti zu entdecken. Serini stellte sich von ihr überredet, versprach die Rache aufzugeben, und die Treulose zu vergessen; aber im Herzen beschloß er sein Vorhaben allein, und um so sicherer auszuführen.

9.

Nadasti vergaß über seiner neuen Liebe beinah ganz Maria als seine Braut zu betrachten. Mancherlei Scherze über den kalten sehnsuchtlosen Bräutigam erregten erst seine Aufmerksamkeit, und als Graf Harras einmal im Gespräch über die gestörte Vermählungsfeier vorschlug, Maria's bald eintretenden Geburtstag zum Hochzeitfeste zu wählen, half ihm nur der Einfall aus der Verlegenheit, daß das Zusammentreffen häuslicher Feste die Zahl der Freudentage mindere, und er Maria's Geburtstag als ein besonders Fest feiern müsse.

Serini hatte diesen Tag zu seiner Rache ausersehn. Schon den Abend zuvor durchstrich er die Gegend. Der Zufall führte ihn auf den Weg, den Nadasti und Viola eben zu einem Spaziergang gewählt hatten. Blinde Wuth der Eifersucht ließ ihn seinen Plan vergessen, er sah den glücklichen Nebenbuhler, richtete sein Gewehr nach ihm, aber zitternd vor Leidenschaft fehlte er das Ziel und streifte bloß Viola's Gewand. Nadasti's Ruf nach dem Schuß versammelte die Landleute, und während er selbst die erschrockene Viola zum Haus zurückführte, verfolgten diese den Thäter.

Man rieth vergebens auf den Unternehmer der verwegenen That, als Serini gefangen eingebracht wurde. Nadasti beschloß auf der Stelle seinen Tod, sobald er zuvor auf der Folter den Beweggrund zu seinem blutigen Vorhaben bekannt haben würde. Die Untersuchung sollte nur bis nach den Festlichkeiten des morgenden Tages ausgesetzt bleiben. Viola ertrug es nicht, den von ihr so tief gekränkten Serini um ihretwillen sterben zu sehn. Sie öffnete unbemerkt, während der Zerstreuungen des festlichen Tages sein Gefängniß, und Serini, unwissend, wem er seine Freiheit danke, ergriff die Flucht.

Nadasti wüthete, als man am folgenden Tage den Gefangnen vermißte. Er forderte die genaueste Untersuchung, aber niemand hatte den leichtesten Schatten eines Verdachtes gegen sich. Einig Maria war von mehrern Personen mit Serini im einsamen angelegentlichen Gespräch gesehn worden; doch hatte man dieses vor mehreren Tagen bemerkt, als man von Serini's blutiger Absicht noch nicht die entfernteste Muthmaßung haben konnte.

Der entsetzlichste Verdacht erwachte nun gegen Maria. Sie hatte – so schien es – um Serini's Vorhaben gewußt, vielleicht gar ihn zum Rächer ihrer Liebe gewählt. Auch seine Befreiung schien ihr Werk, um das gefährliche Zeugniß ihres Mitschuldigen zu verhindern. Nadasti hatte kaum nöthig eine Trennung von seiner Braut zu wünschen, um diese Umstände als beweisend gegen sie anzusehn. Er stellte sogleich jede weitere Nachforschung ein, aber dem alten Graf Harras lies er die Wahl, ob er die Untersuchung wegen Serini's Entweichung fortgesetzt, oder die Verbindung mit Maria wegen des auf sie gefallenen Verdachtes aufgehoben wünsche. Harras erklärte sich um so lieber für das letztere, da Nadasti sich erbot, durch eine Vermahlung mit Viola jeder öffentlichen Mißdeutung zuvorzukommen, und der Ausgang einer genauen Untersuchung für Maria's und seiner Familie Ehre sehr zweifelhaft schien.

Bei der Heimlichkeit, mit welcher alle diese Unterhandlungen getrieben wurden, ahndete Viola nichts von dem Verdacht, der auf ihre Schwester fiel. Maria selbst war ohne den geringsten Argwohn, als einige Zeilen von Nadasti ihr in kaltem bittrem Tone die Nothwendigkeit anzeigten, daß ihre Vermählung zurückgehn müsse. Die Ursachen waren als ihr hinlänglich bekannt vorausgesetzt. Maria faltete das Papier mit schmerzhaftem Lächeln zusammen. Das verdiente ich nicht für meine Liebe, sagte sie ruhig, und verließ das Schloß ihrer Eltern, an die nach wenig Stunden ein Abschiedsbrief von ihr aus dem nahen Kloster ankam. Viola war anfangs über Maria's Entfernung untröstlich, weil aber Graf Harras ein tiefes Stillschweigen über diese Begebenheit beobachtete, und dadurch zugleich jedem andern auflegte, so ahndete sie ein unerfreuliches Geheimniß. Sie fürchtete sich die Hülle zu durchblicken, unter deren Dunkel sie den Weg zu dem längst ersehnten, und ihr noch so wunderbar zubereiteten Glück gehn sollte.

10.

Der Tag von Maria's Einkleidung war vorüber, und Nadasti suchte nun seine Vermählung mit der geliebten Viola möglichst zu beschleunigen. Er stellte sogar einen beträchtlichen Theil der Festlichkeiten ein, mit welchen er seine Vermählungsfeier zu verherrlichen gesonnen war, und begnügte sich seine Verbindung bloß im Kreis der Familie und einer kleinen Anzahl der nächsten nachbarlichen Freunde zu vollziehn. Außer der Sehnsucht seiner Liebe, bestimmte ihn noch zu dieser Eile eine Krankheit Maria's, die bedenklich zu werden schien, und mit einer unwillkommenen Verzögerung drohte. Maria's liebendes Herz konnte die vielen Kränkungen und Leiden nicht ertragen, welche die letzten Tage über sie gehäuft hatten. Sie erlag ihrem Schmerz und sehnte sich nur ihre geliebte Schwester noch einmal zu sehn. Viola erfuhr nichts von diesem Wunsche, denn ihr Vater und Nadasti fürchteten von der so sehr verkannten Maria neue Gefahr für ihren Liebling, und täuschten Violen mit den beruhigendsten Nachrichten von ihrer Schwester.

So erschien der Vermählungstag. Viola brachte die Nacht zuvor schlaflos, in wilden Fantasien zu. So nah' ihrem Glück, fehlte ihr die Ruhe, sich dessen zu erfreuen. Die Zithertöne jenes Kindes umhallten sie, und unwillkührlich sang sie zu der schauerlichen Melodie:

und willst du den Bräutigam schauen,
so laß dir vor Todten nicht grauen.

Dann schien ihr die blutige Nadel überall zu begegnen, vergebens warf sie sie von sich, immer kam sie wieder, und immer blutiger in ihre Hand, und, wie damals in der Hütte der Wahrsagerin, durchdrang ihre Brust jener stechende Schmerz, der sie aus den furchtbaren Träumen weckte, um sie noch furchtbareren zu überlassen. Endlich, als der Morgen dämmerte, und die Erschöpfte in dem matten Strahl Trost zu finden meinte, da zittert' es wie weißer Morgenduft vor ihrem Bett, und eine blasse Nonnengestalt beugte sich langsam über sie hin. Viola erkannte Maria's Angesicht, ein heftiger Schrei rief ihre Frauen herbei, und mit Entsetzen sahen diese eine weiße Schattengestalt von Viola's Bett weggleiten und in den hereinfallenden Morgenstrahlen verschwinden.

Nadasti entsetzte sich vor Viola's entstelltem Ansehn, als er kam, seine Braut zum Altar zu führen. Sie schützte ein Fieber vor, das sie gestern schon gefühlt, aber vielleicht zu wenig geachtet habe. Nur nach Maria fragte sie ängstlich, allein man war noch ohne Nachricht von ihr aus dem Kloster. Viola hatte alle Fassung nöthig, um ihren Platz vor dem Altar zu erreichen. Immer fürchtete sie noch im letzten Augenblick eine gewaltsame Störung ihres Bundes, und die Enthüllung einer entsetzlichen Täuschung bei dem Zutreffen jener Vorschau. Endlich waren die feierlichbindenden Worte gesprochen, und der erste freie Athemzug erleichterte ihre bange Brust. Die Schrecken der vergangenen Nacht erschienen ihr als wesenlose bedeutungsleere Traumbilder, und sie schmiegte sich im Bewußtseyn des sichern Glücks liebend an die Seite des Gemals, der sie froh den versammelten Gästen als seine Gattin vorstellte.

11.

Man bereitete sich eben zur Tafel, als eine Botschaft von der Aebtissin der Klosters die Trauerpost von Maria's Verscheiden brachte.

Sie endete wie eine Heilige – sagte die Laienschwester, die während der letzten Nacht mit andern Nonnen bei der Kranken gewacht hatte – die ganze Nacht sehnte sie sich nur nach ihrer Schwester, und betete brünstig, daß ihr Gott die Gnade geben möchte, ihre Viola vor ihrem Ende zu sehn, so, daß ihr die schmerzhaften Thränen wie Bluttropfen aus den frommen Augen flossen. Als nun die Schwestern den Sterbegesang um sie anstimmten, schlossen sich ihre Augen und sie lächelte freundlich im Schlaf wie eine Selige unter Engeln. So lag sie wol gegen eine Viertelstunde, dann schlug sie langsam die hellen Augen auf und sah uns so freundlich an, daß wir alle weinten, denn wir glaubten der Schlaf habe sie erquickt. Aber sie sprach leise zum Himmel gewendet: Nun nimm mich auf, ich habe meine Viola gesehn und sterbe gern. Die Schwestern wollten es ihr ausreden, aber sie lächelte und sprach: ich weiß, was ich rede, ich war bei meiner Viola. Dann schloß sie die Augen und wir beteten für die Entschlafene.

Ja, ja! – rief Viola – es war ihr Geist; es war kein Traum. O meine Maria, ich habe dich gesehn, und du bist mit Liebe zu mir in die Ewigkeit gegangen!

Die Anwesenden erstaunten, und meinten, Viola spreche in neuer Fieberfantasie, aber ihre Frauen traten hinzu und berichteten, was sie bei der ersten Morgendämmerung in Viola‘s Schlafzimmer gesehn hatten. Die Zeit stimmte auf das genaueste überein, denn noch vor dem Morgenroth war Maria verschieden.

Die Freude des Tages war durch diese Trauerbotschaft gestört. Auch Nadasti war tief erschüttert. Maria‘s Liebe zu Viola war durch ein wunderähnliches Ereigniß bestätiget, der Himmel selbst schien den Verdacht gegen die Entschlafene vernichten zu wollen. Wunderbar und unbegreiflich – rief er – diese Maria, die Mörder gegen Viola dingt, voll solcher Liebe zu der Verfolgten! Wer kann diese Widersprüche vereinigen!

Wer darf meine Maria so lästern – rief Viola – Welche abscheuliche Heimlichkeit liegt hier verborgen!

Nadasti schwieg. Graf Harras gab seiner Tochter einige Winke über Maria‘s entdecktes Einverständnis mit Serini.

Lüge, abscheuliche Verläumdung! – entgegnete Viola heftig – Gott ist mein Zeuge, Maria verabscheute diese That, sie warnte mich selbst vor Serini. O, jetzt versteh‘ ich erst ganz deine Warnung, unschuldige Heilige!

Nadasti erwähnte Serini‘s heimliche Befreiung aus dem Gefängnisse, welche Maria des Einverständnisses verdächtig machte.

Viola war wie vernichtet. Unselige Verwirrung – sagte sie mit schwacher Stimme – Ich öffnete das Gefängniß. Sollt‘ ichs gestatten, daß meinetwegen ein Mensch getödtet werde? Konnt‘ ich Serini für mich sterben lassen? Maria wußte nichts von meiner That. O Heilige, kannst du mir vergeben, deiner Mörderin?

Nadasti und Graf Harras versuchten alles, um Viola zu beruhigen. Sie bekannten sich allein an dieser traurigen Verwirrung schuldig, durch die Rücksicht auf Convenienz, welche damals eine genauere Untersuchung verhindert und dadurch die Enthüllung der Wahrheit unmöglich gemacht hatte. Allein nur Maria‘s Erscheinung konnte der Verzweifelnden einigen Trost geben, und diese ward bald der einzige Gegenstand des Gespräches.

12.

So befremdend uns dergleichen Vorfälle scheinen – sagte unter andern der Priester, der die Trauung vollzogen hatte – so dürfen wir doch mit unserm Urtheil über Täuschungen und Unmöglichkeiten nicht zu schnell seyn. Daß etwas gegen die Gesetze der Natur geschehe, ist freilich unmöglich, nur sollten wir unsre Kenntniß der Naturgesetze nicht mit diesen Gesetzen selbst verwechseln, und das für unmöglich halten, wovon wir die Gesetze noch nicht einsehn. Die körperliche Natur zeigt und unerklärliches genug, dessen Wirklichkeit wir nicht bezweifeln, um nur ein bekanntes zu nennen, die Bewegung des Weins im Gefäß zur Zeit der Blüte. Warum wollen wir der geistigen Natur, deren Gesetze wir noch weniger kennen, unsre oberflächliche Kenntniß als Grenze festsetzen? Wir lesen und hören Beispiele von einer ähnlichen Anziehungskraft unter Geistern wie unter Körpern, statt aber als geistige Naturforscher ihre Gesetze zu untersuchen, fertigt die faule Vernunft, daß ich nicht sage der Unglaube, alles mit dem Wort Täuschung und Unmöglichkeit ab.

Sie überreden uns am Ende wol von der Wirklichkeit der Vampyrs, die unsre Nachbarn beunruhigen? – wandte einer von den Gästen scherzend ein.

Ich wünsche nur eine unbefangene Untersuchung – antwortete der Geistliche ruhig – man muß bei einer Rechnung sich nicht ein Facit zuvor einbilden, sonst läuft man Gefahr falsch zu rechnen. Ein andres ist aber immer ein Vampyr, ein andres ein Geist, der sich auf kurze Zeit von seinem Körper trennt, weil ihm entweder Sehnsucht oder eine fremde Gewalt zwingt ihn zu verlassen. Vom erstern Fall haben wir das neue Beispiel an unsrer seligen Maria, vom andern sind uns Erzählungen von Citationen genug bekannt, und alle stimmen darin überein, daß der Citirte unter furchtbarer Angst in einen todtähnlichen Zustand versetzt wird, und darin bleibt, bis sein Geist in den Körper zurückgekehrt ist.

Fast möchte ich Ihnen beistimmen – fiel Nadasti ein – könnt‘ ich nur errathen, wer mich citirt haben sollte. Vor einigen Wochen erfuhr ich einen ähnlichen Zustand, wo ich unter unnennbarer Angst als ein Todter hinsank und mich nur langsam erholte, und sonderbar genug, daß mir jetzt eine dunkle, ganz verworrne Erinnerung vorschwebt, als wär ich an einen fremden unbekannten Ort entrückt worden und hätte Dinge gesehn, für die ich, wie manchmal für die Erzählung eines Traumes, nicht die Worte finden kann. Auch meine Gemalin erfuhr bald darauf eine ähnliche Ohnmacht. Wer mag mir diesen zarten, schönen Geist gebannt haben? Ich könnte den Böswicht tödten, denn die Qual, die ich empfand, war furchtbar und könnte einem Verdammten auf die Höllenstrassen gut geschrieben werden. Meine Viola, wie konnte ihr zarter Körper solchen Schmerz ertragen?

Viola schauderte, und um ihre Bewegung zu verbergen, fragte sie den Geistlichen, ob unsre Kenntniß der Natur jemals zu der Höhe gelangen könne, um ähnliche Wunder aus Gesetzen zu erklären?

Warum nicht – erwiderte dieser – die Zeit hat schon manches bestätigt, und wird noch mehr außer Zweifel setzen, was wir jetzt als Märchen ansehn und verlachen oder verwerfen. Ich habe nur kürzlich eine Entdeckung gemacht, die mir sehr interessant war. Die ältesten Schriftsteller behaupten, daß der Diamant durch Blut erweicht werden könne; die neuern hingegen verlachen diese Behauptung als ein Märchen. Neulich aber fand ich bei einem Juwelier einen Stein, der ohne allen Zweifel ein Diamant war, aber dabei so weich und elastisch, daß er sich drücken ließ. Da er als Brilliant geschliffen war, so mußte seine Erweichung später geschehn seyn, denn in diesem Zustande war kein Schleifen möglich. Ueberdieses machte mir ein rother Streif wahrscheinlich, daß er lange in Blut gelegen, und sogar davon eingesogen haben mußte. Ich kaufte ihn als Liebhaber von Naturseltenheiten um ziemlich hohen Preis, obgleich für diese Seltenheit bei weitem nicht zu theuer.

Man machte Einwendungen, und der Geistliche ließ sich seinen Diamant bringen.

Er ist noch in der Fassung – sagte er, als er das Etui eröffnete – so wie der Juwelier ihn gekauft hatte.

Graf Harras, der neben dem Geistlichen saß, griff schnell nach dem Juwel. Was ist das – rief er heftig – wie kommt ihr Juwelier zu dieser Nadel? Das ist dieselbe, die ich meiner Tochter Viola vor kurzem nach Roseck schickte.

So viel ich mich erinnere – erwiderte der Geistliche – hatte er sie von einem Knaben erkauft, der sie in einer Felsspalte gefunden haben wollte.

Graf Harras schien zu zweifeln. Sieh selbst Viola – sprach er – ob diese Nadel nicht ein Stück vom deinem Schmuck ist?

Viola bedeckte mit einer Hand die Augen, und wehrte mit der andern die furchtbare Nadel ab, die sich jetzt wirklich, wie in dem Träume der vorigen Nacht, ihm von allen Seiten entgegendrängte.

Was bedeutet das? – rief Graf Harras – warum erbleichst du vor dieser Nadel?

Besinnen Sie Sich, liebste Viola – sagte Nadasti besänftigend, indem er ihr ebenfalls die Nadel vorhielt.

Allein kaum hatte er selbst einen Blick auf dieses unglückliche Kleinod und auf Violen geworfen, als er plötzlich mit starren furchtbaren Blicken aufsprang, die Wunde in seiner Hand öffnete sich, und Blut spritzte umher.

Ha, Schlange – rief er mit wildem Zorn gegen Viola, die erstarrt und blaß wie eine Leiche in ihrem Stuhl lag – Fürchterlich wird mir jetzt alles klar. Du bist die verfluchte Zauberin, die mit höllischem Bann mir die Seele auszog, und mich bis zum Tod ängstete. Mein Blut ist es, das diesen Stein geröthet hat. Es dringt von neuem aus meiner Wunde, dich höllische Gauklerin anzuklagen. O Maria! Eine Heilige hab‘ ich dieser Verbündeten des Abgrundes geopfert!

Viola streckte bittend ihre Arme nach dem Erzürnten aus. Aber Nadasti stieß die Bittende ergrimmt von sich. Ein schadenfroher Dämon leitete seine Hand; die Spitze der Nadel drang in Viola‘s Brust.

Du bist gerächt, Nadasti – sagte sie sterbend – aber eine Zauberin war ich nicht. Ich liebte Serini. Eine höllische Kunst zeigte mir statt seines Bildes, das ich begehrte, das deine. Der Zauber ist gelöset. Vergib mir jene Stunde der Angst, wie ich dir meinen Tod vergebe.

In diesem Augenblicke traten Serini und Gertrud herein. Sie hatten von dem Verdacht gegen Maria gehört, und waren geeilt ihre Unschuld zu beweisen. Viola‘s Blut mäßigte den Zorn der beiden Männer, und die letzten Blicke der Sterbenden flehten um Versöhnung. Viola erblaßte in den Armen ihrer treuen Gertrud.

Serini zog als Pilgrim zum heiligen Grabe, und Nadasti fand in der ersten Schlacht unter fallenden Feinden den willkommenen Tod.

* * *

Der Todtenkopf.

Der klare Abend, welcher sich beruhigend einem schwülen Sommertage anschloß, hatte den neuen Gutsbesitzer, Obersten Kielholm, mit seiner kleinen Familie auf die steinerne Bank vor dem Herrenhause gelockt. Um mit den einzelnen Unterthanen allmählig bekannt zu werden, gefiel es ihm, manchen Vorübergehenden um sein Treiben und Thun zu befragen, und mancher Beschwerde durch Rath oder auch wohlthätige Unterstützung abzuhelfen. Eine besondere Freude gewährte es der Familie, daß der schrägüberliegende Gasthof, der unter seinem vorigen Inhaber ein abstoßendes, schmutziges Ansehen gehabt hatte, mit jedem Tage sich stattlicher herausputzte. Es freute sie um so mehr, da der neue Gastwirth, der zuvor Jahre lang ihrem Dienste eifrig vorgestanden, schon jetzt die guten Folgen seiner Verbesserungen lobte und in dem neuen Gewerbe sich überaus wohlgefiel; das ihn und seine junge Frau nebst den Zugehörigen künftig einmal reichlich zu nähren versprach. Wo sonst, trotz der lebhaften Straße, kein Mensch so leicht gewagt hatte, eine Nacht zuzubringen, da kehrten jetzt tagtäglich Gäste ein. Immer standen Kutschen im Hofe und vor dem Hause, und die insgemein recht freundlichen Mienen der zur Abreise wieder Einsteigenden gaben dem Wirthe, der mit abgezogener Mütze am Kutschenschlage zu stehen pflegte, ein unzweideutiges Zeugnis für die Güte und Billigkeit seiner Anstalt.

Ein eben verschwundenen, beweglicher Gemälde dieser Art lieh jetzt den Stoff zur Unterhaltung, als eine seltsame Equipage, die von der andern Seite herankam, die Aufmerksamkeit des Obersten und der Seinigen an sich zog. Einem langen, mit Kasten und allerlei Geräthe beladenen Leiterwagen waren zwei in Größe, Gestalt und Farbe durchaus verschiedene und von einander lächerlich abstechende Pferde vorgespannt, welche dem Hungertode allmählig entgegen zu gehen schienen. Ein zweiter, vermuthlich durch Beraubung des benachbarten Waldes erst zum Theil zur Laube eingerichteter, unförmlich langer und breiter Wagen hatte vier, nicht viel bessere Pferde aufzuweisen. Das wunderliche Völkchen, das auf diesem Wagen saß, frappirte die Gesellschaft am meisten. Mit Kindern und Erwachsenen, mit Männern und Weibern war er vollgestopft. Aber kein Augenpaar schien dem andern freundlich zugeneigt. Aus den braunen Gesichtern sprach theils Mißbehagen, theils entschiedener Haß und Widerwille. Das war keine Familie, sondern ein aufgeraffter Troß, der, vermuthlich nur durch Furcht und Bedürfnis der Nahrung, locker zusammengehalten wurde.

Der scharfe Blick des Obersten entdeckte dies schon in ziemlicher Entfernung. Er sah auch deutlich, wie sich aus dem Laubgewölbe im Hintertheile des Wagens ein besser als die Uebrigen gekleideter Mann hervorbewegte, und auf ein ermahnendes Wort von ihm alle sich nach dem Hause zukehrten, und mildere Geberden annahmen, auch Haar und Kleider in bessere Ordnung zu streichen suchten.

Der vordere Wagen hielt schon am Gasthofe, als der andre beim Herrenhause vorüberkam, und äußerst demüthige Grüße die Gewogenheit der Gutsherrschaft erbitten zu wollen schienen.

Kaum stand der zweite Wagen still, als auch schon alles herausgesprungen war. Jedes beeiferte sich der Nähe des Nachbars baldigst zu entkommen. Das überaus flinke und künstliche Herabspringen selbst gab den sichersten Aufschluss über das Gewerbe der Leute. Unfehlbar waren es Equilibristen.

Der Oberste äußerte, daß sie ohngeachtet der ehrerbietigen Grüße ihre Künste wohl schwerlich hier Preis geben, sondern allem Vermuthen nach ohne Verzug der Residenz zu reisen würden, weil es sich kaum der Mühe verlohne, die reiche Losung, welche sie dort erwarte, des dürftigen Gewinnes halber, auf den sie hier rechnen könnten, auch nur einen Tag später einzunehmen.

„Wir haben diese Leute," sagte er, „von ihrer schlechtesten Seite gesehen, ohne die Hoffnung, sie auch von der guten kennen zu lernen."

Seine Gemahlin schien eben ihre Abneigung vor allen halsbrecherischen Künsten ausdrücken zu wollen, als der besser denn die Uebrigen gekleidete Mann herüberkam, und nach einer tiefen Verbeugung um Erlaubniß bat, sich einige Tage hier aufhalten zu dürfen. Der Gutsbesitzer konnte um so weniger etwas dagegen haben, da der höfliche Fremde zu gleicher Zeit einen ganz unverdächtigen Paß überreichte.

„Nur ersuche ich Sie," sagte der Oberste lächelnd, „Ihren Leuten recht einzuschärfen, daß alles Unerlaubte auch in meinen Dörfern verboten ist, damit verdrießlichen Händeln ausgewichen werde."

„Sorgen Sie nicht, gnädiger Herr. Eine sehr strenge Disciplin greift der Ambition meiner Truppe nachdrücklich unter die Arme. Sie ist gewissermaßen ihre eigene geheime Polizei. Alle müssen mir für einen und einer für alle stehen. Jeder hat die Pflicht auf sich, das Unrecht des Andern zu entdecken. Auch wird er dafür jederzeit obendrein belohnt; wogegen die Verheimlichung immer zu einer empfindlichen Strafe führt."

Die Gemahlin des Obersten konnte ihren Abscheu vor so grausamen Verhältnissen kaum verhehlen. Der Fremde entdeckte ihn und sagte achselzuckend: „Ein jeder muß sich in seine Lage zu fügen suchen. Ich habe gefunden, daß ohne eine Behandlung dieser Art kein Auskommen mit solchen Leuten ist; Uebrigens können Ew. Gnaden um so sicherer auf meine Wachsamkeit am hiesigen Orte rechnen, da ich das Glück habe hier geboren zu seyn, und dieserhalb doppelte Verpflichtungen gegen den Ort und dessen gnädige Herrschaft in mir fühle."

„Von hier?" sagte die Oberstin verwundert.

„Nicht anders, gnädige Frau. Mein Vater war der Schulmeister Schuster, der vor Kurzem erst gestorben ist. Ich nenne mich Calzolaro, weil ich gefunden habe, daß mein Gewerbe unter italienischem Namen sich etwas dankbarer beweist, als unter deutschem."

Das Interesse der Herrschaft an dem nicht ungebildet scheinenden Manne verdoppelte sich. Es war bekannt, daß der wegen der Volksmenge des Kirchspiels ziemlich reich verstorbene Schulmeister seinen einzigen Sohn auf den Pflichttheil reduzirt, und eine entfernte junge Verwandte zur Universalerbin eingesetzt hatte. Man bedauerte ihn daher nicht allein aus gewohnter Höflichkeit, sondern auch, weil durch die angenehme Gestalt des jungen Mannes sowohl, als durch sein Benehmen das Mitleid der Gutsherrschaft wirklich rege geworden war.

„Mein Vater," sagte Calzolaro, „hat nicht väterlich an mir gehandelt. Daher glaube ich auch um so eher von dem Rechte Gebrauch machen zu müssen, was mir gegen sein Testament zu Gebote steht. Es hat einige wesentliche Mängel, und ich bin im Begriff diesen sogenannten letzten Willen förmlich umzustoßen. Doch verzeihen Ew. Gnaden, daß ich Sie mit diesen Dingen behellige, welche das Gespräch unwillkührlich herbeiführte. Nur noch eine unterthänige Bitte erlauben Sie mir. Zum Dank für die gnädige Aufnahme wünschte ich, Ihnen etwas von den Künsten meiner Truppe sehen zu lassen.

Der Oberste zeigte sich beifällig, und der Tag dazu wurde festgesetzt.

Noch an demselben Abend suchte Calzolaro den Pastor auf, um ihm sein Vorhaben gegen des Vaters Testament mitzutheilen. Der gute fromme Mann entsetzte sich davor. Er suchte ihm die Gerechtigkeit des väterlichen Zornes zu beweisen. „Denken Sie sich, junger Mann," sagte er, „einen Greis, der dieses in seinem Berufe geworden ist, und sich eines Sohnes erfreut, in dessen Hände er diesen Beruf legen kann. Denken Sie sich einen Sohn von Talent, Kenntniß und Willen dazu. Was hat der Vater weiter zu thun, als dahin zu streben, daß dieser Sohn nach seinem Hinscheiden sein Amt erhalte. Auch hierin begünstigt das Glück Ihren Vater. Der Sohn wird zu seinem Nachfolger ernannt. Und nun, wie sich der Greis ganz geborgen und glücklich glaubt, wird dieser Sohn auf einmal durch lockere Gesellen dem zwar ziemlich unbeachteten, aber doch gewiß ehrwürdigen Kreise seiner Zukunft entrissen! Lieber Schuster, wenn Sie auch damals, als Sie Ihren würdigen Vater heimlich verließen, um zaum- und zügellos in der Welt herumzuschwärmen, seinen Kummer darüber aus Leichtsinn vergessen konnten, so dürfen Sie doch das jetzt nicht mehr; oder ich würde Sie ohne Rückhalt einen Bösewicht nennen. – Und that auch nachher Ihr Vater nicht alles, um Sie auf die gute Bahn zurückzurufen? Aber Sie verstopften Ihr Ohr dem väterlichen Worte."

„Weil die Verbindung, in der ich damals lebte, Rechte auf mich hatte, die ich nicht wie ein mißfälliges Kleid von mir werfen konnte. Wäre ich mein eigener Herr gewesen, wie jetzt – –"

„Keine Silbe weiter darüber. Nur so viel bitte ich Sie, Ihres Vaters Gebeinen nicht durch Umstoßung seines Willens die gebührende Ehrfurcht zu versagen."

Wirklich war der junge Mann durch diese Reden und das ehrwürdige Ansehen des Pfarrers schwankend in seinem Entschlusse geworden. Allein dieser stand schon am folgenden Tage wieder fest. Er hörte nämlich hier und da, mit welcher Erbitterung sein Vater von ihm noch kurz vor seinem Ende gesprochen hatte, und wurde dadurch so entrüstet, daß er nun nicht einmal von einem Vergleiche mit der Erbin etwas wissen wollte, den der Pfarrer in Vorschlag brachte.

Selbst der Gutsherr suchte vergebens Vermittler zu werden, und überließ, da er dies sah, die Sache ihrem Gange. Uebrigens fand er Interesse an dem neuen Bekannten von so abentheuerlichem Gewerbe, wohnte mancher Uebung der Equilibristen bei, und ergötzte sich so sehr an der wohlgelungenen Vorstellung, welche Calzolaro zur Freude seiner Familie veranstaltet hatte, daß er ihn zu einer zweiten bewog, worauf er einigen Bekannten aus der Nachbarschaft Einladungskarten schickte.

Bei dieser Gelegenheit sagte Calzolaro: „Bis hierher haben Sie noch gar wenig von meiner eigenen Fertigkeit gesehen. Aber glauben Ew. Gnaden nicht, daß ich immer nur als Kritiker unthätig neben den Leuten stehe. Ich habe meine Kunstsphäre so gut wie diese, und behalte mir vor, Ihnen, ehe ich abreise, mit manchem magnetischen und elektrischen Stücke ein Stündchen, vielleicht nicht unangenehm, zu vertreiben."

Der Oberste erzählte hierauf, wie er erst vor Kurzem einen Mann dieser Art in der Residenz gesehen, von dem ihm manches recht wohlgefallen habe. Am meisten sei er durch die sogenannte Bauchsprache überrascht worden, worin derselbe ganz vorzüglich gewesen sei.

„Darin grade," antwortete Calzolaro, „glaube auch ich mich mit jedem messen zu können."

„Das freut mich," rief der Oberste. „Besonders müßte ein Gespräch, das jener Mann scheinbar mit einem Todtenschädel hielt, einen großen Effekt hervorgebracht haben, wenn von Gastrologie zuvor gar nicht die Rede gewesen wäre."

„Wenn Ew. Gnaden beföhlen, so konnte man dies ja versuchen."

„Schön!" sagte der Oberste, und fügte, nachdem Calzolaro gute Beweise von seiner Geschicklichkeit in der erwähnten Kunst gegeben hatte, hinzu: „Man müßte das Schauerliche der Sache noch durch manche Nebenmittel mehr hervorheben: z. B. durch schwarze Bekleidung des Gemachs, Auslöschen aller überflüssigen Lichter, die Wahl der Mitternachtsstunde u. s. w. Es müßte eine Art von geistigem Dessert nach dem Abendtische, ein ganz unerwartetes Schauspiel werden, wobei den Zuschauern etwas Eis über den Körper liefe, damit sie bald darauf, bei Enträthselung der Sache, reichlichen Stoff zum Lachen über ihre eigene Furcht gewännen. Denn ohne einiges Grauen wird es wohl, wenn alles gelingt, für niemand abgehen."

Calzolaro nahm Interesse an dem Projekt, und versprach, gewiß nichts zu vernachlässigen, was dessen Gedeihen befördern könne. Ein Kabinet wurde indessen geräumt und schwarz ausgeschlagen. Aber alles möglichst geheim. Nur die Oberstin, auf deren Verschwiegenheit man bauen konnte, war von dem Vorhaben unterrichtet.

Ihr Gemahl hatte sogar einen kleinen Zwist bei dieser Gelegenheit mit ihr. Sie verlangte nämlich, daß zu dem seltsamen Schauspiele das Modell eines Todtenkopfes von Gips angewendet werde, wonach der älteste Junker zeichnete. Allein der Oberste bestand darauf, daß ein wirklicher Schädel dazu gehöre, weil sonst die Illusion der Zuschauer gar leicht gestört werden könnte, auch der Schädel, nachdem man ihn sprechen gehört hätte, zu vollkommener Ueberzeugung, daß es einer sei, den Gästen zum Anschauen herumgegeben werden solle.

„Und woher den Schädel nehmen?" fragte die Oberstin.

„Dafür wird der Todtengräber schon Sorge tragen."

„Und welches Todten Ruhe soll durch diesen frivolen Scherz gestört werden?" fragte die Oberstin.

„Wie sentimental!“ rief Kielholm, der die Sache weit leichter nahm. „Man hört es wohl, daß Du kein Schlachtfeld mit angesehen hast, wo für die Ruhe der Todten nur so lange gesorgt ist, als der Landmann es will, auf dessen Acker sie eingescharrt liegen.“

„Gott bewahre mich auch für solchem Anblick!“ sagte die Oberstin und entfernte sich, da sie wohl merkte, daß der Gemahl für ihre Einwendungen durchaus keine Empfänglichkeit besaß.

Auf sein Geheiß schaffte der Todtengräber einmal des Abends einen wohlerhaltenen Schädel herbei.

Am Morgen des für das eigene Schauspiel festgesetzten Tages sann Calzolaro eben im nahen Wäldchen über die Anrede an den Todtenkopf und dessen Antworten, auch darüber nach, wie der Schädel am besten zu placiren sei, um sogleich dem Verdacht entgegen zu arbeiten, als ob seine Antworten durch Communication mit einer versteckten Person hervorgebracht würden. Da kam der Pfarrer vom Filiale gefahren, wohin er in der Nacht zu einem Sterbenden war geholt worden. Der fromme Mann, der in diesem zufälligen Zusammentreffen einen Fingerzeig des Himmels zu finden glaubte, ließ halten, um den Abentheurer nochmals zu einem Vergleiche zu rathen. „Ich habe,“ sagte er, „von der Erbin Ihres Vaters erst gestern Abend einen Brief erhalten. Um alle öffentliche Störung der letzten Verfügungen des würdigen Mannes zu vermeiden, bietet sie Ihnen die Hälfte des ihr zugesprochenen Vermögens freiwillig an. Das werden Sie doch wohl dem ungewissen Ausfalle eines für Sie an keine Weise ehrenvollen Prozesses vorziehen?“

Allein Calzolaro blieb dabei, daß die Gesetze zwischen ihm und dem Erblasser entscheiden sollten. Der rechte Gesichtspunkt war dem jungen Manne verrückt, aus dem er seines Vaters Widerwillen gegen ihn hätte beurtheilen sollen. Der Pfarrer, der alle Bitten und Vorstellungen verschwendet sah, verließ ihn im Zorne, und Calzolaro ging langsam in den Gasthof zurück, um den Equilibristen ihr Pensum für den heutigen Tag aufzugeben und ihnen zugleich zu sagen, daß er zwar nicht in der Nähe seyn, aber doch von weitem alles Vorzügliche wie alles Fehlerhafte beobachten werde. Auch das, daß er sich den Gästen nicht als Vorsteher dieser Gaukler zeigen wollte, war ein Kunstgriff auf die Nacht berechnet, wo er als ein gänzlich Unbekannter das Räthselhafte der Scene zu erhöhen dachte.

Das Voltigiren und Seiltanzen lief vorzüglich ab. Je seltener die auf dem Lande lebenden Gäste etwas Bedeutendes in diesen Künsten zu sehen bekamen, desto mehr fanden sie sich veranlaßt, die Kräfte der Truppe zu bewundern und zu erheben. Besondern Beifalls genossen die Kinder, die für ihr Alter in der That nicht wenig leisteten. Des Mitleid mit einem bedauernswürdigen Schicksale ging dem Beifall zur Seite, und die Damen beeiferten sich durch kleine Gaben freundliche Gesichter hervorzulocken.

Die Geschicklichkeit der Truppe war den ganzen Nachmittag der Gegenstand des Gesprächs, ja der Abendtisch hatte noch viel davon zu hören, bis der Hausherr, welcher bis dahin häufig ab- und zugegangen war, endlich ebenfalls festen Platz nahm und also anfing: „Ich freue mich, meine gnügsamen Freunde mit dem kleinen Schauspiele, das ich ihnen zu geben hatte, so zufrieden zu sehen. „Ich freue mich um so mehr darüber, daß ich manches Natürliche mit dem Namen: unbegreiflich belegen höre, da ich im Stande bin, noch diesen Abend etwas in der That Unbegreifliches Ihrer Prüfung zu unterwerfen. Es ist nämlich in diesem Augenblicke ein Mann auf meinem Gute, der einen so seltsamen Verkehr mit der Geisterwelt hat, daß er die Todten selbst zur Antwort auf seine Fragen zu nöthigen versteht."

„Ei," sagte eine Dame lachend, „machen Sie uns nicht bange!"

„Jetzt spotten Sie," versetzte der Oberst, aber ich wette darauf, daß Ihre Laune bei der Scene ein wenig erschüttert werden soll."

„Ich gehe die Wette ein!" war die Antwort.

Die Uebrigen traten der ungläubigen Dame bei, und erklärten sich so laut und übermüthig gegen die Wahrheit von dergleichen Schauerscenen, daß der Oberste für den Effekt der vorhabenden wirklich besorgt zu werden anfing, und gewiß die ganze Sache unterlassen hätte, wenn er nicht von seinen Gästen selbst beim Worte gefaßt worden wäre.

Die Gäste gingen noch weiter. Sie drangen in den Wirth, sie doch nicht so lange auf die versprochenen, großen Dinge warten zu lassen. Aber der Oberste, der, um nur einigermaßen seine Rolle zu behaupten, den Spott, welcher sie dazu trieb, ganz ignorirte, versicherte ernstlich, daß vor der Mitternachtsstunde das Experiment durchaus unmöglich sei.

Endlich schlug die Thurmuhr zwölfmal, und der Hausherr winkte den Bedienten, daß sie einige Reihen Stühle vor die Thür eines Seitenkabinets setzten. Dann lud er die Gäste ein, auf diesen Stühlen Platz zu nehmen, und befahl, als das geschehen war, das Auslöschen sämmtlicher Lichter.

Während dieses vor sich ging, sagte er: „Noch will ich meine Freunde vor allem Vorwitze gewarnt haben!"

Es war in der That, als ob das Ernste und Feierliche dieser Worte einen tiefen Eindruck auf die Versammlung mache, welcher schon der Schlag der Mitternachtsstunde und dann das Verlöschens eines Lichts nach dem andern einen Theil ihres Unglaubens benommen zu haben schien.

Dazu erschollen aus dem Gemache, vor dem die Versammlung saß, der Geisterbeschwörung tiefe, wunderliche Töne, die von abgemessenen Hammerschlägen unterbrochen wurden, bis endlich beide Flügelthüren auseinander flogen, und aus der Weihrauchwolke, welche das ganze Kabinet ausfüllte, nach und nach die mit einfachem Schwarz bekleideten Wände zum Vorschein kamen, nebst einer ebenfalls schwarz umhangenen Ara, von der ein Todtenkopf die Gesellschaft schauerlich anblickte.

Schon jetzt schienen die Athemzüge der Anwesenden lauter und unsichrer zu werden als zuvor. Ja, die Unruhe vergrößerte sich, jemehr allmählig der Weihrauchnebel dem klaren Lichte weichen mußte, das von einer an dem Platfond befestigten großen Alabasterlampe ausging. Auch blickten die meisten sehr besorgt um sich, wie sie ein Geräusch hinter sich vernahmen, welches beiläufig gesagt, von niemand herrührte, als ein Paar Hausofficianten, denen der Oberste erlaubt hatte, die Scene in einiger Entfernung mit anzusehen.

Nach einer Minuten langen Todtenstille trat endlich Calzolaro von der Seite hervor. Ein langer Bart hatte sein noch ziemlich jugendliches Gesicht dermaßen verändert, daß er, selbst wenn ihn jemand von den Anwesenden schon früher gesehen gehabt hätte, schwerlich wieder erkannt worden wäre. Die morgenländische Kleidung, die er zu dem Akt gewählt hatte, kam dazu, so daß schon sein Auftreten allein eine große Wirkung hervorbrachte.

Um sogleich durch den Stolz auf seine höhere Kunst zu imponiren, hatte der Oberst ihm geheißen, ohne alle Verbeugung und höfliche Anrede an die Versammlung aufzutreten, auch überhaupt eine Sprache zuführen, welche von der gewöhnlichen Umgangssprache um ein Merkliches abwiche. Ein mystischer Galimatias, meinten beide, würde dabei gar nicht zu verwerfen seyn.

Calzolaro begann daher mit tiefer, erschütternder Stimme:

„Das Leben ist da, um sich in den schwarzen Schlund, den wir Tod nennen, hinabzutauchen, und dort einem ganz neuen, stillen Reiche einverleibt zu werden. Es aus diesem Reiche wieder hervorzuziehen, darin besteht der Zweck aller höhern Kunst. Mögen Thoren und Schwachköpfe von Unmöglichkeiten schwatzen, der Weise beklagt sie, die nicht wissen, was möglich oder unmöglich, war wahr oder falsch, was Licht oder

Schatten ist, die die großen Geister nicht kennen und begreifen, welche aus den stummen Gruften und Gräbern, aus den zerfallenen Gebeinen der Abgeschiedenen eine so schauerliche als wahre Sprache vor das erstaunte Ohr der Lebenden bringen. – An Euch, die Ihr hier versammelt seid, vorerst ein warnendes Wort. Hütet Euch durch irgend eine vorwitzige Frage die Rache des Geistes zu reizen, der von meinem ersten Worte an diesen Todtenkopf unsichtbar über ihm schweben wird. Versuchet übrigens Euer Grauen zu mäßigen, und höret alles in Demuth und Ruhe. Denn ich nehme die Gehorsamen in meinen mächtigen Schutz, und lasse nur die Frevler von dem wohlverdienten Verderben ereilen.“

Der Oberste bemerkte mit innigem Wohlgefallen, welchen Eindruck diese hohlen, mit der nöthigen Pracht und Anmaßung ausgesprochenen Worte auf die vor Kurzem noch so ungläubige Versammlung machten.

„Die Sache gelingt besser als ich mir eingebildet hätte!“ flüsterte er seiner Gemahlin zu, die jedoch kein Wohlgefallen an der Scene bezeigte, ja sie einzig ihrem Gatten zu Liebe mit abgewartet hatte.

Calzolaro fuhr indessen fort: „Betrachtet diesen Schädel. Armselig und hülflos, wie er jetzt vor Euch liegt, gehörte er einst einem der stolzesten, unmäßigsten Tyrannen. Meine geheime Kunst öffnete die Riegel, welche das marmorne Grabgewölbe einer Reihe von Fürsten verschloß. Und nun ist er da, dem Geweihten der Geister Rede zu stehen über sein ganzes, einst so furchtbares Herrscherleben. Erzittert nicht, wie sehr er auch in Drohungen gegen mich und Euch ausbrechen sollte. Denn nur vergebens wird seine Ohnmacht sich mit der verschwundenen Größe gegen meine Herrschaft über ihn zu sträuben suchen, wenn keine strafbare Voreil von Eurer Seite den stillen Gang meiner ernsten Fragen zu unterbrechen sucht.“

Nach diesem öffnete er eine der Versammlung unsichtbare Seitenthüre des Kabinets, langte eine Kohlenpfanne herein, streute Weihrauch darauf und ging dreimal damit um die Ara herum, unverständliche Laute nach allen vier Ecken aussprechend. Dabei zog er ein Schwert, mit dem er umgürtet war, aus der Scheide, und hieb damit in den Weihrauch hinein, auch einigemal mit entsetzlich verzogenem Gesichte und als ob er den Schädel zerspalten wollte, nach diesem, den jedoch sein Schwert unberührt ließ. Darauf faßte er ihn mit der Spitze des Schwertes an, hielt ihn vor sich hin und trat damit den geängsteten Zuschauern näher.

„Wer bist du, elender Staub, hier auf meiner Degenspitze?“ fragte Calzolaro, und das noch mit festem Auge und gut abgemessener Stimme. Aber kaum ist die Frage aus seinem Munde, so erbleicht er plötzlich, sein Arm erzittert, die Knie schwanken. Die starren, auf den Schädel gerichteten Augen vergehen ihm. Kaum daß er zuvor noch das Schwert und den Todtenkopf auf die Ara zu legen vermag, sinkt er plötzlich und mit allen Merkmalen eines grenzenlosen Entsetzens zu Boden.

Die außer Fassung gerathenen Gäste sehen den Wirth, der Wirth sieht die Gäste an. Niemand weiß, ob dieser räthselhafte Vorfall mit zur Sache gehöre, oder wie er sonst zu erläutern seyn möchte.

Die Versammlung ist aufs höchste gespannt. Man wartet noch lange, aber der Aufschluß will sich nicht finden. Endlich regt sich Calzolaro wieder und fragt, ob sein verstorbener Vater wieder hinweg sei?

Hat man sich vorher verwundert, so erstaunt man nun. Der Oberste will wissen, was diese Sonderbarkeiten zu bedeuten hätten, und ob er die Versammlung mit dem versprochenen Todtengespräche zum Besten gehabt habe?

Calzolaro äußert hierauf, er wolle sich in alles ergeben und jede Bestrafung seines unseligen Frevels gern erleiden, nur bitte er inständig, daß der Schädel wieder an seine Ruhestätte gebracht werde.

Er hatte alle Haltung verloren und stand auch nicht eher vom Boden auf, bis die Oberstin seiner Bitte nachgegeben und Befehl ertheilt hatte, den Todtenkopf sogleich auf den Gottesacker zu schaffen, um ihn wieder beerdigen zu lassen.

Bei dem so ganz unerwarteten Ausgange der Sache verwendete sich kein Auge von dem vor Kurzem noch so hochfahrenden Redner, welcher gar nicht wieder zu Athem kommen konnte und von Zeit zu Zeit flehende Blicke herüberwarf, daß man sich nur solange gedulden möchte, bis seine Kräfte wieder zum Vortrag gesammelt seyn wurden.

Der Oberste erzählte inzwischen den Anwesenden, welch ein Scherz auf eine bis jetzt noch unerklärliche Weise verfehlt worden war. Endlich fing Calzolaro sehr kleinmüthig an:

„Das Gaukelspiel, das ich vorhatte, hat gar furchtbar für mich geendigt. Zum Glücke scheint der höchstgeehrtesten Versammlung der schreckliche Anblick erspart worden zu seyn, der mich wohl um alles Bewußtseyn bringen mußte. Denken Sie sich, daß kaum, da ich den Schädel mit dem Schwerte aufgehoben und angeredet habe, er mir auch ganz in der Gestalt meines verstorbenen Vaters erscheint. Ob es mein Ohr war, das seine Worte selbst hörte, weiß ich nicht, noch wie sonst mir der Sinn der Anrede: „Erzittre

Vatermörder, wenn Du nicht umkehrst und den Weg erwählst, den Du schändlicher Weise verlassen hast," beigebracht wurde."

Die grausende Erinnerung beengte den Athem des Abentheurers dergestalt, daß er nichts weiter zu sprechen vermochte. Der Oberste erklärte indessen der Versammlung in der Kürze, was dieser dunkel in der Rede seyn mußte. Darauf sagte er zu dem reuigen Gaukler: „Da Ihnen Ihre Phantasie nun einmal den befremdenden Streich gespielt hat, so ersuche ich Sie, ihr, um künftigen ähnlichen Vorfällen auszuweichen, wenigstens in so weit zu gehorchen, um mit der Erbin Ihres verstorbenen Vaters den angebotenen Vergleich einzugehen."

„Nein, gnädiger Herr," erwiederte er, „keinen Vergleich! Dadurch würde meine Schuldigkeit nur halb erfüllt. Alles soll ihr gehören und der Prozeß niedergeschlagen werden."

Zugleich versicherte er, daß er seine zeitherige Lebensweise aufgeben und den Wunsch seiner Vaters ganz erfüllen wolle. Der Oberste äußerte hierauf, daß dies ein sehr guter Gedanke sei, der ihn mit dem Striche durch die Rechnung, den er ihm diesen Abend gemacht habe, gänzlich aussöhne. Die Versammlung ermüdete nicht mit mancherlei, zuweilen recht seltsamen Fragen an den Geisterseher. Unter andern verlangte man zu wissen, ob der Kopf, der ihm erschienen sei, leichenähnlich oder gesund ausgesehen habe.

„Vermuthlich das erste," war seine Antwort. „Die grausende Wirkung des Ganzen hatte mich so zermalmt, daß ich das Einzelne wohl darüber vergessen mußte. Denken Sie sich nur einen Sohn, der aus dem Schwerte in seiner Hand den Kopf seines eigenen Vaters erblickt! Der bloße Gedanke könnte ja schon allein zum Wahnsinn führen."

„Hätte ich doch nicht geglaubt," sagte der Oberste, nachdem er den Geisterseher lange angeschaut hatte, „daß das Gewissen eines Mannes, der wie Sie die Welt durchstreift hat, seiner Einbildungskraft noch so viel zu schaffen machen würde."

„Also, gnädiger Herr, Sie zweifeln an der Wirklichkeit der Erscheinung! Ich meines Orts bin bereit, darauf den fürchterlichsten Eid abzulegen."

„Ihre Behauptung widerlegt sich von selbst. Wir alle hier haben ja ebenfalls Augen für das Wirkliche, und niemand sah etwas, als einen gewöhnlichen Todtenkopf."

„Das kann ich freilich nicht erklären. Aber noch mehr; ich bin sogar überzeugt – woher ist auch mir ein Räthsel – doch überzeugt, wie von meinem eigenen Leben, daß dieser

Schädel wirklich der Schädel meines Vaters selbst müsse gewesen seyn. Auch hierauf erbiete ich mich zu dem schauerlichsten Eide."

„Ihnen den Meineid zu ersparen, soll sogleich vom Todtengräber Auskunft eingeholt werden."

Der Oberste ging hinaus, um dies anzuordnen. Als er nach einer Weile wieder hereinkam, sagte er: „Wunderbar genug ist der Todtengräber hier im Hause, aber nicht in dem Zustande Antwort zu geben. Um das Schauspiel, welches ich meinen Gästen zugedacht hatte, ebenfalls mit anzusehen, hat er sich unsern Leuten beigesellt, welche zu demselben Zwecke die Thüre, durch welche die Rauchpfanne hereingegeben wurde, leise geöffnet haben. Zugleich mit unserm Geisterseher ist auch der Todtengräber umgesunken und bis diesen Augenblick noch nicht wieder zum Bewußtseyn gelangt, obschon alle hierher gehörige Mittel versucht worden sind."

Einer der anwesenden Herren behauptete jetzt, daß ein starker Liquor, den er, der ebenfalls zu Ohnmachten geneigt sei, bei sich zu führen pflege, die hartnäckigsten Zufälle dieser Art jederzeit zuverlässig vertreibe. Die ganze Versammlung begleitete ihn zu dem Kranken. Aber auch dieses Mittel schlug nicht an. „Unfehlbar ist der Mann ein Kind des Todes," sagte der Herr. Die Thurmuhr, welche eben die erste Stunde nach Mitternacht ansagte, mahnte zum Aufbruch. Doch die Regung, die unmittelbar darauf in dem Ohnmächtigen von selbst sich zeigte, hielt die Gäste beisammen.

„Gott sei Dank," rief der Erwachende, „daß er nun wieder zur Ruhe ist!"

„Wer, Alter?" fragte der oberste.

„Der selige Schulmeister!"

„Hat denn der Schädel wirklich diesem gehört?"

„Ach, wenn Sie's nicht ungnädig nehmen wollen, ja. Alte Leute und Vorwitz; man sollte es kaum glauben. Aber ich habe doch welchen gehabt. Nun ist es so gekommen."

Aus diesen räthselhaften Worten war wenig zu nehmen. Daher fragte der Oberste, wie er auf die Idee gerathen sei, just des Schulmeisters Schädel herauszuholen?

„Eben aus gottlosem Vorwitz. Da spricht man immer, daß, wenn Kinder die Schädel ihrer verstorbenen Eltern nach Mitternacht anreden, diese Schädel wieder zu leben anfangen. Das wollte ich denn versuchen, mache aber in meinem Leben den Versuch nicht noch einmal. Zum Glück ist der Schädel nun wieder zur Ruhe". Man fragte ihn, woher er das wisse? und er antwortete, daß er alles in seinem Todtenschlafe gesehen habe. Schlag eins sei seine Frau damit zu Stande gewesen. Dabei beschrieb er die Art ihres Verfahrens nebst allen Umständen.

Die Versammlung war von dem mancherlei Unerklärlichen wieder so munter geworden, daß sie nun auch die Rückkehr des Bedienten abwarten wollte, den der Oberste deshalb sogleich an die Frau des Todtengräbers abschickte. Wirklich verhielt sich alles, wie dieser gesagt hatte. Schlag ein Uhr war der Schädel neubeerdigt gewesen. Die sonderbaren Vorfälle hatten sämmtlichen Anwesenden eine weit schauerlichere Nacht herbeigeführt, als der Oberste ihnen zugedacht hatte. Seine eigne Einbildungskraft war so aufgereizt, daß ihm jeder leichte Windstoß, jedes knisternde Wort als die Vorboten eines unwillkommenen Zusammentreffens mit der Geisterwelt erschienen. Mit dem ersten Morgenlichte verließ er daher sein schlafloses Bette, um am Fenster zu sehen, was für ein Leben schon vom Gasthofe her sich hören ließ. Es waren die Gaukler, welche schon fix und fertig auf den Wagen saßen, um abzufahren. Calzolaro fehlte noch. Aber bald erschien er ebenfalls an den Wagen. Man nahm wirklich Abschied von ihm. Besonders schienen die Kinder diese Trennung sehr ungern zu sehen. Die Wagen gingen ab, und der Oberste winkte dem Zurückbleibenden.

„Fast muß ich fürchten," redete er ihn beim Eintreten an, „daß Sie die Truppe schon heute gänzlich aufgegeben haben?"

„Und sollte ich dies nicht, gnädiger Herr."

„Es ist meines Erachtens ein fast so übereilter Schritt als der, welcher Sie in diese Verhältnisse verflocht. Sie hätten doch darauf denken müssen, das kleine Kapital, das in der Sache steckt, mit guter Gelegenheit herauszuziehen."

„Sie vergessen, Herr Oberster, was mir begegnet ist, und daß ich keinen ruhigen Augenblick mehr unter jenem fast nur halbmenschlichen Kreise haben würde. Der Anblick von voriger Nacht erstarrt mir noch immer das Blut in den Adern, wenn ich ihn in mein Gedächtniß zurückrufe. Alles muß sogleich zur Versöhnung des schwerbeleidigten Schattens geschehen. Uebrigens habe ich mich noch ganz leidlich aus den Verhältnissen gezogen, die wahrlich auch nichts Annehmliches hatten. Denken Sie sich nur das Unglück, einem Trupp zusammengelaufener Menschen vorzustehen, die um einen Bissen schlechten Brotes das Leben jeden Augenblick aufs Spiel zu setzen gezwungen sind. Alles dabei nichts als leerer Schein, Alles muß zusammengegeizt werden, um dem Ganzen seine kümmerliche Existenz zur Nothdurft zu fristen. Die Skelette von Pferden mögen als traurige Beweise dienen. Der Lustigmacher bei der

Truppe, ein Mensch ohne alles Gefühl, hat längst nach Uebernahme derselben getrachtet. Er ist, ich weiß es sicher, schon damit umgegangen, mich auf irgend eine Weise aus der Welt zu schaffen, um zu seinem Zwecke zu gelangen. Daher kann man es wohl nicht Uebereilung nennen, wenn ich ihm auch für ein geringes Geld meine Rechte baldmöglichst abgetreten habe. Niemand dauert mich als die armen Kinder. Gern hätte ich sie ihm abgekauft, um sie der unseligen Laufbahn zu entziehen, aber um keinen Preis waren sie ihm feil. Mein Trost ist noch, daß die schlechte Behandlung, die ihrer bei ihm unfehlbar wartet, sie vermuthlich zur Flucht antreiben und so einer bessern Bestimmung zuführen wird."

„Und Sie, was denken Sie anzufangen?"

„Was ich gesagt habe. Irgend ein kleiner unbekannter Winkel Deutschlands soll dem Berufe gewidmet werden, den mein Vater mir zugedacht hatte."

Der Oberste bat ihn, noch einige Tage zu warten, weil er vielleicht etwas für seine Zukunft thun könne. Inzwischen kam auch die Erbin seines Vaters, um sich mit ihm zu besprechen. Als er ihr seinen Entschluß eröffnete, ersuchte sie ihn, die Hälfte der Erbschaft wenigstens als freies Geschenk von ihr nicht zurückzuweisen. Das milde gutmüthige Wesen der hübschen Person gefiel ihm dergestalt, daß er sich bald gar um ihre Hand bewarb. Er erhielt die Zusage darauf und der Oberste sorgte nun, um so lieber für den Mann, der sich sein Wohlgefallen erworben hatte. Auf einem fernen Gute, das seiner Gemahlin zugehörte, befriedigte er Calzolaro's Verlangen, seines Vaters Beruf fortzusetzen. Ehe er dahin abging, suchte er seinen deutschen Namen wieder hervor. Auch besorgte der vor Kurzem noch über seinen Starrsinn erzürnte Pastor im Beiseyn der Gutsherrschaft die Trauung des frohen Paares, dem ein artiges Fest auf dem Schlosse bereitet wurde. Am Abend, als die Sonne kaum untergegangen war, und die Neuvermählten etwas entfernt von den Uebrigen im Laubgange sich einem tiefen Nachsinnen zu überlassen schienen, da sahen sie einander plötzlich an, und es war ihnen, als ob jemand ihre Hände ergriffe und in einander legte. Wenigstens versichern sie, der Trieb, sich die Hand zu reichen, sei so rasch und unwillkührlich in beiden zugleich entstanden, daß sie selbst ein Befremden darüber angewandelt habe. Einen Augenblick später hätten sie auch beide die Worte gehört: „Gott segne Euch!" und zwar ganz deutlich von der Stimme des verstorbenen Vaters ausgesprochen. Kurze Zeit darauf äußerte der neue Ehemann gegen den Obersten, daß ihn ohne diese tröstlichen Worte das schreckliche Bild aus jener frevelhaften Nacht gewiß Zeitlebens verfolgt und seine seligsten Stunden plötzlich vergiftet haben würde.

* * *

Die schwarze Kammer.

Anekdote.

Unser Journalistikum bestand nur aus drei Personen. Aktuarius Wermuth gab die gelehrten Blätter, Stadtphysikus Bärmann die eleganten, und ich, was weder gelehrt noch elegant, oder beides zusammen war. Gleichwol hatten wir unsre Convente und Schmäuse so gut als andre Journalgesellschaften, ja, wir übertrafen alle andre darin, denn wir hatten täglich Convent und Schmaus sobald der Aktuarius seine Delinquenten und der Stadtphysikus seine Patienten abgefertigt hatte. Diese beiden kamen dann zu mir, und bei einer Pfeife Tabak und einem Krug Bier lasen wir uns das neueste aus der Literatur vor und machten unsre Bemerkungen darüber.

Der Aktuarius ließ heute länger als gewöhnlich auf sich warten. Wir schmälten ein Viertelstündchen und beschlossen dann, ohne ihn, unsre literarischen Lektionen anzufangen. Der allgemeine Anzeiger lag schon als das neueste auf dem Tische und von der Post kam eben das graue Couvert mit dem Freimüthigen an. Wir hatten also keine Zeit zu verlieren. Ich ergriff den Anzeiger, der in mein Liefer- und Lese-Departement gehörte, und las.

Das erste Blatt enthielt gerade die Vorhaltung an den Freimüthigen, wegen der grauen Stube. Ich las mit heimlicher Freude, denn ich hatte schon früher mit dem Stadtphysikus über die graue Stube disputirt, und hoffte mit diesem Alliirten in der Hand, ihn und seinen Gespensterglauben auf das Haupt zu schlagen.

Mich hat es lange gewundert von dem Freimüthigen – sagt' ich – der doch sonst auf Realitäten hält, und obendrein in Berlin die Aufklärung aus der ersten Hand haben kann, daß er solche Dinge aufnimmt, und sein Blatt gleichsam zu einer Obskurantenpropaganda macht. Nun bin ich neugierig, wie er sich rechtfertigen wird.

Wie? – fuhr der Stadtphysikus auf – mit Schweigen, wie's so ein Gegner verdient! – Dabei warf er sich in die Lehne des Stuhls, und zog so kräftig, daß Pfeife und Mund wie zwei vulkanische Krater dampften.

Aber ich bitte dich – fuhr ich fort – wer soll denn solche Dinge glauben, von wandelnden Todtengerippen und der geistigen Gertrud, die sich anfühlen läßt und Lichter anzündet, wie das allerkörperlichste Kammermädchen.

Aber ich bitte dich – erwiderte er etwas erhitzt – wer soll denn glauben, daß ihr Aufgeklärten allein alle Weisheit besitzet, und der Natur auf die Hände sehn könnet, was sie damit zu wirken vermag , oder nicht? Ihr schwatzt und schwatzt, und je weniger ihr von einer Sache versteht, desto lauter sprecht ihr darüber ab.

Er stopfte dabei so nachdrücklich den Finger in seine Pfeife, daß der Kopf abbrach, und die glimmende Asche auf den Stuhl fiel.

Excüse! – fuhr er fort, und stäubte den Stuhl ab – nimm's nicht übel, sie nehmen doch immer schlechtem Ton zu den Pfeifen. Ja, was ich also sagen wollte, Herzensbruder, du hast als Schulcollaborator nicht die Gelegenheit, dich mit der Natur und ihren Kräften so bekannt zu machen, als wir Aerzte. Glaub mir's nur, wir wissen so blutwenig von dem, was die Natur kann und nicht kann, und wie sie etwas bewirkt, daß – daß –

Daß es nicht zu begreifen ist, wie ihr einen Schnupfen kurirt – fiel ich ein.

Warum glaubt ihr denn, daß wir's können? – nahm er schnell das Wort – Warum schickt ihr denn meilenweit nach uns, und consulirt uns und thut Verständniß und Beutel, gegen uns auf? Das habt ihr's! Ihr glaubt, was ihr eben wünscht, und wobei ihr euch am wenigsten zu inkommodiren braucht. So macht ihr's im Moralischen, im Politischen und überall. Habt ihr nicht schon Leute arretirt, weil sie sagten, der Feind habe eine Schlacht gewonnen? Er kam aber darum doch zu euch ins Land, und so kommen auch Geister zu euch ins Haus, und wenn ihr die Obskuranten, wie ihr sie nennt, alle zum Kukuk jagtet.

Fast sollt' ich glauben – sagt' ich kopfschüttelnd – du habest selbst einmal Geister gesehn.

Nun – antwortete er – ich will mich eben nicht für einen Geisterseher ausgeben, aber so etwas ähnliches, wie dem Blendheim in der grauen Stube, ist mir auch passirt, und, wunderlich genug, meine Schlafstelle hieß die schwarze Kammer.

Jetzt half es nicht, der Stadtphysikus mußte von der schwarzen Kammer erzählen. Nach kurzem Weigern stopfte er sich eine frische Pfeife, verbat sich alles Lachen, und fing an:

Ich hatte meine Universitätsstudien beschlossen, und famulirte, um mir Bekanntschaft zu machen, einige Jahre bei dem Doktor Wendeborn, der damals die stärkste Praxis hatte. Weil ich für einen guten Reiter galt, so überließ er mir hauptsächlich seine auswärtigen Kranken und machte es sich auf seine alten Tage bequem. So schickte er mich unter andern einmal auf ein benachbartes Rittergut zu dem Oberstlieutenant von Silberstein, dessen Tochter an einem heftigen Nervenfieber lag. Viel zu helfen war nicht mehr, indessen verordnete ich Medicin und Diät, wie die Umstände es mit sich brachten, und wollte mich wieder auf den Weg machen. Aber die Eltern ließen mich schlechterdings nicht fort, wiewol ich ihnen meine Verordnung schriftlich hinterlassen wollte, damit kein Mißgriff in der Behandlung der Kranken möglich sei. Ich mußte also bleiben. Die Frau vom Hause ließ mir geschwind ein Zimmer zurecht machen, und weil die Kranke etwas ruhig war, entfernte ich mich bei Zeiten Abends von der Familie.

Das ganze Schloß sah ziemlich finster aus, und mein Stübchen war eben nicht das freundlichste darin. Die altväterischen schweren Thüren waren schwarz angestrichen, und eben so die getäfelte Decke und das Holzwerk, das sich von den Fenstern unten an den Wänden hinzog. Kurz, mir gefiel nichts, als das Bett, das schneeweiß überzogen, an der Wand hinter schweren grünseidenen Vorhängen stand.

Ich setzte noch einen ausführlichen Bericht über den Krankheitszustand des Fräuleins an meinen alten Herrn auf, und gähnte bei jedem Komma. Da pochte etwas an meine Thüre. Ich fuhr ein wenig zusammen, faßte mich aber geschwind, und rief, so barsch ich konnte: Herein! Dasmal aber war es nichts bedenkliches, sondern der Jäger des Oberstlieutenants, der nachfragen wollte, ob ich vielleicht noch etwas zu befehlen hätte. Ich erzähle mit Vorsatz jede Kleinigkeit, denn in solchen Dingen muß man pünktlich seyn, bis zur Pedanterei, wie bei einem Visum repertum. Der Jäger war ein junger, artiger Mensch, wir sprachen von diesem und jenem, unter andrem fragte er mich, ob es mir nicht zu einsam in dem Stübchen vorkäm und erbot sich bei mir zu bleiben. Ich lachte ihn aus, denn er schien mir sogar selbst in dem düstern Behältniß ängstlich zu werden, und sah sich bei dem geringsten Geräusch bedenklich in allen Winkeln um. Endlich erzählte er mir, mein Stübchen heiße die schwarze Kammer, und man trage sich mit allerhand seltsamen Erzählungen davon, welche jedoch der Herrschaft verborgen bleiben müßten, um ihr nicht den Aufenthalt zu verleiden. Er erzählte mir auch manches Histörchen von Spukereien und erbot sich nochmals recht angelegentlich bei mir zu bleiben, oder sein Schlafzimmer, welches weit freundlicher gelegen sei, mit mir zu theilen. Ich wollte aber durchaus keinen Vorschlag annehmen, der meine Herzhaftigkeit kompromittirt hätte, und weil er sah, daß ich unbeweglich auf meinem Vorsatz blieb, so ging er endlich, und wiederholte noch in der Thür seine Warnung gegen den Unglauben, der schon manchen in das Verderben gestürzt hätte.

Ich war nun allein in der übel berüchtigten schwarzen Kammer. Damals, wo ich noch über Geister leichtsinniger dachte, und ungefehr so, wie – gewisse aufgeklärte Leute, glaubte ich Gelegenheit zu finden, meinem Heldenmuthe durch die abgerissene Larve eines Gespenstes ewige Lorbeern zu verdienen, und freute mich auf die nahe Mitternacht. Zuvörderst aber untersuchte ich mein Zimmer auf das genaueste. Ich verschloß beide Thüren, und verriegelte sie von innen mit einem besondern vom Schlosse ganz verschiedenen Riegel. Ein gleiches geschah mit den Fenstern. Zum

Ueberfluß störte ich mit meinem Reisesäbel unter dem Bett und allen Tischen und Schränken umher, und erst als ich mich genau von der Unmöglichkeit überzeugt hatte, daß Mensch oder Thier mir einen Besuch machen konnte, kleidete ich mich aus. Das Nachtlicht stellte ich in den Ofen, so daß mein Zimmer völlig dunkel war, denn die Beleuchtung macht mir die Furcht mehr rege, als daß sie mich davon befreien sollte.

Nach diesen Vorbereitungen legte ich mich nieder, und schlief von der vielfachen Ermüdung früher ein, als ich gehofft hatte. Ich war noch im ersten Schlafe, da dünkte es mich, als hört' ich meinen Namen ganz leise nennen. Ich fuhr zusammen und horchte auf, da hört' ich nochmals ganz deutlich rufen: August! Der Schall kam, wie es schien, aus den Vorhängen meines Bettes. Ich riß die Augen weit auf, sah aber nichts als dichte Dunkelheit um mich. Indessen hatte mich doch der leise Ruf mit einem Fieberfrost übergossen, ich drückte die Augen fest zu und fing an wieder einzuschlummern. Auf einmal weckt mich ein Rauschen in den Bettvorhängen und der Ruf meines Namens tönt mir noch deutlicher zu. Ich öffne die Augen halb, mein Zimmer kommt mir wie verwandelt vor; es ist von einem wunderbaren Lichte durchdämmert, eine eiskalte Hand berührt mich und neben mir im Bett liegt eine todtbleiche Gestalt im Leichenhemd, die ihren kalten Arm nach mir ausstreckt. Ich schrie im ersten Schreck laut auf, und prallte zurück, im Augenblick geschah ein heftiger Schlag, die Gestalt war verschwunden, und ich sah nichts um mich als die vorige Dunkelheit. Ich zog die Decke über den Kopf, da schlug die Thurmuhr, ich zählte; es war Mitternacht.

Jetzt ermannte ich mich und sprang ohne Verzug aus dem Bett, um mich sicher zu überzeugen, daß kein Traum mich getäuscht haben könnte. Ich zündete zwei Lichter an, und untersuchte wie zuvor das ganze Zimmer. Alles war noch in demselben Zustand, wie ich es verlassen hatte, kein Riegel an den Thüren verschoben, kein Fensterwirbel verrückt. Ich ward schon versucht, meine Erscheinung, so klar ich mir auch ihrer bewußt war, dennoch einem Traume, und meiner, durch des Jägers Erzählungen aufgeregten Fantasie zuzuschreiben, als ich, um nichts ununtersucht zu lassen, noch mit dem Licht an mein Bett leuchtete. Hier lag eine lange schöne dunkle Locke auf meinem Kissen. Diese konnte doch nicht durch Traum und Täuschung hergekommen seyn. Ich hob sie auf, und wollte eben die ganze Begebenheit dieser Nacht niederschreiben, als ein fernes Geräusch mich aufmerksam machte. Ich unterschied bald ängstliches Laufen und Werfen mit den Thüren; endlich kommt es gegen mein Zimmer und es wird hastig und stark an die Thüre gepocht. Ich rufe: Wer da? Stehn Sie schnell auf, Herr Bärmann, antwortet es draußen, das gnädige Fräulein will sterben. Ich warf mich in möglichster Eil in meine Kleider, und flog nach dem Krankenzimmer; es war zu spät, das Fräulein lag entseelt vor mir. Kurz vor Mitternacht hieß es, war sie vom Schlafe erwacht und nach wenigen schnellen Athemzügen verschieden. Die Eltern waren untröstlich, sie brauchten jetzt selbst meinen ärztlichen Beistand, besonders die Mutter, die durchaus die Leiche nicht verlassen wollte, so daß man sie fast mit Gewalt von ihr trennen mußte. Endlich gab sie nach, doch mußte ich ihr gestatten eine Locke vom Haupt der Todten als Reliquie und Andenken mit sich zu nehmen. Denke, wie mich schauerte, als ich jetzt in den langen dunkeln Ringeln, die vom Haupte der Leiche herabwallten, die Ebenbilder jenes nächtlichen Geschenks erblickte. Ich ward den Tag darauf gefährlich krank, und, merke wohl! an derselben Krankheit, an welcher meine Patientin verschieden war. Was sagst du nun zu dieser Thatsache, deren Gewißheit ich mit jedem Eide bekräftigen kann?

Es ist in der That sehr sonderbar – antwortete ich – Sprächst du nicht ernsthaft, und hättest du mich nicht versichert, daß du das ganze Zimmer auf das genaueste durchsucht hättest, so möcht' ich fast einige Bedenklichkeiten haben.

Wie ich dir sage – fiel der Stadtphysikus ein – Täuschung war hier durchaus unmöglich. Ich habe mit wachendem Sinn gesehn und gehört, und die Locke setzt vollends alles außer Zweifel.

Gleichwol muß ich dir gestehn – erwidert' ich – ist gerade diese Locke mir ein Anstoß. War deine Erscheinung nicht Täuschung, so mußte sie an einer geistigen Einwirkung, oder wie du es sonst nennen willst, herrühren, diese aber wird mir durch die Dazwischenkunft einer körperlichen Locke etwas zweideutig. Ein Geist, der körperliche Dinge hinterläßt, wird mir sehr verdächtig und macht auf mich denselben widrigen Eindruck, wie ein Schauspieler, der aus seinem Charakter in einen unschicklichen fällt.

Der Stadtphysikus rückte hier ungeduldig mit seinem Stuhle. Gott ehre mir die Konsequenz! – rief er. – Erst glaubt ihr gar keine Geister und werft sie meilenweit von euch; und nun habt ihr gar eine Theorie des gespenstischen Charakters fertig, und kritisirt danach die Erscheinungen!

Hier trat der Aktuarius ein, und trocknete sich die Stirn. Gewiß aus dem Theater! – riefen wir ihm entgegen und hielten ihm die Strafbüchse vor.

Ihr habt gut reden – antwortete er – setzt euch nur hinauf und vernehmt von frühem Morgen an den ganzen geschlagenen Tag durch Spitzbuben, Vagabunden und ander solch Gesindel. Gestern ist wieder ein Pärchen eingebracht worden, das mich heute ein gut Stück Lunge gekostet hat.

Um des Himmels Willen – rief der Stadtphysikus – bleib mir heut mit allen Spitzbuben- und Vagabundenhistorien vom Halse! Wir haben uns hier schon eine

Stunde lang über die graue Stube herumgestritten, und da liegt noch Anzeiger und Freimüthiger ungelesen.

Nun zur grauen Stube muß ich euch ein Gegenstück geben – fiel der Aktuarius ein – Ihr könnt es dem Freimüthigen einschicken, wenn ihr wollt, unter dem Titel: die schwarze Kammer.

Die schwarze Kammer? – riefen wir beide, der Stadtphysikus und ich, aber jeder in einem andern Tone.

Ja, ja! – wiederholte der Aktuarius – hört an, eine brilliante Spitzbuben- und Gespensterhistorie.

Da bin ich doch kurios – murmelte der Stadtphysikus und trommelte dazu auf dem Tische.

Ihr kennt doch – fing der Aktuarius an – den Advokat Tippel? – den kleinen Hanswurst, der immer um die Weiber herumflattert – ihr müßt ihn ja kennen!

Ja doch, ja! – riefen wir beide – komm nur zur Sache!

Nun – fuhr er fort – der hat neulich, draußen in Rabenau einen Termin vor den Silbersteinischen Gerichten. Die Sache mag sich aber etwas in die Länge ziehn, kurz der Abend kommt heran, ehe Tippel abgefertigt ist. Von Natur, wißt ihr, ist er eben nicht der Herzhafteste, und jetzt haben ihn die Geschichten von Posträubern und Zungenabschneidern so besorgt gemacht, daß ihn kein Mensch durch alle Versprechungen in der Welt des Nachts auf die Straße locken könnte. Silbersteins sind gute Leute, und weil sie seine Angst sehen, so offeriren sie ihm ein Nachtlager auf dem Schlosse. Tippel nimmt es mit dem größten Dank an, und bittet nur im Voraus um Entschuldigung, wenn er vielleicht zu früh Lärm im Hause machen sollte, denn er müsse mit Tagesanbruch fort. Den andern Morgen läßt sich aber kein Tippel hören und sehen. Eine Stunde nach der andern vergeht, man klopft an seine Thüre, man ruft, man lärmt; kein Mensch antwortet. Endlich wird es den Leuten bedenklich, und sie machen die Thüre mit Gewalt auf. Da liegt Tippel todtenblaß und ohne Besinnung im Bett und sieht aus, als wollt' er eben abscheiden. Endlich durch viel Bemühungen wird er wieder zu sich gebracht, und erzählt nun fürchterliche Dinge, die ihm in der Nacht begegnet waren. Er hatte sich Abends zeitig zu Bett gelegt, um bei rechter früher Tageszeit sich auf den Weg machen zu können. Wie er noch im ersten Schlafe liegt, weckt ihn ein Pochen an der Thüre. Tippel hat gleich den Kopf voll Schreckenshistorien, schmiegt sich möglichst an die Wand, und versteckt den Kopf unter die Decke. Kaum ist er wieder einen Augenblick eingeschlummert, so weckt ihn von neuem ein dumpfes Rauschen an seinem Bett, und wie er aufblickt, da steht eine weiße Figur vor einem Schranke, den er zuvor in seiner Stube gar nicht gesehn hat, und in dem Schranke glänzt es wie lauter Gold und Silber und Edelstein. Der Geist überzahlt seinen Reichthum, klimpert mit Geld, schließt dann den Schrank zu, und nähert sich endlich dem Bette. Da sieht denn Tippel ein kleines blasses Todtengesicht mit einer altväterischen Kopfbinde um die schwarzen Haare. Es weht ihn eine eiskalte Luft an, und der Geist macht Anstalt sein moderfleckiges Grabtuch abzuwerfen und sich mit Tippeln in das Bett zu theilen. In der Todesangst dreht sich Tippel um, schließt die Augen fest zu und rückt so weit er kann nach der Wand zu. Im Augenblick thut es einen lauten Schrei und einen heftigen Fall in seiner Nähe, der ihm vollends alle Besinnung raubt. So hat er nun gelegen bis früh Morgens, wo ihn die Leute, wie ich euch erzählt habe, halb todt im Bette fanden.

Ihr könnt leicht denken, daß die Sache gewaltiges Aufsehen im Hause machte. Silbersteins, die ohnedies immer Visionen haben, erzählten von einer alten Tante, die sich schon eher sollte gezeigt haben, und von vermauerten Schätzen, die ein Ruthengänger schon dem vorigen Gutsbesitzer angezeigt haben sollte. Dabei betheuerte Tippel jedes Wort seiner Erzählung und vermaß sich hoch und theuer, sie mit tausend Eiden zu bekräftigen. Er deponirte auch wirklich seine Aussage gerichtlich, aber der Gerichtshalter, der auch zu den Ungläubigen gehört, bestand auf einer Lokalbesichtigung des Zimmers, wo Tippel geschlafen hatte. Der alte Silberstein wollte zwar nicht daran, und meinte, er möge in seinem Hause mit Geistern nicht anbinden, er könne die schwarze Kammer entbehren, und sei zufrieden, wenn der Geist sich mit dieser begnüge; allein der Gerichtshalter behauptete seinen Satz als ein entschlossener Mann, und setzte dasmal seine Meinung gegen den Gerichtsherrn durch. Die schwarze Kammer wurde also geöffnet; Tippel konnte kaum angeben, wo der Schrank mit dem Schatz sollte gestanden haben, denn dem Bett gegenüber waren Fenster, und kein Platz, wo ein Schrank sichtbar oder unsichtbar stehen konnte. Man untersuchte das ganze enge Zimmerchen, aber nirgends fand sich auch nur die geringste Spur von etwas Unheimlichem oder Verdächtigem. Die Gerichtspersonen und alle Zuschauer bewiesen nun unwidersprechlich, daß das Geschehene nicht mit rechten Dingen zugegangen seyn könne. Tippel erbat sich eine beglaubte Abschrift des Protokolles und seiner Aussage, um sich in allen Zeitungen als ächten und aufrichtigen, gerichtlich attestirten Geisterseher aufführen zu können; da fällt es aber dem Gerichtshalter noch ein, das Bett zu untersuchen, worin der Geisterseher geschlafen hatte. Er schüttelt, rüttelt, pocht und visitirt darin herum, da fährt auf einmal die Bretwand hinter dem Bett wie ein Schieber in Fugen in die Höhe, und es öffnet sich eine Communication mit einem zweiten Bett auf der andren Seite der Wand, und durch dessen Vorhänge die Aussicht in ein allerliebstes nettes Zimmerchen.

I, der Donner! – fiel der Stadtphysikus hier mit drolligem Aerger ein, und schlug sich vor die Stirn. Der Aktuarius verstand die rechte Beziehung seines Ausrufes nicht und fuhr fort:

Gerade so rief auch Tippel, als der unerwartete Prospekt sich öffnete. Die ganze Gesellschaft passirte nun durch die beiden Betten in das benachbarte Zimmer. Tippel rekognoscirte hier den Wandschrank seines Geistes, und die Gutsherrschaft das Schlafzimmer des Kammermädchens. Man eröffnete den Schrank, der nun zwar nicht, wie Tippel gesehn haben wollte, von Juwelen und Gold und Silber flimmerte, aber doch manch hübsches Stückchen an Silbergeräth, Schmuck und Geldröllchen enthielt. Die hübsche Bewohnerin des Stübchens sollte nun über den Schatz und die nächtlichen Erscheinungen nähere Auskunft geben, aber sie hatte sich mit dem Jäger des Oberstlieutenants unsichtbar gemacht.

Mit dem Jäger? – wiederholte der Stadtphysikus.

Mit dem herrschaftlichen Revierjäger, August Leisegang, bekräftigte der Erzähler.

August heißt der Spitzbube? – fiel der Stadtphysikus nochmals mit Heftigkeit ein – Weißt du das gewiß?

Warum soll ich's denn nicht wissen – erwiderte der Aktuarius etwas verdrüßlich – ich hab' ihn ja eben mit seiner Schönen vernommen. Warum fällt dir der Name auf?

Mein Namensvetter – murmelte der Stadtphysikus gelassen und zupfte an der Halskrause – Erzähl' nur weiter!

Nun, das Uebrige könnt ihr errathen – fuhr jener fort – Die bewegliche Wand, die in uralten Zeiten einem Schloßherrn Dienste geleistet haben mochte, war vergessen und von dem Liebespärchen neu entdeckt und benutzt worden. Tippel hatte nun im Schlaf an die Feder gedrückt und die Wand gehoben, das war das Rauschen, das ihn geweckt hatte, das Kammermädchen hatte dann, wie sie statt des Jägers den fremden Gast in ihrem Bett fand, aufgeschrieen, und den Schieber fallen lassen, das war der Fall, den Tippel gehört hatte. So erklärte sich nun alles ganz natürlich. Man schickte nun den Leutchen Steckbriefe nach, und gestern wurden sie richtig von unsern Gerichtsdienern eingebracht. Da hab' ich denn seit Morgens gesessen und vernommen, der größte Spaß aber dabei war, daß Tippel von ungefehr dazu kommen mußte und sich nun todärgern wollte, wie er das nette rothbäckige Schwarzköpfchen sah, vor dem er, als vor einem leichenblassen todten Geizhalse, in der Nacht die Augen fest zugedrückt hatte. Das soll mir nicht wieder passiren, sagte er, Kind wollte einen von den versäumten Küssen nachholen, aber der kleine, schwarzäugige Schelm drehte sich so flink, daß Tippels Lippen gerade mit der rothen Nase des Gerichtsfrohns zusammenstießen. Nehmen Sie sich in Acht, sagte sie, der erste April kommt alle Jahre wieder, und will jedesmal sein Recht haben.

Krabbe du! – murmelte der Stadtphysikus, der nun sein Abenteuer noch einmal zum Besten geben mußte.

Aber – schloß er, als wir ausgelacht hatten – wenn ich euch auch meine schwarze Kammer preiß gebe, die graue Stube disputirt ihr mir doch nicht weg! Und nun zur Lektüre!

Er griff nach dem Freimüthigen. Die graue Stube! – rief er – Das ist ja ein altes Stück! Wir besahen es; das Datum war neu. Der Stadtphysikus las. Aber eh' er zu Ende kam, warf er das Blatt derb auf den Tisch, denn es enthielt nichts anders, als die sonnenklare Auflösung der bekrittelten und verschrieenen Wunder der grauen Stube.

Geht mit – rief er – wir leben in einer schlechten Zeit! Alles Alte geht zu Grunde, nicht einmal ein rechtschaffenes Gespenst kann sich mehr halten. Komme mir keiner wieder mit einer Gespensterhistorie!

Bewahre! – erwiderten wir andern beiden – Gerade wenn es mit den Gespenstern aus ist, geht das rechte Zeitalter für ihre Geschichte an. Kommt doch jede Geschichte erst hinter der Wirklichkeit, und der Leser dadurch, wenn das Glück gut ist, hinter die Wahrheit!

* * *

Das Todesvorzeichen.

Häusliche Gesinnung.

Herr von Tiefeneck war so eben mit seiner Gemahlin am Schachbrete beschäftigt, als der Bediente hereintrat, um den Baron von Wartenstein anzukündigen.

„Wir sind nicht zu Hause!“ rief Klotilde, und Johann trug die Abweisung an die Behörde hinaus.

„Er wird es übel aufnehmen,“ sagte Tiefeneck.

„Desto besser. So erläßt er uns ein andermal seine Besuche.“

„Um am dritten Orte boshaften Witz über unsre Häuslichkeit auszugießen.“

„Weil Häuslichkeit überhaupt sich mit seinem saubern Liebessysteme nicht vertragen will! Mag er. Hätte die Marquise ihn so aus ihrem Hause verbannt, so wäre es zu keinem Skandal zwischen ihrem Gatten und ihr gekommen. Ich will zeigen, daß seine stechenden Blicke so gut von mir abprallen, wie seine hohlen Worte.“

„Aber, warum ihm ausweichen?“

„Aus Furcht wahrlich nicht, eher aus Liebe zur Bequemlichkeit.“

„Oft, gute Klotilde, macht grade die Liebe zur Bequemlichkeit das Leben recht unbequem. Der Baron hat viel Bekanntschaften, und kann mancherlei Schaden thun, wenn er will. Er konnte wissen, daß wir beide zu Hause waren. Mit Einem Worte, Liebe, ich muß darauf denken, dich durch Unpäßlichkeit bei ihm zu entschuldigen.“

„Ich bekomme wirklich in diesem Augenblicke heftiges Kopfweh!“ sagte sie aufstehend.

„Man muß niemand reizen,“ sprach Tiefeneck mit einem zärtlichen Kusse. Doch aus dessen gleichgültiger Aufnahme zu schließen, hatte er es in diesem Momente völlig mit seiner Gattin verdorben.

Der abscheuliche Mensch!

Tiefeneck beharrte indessen bei seinem Vorsatze und veranstaltete es, daß ein Paar Tage darauf Wartenstein den ganzen Abend im Hause zubrachte.

„So, liebe Klotilde," sagte ihr Gatte am Morgen nachher. „Ich danke Dir, daß Du mir gestern Deine Bequemlichkeit so schön zum Opfer gebracht, und den Dir Verhaßten mit der nöthigen Höflichkeit abgefunden hast."

„Aber sahst Du wohl, wie jedes seiner Worte mir einen längern Blick von ihm zuzog, wie sein Auge mich hütete; wie sein Fuß, wo er konnte, mir auf den Fersen war?"

„Lächerlichkeiten, liebes Kind. Wahrlich, ich bin zu eitel für den Glauben, daß ein Mensch, wie Wartenstein, jemals in deinem Herzen, ich will nicht sagen, einen Vorzug vor mir, sondern auch nur das geringste Plätzchen erlangen könnte. Oder sollte ich mich irren?"

„Diese Frage verdiente – – ! Doch da kommt er eben wieder um die Ecke. Vielleicht gar in unser Haus."

„Ganz gewiß. Er hat mir eine seltene Münze in meine Sammlung versprochen."

„Nur diesmal, Tiefeneck, laß mich von seinem gierigen Auge verschont. – Um der gestrigen Aufopferung willen!"

Und nach einer herzlichen Umarmung schlüpfte sie aus dem Zimmer.

Als der Besuch fort war, erzählte ihr Tiefeneck lachend, wie Wartenstein allezeit beim Aufgehen der Thüre, wahrscheinlich in Hoffnung ihres Erscheinens, das Auge aufgerissen und ihm mit dem ermüdendsten Geschwätz, vermuthlich nur darum so lange lästig gefallen sei, weil er noch immer auf Klotildens Hereintreten gerechnet habe.

„Der abscheuliche Mensch!" rief Frau von Tiefeneck. „Er wird mir noch manchmal Deine liebe Nähe, mein einziges Bedürfniß, durch seine verdrießliche Dazwischenkunft entziehen."

Vor'm Jahre.

Aber die Stimmungen sind einander nicht gleich. Ein Paar Wochen später gähnte Tiefeneck eines Nachmittags im Zimmer auf und nieder, und seine Gemahlin war auch nur halb bei dem Romane, dessen Blätter sie von Zeit zu Zeit umwendete. Da rollte ein Wagen, und sie flog so rasch an's Fenster, daß der Roman herunterfiel.

„Wo ist denn mein Buch hingekommen?" fragte sie, als sie vom Fenster zurückkehrte.

„Wo es Ihre Eilfertigkeit aufgehoben hat," antwortete Tiefeneck mit Lachen auf die Erde zeigend.

„Wie schnell auch die Zeiten sich ändern!" rief sie und langte nach dem Buche. „Nur ein Jahr früher, und ich hätte zuverlässig weder der Frage noch dieses Bückens bedurft, weil Sie dem allen galant zuvorgekommen wären."

„Vor'm Jahre, liebes Kind, hätten Sie auch sicher kein Buch ergriffen, um sich damit vor meiner Unterhaltung zu schützen."

„Aber vor'm Jahre, mein Lieber, hatten Sie sich das verdrießliche Gähnen noch gar nicht angewöhnt."

„Weil Sie vor'm Jahre einen äußerst gefälligen Humor besaßen."

„Aber besinnen Sie sich nur auch, wie liebenswürdig Sie vor'm Jahre waren, wie Sie jeden Anlaß ergriffen, mir Freude zu machen, wie mein ärmstes Wort, mein kürzester Blick Sie in Entzücken versetzen konnte."

„Vor'm Jahre, liebes Kind! – – Doch wozu Bitterkeit gegen Bitterkeit? Die Zeit der großen Hoffnungen ist vorüber. Wir wissen nunmehr, daß die Leidenschaft eine Menge davon mit Affenliebe pflegt, die nur im Lande der Träume ihre Erfüllung finden. Begnügen wir uns mit dem Wenigen, was etwa übrig bleibt."

Tiefeneck entfernte sich nun, und Klotilde sann mißmuthig darüber nach, warum auf die üppige Poesie des Brautlebens eine so magre Prosa, wie der Ehestand, folgen müsse.

Ein recht lieber Abend!

Die Theestunde führte endlich Tiefenecken zurück, die heute eine ansehnliche Gesellschaft mitbrachte. Sehr natürlich. Man mußte sich mittheilen über einige Hauptereignisse im Reiche der Mode. Man mußte ein großes politisches Wunder mit erklärenden Anmerkungen begleiten. Man mußte die geheimen Ursachen einer so eben verloren gegangenen Schlacht einander in's Ohr sagen.

Bei solch einer Menge von Stoff war die Unterhaltung recht animirt und laut. Besonders gerieth der Hausherr in lebhaften Streit mit einer reizenden Dame, und führte ihn so anmuthig und galant, daß Klotilde nichts anders als Rache zu denken hatte. Hierzu, meinte sie, würde Wartenstein kein übler Mann seyn. Auch war er ziemlich der einzige, welcher nicht ganz von dem allgemeinen Gespräche umstrickt, der Hausfrau nahe saß, und ihr von Zeit zu Zeit einige besondre Artigkeiten zuflüsterte.

Frau von Tiefeneck sprach viel und angelegen mit ihm. Allein so sehr sie sich auch bestrebte, durch laute Munterkeit ihren Gemahl aufmerksam zu machen, dieser hatte kein Ohr als für die Gräfin. Der Verdruß darüber zog die Wirthin immer tiefer in das Gespräch mit dem Baron.

„Ein recht lieber freundlicher Abend!“ sagte Tiefeneck zu seiner Gattin, als die Versammlung auseinander war.

„Gewiß. Wartenstein kann doch wahrlich weit angenehmer seyn, als ich's ihm zugetraut hätte.“

„Ach,“ sagte Tiefeneck, „die Gräfin hätten Sie erst beobachten sollen. Nie würde ich von einer Dame diese tiefe und vielseitige Bildung erwartet haben.“

„Und ich niemals von einem Manne so viel Gefälligkeit, jeder Laune des Gespräches mit dieser Anmuth des Geistes nachzufolgen.“

„Die Gräfin kennt die Geschichte, wie wenig Männer.“

„Der Baron die ganze Zartheit der weiblichen Natur.“

„Der Mann sollte heirathen, um die Weiblichkeit näher in's Auge zu fassen.“

„O, der Baron an Ihrer Stelle hätte mir wahrlich vorhin die kleine Aufmerksamkeit bewiesen.“ Ihr Auge zeigte dazu nach der Stelle, wo das Buch am Boden gelegen hatte.

„Und der Gräfin an Ihrer Stelle wäre die große Vernachlässigung gewiß nicht zur Last gefallen, meinem Umgange einen schlechten Roman vorzuziehen.“

Beide erhitzten sich äußerst. Beide sahen aber auch bald darauf ein, daß sie es nicht hätten thun sollen. Beide fühlten sich sogar bereit, durch ein herzliches Bereuen allen übeln Folgen vorzubeugen. Nur den ersten Schritt wollte niemand thun. Darüber verstrich eine halbe Woche in dumpfer Stille. Die Gräfin war indessen auf ihre Güter gereiset, ohne daß Tiefeneck auch nur ein bedauerndes Wort hätte fallen lassen.

Der Baron.

Am vierten Tage machte der Baron den Besuch, den er versprochen hatte.

Die zwanglose Freundlichkeit, mit welcher Tiefeneck ihn behandelte, verfehlte ihre Wirkung nicht auf Klothilden.

„Ich habe Wartensteinen neulich doch wohl zu sehr gerühmt!“ sagte sie, als er fort war, ihrem Gatten die Hand reichend.

„Gern übernehme ich einen Theil an dieser Schuld!“ erwiederte er sie umarmend.

„Uebrigens kann der Baron unmöglich so gefährlich seyn, als man ihn geschildert hat.“

„Siehst Du wohl. Nun, so hat der reizbare Tag wenigstens das Gute hervorgebracht, daß Du künftig Wartensteinen als Gesellschafter wirst dulden können.“

„Indessen, mein lieber Tiefeneck, begreife ich immer noch nicht, wie wir beide in so reizbare Stimmung gerathen waren.“

„Das ist nun einmal das Zubehör mancher Tage, meine gute Klotilde. Man muß aber in der Ehe vergessen können.“

Dieser Gegenstand wurde mit allen seinen Nebenbeziehungen noch weiter abgehandelt, bis man übereinkam, daß das eheliche Leben einen hinlänglichen Ersatz gewähre für den Verlust der zarten Blüten, unter denen die Sehnsucht der Verlobten sich verborgen halte.

Allein die Folgen jenes reizbaren Tages waren hierdurch nicht geschlossen. Der Baron verdoppelte seine Besuche, kam immer öfter, und wurde bald ein nothwendiges Zubehör im Hause.

Tiefeneck hatte einigen Argwohn gegen den Baron. Die Stadt wollte wirklich wissen, daß Wartenstein seine Leidenschaft gern ohne Zügel herumirren ließ, unbesorgt, was daraus entstehen, und welches Glück dadurch vernichtet werden könnte. Nach des Barons sichtbarer Aufmerksamkeit für Klotilden wollte er in diesem Hause nicht vorsichtiger zu Werke gehen. Aber Tiefeneck wußte noch immer, welche Abneigung Klothilde vor dem Menschen gehabt hatte. Dazu traute er auf die geprüften Sitten seiner Gemahlin, und am meisten auf ihren Geschmack. Denn die Eitelkeit überredete ihn, daß es einer geschmackvollen Dame unmöglich sei, seinem ausgezeichneten Aeußeren den darin höchst unbedeutenden Baron vorzuziehen. Die tägliche Erfahrung hatte gut reden, da seine überlaute Eitelkeit ihn taub machte

Aufmerksamkeiten.

Der Baron hatte sich indessen wirklich durch tausend gefällige Kleinigkeiten der Frau von Tiefeneck allmählig so sehr genähert, daß bald jeder Abend, an dem er ihrem Umgange fehlte, sich ihr zu der Länge einer schlaflosen Nacht ausdehnte. Ihr selbst unbewußt, wurde der Hausfreund ihr drittes Wort, und wenn von Güte und Tugenden überhaupt die Rede in ihren vertrautern Zirkeln war, so wußte sie gemeiniglich aus des Barons Leben Beweise für das Daseyn dieser Tugenden aufzufinden.

Anfangs schien er nur zufällig auch zu solchen Zeiten zu kommen, in denen der Hausherr abwesend war. Aber bald wurde die Frau von Tiefeneck inne, daß er einzig noch diese Zeiten gern bei ihr zubrachte. Sie machte sich Vorwürfe, seine unverkennbare Leidenschaft nicht früher ernstlich zurückgewiesen zu haben. Doch mußte sie es billigen, daß sie von dem anfänglich so ungerechten Betragen gegen ihn abgegangen war. Und, fragte sie sich entschuldigend, wenn hätte ich nachher anfangen sollen, ein Wohlwollen zurückzuweisen, das seiner völligen Anspruchlosigkeit wegen noch bis diese Stunde Schonung und Dankbarkeit zu verdienen scheint?

Ihr gutes Herz entfernte alles, was den Baron ein Weh zufügte. So hattet sie bemerkt, daß ein Ring mit Tiefenecks Portrait ihn betrübte, und sie vermied es, diesen Ring in Wartensteins Gegenwart am Finger zu tragen. Ihr Dankgefühl erwieß ihm tausend ähnliche Aufmerksamkeiten, die, so schuldlos sie an sich seyn mochten, doch des Barons Leidenschaft in immer mächtigere Flammen setzten.

Nur eins hatte er sie gebeten, daß er sie nämlich bei ihrem Vornamen nennen dürfe, und eben weil es seine einzige Bitte war, hatte sie geglaubt, es ihm bewilligen zu müssen.

Die Aufopferung.

Der Baron hatte seit kurzem ein Wort auf dem Herzen, dem der Weg über die Lippen schwer wurde. Klotilde bemerkte es, scheute sich vor dem Worte, und suchte es durch scherzhafte Einfälle so lange zurückzutreiben, bis Wartenstein einmal ganz unerwartet damit hervorbrach.

„Klotilde,“ fing er an, „daß Sie das Wesen sind, dem mein ganzes Daseyn gehört, das müssen Sie längst errathen haben.“

Frau von Tiefeneck erschrak um so mehr über diesen Ausbruch, da der Baron ihre Hand zugleich mit Heftigkeit anfaßte. Sie wollte sich schon losreißen, als er gelassener fortfuhr:

„Lassen Sie mich ausreden, Beste. Es zerreißt mir die Brust dieses Schweigen; mein Leben ginge zu Grunde, wenn es länger dauerte, und das würde Sie doch ein wenig schmerzen.“

„Was wollen Sie von mir, da Sie wissen – – „ Hier warf sie einen Blick auf das Gemälde ihres Gatten, das über dem Sopha hing.

„Ich weiß – und will nichts von Ihnen, als die Annahme – meiner ewigen Treue.“

„Unmöglich, Wartenstein. Womit könnte ich Sie entschädigen?“

„Und habe ich denn Entschädigung verlangt? Ist es nicht eben der entzückende Gedanke der Aufopferung, der mich glücklich macht, der Aufopferung für Dich? – Hier stehe ich am Abgrunde. Dein Nein stürzt mich unerbittlich hinab."

Er warf sich dabei vor ihr nieder, und sie verlor ihr halbes Bewußtseyn, als in demselben Augenblicke Frau von Selter hereintrat.

Allgemeine Verstimmung.

„Ich störe!" sprach die Angekommene erschrocken.

„Nichts weniger!" antwortete Klotilde, und der Baron rief aufstehend: „Seyn Sie Schiedsrichterin, gnädige Frau, da Sie nun einmal so viel gesehen haben."

Es trug hierauf sein Verlangen vor, und Frau von Selter sagte: „Die Sache ist so eigen, daß Sie wohl Ueberlegung fordert."

„Aber, mein Himmel," rief der Baron, „ich begehre ja bloß die Annahme eines freiwilligen Geschenkes."

„Wohl möglich. Aber die Treue ist ein Geschenk, das – in der Regel wenigstens – ein Gegengeschenk von derselben Art verlangt."

Hierauf sagte Wartenstein mit beleidigendem Spotte, daß man doch nicht jeden ungewöhnlichen Fall nach dem gemeinen Maaßstabe beurtheilen möge.

Es war ein Glück, daß Tiefenecks Eintreten den Faden der zeitherigen Unterhaltung gänzlich abschnitt, weil zu Klotildens großer Betrübnis beide Partheien Bitterkeiten gegen einander auf der Zunge zu haben schienen.

Tiefeneck wußte gar nicht, woran er war. Des Barons unsichere Blicke, der Selter glühendes Gesicht und Klotildens Aengstlichkeit, sollte dies alles ein Werk des Zufalls seyn? Dazu kam, daß keine Saite des Gesprächs, die er zu berühren versuchte, einen fortlaufenden, ja manche nicht einmal einen einzelnen Ton angab.

Der Baron konnte endlich seinen Unmuth nicht länger beschwichtigen und ging.

Ausflucht.

„Was hatte denn der?" fragte der Hausherr. Es war ein Glück, daß Frau von Selter die Frage Klotilden sogleich von der gepeinigten Seele nahm und sagte: „Ich bin in Streit mit ihm gerathen, lieber Tiefeneck, und zwar über Kleinigkeiten, wie das wohl zu gehen pflegt."

„Zum Beispiel?“

„Wahrhaftig, ich wüßte Ihnen die Sache gar nicht vorzutragen. Auch verdient sie in der That keiner weitern Erwähnung.“

Tiefeneck war um so weniger hiervon befriedigt, da ihm das stumme, gespannte Wesen seiner Gattin durchaus nicht entgehen konnte. Doch fand er es schicklicher, das Zimmer wieder mit Anstand zu verlassen, als in die Ursachen des Streites sich eindrängen zu wollen, die ihm, wie es schien, verhehlt werden sollten.

Herber Rath.

„Gott sei Dank!“ rief Klotilden, als ihr Gemahl hinaus war. „Sein Auge traf wie ein Richtschwert auf mich. Was aber nun, liebe Selter?“

„Alles vermeiden, was ähnliche Verlegenheiten erzeugen kann.“

„Und Wartenstein?“

„Muß nach seinen heutigen Ansprüchen zuerst vermieden werden.“

„Aber, liebe Selter, ist eine freiwillige Opferung seiner selbst ein Anspruch?“

„Opferungen, die nicht viel sagen wollen!“

„Wie wenig kennst Du den Mann, von dem die Rede ist.“

„Vielleicht besser, liebe Tiefeneck, als sein untreuer Spiegel, dein bestochenes Herz. Ich sage gar nicht, daß Wartenstein böse sei. Aber er überläßt sich der Leidenschaft, wohin sie ihn führt. Die Reize jedes Weibes können Zaubernetze für ihn werden.“

„Ich weiß jetzt besser, wie sehr der Ruf ihn verläumdet. Aber ich widerspreche nicht, so sehr ich auch könnte. Sage nur, was ich thun soll?“

„Durch entschiedene Kälte ihn nöthigen, eine neue Liebe aufzujagen.“

„Beste! Er liebt niemanden als mich, er kann niemanden weiter lieben. Du kennst ihn wahrlich nicht im geringsten. Er geht zu Grunde über meinen Verlust.“

„Ueber Deinen Verlust! Er hat Deine Neigung also schon gewonnen?“

„Das nicht! Auch liebe ich Tiefenecken aufrichtig, aber –“

„Ohne aber! Ich gehe, um Dich den Gedanken an Deine Pflicht allein zu überlassen, welche unbedingten Gehorsam fordert und keinem treulosen Aber das Wort gestattet.“

Gegenvorstellungen.

Der tiefe Eindruck dieser Ermahnung auf Klotilden bewährte sich, als der Baron bald nach der Selter Hinweggehen zurückkam. Stürmischer als zuvor drang er auf Erklärung. Klotilde machte ihre Hand von ihm los und trat einige Schritte zurück. „Sie kennen meine ganzen Verhältnisse,“ sprach sie, „und sollten als Freund unsers Hauses am wenigsten darauf denken, sie zu zerstören.“

„Zerstören, wer will das? Mein Vorsatz ist vielmehr, sie Ihnen zu erleichtern.“

„Wer sagt Ihnen denn, daß sie mich drücken?“

„Wie oft, Klotilde, bin ich nicht Zeuge gewesen, daß Ihr feuchtes Auge den Himmel schüchtern suchte, um zu fragen, was Sie verschuldet hatten, daß man Ihre zarten Gefühle mit so unzarten Händen anfassen dürfe? Wie oft habe ich gesehen, daß Ihre billigsten Wünsche da Widerstand fanden, wo man ihnen mit Freuden hätte entgegenkommen sollen! – Sollte es Ihnen kein Trost seyn, zu wissen, daß es einen Menschen in der Welt giebt, der Sie besser versteht, der, wenn ihm das Glück durch Ihren Besitz hätte den Himmel aus Erden vergönnen wollen, gewiß nicht Ihre höchsten heiligsten Gefühle mit einem eiskalten Verstande ersticken würde; einen Menschen, der überall, wo er lebt, nur für Sie lebt; den jeder Schmerz, der Sie anfaßt, zehn, ja tausendfach trifft, und der, seit er Sie näher kennt, nur noch in Ihrem Anschauen die Freuden seines Daseyns empfindet?“

„Und wenn es wäre, Wartenstein, wenn ich Ihre Güte auch schätzte, so würde ich doch wahrlich nicht so grausam seyn, Ihnen das Versprechen einer Treue abzunehmen, welche unter meinen Verhältnissen so wenig belohnend für Sie seyn könnte!“ wandte Frau von Tiefeneck mit gerührter Stimme ein.

„Abnehmen? Der Himmel hat längst schon meine Zusage angenommen, wie manches andre Gelübde der Entsagung. Ihr Billigen der Sache verlange ich ja nur, das, genau betrachtet, nichts weiter ist, als die Anerkennung meiner so uneigennützigen wie unvergänglichen Liebe zu Ihnen. Denn ich schwöre – – „

Hier unterbrach der Bediente die Scene mit Anmeldung einer Verwandten, die sogleich selber hereintrat. Vergebens hoffte der Baron, den Besuch abzuwarten. So einsilbig auch die Unterhaltung ward, die Dame blieb noch, als er ging, und wartete auch, bis Tiefeneck nach Hause kam.

Zwei Wege.

Als Gatte und Gattin allein waren, fragte der erstere Klotilden, was ihr fehle, und seine sichtbare Theilnahme rührte sie so, daß sie Zuversicht faßte und ausrief: „Ein Vertrauter, und in wem könnte ich einen bessern finden als in Dir."

Hierauf entdeckte sie des Barons Begehren, jedoch mit Behutsamkeit und Entfernung alles desjenigen, was den Gemahl hätte beleidigen können.

„Und wozu denkst Du Dich zu entschließen?" fragte er nach mehrmaligem Farbenwechsel sehr gemäßigt und sanft.

„Das eben sollst Du mir sagen, mein Lieber."

„Hier sind nur zwei Wege. Gänzliche Trennung – entweder von dem Liebhaber oder von dem Gatten."

„Um Gotteswillen, Tiefeneck, wie magst Du den zweiten auch nur aussprechen?"

„Weil Du den ersten – weit näher liegenden – nicht finden konntest."

Das Billet.

„Aber, mein Lieber," seufzte Klotilde, „der arme Wartenstein – – „

„Den Namen nicht wieder, wenn Du nicht auch den Mann haben willst! Der Baron ist in unser Haus gekommen, ich weiß kaum wie."

„Aber ich weiß es! – „ sagte Frau von Tiefeneck im sanftesten Tone die Hand des Gatten ergreifend.

„Soll ich etwa gar heute noch Vorwürfe hören? Damals war mir es um den Anstand zu thun. Und auch heute wieder um den Anstand. Ich habe sehr gut bemerkt, wie sich dieser Mensch nach allen Kräften hier befestigte, und seine tausend Vorbereitungen bis zu der heutigen Unverschämtheit werden mir in diesem Momente recht klar. Wer Treue giebt, begehrt auch Treue und verkleidet dies Begehren nur so lange, bis er seines Erfolges gewiß ist. Von Stunde an wird ihm mein Haus verschlossen, daher kommt es nun darauf an, ob Du es unter diesen Umständen künftig auch noch für das Deinige ansehen willst."

„Tiefeneck!"

Klotilde wollte ihn in die Arme schließen. Doch er sagte zurücktretend: „Jetzt verlange ich einen Entschluß und keine Umarmung. Soll ich dem saubern – Liebhaber seinen

Platz hier sogleich schriftlich aufkündigen, oder Ihnen bis nach unsrer gesetzlichen Trennung die Schlüssel allein überlassen?“

Klotilde öffnete ihm selbst den Schreibetisch, und bat nur, daß er in dem Baron den Kranken nicht vergessen möge.

„Seyn Sie unbesorgt. Ich werde kein Wort zu viel an ihn verschwenden.“

Tiefeneck schrieb:

„Auf meiner Gattin Verlangen ersuche ich Sie hierdurch, die Schwelle unsers gemeinschaftlichen Hauses nicht wieder zu betreten.“

Das Todesurtheil.

Klotilde erblaßte, als er sie das Billet lesen ließ, und er sagte im Zusammenbrechen desselben: „Auf Ihr Verlangen mußte ich schreiben. Ihre eigene Ehre forderte das.“

Frau von Tiefeneck schwieg und der Zettel wurde dem Bedienten übergeben.

„Und nunmehr noch eins!“ fügte der Hausherr bald darauf hinzu: „Ich verlange, daß jeder Brief von dem verunglückten Liebhaber, der sich durch geheime Gänge bis zu Ihnen schleichen könnte, mir uneröffnet eingehändigt werde. Dieses bin ich meiner Ehre schuldig.“

Klotilde sagte es weinend zu, nur bat sie, daß ihr kein Geheimniß aus dem Inhalte der Wartensteinischen Aeußerungen gemacht werden möchte.

Der Baron schrieb zur Antwort:

„Das Todesurtheil, welches Ihre Gattin über mich ausgesprochen, habe ich so eben erhalten.“

„Der lächerliche Romanheld!“ sagte Tiefeneck unwillig.“

„Aber, gesetzt nun, daß er – –“ warf Klotilde ein, die der Ohnmacht nahe war.

„Gesetzt! So hätte die Welt einen albernen Menschen weniger.“

Mit diesen hart genug ausgesprochenen Worten verließ er das Zimmer.

Wieder ein Brief.

Eine Stunde später suchte Klotilde ihren Gemahl auf seinem Zimmer auf. „Hier ist ein Brief an mich.“

„Auf welchem Wege?“

„Durch seinen Bedienten.“

Tiefeneck erbrach den Brief und las:

„Gnädige Frau! Ich könnte Sie vorhin beunruhigt haben, daher diese Zeilen. Was auch aus mir werde, so soll doch auf Sie keine Schuld fallen. Die mündliche Versicherung meiner Treue haben Sie zurückgewiesen. Dennoch wiederhole ich es hier, daß ich sie Ihnen für die Ewigkeit widme, und lieber mein Daseyn aufgeben, als aus einer andern weiblichen Hand mein Glück empfangen will. Leben Sie wohl. Die Pferde, die mich von hier wegbringen sollen, sind schon vor meinem Wagen. Leben Sie zufrieden!“

„Glückliche Reise!“ rief Tiefeneck. „ Der Entschluß zeigt doch, daß er noch nicht alle Vernunft bei seiner Liebe zugesetzt hat. Das Uebrige wird sich finden.“

Klotilde schüttelte seufzend den Kopf.

Die Anzeichen.

Frau von Tiefeneck hatte eine heillose Nacht. Ihre Träume ließen den Baron auf tausendfache Weise umkommen. Sie fuhr aus ihnen auf, und da gab alles im Zimmer, was platzen konnte, als Wandschränke, Tische und dergleichen, die entschiedensten Vorzeichen seines nahen Todes von sich. „Ach unfehlbar ist er schon in dieser Nacht gestorben!“ klagte Klotilde am Morgen den einsamen vier Wänden ihres Boudoirs. „Und zwar wegen seiner Liebe zu Dir!“ Sie warf mit dem Frühesten ihren Mantel um, und eilte zur Selter.

Diese war sehr erfreut, als sie das Vorgefallene erfuhr.

„Aber meine Ruhe?“ rief Klotilde.

„Kann einzig in diesem Gleise Dir erhalten werden. Denn nur der hat Anspruch auf Ruhe, der die Verhältnisse eines anständigen Lebens zu ehren weiß.“

Klotilde erzählte hierauf von den Vorzeichen der Nacht.

„Vorzeichen! Ei, liebes Kind, seit wenn bist Du denn so abergläubig? Am Ende wirst Du gar noch zur Geisterseherin.“

„Das wolle der Himmel nicht.“

„Er will es auch gewiß nicht. Aber das verlangt er, daß Du deiner Phantasie nicht den Zügel schießen lässest wie vorige Nacht. Denn sonst könnte sie doch wohl noch bis dahin gelangen. – Es ist wahrhaftig schon eine schlimme Sache, wenn man die todten Schränke und Tische reden hört.“

Klotilde gestand es jetzt selbst, daß sie in diesem Augenblicke nicht sonderlich mehr an die Anzeichen glaube. Uebrigens erbot sich Frau von Selter, wegen des Barons Aufenthalt und Leben Erkundigung einzuziehen, und die Resultate davon gewissenhaft anzuzeigen.

Allein, leider, war sie durchaus unglücklich in ihren Nachforschungen. Kein Mensch wußte, welchen Weg der Baron nach den ersten Poststationen eingeschlagen hatte.

Klotilde war untröstlich, und ihr Gatte versuchte alles umsonst zu ihrer Zerstreuung. Die Gesellschaft bewirkte so wenig eine Veränderung in ihr als die Einsamkeit. Ja, die letztere brachte ihr, zumal bei Nacht, immer wieder neue Anzeichen und Vorbedeutungen mit, und sie durfte das nicht einmal jemanden im Hause sagen, weil lauter ungläubige Menschenkinder darin ihr Wesen treiben.

Uebrigens hatte bei der fortdauernden Unruhe der Wirthin die Stimmung aller, die ins Haus gehörten, eine ziemlich dunkle Farbe angenommen.

Der lustige Gast.

Endlich erschien doch einmal ein heiterer Abend. Der seltene Humor eines alten Universitätsfreundes, des Herrn von West, der sich unverhofft bei Tiefenecken sehen ließ, war die Ursache.

Klotilde gestand, als der Mann fort war, daß er ihr sehr wohlgefallen habe, und Tiefeneck eilte am folgenden Morgen mit dem Frühesten in's Hotel, um die von dem Fremden abgelehnte Bitte, sein Haus dem Gasthofe vorzuziehen, so dringend zu wiederholen, daß der alte Freund nicht widerstehen konnte.

Die unerschöpfliche Laune des neuen Hausgenossen brachte auch in der That eine recht glückliche Veränderung in Klotilden hervor. Er hatte so viel von sich und andern zu erzählen, und wußte das Unbedeutendste durch gute Einfälle zu würzen und zu erheben.

„Meine ganze Familie,“ sagte er einsmals, wie man seine Laune gerühmt hatte, „besitzt diesen heitern Sinn, und wenn meine Schwester nicht etwa durch eine Liebschaft, von der sie mir eben geschrieben hat, zu sentimental geworden ist, so sollen Sie in der eine Person kennen lernen, die ich selber nothwendig heirathen müßte, wenn sie nicht eben das Unglück hätte, meine Schwester zu seyn. Sogleich nach ihrer Hochzeit wird sie mit ihrem Gatten hieherkommen. Nur soll mir der letztere kein Murrkopf seyn, wenigstens nicht ungestraft. Denn sonst ruhe ich nicht eher, bis die Scheidung vollzogen ist, oder ich schieße ihn im Zweikampfe todt, weil ich meine Familie durch kein dickes Blut verfälscht sehen will.“

Die Geistergeschichte.

Allein Klotildens kaum gewonnene bessere Stimmung ging auf Einmal wieder verloren. Eine Geschichte, welche das Gerücht mit vielen Umschweifen herumtrug, gab die Veranlassung dazu. In einer nah gelegenen kleinen Stadt war der Liebeshandel einer jungen Person mit einem Manne unter ihrem Stande von den Verwandten entdeckt und zerstört worden. Die Verliebte selbst hatte den Vernunftgründen ihrer Angehörigen nachgegeben, der junge Liebhaber jedoch sich die Sache dermaßen zu Gemüthe gezogen, daß er in ein hitziges Fieber verfallen und daran gestorben war. Seit seinem Tode nun erschien er dem Mädchen, nach dem Ausspruche von Augenzeugen, fast in jeder Nacht in drohender weißer Gestalt. Der Geist scheute auch da Wachen nicht, welche späterhin die Geplagte sich beigesellte. Man bettete sie in andre Zimmer, aber auch diese wußte er zu finden. Angst, Schlaflosigkeit und Gram bedrohten die Arme mit einer auszehrenden Krankheit. Auch war nach allen Umständen, die man hörte, an reinen Betrug bei der Sache zu denken.

Klotilde vernahm die Geschichte nicht ohne das heftigste Grausen. Ihrer Meinung nach war sie weit schuldiger als das gequälte Mädchen. Diesem blieb doch der Trost, ein unwürdiges Verhältniß abgebrochen zu haben, und der Liebhaber trug eigentlich nur die Strafe seiner Schuld. Was aber war Wartensteins Verbrechen? fragte sich Frau von Tiefeneck. Ist es nicht die höchste Grausamkeit, einem Menschen die uneigennützigste Liebe zu verweigern, ihn um dieser willen wie einem Nichtswürdigen das Haus zu verbieten, und durfte ich die Willkühr eines Ehegatten soweit gehen lassen, daß er den schuldlosesten Mann darum, weil er ein Herz – jedoch ein Herz ohne alle Ansprüche, für mich hatte, dem peinlichsten Tode überlieferte? Denn daß Wartenstein die Verweisung aus ihrer Nähe nicht überleben würde, davon war sie wie von ihrem Leben überzeugt.

Der Umstand, daß kein Mensch von des Barons Aufenthalte Nachricht geben kannte, schien ihr die finstre Vermuthung außer allen Zweifel zu setzen. Aus unverdienter

Schonung für mich, dachte sie, will er gar nichts mehr von sich wissen lassen. Sie überredete sich so gar, daß er, um ihr nur so nahe als möglich zu seyn, unter fremdem Namen in die Stadt zurückgekehrt wäre, und hier ohnfehlbar seinen Tod erwarten wolle.

Der Pistolenschuß.

Klotilde hatte eine äußerst schauerliche Nacht. Denn bei diesen Gedanken fiel ihr kurz vor dem Schlafengehen auch noch ein, daß Wartenstein einmal den Werther sehr gepriesen hatte. Daher stellt ihr ein Traum den Baron dar, wie er unten an ihrer Hausthüre Anstalten zur Reise in die andre Welt trifft. Sie versucht nun durch einen Schrei das Abdrücken des Pistols zu verhindern, aber der Athem fehlt ihr, und in demselben Augenblicke weckt der Knall des entsetzlichen Pistols sie aus dem Schlummer.

Klotilde klingelt sogleich ihren Leuten. Nur schnell hinunter und nachgesehen, was vor unserm Hause vorgefallen ist!“ ruft sie mit bleichem, verstörten Gesicht in's Bette zurücksinkend.

Der ebenfalls aufgeschreckte Gemahl will wissen, was das seltsame Begehren bedeute.

„Sie werden alles erfahren,“ sagte Frau von Tiefeneck, „wenn die Leute zurückkommen. O mein Gott, daß ich Ihrer übermüthigen Forderung wie ein einfältiges Kind nachsehen konnte!“

„Welcher Forderung?“

„Nur Geduld, Sie werden alles erfahren.“

Indessen kamen die Leute zurück, und versicherten, daß sie nicht das mindeste an der Hausthüre entdeckt hatten.

Der Gefühllose.

„Kann ich immer noch nicht hören – – ?“ sprach Tiefeneck, als die Leute wieder zur Ruhe waren.

„O ja, Wartenstein, der unglückliche Wartenstein hat unten, dicht vor unserm Hause, seinem Leben ein Ende machen wollen.“

„Woher wissen Sie denn diese unwahrscheinliche Thatsache?“ rief ihr Gatte befremdet und nicht ohne Ironie.

„Ich weiß es. Schreiben Sie übrigens das Woher einer Ahndung, einem Traume, oder irgend etwas anderm zu. Genug, ich habe ganz deutlich den Unglücklichen gesehen. Ich habe den Schuß mit diesen meinen Ohren gehört."

„Und die Leute, die weder in einer Ahndung noch im Traume, sondern wirklich unten am Hause gesucht und nichts gefunden haben!"

„Kann er denn nicht von seiner Todesangst nach vollbrachter That noch über einige Straßen geschleppt worden seyn? Ach, wenn er zu retten wäre!"

„Wenigstens wollen wir an diese vermeintliche Rettung nicht unsern Ruf als vernünftige Menschen wagen, und die, sehr zur Unzeit gestörten, Dienstleute wieder einschlafen lassen."

Mit diesen Worten legte sich Tiefeneck nieder.

Klotilde stand auf, um sich anzukleiden. Aber ihr Gemahl äußerte sehr hart, daß er, wenn ihre Fieberhitze auf so ungereimte Dinge verfiele, seine Thüren verschließen müsse.

Er that es auch wirklich.

Klotilde jammerte laut, und begriff nicht, wie die Gefühllosigkeit bis zu dieser Höhe steigen könne.

Nachrichten.

Am Morgen bezeigte Frau von Tiefeneck gar keine Lust zum Aufstehen. Der herbeigerufene Arzt fand ihren Puls in sehr fieberhafter Bewegung. Ihr Gemahl beschwur sie zum Einnehmen der verschriebenen Mittel. Der Ausspruch des Arztes hatte sein Mitgefühl so hoch aufgeregt, daß er wenig von ihrem Bette kam.

„Und hört man noch nichts von seinem Tode?" fragte sie angelegen.

Tiefeneck verneinte.

„Verhehlet mir's nicht!" flehte sie.

„Gewiß nicht" antwortete ihr Gemahl mit der sichtbarsten Theilnahme.

„Im Bette?" rief Frau von Selter, die einen Besuch machen wollte.

„Ein plötzliches Fieber!" erwiederte der Hausherr, der so eben abgerufen wurde.

„Glaub' es nicht!“ sprach Klotilde. „Hast Du aber vielleicht etwas gehört? Wartenstein – –“

„Ich komme, um Dir von ihm zu sagen.“

„Leider, weiß ich schon alles.“

„Nun, er soll auf einem Gute nicht gar weit von hier leben.“

„Leben? – Wenn das wäre!“

„Ja wohl leben, und sich zudem bei einer neuen Liebe recht wohl befinden.“

Klotilde entzog ihr ihre Hand und kehrte sich von ihr weg. „Elende Vorspiegelungen!“ rief sie. „Man hat Dich, merke ich, geholt, um mich wie eine Verrückte mit Fabeln hinzuhalten. Glaube mir, ich weiß es, weiß nur allzugut, daß er in dieser Nacht hier in der Stadt gestorben ist!“

„In dieser Nacht?“ – – – Frau von Selter erinnerte sich an das Fieber, von dem Tiefeneck ihr gesagt hatte, und glaubte unter solchen Umständen den Widerspruch vermeiden zu müssen. „Das ist mir etwas Neues!“ sagte sie.

„Man wüßte also wirklich in der Stadt noch nichts von seinem gewaltsamen Tode?“

„Ich komme von seinen Schwestern, die keine Silbe davon erfahren hatten, vielmehr das mir sagten, was ich Dir eben mittheilte.“

„Apropos, eine Neuigkeit!“ sprach Tiefeneck, der jetzt wieder hereintrat. „Die Zeitung bringt die Nachricht mit, daß Wartenstein Hochzeit gemacht habe.“

Klotilde kehrte sich hierauf von neuem nach der Wand und war zu keinem Worte zu bewegen. Erst als Frau von Selter kopfschüttelnd das Zimmer verlassen hatte, wendete sie sich wieder herum, und sagte: „Ich weiß in der That nicht, warum man mir eine so große Portion von albernem Glauben zutrauen kann“.

„Das Zeitungsblatt wird in einer halben Stunde hier seyn, um Dich zu überzeugen.“

Die Erklärung.

„Hier, meine liebe Klotilde!“ sagte Tiefeneck bald nachher, und sie nahm selbst die Zeitung und las:

„Heute war der selige, erste Tag unserer Ehe.“

Moritz Franz von Wartenstein,
Leopoldine von Wartenstein,
geborne von Landau.

„Seine Taufnamen treffen zu."

„Nicht übel, aber doch vergebens ersonnen!" rief Klotilde das Blatt weglegend.

„Ersonnen? Von wem und weshalb? Etwa wegen Deines Fieberanfalls in dieser Nacht? Und die Zeitung ist schon vorgestern gedruckt gewesen!"

„Doch diesen Morgen vermuthlich hier in der Stadt nachgedruckt worden. Dergleichen ist sogar neu nicht mehr."

„Klotilde, welche wunderliche Grillen?" rief Tiefeneck, mit Geberden, worein sie kein Mißtrauen setzen konnte.

„Nun dann," sprach sie, „so hat irgend jemand einen schlechten Scherz auf Wartensteins Kosten machen wollen. Auch solche Dinge sind häufig dagewesen."

„Aber warum nun nicht lieber das Natürlichste zuerst glauben! Klotilde, Klotilde, fast besorge ich, daß Dein Herz diesen Schritt von Wartenstein tief empfinden würde."

„Mein Herz? Wahrlich, Tiefeneck, Du thust meinem Herzen großes Unrecht. Ich könnte wahnsinnig werden vor Freude, wenn der Baron geheirathet, und dadurch meine Unruhe für immer gehoben hatte. Doch leider ist mir der Vorfall von voriger Nacht zu denkwürdig, und wenn es wirklich nur ein Blendwerk war, was mir seinen Tod vorspiegelte, so bin ich doch fest überzeugt, daß es zu denjenigen denkwürdigen Blendwerken gehört, welche man Todesvorzeichen nennt, und daß nichts so wenig als eine Hochzeit darauf folgen könne.

Die neue Neuigkeit.

Klotilde war endlich kaum aufgestanden und zu ihrem Gatten in's Wohnzimmer gegangen, so trat West lachend mit der Neuigkeit von der Auflösung jener Gespenstergeschichte herein, welche zu Klotildens schlimmer Nacht die erste Veranlassung gegeben hatte, einer Auflösung, die zu ihrer gläubigen Laune an Geistererscheinungen und Todesvorzeichen nicht sonderlich passen wollte. Denn so viel auch das Gerücht die Geschichte mit Umständen verbrieft und versiegelt hatte, die ihr Uebernatürliches recht außer Zweifel setzen sollten, und so häufig gesagt worden war, daß hier von Betrug gar nicht die Rede seyn könne, so war es doch endlich herausgekommen, daß der Liebhaber des Mädchens die Sage von seinem Tode nur hatte verbreiten lassen, um im Einverständniß mit der Geliebten bei Nacht in die Stadt zu schleichen, und sie als Gespenst besuchen zu können, und daß die Wächterinnen sämmtlich von ihr selbst gewählt und in's Interesse gezogen waren.

Die alte Neuigkeit.

„Das wäre denn eine ganz neue Neuigkeit gewesen!“ fügte West hinzu. „Aber nun habe ich auch noch eine alte diesen Morgen erhalten.“ Hierbei zog er einen offenen Brief aus der Tasche. „Vor einer halben Stunde nämlich wird mir dieses Billet zugestellt, nachdem es als Einschluß bei einer Dame, welche erst gestern Abend von einer Reise zurückgekommen, schon vierzehn Tage hier in der Stadt ausgeruhet hat. Es ist von meiner Schwester, die mir endlich den Namen ihres Bräutigams darin meldet. Der Mann hat seinen Wohnsitz in dieser Stadt, und sie schreibt mir, daß er ihr einen ganzen Schwarm verliebter Unbesonnenheiten bereits eingestanden habe. Indessen, sie will es wagen, ihm den Kopf zurecht zu setzen. Was wagte ein verliebtes Mädchen nicht? Apropos, Leutchen, er ist in euerm Hause auch aus- und eingegangen, und zwar noch vor Kurzem. Es wäre mir lieb, wenn ihr mir einige dumme Streiche von ihm angeben wolltet, die ich ihm in einer poetischen Brühe überreichen könnte. Und je dümmer die Streiche, je besser! Sie errathen wohl aber noch gar nicht, daß es ein Herr von Wartenstein ist, den meine Schwester heirathen wird, oder nun ohnfehlbar schon geheirathet hat.“

Zweifel.

„Also auch Sie, lieber West,“ erwiederte Klotilde, „auch Sie hat man in das Bündniß gezogen, das meinen nur zu gegründeten Besorgnissen durch offenbare Widersprüche entgegen wirken soll? – Ich begreife nicht, wie man bei diesen verabredeten Nachrichten nicht mehr auf Uebereinstimmung sehen kann.“

„Mein Gott, ich begreife ja gar nichts mehr!“ rief West. „Ich weiß nicht einmal, ob meine Ohren noch die Fähigkeit besitzen recht zu hören. Ein Bündniß, das Ihren Besorgnissen entgegenwirken soll?“

„Und das sich lauter Widersprüche zu Schulden kommen läßt. Nach Ihrer Behauptung ist Ihre Schwester Wartensteins Gattin, während die letztere nach diesem Zeitungsblatte einen ganz andern Familiennamen führt."

„Also die Zeitungen sagen schon von der Heirath?"

„Ja," antwortete Tiefeneck, „aber wirklich ist nach ihnen, wie Du hier selber lesen kannst, der Baron mit einem Fräulein von Landau verheirathet."

„Nun ja! Ich denke das wißt Ihr längst, daß es meine Halbschwester ist, die den zweiten Gemahl meiner Mutter zum Vater hat!"

Schluß.

West übergab Klotilden den Brief, und je mehr sie sich von der Wahrheit des Vorganges überzeugte, desto heiterer wurde sie, und gab auch Westen über ihre vorige, ihm jetzt räthselhafte Aeußerung selber und mit vieler Laune Auskunft. Es kam zu tausend Scherzen, die bald den Todesvorzeichen, bald den ersten Veranlassungen zu Wartensteins Befestigung im Tiefeneckschen Hause galten.

„Das heißt mit blauem Auge davon gekommen!" sagte Klotilde, als sie wieder mit ihrem Gemahl allein war. „Von nun an, Tiefeneck, wird niemals in Deiner Gegenwart zu einem Romane gegriffen."

„Oder," erwiederte der Gatte; „wenn es doch geschähe, und das Buch herunterfiele, soll es auf der Stelle von mir aufgehoben werden."

„Wenn Du nur den Abend nachher die schöne Gräfin nicht so sorgfältig unterhalten hättest."

„Wohl wahr, meine Gute!"

„Doch wer wird nicht über dem lustigen Ende alles gern vergessen!" rief Klotilde.

In der Folge kam das Paar zuweilen mit Wartensteins zusammen, und man ging selten auseinander, ohne des vormals verunglückten Liebhabers schnellen Entschluß, seinen ewigen Harm gegen die Freude umzutauschen, zu erwähnen und zu belachen. Uebrigens war aller äußere Anschein dafür, daß der Baron den vorigen Flattersinn über dem fröhlichen Geiste seiner Gemahlin gänzlich vergessen habe.

* * *

Der Brautschmuck.

Deutsches Volksmärchen.

Wer vor etlichen hundert Jahren durch das Thüringerland zog, wählte gern, wenn nicht Liebesgram oder andres Herzweh ihn nach der Einsamkeit trieb, den Weg bei der Feste Aarburg vorüber. Der Thürmer stand Tag und Nacht auf der Warte, und lugte umher nach Rittern, Pilgrimmen oder andern Reisenden, und wenn er einen erspähte, so bließ er ihm zuerst ein munteres Willkommen zu, dann knarrten die Thore, die Zugbrücken rasselten, die Rosse stampften, die Knappen ritten dem Fremden entgegen und luden ihn ein zum Imbis und zur Nachtherberge. Der Ritter sprach mit jedem Fremden ein freundliches Wort, und nach Standesgebühr führte er ihn selbst in das Gastzimmer, oder befahl ihn seinen Knechten zur Pflege, bis der Gast weiter gedachte.

Der letzte Ritter, Herr Thimo von der Aarburg blieb, in der, von Alters her berühmten Gastfreundlichkeit der Aarburger nicht hinter seinen Vorfahren zurück. Er hatte Brüder, Vettern und Oehme beerbt, und kannte keine Sorge, als wenn die Gäste und Fremden in gar so kleinen Haufen bei ihm einzogen. Dann geschah es zuweilen wol, daß er selbst auszog und die Reisenden nöthigte hereinzukommen. Diesen zeigt' er alsdann seine Herrlichkeit und seine Schätze, freute sich, wenn einem ein Stück oder das andre gefiel, und wenn er es klüglich und mit Verstand lobte, so verehrt' er es ihm wol zum Geschenk. Machte einer aber den Maulredner, lobte, da nichts zu loben war, und wollte mit solcher verkehrten Liebedienerei dem Hausherrn nur den Fuchsschwanz streicheln, so rühmte er ihm oft selbst ein unbehülflich unnütz Stück als ein kostbares Kleinod, und wenn der Fuchsschwänzer dann einstimmte, flugs hatt' er das lose Geschenk am Halse, und mußt' es Höflichkeitswegen behalten und mit auf den Weg nehmen.

Der größte Schatz aber in der Aarburg war des Ritters einzige Tochter, in dem ganzen deutschen Lande unter dem Namen der schönen Bertha bekannt. Ritter und Fürsten zogen weit und breit nach ihr herbei, Franken, Britten und Wälsche bewarben sich um ihre Minne, aber, der war ihr zu fad, jener zu dreist und der dritte hatte den Spleen; denn die Epidemie der Fremdsucht hatte sich damals noch nicht bis in das Thüringerland verbreitet, und des Wort des Mannes fand nicht bessern Eingang, wenn es mit fremder Zunge gesprochen ward. Wer diese Braut einmal heimführt, sagte die allgemeine Stimme, der ist das erste Glückskind der Welt. Denn außer der holden Schönheit, mit welcher sie von der Natur, und dem unermeßlichen Reichthum, mit dem ihr Vater von dem Glück beschenkt war, ging noch die Rede von einem unschätzbaren Schmuck, der ein altes Eigenthum des Aarburger Hauses sei, und den nun Bertha als letzter Zweig dieses Stammes zum Brautschmuck erhalten werde.

Einige Bogenschüsse weit von der Aarburg stand eine schlechte, verfallene Feste, die der alte Ritter Heerwart seinem Sohn Balduin als einziges Erbe hinterlassen hatte. Ehe Kaiser Maximilian die Wucherpflanze des Römischen Rechtes auf deutschem Boden einheimisch machte, und noch der Ritter jeden Flausenmacher, den nach seinem Gute gelüstete, mit Schwert und Lanze auf die Finger klopfte, war Ritter Heerwart unter den wohlhabenden Rittern nicht der letzte gewesen; denn er wußte tapfer darein zu schlagen, und hatte manchen Gewinn an Beute und Lösegeldern: aber jetzt, da das Ritterschwert sich unter die Schreiberfeder beugen sollte, und der Kaiser im Landfrieden allen Kleinhandel mit fremdem Eigenthum hart verpönt hatte, wollt' es nicht mehr recht mit ihm vorwärts. In seiner verfallenen Burg mußt' er jährlich mehre Kammern und Thürme an Kauze und Eulen abtreten, denen das Handwerk im Freien nicht wie dem Hausherrn gelegt war, und endlich mußten Thorflügel und Brücken zur Bedachung benutzt werden, um den Winterpalast des Ritters vor Schnee und Frost zu sichern, das Sommerhaus hatte sich selbst aus Dornen und Holundergebüsch über dem alten Gemäuer gewölbt.

Ritter Balduin besah mit wehmüthigen Blicken die natürlichen Ruinen seiner väterlichen Burg. So wenig Raum er auch mit seiner ganzen fahrenden Habe nöthig hatte, so nahm es doch den Anschein, als ob ihm seine Burg diesen nur für die wenigen warmen Tage des zu Ende eilenden Sommers gewähren, keinesweges aber gegen den Frost und Schnee des nächsten Winters Schutz versprechen wollte. Er hielt mit sich selbst geheimen Rath, was unter solchen Umständen zu thun seyn möchte, aber seine Gedanken schweiften immer ab von dem Thema, das ihnen der Verstand als Pensum zu bearbeiten gegeben hatte, und ergetzten sich mit der Fantasie an den Bildern und Wünschen, die mit dem Einen, was jetzt noth war, sich nicht vertragen wollten.

Ritter Balduin's Herz war nämlich dem Bruch so nah' als seine Burg, nur daß jenes nicht durch Alter und Feindesgrimm in solchen Zustand gerathen war, sondern vielmehr durch Jugend und Schönheit. Er hatte des Aarburgers Tochter, die schöne Bertha gesehn, wie sie bei einem Turnier als das schönste Fräulein einmüthig berufen wurde, dem Sieger den Dank zu reichen, um den Preis der Tapferkeit dadurch zu erhöhen, und den Muth der Ritter zu entflammen. Balduin stärkte sich an dem Anblick ihrer Schönheit, wie an einer Engelerscheinung, hob die Ritter aus dem Sattel, als wären sie Strohmänner, und führte mit seinem Schwert Streiche, als regierten es Luftgeister, wie Stichling Mallocher's des regsamen Schneidermeisters, auch Geisterkönigs, Scheere und Nadeln. Das schöne Fräulein Bertha war nicht kurzsichtiger als ihre andren schönen Schwestern in ähnlichen Fällen. Sie merkte wohl, daß ihre Augen die Sonnenstrahlen, und ihre süßen Worte die Frühlingshauche waren, welche in dem jungen Ritter die Pflanze des Muthes so kräftig hervorkeimen ließen, sie lohnte daher den Kampfrichtern mit dem freundlichsten Lächeln, als sie einstimmig ihrem Helden den Preis zuerkannten, und reichte dem jungen Ritter mit so holdem Erröthen den Dank, daß ihm die Morgenröthe seines Glücks auf ihren Wangen den heitersten Tag hätte verkündigen müssen, wär' nicht seine Seligkeit in dem Augenblicke so übergroß gewesen, daß er vergaß sich daraus eine Zukunft zu deuten.

Indessen versäumte Balduin nicht, den Aarburger auf seiner Burg fleißig heimzusuchen, und, weil er ein muntrer Gesell war, der dem Burgherrn manchen Schwank aussinnen und ausführen half, so ward er bald der tägliche Gast auf der Aarburg, fand allezeit seinen Platz an der Tafel, dazu ein Kämmerlein und Bett, wenn ihn nicht gelüstete bei Nacht und Nebel nach Haus zu reiten. Fräulein Bertha gab dem schlankem muntern Ritter auch manchen freundlichen Blick, forderte ihn wol selbst zuweilen zum Tanze auf, wenn ihr ungeschickte Gäste mit einem Schleifer oder einer Sarabande drohten, und fragte ihn um seinen Rath, wenn sie ein neues Stück von Putz oder Kleidung sich zulegen wollte.

Hierdurch ward der verliebte Balduin kühner in seinen Hoffnungen und an einem schönen Sommerabend, als Fräulein Bertha bei Sternenlicht in der Laube des Schloßgartens saß, und mit ihrer Flötenstimme zu dem Lispeln ihrer Harfe sang, wie die Nachtigall in das Säuseln der Abendluft, da ward's ihm zu warm und zu mächtig im Herzen, es übermannte ihn, er sprang auf; vertauschte seinen Sitz auf der Rasenbank mit dem Platz zu Bertha's Füßen, schwur, gleich dem Ton ihres Gesangs, nur durch ihren Hauch zu leben, und bat um ihre süße Minne. Das Fräulein war überrascht, aber weniger von des Ritters Liebesglut, deren verborgenes Flämmlein sie längst mit heimlicher Freude gesehn hatte, als von ihrem schnellen und heftigen Ausbruch. In der Bestürzung entsank die Harfe ihren weißen Armen, und, indem sie sich vorbeugte, das Saitenspiel zu ergreifen, begegneten ihre Lippen Balduin's Munde, die Arme, welche nach der Harfe sich ausstreckten, verschlangen sich mit des Ritters Armen, und beide Liebende waren in Kuß und Umarmung gefangen, eh' sie noch wußten, wie viel Dämon Zufall dem Gott Amor in die Hände gearbeitet hatte.

In den wenigen Augenblicken, wo die Wirklichkeit einen düstern Erdschatten in das Mondlicht der ersten Liebesfantasie wirft, war den Liebenden wol etwas bange, wie Vater Thimo, der reiche Ritter von der Aarburg, das heimliche Minnespiel seiner Tochter mit dem armen Ritter aufnehmen werde. Sie berathschlagten dann mancherlei mit einander, und saßen manche Stunde zusammen, ohne über etwas anders einig zu werden, als: Balduin müsse sich immer fester in des Aarburgers Gunst zu setzen suchen, und gelegentlich dessen Gesinnungen und Pläne mit Bertha ausforschen.

Diese Gelegenheit zeigte sich bald. Ohnerachtet alles Aufwandes und aller Pracht auf der Aarburg füllte sich doch Vater Thimo's Geldkasten täglich mehr und mehr, so daß es oft an Raum gebrach, und der reiche Ritter sich genöthigt sah, eine Feste oder ein andres Stück Land an sich zu kaufen, um die vollen Säcke zu leeren. An Gelegenheiten zum Ankauf fehlt' es ihm niemals; denn, weil er vom geforderten Kaufpreis nichts abzudingen pflegte, so war er als Käufer Hohen und Niedern willkommen und hatte Verwalter und Vögte seiner Herrschaften im Pleisner- und Meißnerland wie in Thüringen. Einmal hatte er auch eine schöne Herrschaft an sich gebracht, aber, als ihm seine Tischgenossen mit vollen Pokalen dazu Glück wünschten, setzt er unmuthig seinen Becher hin. Was hilft mir das Alles – sprach er – hab' ich doch keinen Erben, dem ich einmal mein Hab und Gut verlassen kann! Ei – versetzte darauf einer von den Gästen – habt ihr nicht eine holde minnigliche Tochter, die euch einen Eidam geben könnte, wie euer Herz ihn wünscht? Wol wahr! – entgegnete der Aarburger – aber ein Sohn wär mir doch lieber! Der Eidam führt sein Weib auf seine Burg heim, und der alte Vater sitzt dann noch verlassener im leeren Hause. Hätt' ich einen Sohn, wie da den Balduin, dem sucht' ich eine wackere Hausfrau, und setzt' ihn dort in die neue Herrschaft, oder ließ ihn hausen in der Aarburg, wo Raum ist für ein ganz Geschlecht.

Bei diesen Worten wuchs dem Ritter Balduin der Muth, den zuvor der Wein schon etwas angefeuert hatte. Er besann sich nicht lange und fuhr mit der Rede heraus. Vater Thimo – sagt' er – wer wehrt es euch, mich zu eurem Sohne zu machen? Gebt mir eure Tochter, die minnigliche Bertha zu meiner Hausfrau, und laßt uns auf einem eurer Schlösser wohnen, oder, so es euch gefällt, hier auf der Aarburg. Da sollt ihr eure Freude sehn, an Kindern und Enkeln.

Aber anstatt einer freundlichen Zusage zog sich des Aarburgers Gesicht bei dieser Rede gewaltig in die Länge. Meint ihr, Ritter Heerwart? – sagte er mit gezogenem Tone, und wendete sich mit einer gleichgültigen Frage an seinen Nachbar.

Balduin hätte zwar an allen diesen Zeichen merken können, daß sein Liebesgestirn jetzt nicht in der günstigsten Constellation stand.

Gleichwol schwoll ihm die Zornader über die Kälte, mit welcher der Aarburger sein warmes Herz und seine Werbung aufgenommen hatte. Er stand im Eifer auf, wiederholte seine Worte und erklärte mit der feurigsten Beredsamkeit seine Liebe zu der schönen Bertha.

Thimo ließ ihn gelassen sich aussprechen. Dann erwiderte er mit Ernst: Ritter, woran soll ich erkennen, ob ihr meine Tochter mit redlicher Minne liebt, oder um zeitliches Gutes willen? Laßt mich ausreden! Ihr beruft euch auf Ritterwort, das genügt mir als Ritter in allen Ehrensachen, aber meine Bertha ist nicht allein der Stolz meines Hauses, sondern auch mein Herzblatt. Uebrigens habe ich meine Grille, wie alle reiche Leute, und ihr werdet mich davon nicht abwendig machen. Wer um meine Bertha werben will, muß Burgen und Ländereien vollauf haben, je mehr, je lieber, daß seine Hausfrau nicht aus Meister Sparbrot's Rechentafel wirthschaften muß, sondern leben kann, wie sie als Jungfrau es gewohnt worden ist. Die Liebe im Ehestand ist nicht ein Paradiesvogel, der hoch im Wolkenrevier einzig von Himmelsluft lebt, und erst wenn er todt ist, auf die Erde fällt; sie ist eine holde Blume, die aus dem Erdboden ihre Nahrung saugen muß, soll sie kräftig und schön blühen, und nicht mitten unter Sonnenglanz und Westgesäusel hinwelken und verdorren. Darum muß mein Eidam, wie ich gesagt habe, Geld und Güter vollauf haben, denn, was ich von zeitlichem Gut besitze, das verwende ich zur Ausstattung meiner Tochter und zu ihrem Brautschmuck, der köstlich seyn soll, als einer königlichen Prinzessin.

Den Ritter Balduin wollte diese Rede fast kindisch bedünken. Er belächelte die Unwissenheit des Aarburgers in dem Courszettel wahrer Minne, nach welchem die Staats- und Luxus-Mandate güldener Ketten, demantner Ringe und sammetner Kleider, gegen das natürliche Courant seidener Haarflechten, feuriger Augen und sammetner Wangen in den Zeiten der Liebe mehr verlieren als Staatspapiere und Banknoten zu Kriegszeiten gegen klingendes Gold und Silber.

Vater Thimo – hob er an – ihr sollt nicht meinen, daß mich nach dergleichen Eitelkeiten gelüstet, auch weiß ich sicher, daß die holde Bertha eben so wenig danach Verlangen trägt. Ist nicht ihre Schönheit das herrlichste Kleinod....

Spart eure Worte – fiel hier der Aarburger lachend ein – Ich kenne die Redensarten aus meiner Jugendzeit her, wär mir auch sehr unlieb, so ihr sprächet, ihr liebet meine Tochter und wolltet ein Haarringlein von ihr nicht viel höher achten, als alle güldene Gnadenketten von Kaiser und Königen. Aber vergeßt nicht, daß ich gesagt habe, es wär eine Grille von mir, daß meine Tochter königlichen Brautschmuck tragen soll, und daß ihr gegen eine Grille alle Beweise und Gründe ganz vergeblich auskramt. Uebrigens bleiben wir – wenn ihr wollt – Freunde, nach wie vor; doch gebt ihr mir vor diesen vesten Rittern euer Wort, daß ihr mit Bertha kein heimliches Minnespiel treibt, weder in, noch außer der Aarburg, auch weder durch Trutz noch List gegen meinen Willen um sie werbt.

Balduin wollte noch manche Einwendungen machen, aber der Aarburger blieb auf seinem Satze, und der verliebte Ritter mußte ihm Ritterwort und Handschlag geben, wollt' er nicht durch Weigerung Gefahr laufen, auch des Anblicks seiner Bertha verlustig zu gehen.

Unter den Rittern, die Zeugen dieses Versprechens waren, hatten aber mehrere die Sage von dem Brautschmuck auf der Aarburg gehört, und fragten scherzweis, ob vielleicht Ritter Thimo schon insgeheim ein Töchterlein mit diesem Erbschmuck ausgestattet hätte? Der Hausherr aber ward ernsthaft und sagte: Es geziemt euch mitnichten über diese Sache euren Scherz zu treiben. Wol weiß ich, daß ein solcher Schatz und köstlicher Brautschmuck vormals ein Erbtheil der Aarburger gewesen ist, allein er ist verschwunden und weiß niemand wohin, darum, so ihr es wissen wollt, hab' ich beschlossen, jenes alte Familiengut zu erneuern, und meiner Tochter als ein unveräußerliches Erbtheil mitzugeben, nach allen Stücken, wie es in einem alten Pergament beschrieben und verzeichnet ist. Daß es ein überköstliches Werk gewesen seyn müsse, möget ihr daraus urtheilen, daß mir außer meiner Stammburg nach Ankauf dieser Kleinodien nichts übrig bleiben wird. Anders aber, als mit einem solchen Schmuck soll meine Bertha keinem Manne vertraut werden, das hat seine guten Gründe, wenn ihr sie auch nicht errathen mögt.

Mit dieser runden Erklärung meinte nun zwar der Aarburger das weitere Fragen seiner Zechbrüder abgewiesen zu haben, allein die alte Welt war nicht weniger auf das Wunderbare begierig, als unsre Zeitgenossen des neunzehnten Jahrhunderts. Die Ritter setzten die gefüllten Becher vom Mund ab, um der Zunge mächtig zu werden und ließen nicht ab in ihren Zechwirth zu dringen, daß er mit seinem Geheimniß nicht hinter dem Berge halten, sondern ihnen entdecken solle, von wannen der Aarburger Brautschmuck gekommen und wohin er gefahren sei; schwuren auch, ihn herbeizubringen, und wär er in des Türken Gewalt gerathen. Ritter Thimo war durch den Wein gesprächig geworden, und begann:

Wohin der Schatz gefahren, vermag ich nicht euch zu berichten, sintemal er vor meines Vaters Zeit vermißt worden ist, ohne daß sich eine Spur findet, wie er abhanden gekommen. Eine Aarburgerin, Namens Uda, soll ihn zuletzt getragen haben, es finden sich aber keine Nachrichten von ihr, und man weiß nicht, in welches Haus sie sich verheirathet, oder ob sie mit dem Schmuck entführt worden, oder was es sonst für eine Bewandniß damit habe. Fast scheint es, als hätte man absichtlich diese Sache in Dunkel lassen wollen. Wie aber jener Schmuck auf die Aarburg gekommen, davon hat mir mein alter Burgpfaff ein wunderliches Histörchen erzählt, das ich euch nicht verhalten will, und steht es bei euch, was ihr davon glauben wollet oder nicht.

Meine Urältermutter, Namens Ursula, aus dem Geschlecht der von Ranzau, war schon hochbetagt, und eine Mutter von sieben Kindern. Einmal, als sie bei ihren Kindlein in der Johannisnacht ruhte, ward sie mit ihrem Namen gerufen, daß sie darüber vom Schlaf erwachte. Sie meinte, es wär eine von ihren Dienerinnen, und fragte, warum man sie zu so ungewohnter Zeit in ihrer Ruhe störte. Da sie aber die Augen aufthat, sah sie ein unbekanntes Weib von zwerghaftem Ansehn bei ihrem Bett stehn, entsetzte sich und wollte nach Hülfe rufen. Aber das Weib hieß sie still seyn und ihr nachfolgen, weil eine Frau in Kindesnöthen ihrer Hülfe begehre. Frau Ursula machte nun zwar manche Einwendung, fragte woher und wohin, aber das Weib bat sie beweglich und klagte wie, die Kindbetterin, so von gar fürnehmen Geschlecht, all ihr Vertrauen auf Frau Ursula gesetzt, daß die Rittersfrau sich endlich entschloß ihr zu folgen. Die fremde Zofe führte sie nun aus der Burg, durch alle Wachen ungestört über Wälle und Zugbrücken, durch Pförtchen und Thore, über Felder und Gewässer, bis sie endlich an einen hohen Berg kamen. Hier pochte das Weib an eine Steinplatte, und alsbald öffnete sich ein hohes Portal in dem Berge, durch welches Frau Ursula mit ihrer Begleiterin in die Vorhalle eines unterirdischen Palastes einging. Aus dem Innern kamen ihr eine Schaar kleiner Männlein entgegen, kaum einer Ellen lang; die neigten sich demüthig vor ihr, und führten sie durch eine Reihe kostbarer Säle und Gemächer, die alle von Edelgestein und Perlen und den herrlichsten Gold- und Silbererzen glänzten. Endlich kam ein andres zwergisches Weiblein und sagte der Frau Ursula an, saß die Bergkönigin ihrer sehnsüchtig harre. Zugleich thaten sich ein paar große goldene Flügelthüren auf, die kleinen Männlein traten ehrerbietig zurück, aber die beiden Zofen führten Frau Ursula in die Wochenstube der unterirdischen Königin. Hier waren die Wände von feinem, zart geädertem Marmor und oben wölbte sich eine Kuppel von sanftgrünem Smaragd. An der Seite stand ein Bett von gediegenem Gold, auf diesem lag ein Frauenbild, schön und holdselig, wie die welschen Maler die Mutter Gottes malen, die sprach, als Frau Ursula sich ihr näherte: edle Frau, fürchtet euch nicht, und tretet getrost näher, mir beizustehn in der Stunde der Angst, die mich überfällt in der Johannisnacht, wo den Erdgeistern die Kräfte gebunden sind, bis zum Hahnenruf. Auf diese Rede trat Frau Ursula hinzu, und sprach selbst der Kreisenden Muth ein, segnete sie auch mit dem heiligen Kreuz, weil sie noch immer ein böses Blendwerk des Satanas fürchtete. Als sie aber bemerkte, daß alles unverändert blieb, wie zuvor, und die schöne Königin während des Segens sie nur noch holdseliger anblickte, ging sie freudig ans Werk. Nun erhob sich während der Arbeit ein wunderbar Getön, als flüsterte der Wind in Saiten, und spielte mit hellen Glöcklein, bald fern bald nah und wunderlieblich anzuhören. Es währete auch nicht lange, da reichete Frau Ursula der jungen Mutter ein zartes Knäblein und in dem Augenblick klang es wie tiefer Glockenton und Posaunenschall, die goldenen Pforten öffneten sich von neuem, und der König trat herein, nahm stillschweigend das Kind, küssete er, und zeigte es einer großen Schaar kleiner Männlein, die vor den Pforten standen und niederknieten, als der König das Kind aufnahm. Frau Ursula sah mit großer Verwunderung alles dieses an, endlich berief die Königin sie an ihr Bett, und sprach: Nehmet meinen Dank, edle Frau, für euren Beistand und dieses zum Andenken an Saffira, die Bergkönigin. Bewahret den Schmuck in diesem Kästlein wohl; so lang' er bei eurem Hause bleibt, wird es grünen und blühen, und mit seinen Zweigen das ganze deutsche Reich überschatten, aber verlöschen wird euer Name, kommt dieser Schmuck von euch. Doch möget ihn wol ein Stück davon oder das andre einer geliebten Tochter mitgeben, denn es erhalten die edlen Steine das Herz und den Geist frisch, machen auch angenehm und fröhlich, nur seid sodann bedacht, daß ihr alsbald ein ähnliches Stück von gleichem Werth dagegen schaffet, damit der Schmuck vollständig bleibe und jede Braut auf der Aarburg an ihrem Ehrentage sich damit schmücke. Mit diesen Worten deutete die Königin auf ein ansehnliches und sehr zierlich gearbeitetes Kästlein, das eine der Zofen hielt, und wozu Saffira selbst an Frau Ursula den Schlüssel überreichte. Das Zwergweib geleitete nun die reichbeschenkte Wehmutter aus dem unterirdischen Königspalast in ihre Burg zurück, bediente sie beim Auskleiden, stellte sodann das Schmuckkästlein auf den Nachttisch und beurlaubte sich zuletzt mit höflicher Verneigung von der Burgfrau.

Als nun meine Urältermutter am Morgen spät erwachte, dünkte sie das Alles ein Traum, doch merkte sie bald an dem Kästlein, wozu sie den goldenen Schlüssel noch in der Hand hielt, daß ihr wirklich etwas seltsames und wunderbares in dieser Nacht begegnet sei. Sie zeigte alles ihrem Eheherrn an, und beide staunten ob dem überköstlichen Schmuck in dem Kästlein, denn da waren Demanten als die Sankt Lambertus-Nüsse und Perlen als die größten Weinbeeren, daß schier der Römische Papst keine so kostbaren in seiner Krone hat, und man dieses wol mit Recht ein mehr als königliches Gratial nennen konnte. Es bewieß sich auch der Wundersegen, den die Bergkönigin verheißen hatte, denn das Geschlecht der Aarburger mehrte und breitete sich durch das ganze Reich und hatten alle vollauf, so lang der Schmuck auf der Aarburg war, seit er aber verschwunden ist, starb ein Aarburger nach dem andern kinderlos hin, und ich bin der letzte, werde auch bald den Namen der Aarburger mit mir zu Grabe tragen. Meiner Bertha soll aber der Schmuck darum nicht entgehen, denn es ist mir ein früher verschenktes Stück davon durch Erbgangsrecht zugefallen, welches, falls den Worten der Bergkönigin zu trauen ist, den andern Stücken, die dazu gefertigt werden sollen, seine Tugend mittheilen wird.

Die Ritter kannegießerten noch lange über diese Berggeisterspende. Mancher wollte den Starkgeist machen, meinte, die Aeltermutter habe lebhafte Fantaseien gehabt im Traum, der Schmuck aber sei später hinzugedichtet worden, wie die Legende zum Evangelium, und sei das heimgefallene Stück nicht besserer Beweis für das Ganze, als eine Sproße von des Erzvaters Jacob Himmelsleiter für dieses englische Zimmerwerk selbst. Mancher hingegen wußte ähnliche Begebnisse solcher geistigen Schenkungen und Rekompensen anzuführen, als die güldischen Sandkörner, welche das Zwerglein im Schloß Rosenberg dem Grafen Hermann zum Valet darbot, ingleichen den Ring, welchen die edle Frau von Alvensleben zu Kalba an der Milda von einem gespenstischen Weiblein für einen ähnlichen Liebesdienst erhalten habe, und bewieß gleich dem geisterkundigen Jung aus der Gewißheit dieser Geschichten die Möglichkeit der Aarburgischen Wunderhistorie und des Geisterspuks überhaupt. Ein dritter aber schüttelte bedenklich das Haupt, meinte, solche Spenden seien überhaupt verdächtig und nehm' es gewöhnlich mit ihnen kein gutes Ende; wie er denn schon früher von einem Harfner in Palästina ein Liedlein gehört, von einem schönen Fräulein, die auch einen solchen Schatz besessen. Als sie aber am Hochzeittage sich geschmücket und auf den Bräutigam geharret, sei anstatt des Hochzeiters der schwarze Höllenritter gekommen und habe die Braut mit dem eitlen Schmuck heimgeholt, wodurch denn die Kleinodien vermuthlich dem finstern Schacht des Abgrundes wieder anheimgefallen wären. Ritter Balduin saß gar mißmuthig dabei, nahm geringen Antheil an der Controvers und verwünschte den Brautschmuck, der ihm die Braut raubte, in die untersten Oerter der Erde.

Die Tage waren indessen kürzer geworden, und es nahte die Zeit der Herbstnachtgleiche, der Wind bließ frostig über die Stoppeln und schlug Regen und Graupelwetter durch Dach und Fenster in Balduins Burg. Da entschloß er sich eines Tages schnell, trat zu dem Aarburger und sprach: Ritter Thimo, mich duldet er nicht länger in der Nähe der Aarburg. Der Sturmwind spielt meiner Feste gar übel mit, und die Liebe meinem Herzen noch übler. Darum hab' ich beschlossen, zu dem Heer des Kaisers zu ziehn, ob ich mir Ehr' und Gut erwerben mag. Meine alte Burg biet' ich feil, mögt ihr sie haben, so seid ihr mir der beste Käufer, gebt mir dafür was euch recht dünkt. Ritter Thimo hörte diese Rede zwar ungern, denn er war dem Balduin gewogen, doch als er sah, daß dieser auf seiner Meinung bestand, ließ er ab vom Zureden, schloß den Handel über die Burg, richtete sodann ein großes Mahl zum Valet aus, und ließ den Ritter Balduin zur letzten Ergetzlichkeit an der Seite der schönen Bertha sitzen. Zum Schluß berief er den reisefertigen Gast zu sich in ein Fenster, übergab ihm einige Briefe, und sprach: Zieht mit Gott, Ritter, und kehrt bald und fröhlicher wieder, als ihr auszieht. Ihr werdet nicht allerwärts gute Herberge finden, absonderlich jetzt, wo öfters jeder Winkel mit Rittern, Knechten und Reisenden angefüllt ist, darum nehmet diese Briefe mit euch, die ich an meine Burgvögte und Haushalter habe schreiben lassen, das sie euch auf das Beste bewirthen, gleich als käm ich selbst. Ihr sollt Herr seyn auf meinen Burgen, solang es euch gefällt, und habt deshalb nur meinen Befehl vorzuzeigen. Nun Gott befohlen, Euer Roß harret euer.

Damit schob er jenen zur Thüre hinaus, und hörte auf keinen Dank. Unten aber fand Balduin sein Roß gesattelt und fertig, schwang sich darauf und zog, mit manchem Seufzer nach dem Fenster seiner Bertha, auf gut Glück in die Welt hinein.

Er hatte schon manchen Gebrauch von seinen Panis-Briefen gemacht und die nächsten Vögte freundlich und willfährig, die entferntern rauher und herrisch gefunden. Schon war er Willens, die letzten Briefe unabgegeben zu lassen, denn ihn widerte das hochfahrende Wesen der Amtleute, aber ein unfreundliches wildes Schlackerwetter trieb ihn gegen Abend nach der Funkenburg, nahe bei der Stadt Leipzig im Pleißnerland, die vormals eine mäßige Feste war, auf welcher ein Vogt des Aarburgers hausete; heutzutag' aber ist es ein anmuthiger Platz, wohin Sonntags und Werkeltags die Städter lustwandeln, und ist nichts rittermäßiges daselbst zu sehen, als Messenzeit welsche und englische Kunstreiter, auch zuweilen ein fahrender Ritter, so aber nicht vom Stegreif und Sattel, sondern vom Windfähnlein und der Luftgondel lebt. Die Burg schimmerte von weiten durch Nebel und Schneegestöber, und in der Nähe sah Balduin, wie sie gar lustig in allen Fenstern beleuchtet war, als feierte der Vogt ein Freudenfest zu Ehren der Burgherrn. Balduin stieß einigemal in sein Horn, aber drinn war man zu geschäftig, um dem Wandrer draußen zu antworten. Endlich ertönte von innen die allgemeine Präliminarfrage des Einlasses: Werda? und dem Ritter ward nach einem langweiligen Examen aufgethan. Er schickte dem Burgvogt seinen Brief, mußte aber indessen unter den Roßbuben verweilen, bis der Vogt Befehl gab ihn in die Burg zu führen.

Hier ging es gar munter zu: Geiger und Pfeifer spielten gar lustig auf, Ritter und Dirnen dreheten sich im Tanz, oder saßen in vertrauter Umarmung auf weichen Lotterbettlein. Andre saßen an Schenktischen und leerten die Becher geschwinder als die Diener sie füllen konnten, sangen dabei Trink-, Schimpf- und Liebeslieder, und lachten darunter, daß die Becher auf den Tischen klirrten. Der Vogt taumelte dem ankommenden Ritter entgegen, und bat ihn Platz zu nehmen und es sich wohl seyn zu lassen, aber Balduin mochte in dem Lärm nicht bleiben und sehnte sich nach Ruhe. Da zog der Wirth die Augbraunen aufwärts, zuckte die Achseln bis über die Ohren, und sprach: Edler Ritter, der veste gestrenge Herr Thimo von der Aarburg gebietet mir zwar eurer auf das beste zu pflegen; gleichwol werdet ihr diese Nacht mit einem engen schlechten Zimmerlein verlieb nehmen müssen, weil, wie ihr sehet, die ganze Burg besetzt ist; es wär denn, daß ihr das Herrenzimmer erwähltet, wo es aber nicht ganz geheuer seyn soll. Das sagte aber der arge Schalk nur, um sich des Spähers, für welchen er den Ritter hielt, mit guter Art zu entledigen, denn er hoffte nicht vor dem Hausherrn zu bestehen, wenn dieser einmal sagen sollte: thue Rechnung von deinem Haushalten. Das Zimmerlein, das er dem Ritter zur Schlafstätte angeboten hatte, war so luftig, daß es jedem Gast im Schloßhofe angenehme gedäucht haben würde, dagegen war das Herrenzimmer seit langer Zeit eine wüste Behausung der Geister; und mancher Waghals, der den Strauß mit den gespenstischen Usurpatoren hatte unternehmen wollen, war am Morgen mit rückwärts gekehrtem Gesicht gefunden worden. Der Ritter ließ sich beide Gemächer zeigen, verwarf das erste und befahl im Herrenzimmer ihm ein Bett aufzuschlagen und ein Abendessen nebst Schlaftrunk zu bereiten.

Er war mit seiner einsamen Mahlzeit geschwinder zu Ende, als die Bankettierer an der Tafel des Vogtes, von der noch lange Jubel und Gesang zu ihm schallte. Als es aber gegen die verrufene Stunde hin kam, wo die Unterwelt ihre gespenstischen Missionare zu Bekehrung der Ungläubigen und Freigeister in der Oberwelt entsendet, da ward es stiller und immer stiller in der Burg, die Fackeln und Kerzen erloschen, die Sänger verstummten und die Geiger und Pfeifer zogen nach Haus. Balduin stärkte sich mit einem Schlaftrunk gegen die Anfechtungen des Nachtgrauens, schob das Feuer im Kamin zusammen und warf sich auf das ihm bereitete Bett, wo er in Gedanken an seine Bertha zu entschlummern, und wenigstens im Traum ihrer holden Schönheit sich zu erfreuen hoffte.

Aber der Wächter, der die Stunde der Mitternacht in der Burg ansagte, rief den Ritter aus der anmuthigen Vorhalle des Traumtempels in die dornige Wildniß seines Lebens zurück, wo ihm die neckenden Kobolde Liebespein und Unmuth irr' führten, daß er die Traumpforten nicht wieder finden konnte. Er versuchte zwar mancherlei Wege, und vergaß auch nicht den dürren, sandigen Hohlweg der Langenweile, welchen der humoristische Jean Paul als probat rekommandirt, ohne jedoch seine Leser dieser Wohlthat froh werden zu lassen; aber selbst dieser Weg führte ihn nicht zum Ziel, denn er ward bald von gar seltsamen romantischen und abenteuerlichen Parthieen unterbrochen.

Der Ritter wendete sich ausf seinem Pfühl unmuthig von einer Seite zur andern, da dünkt' ihn, als rauscht' es im Schlot des Kamins. Er richtete seine Augen dahin, und sah bald durch den Schornstein etwas herabfallen, wie eine Menschenhand. Nicht lange, so rauscht' es von neuem und es fiel ein Fuß durch denselben Weg herab, diesem folgte eine zweite Hand und wieder ein Fuß, und so nach und nach alle Requisiten eines menschlichen Körpers, jedes nach seiner Gebühr bekleidet, herab, fügten sich zusammen, wie im chinesischen Schattenspiel oder im Pygmäentheater, womit Herr Charles und Compagnie die pariser Oper pygmäisiren, und alsbald stand ein riesenhafter Schweizer mit Wehrgehenk und Partisane fertig da, und stellte sich ans die eine Seite des Kamins.

Der Organisationsproceß begann in kurzem von neuem, und ein zweiter Hellebardierer trat geschmückt und gerüstet auf die andre Seite des wunderbaren Laboratoriums. Aber jetzt verwandelte sich der allmälige Gliederregen in ein prasselndes Hagelwetter. Weiberfüßchen, Männerfäuste, Kinderköpfe, ein ganzes Sortiment menschlicher Gliedmaßen polterte herab, darunter Materialien zu Tischen, Sesseln, Schemeln; auch Tafelgedeck, goldne Kannen, Pokale und Kessel mit allem Zubehör eines sardanapalischen Mahles, daß das halbe Zimmer davon erfüllet ward. Die beiden Erstgeborenen der gespenstischen Schöpfung legten nun ihre Partisanen aus den Händen, und fingen an, die eingekommenen Beiträge und Miscellen für die neueste Welt- und Menschenkunde zu redigiren. Sie setzten aus dem Chaos menschlicher Fragmente so geschickt und zierlich Menschen zusammen, wie die Sagensammler der Vorzeit aus den Rhapsoden einen Homer, der lange unter Griechen und Griechengenossen für ein Muster eines ganzen Mannes passirte, bis ein Deutscher die Fugen seiner Zusammensetzung ausspähte. Unter ihren Händen entstand zuerst eine stattliche Dienerschaft, die geschäftig sich umhertrieb, Tische, Sessel und Schemel zusammensetzte und bald eine Tafel servirt hatte, an der nur noch die Gäste fehlten. Bald aber gingen auch diese aus dem alchymistischen Schornstein hervor. Männer und Frauen in der prächtigsten Galatracht der frühern Zeit erschienen, nahmen auf den Sesseln Platz oder spazierten umher. Zuletzt kam aus dem finstern Schlot ein holdes Fräulein, in weiße Seide gekleidet, schön, zart und schlank, aber auch blaß wie eine Lilie. Ihr Antlitz war, wie ein Seufzer des Himmels, kummervoll, aber von unaussprechlicher Lieblichkeit. Zu ihrer Seite ging ein Ritter, schwarz und unholdselig anzusehn; sein Mund war lachender Grimm, und seine Augen finstere Gewitterwolken voll düsterer Blitze. Er führte das Fräulein vor einen Spiegel, der ihre schöne Gestalt als ein schmäliges Todtenbild ihr zeigte, daß sie voll Entsetzen sich abwendete; doch zwang sie der Unhold mit ihren sanften Augen das abscheuliche Trugbild zu beschauen und sich vor diesem Spiegel zu schmücken. Denn es brachten ihr nun die Diener Kleider von Gold- und Silberstück und eine Brautkrone, auch Halsschmuck und Armspangen, Fingerreifen und Ohrengehänge, aber alles war geglüht in höllischem Feuer und zischte Funken wie rother Stahl auf dem Ambos des Waffenschmides.

Bis hieher hatte Ritter Balduin auf seinem Lager einen stummen Zeugen dieses Abenteuers abgegeben, allein jetzt schien er selbst zur Theilnahme daran genöthigt zu werden. Auf einen unwillkührlichen Schrei, den das Mitleid mit der Geängsteten ihm auspreßte, wendete sich die ganze Geisterversammlung nach dem Bett; Einer stand auf, nahm einen güldenen Pokal von der Tafel und kredenzte ihn dem menschlichen Gaste, nöthigte ihn auch durch Zeichen sich zu erheben und an dem mitternächtigen Mahle Theil zu nehmen. So muthig die alten Ritter waren, wo es einen körperlichen Feind galt; so wenig achteten sie es, als wahre Gegenfüßler der tapfern Paladins unsrer Zeit, für Schande, der Geisterwelt gegenüber einen Schauder zu empfinden. Ritter Balduin hätte lieber hundert Saracenensäbel gegen sich blinken sehn, als diesen goldenen Pokal, welchen ihm der nächtliche Zechbruder mit der entfleischten Knochenhand bot. Indessen sah er hier kein Entkommen, und sein Zögern machte schon die andern Gäste rege, daß sie langsam seinem Bett sich näherten. In solchen Augenblicken ist in einem starken Gemüth der Uebergang von ängstlichem Zweifelmuth zu dem tapfersten Heroismus so leicht und schnell, als in dem Hasenherzen eines Poltrons der Sprung von großthuender Prahlerei zu der kleinmüthigsten Verzagtheit. Ritter Balduin ermannte sich, sprang frisch vom Lager auf, faßte mit der Rechten sein Schwert, mit der Linken ergriff er den dargebotenen Becher und setzte ihn gewaltsam auf den Tisch. Wer ihr auch seid – rief er mit festem Ton – wie mögt ihr einen rechtlichen Ritter auffordern, euch Bescheid zu thun und den Becher mit euch zu leeren, so ihr doch Gewalt übt an schwachen Dirnen nach Art des Raubgesindels! Seid ihr Menschen, so stellt euch meinem Schwert, daß wir um die Dirne fechten, wo nicht, so hebt euch weg aus der Menschen Wohnungen!

Auf diese Rede lachte der schwarze Ritter verbissen, und von seinem dumpfen heimlichen Gelächter erzitterten die Mauern der Hauses. Diese Dirne – rief er – hat sich mir zur Braut ergeben und bleibt mein. Jede Nacht prangt sie mit dem feurigen Schmuck, bis diese Steine zurückkehren in die Hand des rechten Herrn. Schmückt euch, schöne Braut, und ihr, Ritter, thut uns Bescheid! Bei diesen Worten drangen die Hochzeitgäste, in den dürren Händen die Pokale, mit rothem dampfenden Schaume gefüllt, auf Balduin ein. Die Männer schienen ihn zum Trunk, die Frauen zum Tanz einzuladen. Aber Balduin hielt ihnen den Griff seines Schwertes vor und machte sich Platz durch den grinsenden Haufen. Er brauchte keine Aretinsche Gedächtnißkunst, um sich bei dieser peinlichen Toilettenscene an den verschwundenen Aarburger Brautschmuck zu erinnern, und in der blassen Braut das Fräulein im Liede des Harfners in Palästina, und zugleich jene Uda zu erkennen, von welcher die Aarburger Geschlechtsregister schwiegen, und über deren Verschwinden ihm die unholde Gesellschaft ein genügendes Licht gab. Seiner Sache gewiß trat er zu dem schwarzen Ritter und sprach: Ich werde dir Bescheid thun, wie du es verdienst. Diese Jungfrau ist Uda die Aarburgerin und du hast fernerhin keinen Theil an ihr. Diese Steine sind eine Gabe der Bergkönigin Saffira, und jetzt in den Händen den rechtmäßigen Eigenthümers, denn ich selbst nehme sie hiermit für den Ritter Thimo von der Aarburg in Besitz. Diese mündliche Proklamation, mit der Balduin sein erobertes Territorium okkupirte, hatte denselben Erfolg, wie die gedruckten in unserm diplomatischen Zeitalter. Die feindliche Besatzung, die in dem Herrenzimmer garnisonirte, wartete das Ende nicht ab, und zufrieden, ihre Persönlichkeit zu salviren, ließ sie das nächtliche Bankett mit allem Zubehör dem Sieger zur Beute. Balduin war außer sich vor Erstaunen und Freude, als ihm der Morgenstrahl die Pracht der zurückgelassenen goldenen und silbernen Geschirre nebst den Reichthum und Glanz der Juwelen zeigte, und ihm kein Zweifel blieb, daß dieser Nachlaß der gespenstischen Braut nichts anders sei als der verlorene Aarburger Brautschmuck. Er war noch mit Musterung seiner Reichthümer beschäftiget, als der Burgvogt mit mehrern Knechten die Thür öffnete, und sich höchlich verwunderte, den Ritter nach dem fürchterlichen Brausen, das alle Schläfer im Schloß um Mitternacht aufgeschreckt und geängstigt hatte, noch lebend und gar im Glanz solcher Umgebungen zu finden. Denn der Schalk hatte nichts gewisser geglaubt, als der tosende Schwarm habe den verwogenen Geisterseher, wie Mephistopheles den Doktor Faust durch die Lüfte geführt. Ritter Balduin durchschaute auch bald das Herz des Vogtes, wie es nach der glänzenden Beute aus der Geisterwelt gelüstete. Er befahl ihm daher, Wagen und Rosse bereit zu halten, um den Schatz unter seinem Geleit auf die Aarburg zu bringen, mit dem Bedeuten, daß die Geister nicht mehr in dem Herrenzimmer hausen würden, dagegen der, welcher es wagen möchte, seine Hand an das geringste Stücklein dieser Kleinodien zu legen, alsbald von den höllischen Heerscharen werde in die Lüfte geführt, und zur Speisung der Raben zerrissen werden. Da nun in der folgenden Nacht kein Geisterspuk mehr im Herrenzimmer gehört wurde, so galt Ritter Balduin für einen kräftigen Teufelsbanner und der Vogt gehorchte allen seinen Befehlen auf das pünktlichste.

Ritter Thimo war seit Balduins Abschied gar mißmuthig worden. Die schöne Bertha saß oft neben ihm, sang traurige Lieder vom Scheiden und Meiden, und harfenirte gar trübselig dazu. Da bließ einmal der Thürmer des Morgens ein lustiges Stücklein, und die Edelknaben verkündigten, aus dem Walde nahe sich ein glänzender Zug von Wagen und Reisigen, und der Ritter, der den Zug führe, trage Ritter Balduins Feldbinde und Helmzeichen, sei auch der Gestalt nach kein anderer als er selbst. Da schlug dem Vater Thimo das Herz hoch vor Freude, und die holde Bertha lief, und trat eilend auf die Burgzinnen und deckte mit ihrer weißen Hand ihre Augen vor dem Licht der rothen Morgensonne. Vom Walde her aber blinkten ihr Helme und Schilder und hell polirte Harnische und Schwerter entgegen. Er ist es! – rief sie herab und der alte Ritter befahl schleunigst die Burg zu öffnen. Da rasselten die Riegel der Thore und die Ketten der Zugbrücken klirrten, die Edelknechte schwangen sich zu Rosse, und der Thürmer intonirte ein Willkommen ohne Ende, daß es widerschallte in Wald und Gebirg und die Hirsche und Eber waldeinwärts flohen. Die schöne Bertha aber stieg eilig vom Burgsöller herab und barg sich verschämt in ihr Kloset, wo sie geheim in den Fenstern lauschte nach dem Einzuge des Ritters. Der sprang fröhlich vom Rosse, umhalsete den Aarburger und sprach: Vater Thimo, so ich euch zurückbringe die Spende der Bergkönigin Saffira, die an Werth ihr gleich achtet allen euren Burgen, und dazu noch einen köstlichen Schatz von Gold und Silbergeräth, achtet ihr mich dann werth euer Eidam zu seyn und laßt ihr mich wohnen mit der holdseligen Bertha, auf einer eurer Burgen, dieweil ihr nun nicht nöthig habt sie hinzugeben um des Brautschmucks willen eurer Tochter? Der Aarburger meinte in dieser Rede eitel Räthsel zu vernehmen, und hieß den Ritter Balduin mit sich in die Burg gehen, um bei dem Becher die Räthsel zu lösen. Als er nun alles gehört, und die Kleinodien mit Verwunderung betrachtet hatte, sprach er: Ihr wißt, daß mir das Herz nicht an schnödem Geld und Gut hängt und daß ich darum euch meine Bertha nicht geweigert habe. Auch möcht' ich sie euch vielleicht nicht vorenthalten haben, hättet ihr nach einiger Frist nochmals um sie geworben, wiewol ich ungern sie minder reich gesehn hätte, als Hausfrau, denn als Dirne. Nun aber nehmt sie hin! Sie wird Saffira's Brautgeschenk mit Ehren tragen, und laßt eure Hochzeit seyn sobald es euch gefällt. Balduin und Bertha säumten nicht lange, ihren Liebesbund durch die heilige Weihe der Kirche einsegnen zu lassen. Als nun die holde Braut, geschmückt, wie die Bergkönigin Saffira selbst, und doch ihren Schmuck überstrahlend, wie der edle Demant seine goldene Fassung, in das Brautgemach geführt ward, und an der Seite ihres Balduin sanft entschlummert war, da trat ein Traumbild an ihr Lager, und flüsterte ihr zu: Ich bin Uda, die Erlösete. Bitte deinen Gemal, daß er meinen Leib aus der Berghöhle in die Gruft meiner Väter bestatten lasse. Von der Stimme erwachte Bertha und sagte ihrem Gemal das Gesicht an. Dieser fand am Morgen alles, wie das Traumbild angezeigt hatte, und brachte Uda's Gebeine in die Gruft zur Ruhe. Dem Vogt von der Funkenburg aber verehrte Herr Thimo einen schönen, großen güldenen Pokal, von dem Bankett des gespenstischen schwarzen Hochzeiters, in welchen er eine ausführliche Verzeichnung der sämmtlichen Kleinodien an Gold, Silber, Perlen und Edelstein zum Gedächtniß eingraben ließ, welche Ritter Balduin von den Geistern in dem Herrenzimmer erbeutet hatte. Hierdurch erhielt sich die Sage von einem großen, in der Funkenburg bei Leipzig verborgenen Schatze, wovon ein jeder Besitzer bis auf den heutigen Tag ein ausführliches Verzeichniß vorzuzeigen weiß. Aus unsrer Geschichte aber ergibt sich, daß es nur eitle Mühe seyn würde deshalb Nachforschung zu thun, indem Ritter Balduin den wahren Schatz längst von der Funkenburg abgeführt, und den Eigenthümern dieser weitbekannten Besitzung nichts davon übrig gelassen hat, als die vollständige Beschreibung.

* * *

Kleine Sagen und Märchen.

1.

Empusa-Lamia.
Griechische Sage.

Phyllis, Chloe.

Phyllis.

Chloe, wohin?

Chloe.

Zu der Stadt!

Phyllis.

In der Nacht?

Chloe.

Kaum dämmert der Abend!

Phyllis.

Aber du gehst in die Nacht.

Chloe.

Süß ist ja die nächtliche Kühlung,
Jetzt in der heißeren Zeit, wo die Luft durchflammt Hyperion.

Phyllis.

Doch dir bleibt einsam in dem Hause das Kind?

Chloe.

Eryboa
Pfleget es mir, vormals mir Pflegerin auch in der Kindheit.
Achtsam ist sie, und treu.

Phyllis.

Doch lieben den Schlaf die Bejahrten.
Stets unhold ist die Nacht und gefahrvoll schlummernden Kindlein,
Lamien wandeln umher, und es schleicht in die Häuser Empusa.

Chloe.

Hat dir ein Märchen erzählt die Thessalerin?

Phyllis.

Frage Komatho!
Kinderberaubt nun weint, die zuvor hohnlachte der Warnung.

Chloe.

Wahrlich es ängstiget mich was du sagst. Sprich, meinst du es ernsthaft?

Phyllis.

Ernsthaft sprech' ich vom Ernst, und erzähle die lautere Wahrheit.
Nachbarhäuser, du weißt es, bewohnt mein Mann, und Komatho's,
Selten verstreicht ein Tag, wo nicht in geselliger Zweisprach
Säßen die Männer, und fröhliches Spiels sich erfreuten die Kinder,
Bald in des Einen Gehöft; bald auch, wie es trifft in des Andern.
Jüngst heimsuchte mich auch in den Dämmrungsstunden Komatho,
Manches Gespräch anspinnend entflohener Zeit, von der Jungfraun
Heiterem Loos, und dem rauheren Sinn vieljähriges Ehmanns.
Vielerlei hatten wir uns zu gestehn, nach Frauengewohnheit,
Wenn das entfesselte Wort einmal zu dem Munde sich aufdrängt.
Doch, rings saßen die Kinder; gewohnt frühzeitiger Nachtruh,
Gähnten die Kleineren oft, neugiervoll lauschten die Größern.
Da, zu der ältesten Tochter, begann unweise Komatho:
Pholoe, führe zum Haus die Geschwisterchen: Klug und verständig
Bist du ja schon, du begingst sechsmal den bekränzten Geburtstag.
Bringe die Kleinen zur Ruh, heimkehrend lob ich die Tochter.

Sprach's, und küßte das Mädchen; vergebens warnt' ich die Thörin,
Denn unheimliches nahet sich oft unberathenen Kindern.
Aber sie lachte des Worts und erhob die verständige Tochter,
Welche, so jung, wirthschaftet' im Hals, gleich wackeren Hausfraun,
Emsig stets und besorgt um das Nützliche, nimmer geschäftlos.
Doch, als spät in der Nacht zu dem Haus rückkehrte Komatho,
Furchtbar ward sie geschreckt um den kinderverderblichen Leichtsinn!
Denn an dem Sessel, wo Schlummer umfing die gepriesene Tochter,
Stand Empusa's Schreckengestalt, – das entsetzliche Antlitz
Todtbleich, hager und welk, dem Gebild gleich grauser Harpyien.
Aber vom Munde herab quoll schäumendes Blut, das der Unhold
Kindern entsaugt und befleckte die Brust und den scheußlichen Körper.
Uebergebeugt zu der Wange des Kinds und den röthlichen Lippen
Lehnte der nächtliche Spuk, und berührt' es in gräßlichem Kusse,
Ihm aussaugend im Blut die erfreuliche Blüte des Lebens.
Laut aufschrie, und zu helfen dem Kind hineilte die Mutter,
Aber es glitt das Gespenst hinweg, und bewegte den Fuß nicht.
Fruchtlos küßte die Mutter des Kinds hinwelkende Lippen,
Rief es mit Namen, und wärmt an der Brust die erkaltete Wange;
Nimmer ja kehret das Blut mit dem Leben zurück in den Leichnam!

Chloe.

Gräßliches redest du traun! Ich entsage dem Gang, und zum Haus schnell
Eil' ich, zu schützen das Kind vor blutigen Küssen Empusa's.
Hart, fürwahr! ist der Mütter Geschick. Kaum regt sich das Kindlein,
Flugs droht Zaubergefahr, und es schlingen sich fesselnde Knoten.
Hat dann Kinder gewährt die Geburtobwalterin Hera,
Aengstiget Hekate noch mit dem blutaussaugenden Schrecknіß
Lamia's! Eile mit mir, schon seh' ich den Spuk an dem Kindbett.

Phyllis.

Aengstliche! Erst so beherzt und verzagt jetzt! Beides zur Unzeit.
Kaum noch flimmert ein Stern, und ein leichtes Gewölk ist Selene.
Setze dich hier an den Quell; bald füll' ich die blinkenden Eimer;
Flugs dann kehren wir heim, und berathen die schlummernden Kindlein.

Chloe.

Lamia, schone das Kind! bald blutet dafür dir ein Böcklein.

Phyllis.

Thörige! Nimmer gewährt doch Lamia frommen Gebeten.
Wild Anschreyn, Scheltwort' und Beschimpfung bannet den Unhold.
Denn ungöttlich schweift sie umher voll gräßliches Wahnsinns.
Belus zeugte sie einst in verbotener Brunst mit der Mutter
Libya. Schön wie ein Göttergebild war Lamia's Jugend;
Göttin dünkte sie sich, und zu schön für sterbliche Männer.
Ihm, dem Kroniden gewährte sie nur, was sie allen versagte.
Aber es zürnte darob die olympische Königin Hera,
Fluchend jener, daß vor der Geburt hinstarben die Kinder,
Und nach grimmigen Wehn ihr starrt in den Armen ein Leichnam.
Laut nun weinte die Arme, und schlug die ernährenden Brüste
Wund, und den tragenden Leib, der Gezeugeten lebendes Grabmal.
Hin auch welkte der Gram die vergötterte Blüte der Schönheit,
Wuth durchglühte den Geist, und in wahnsinnvoller Verzweiflung
Stürzte sie wild in des Volkes Gewühl; ein empörendes Scheusal
Riß die Kinder hinweg; liebkosend in grauser Umarmung
Saugte sie wüthend im Kusse das Blut, bis, greuelempört, Zeus
Tief in des Hades Nacht die Entsetzliche warf mit dem Blitzstrahl.
Nächtlich steiget sie nun, ein kinderverderbliches Schreckbild,
Blutig empor und gleitet umher nach schlummrenden Kindern.

Chloe.

Sieh, selbst füllt ich die Eimer, o komm! unfern ist die Nacht uns.
Bald nun steigen sie auf, die Gespenster des schrecklichen Hades;
Dort schon glänzet der Bär, und es zeichnet mit silbernem Lichtstrahl
Wandelnde Schattengestalten von uns an den Boden Selene.

*

2.
Asvit und Asmund.
Nordische Sage.

König Erich zog wol auf und ab,
Er traf an ein mächtiges Hünengrab.

„Wer wälzt mir vom Grabe den schweren Stein?
Drin ruft es, als litt' es viel grimmige Pein.“

O Herr, nicht gut ist's in Gräber schaun;
Drin wohnet Entsetzen und finsteres Graun;

Drin sitzen die Geister mit grimmigem Blick,
Und halten verborgene Schätze zurück.

„Die Geister zwinget mein Zauberschwert,
Den Eingang lassen sie unverwehrt.“

Da regt sich der Stein von der Männer Gewalt,
Und es öffnet sich langsam ein finsterer Spalt;

Und es öffnet sich weiter das finstere Thor,
Ein greuliches Schreckbild drängt sich hervor.

Bleich ist es zu schaun, wie der bleiche Tod,
Von triefendem Blut sind die Wangen roth.

Die Glieder sind zitterndes Todtengebein,
Und modernde Tücher hüllen sie ein.

Und der König entsetzet sich ob dem Gesicht,
Da hebt es die Händ' empor, und spricht:

O König, wende dein Aug nicht ab,
Ein Lebender bin ich, doch wohn ich im Grab;

Mein Nam' ist dir und den Helden bekannt,
Asvit ward ich einst mit Ruhme genannt.

Da staunt der König, es staunt das Heer:
Asvit, wie kamst du ins Grab hieher?

O, König, ich schloß den Freundschaftsbund
Auf Tod und Grab mit dem Held Asmund.

Wir trugen zusammen die Freud und das Leid,
Wir fochten zusammen den heißen Streit.

Und als Asmund zu sterben kam,
Seine Ross' und Hund' er mit sich nahm;

Seine Ross' und Hund' und das beste Kleid
Und ich folgt' ihm ins Grab nach meinem Eid.

Die erste Nacht, und den ersten Tag
Beweinend den Todten ich traurend lag,

Den zweiten Tag und die zweite Nacht
Ergriff mich brennend des Hungers Macht,

Am dritten wühlt ich in Roß und Hund,
Doch graute vor solcher Speise dem Mund.

Am vierten erlag ich der gräßlichen Qual,
Ich schwelgt' in dem blutigen Leichenmahl.

Das störte den Todten in finstrer Nacht,
Und der modernde Leichnam Asmunds erwacht.

Gewendet war seine Lieb' in Haß,
Seine Stimme war grimmig, sein Blick war graß.

Er stürzt' auf mich mit entsetzlicher Wuth,
Er saugt' aus Gliedern und Wangen das Blut;

Aus Lippen und Mund er den Athem mir saugt
Und Grabesluft in die Brust mir haucht.

Allnachts ward grauser das Todtengebein,
Und grimmger sein Blick und wilder das Schreyn.

Allnachts mit dem Todten der Lebende rang,
Und doch nimmer die morschen Gebeine bezwang.

Drum seht ihr mich bleich, wie den bleichen Tod,
Von triefendem Blut nur die Wangen roth.

Drum sind meine Glieder wie Todtenbein
Und modernde Lumpen hüllen sie ein.

Da sprach der König: du treuer Mann,
Deinem Schwur hast du wahrlich genug gethan!

Der Lebendge sich nicht zu dem Todten gesellt,
Dem Todten der Lebende nicht gefällt.

Nun sollst du des Königs Gefärthe seyn,
Und den Todten verschließe des Grabes Stein.

*

3.
Alp.

Am Weidenbusch, an dem schilfigen Teich
Ging Martha mit ihrem Kind:
„Ach, Mutter, was wird dein Gesicht so bleich?
Was eilst du so bang und geschwind?“

Sei ruhig mein Kind, der Wind bläßt kühl,
Komm, hüll' in den Mantel dich warm.
Da krächzt es dumpf: Gib mir zum Spiel
Das Knäblein auf deinem Arm!

„Ach Mutter, hörst du die Eule schreyn,
Wie sie krächzt: Komm mit! komm mit!“
Sei ruhig mein Kind, bald sind wir heim.
Wir eilen mit schnellem Schritt.

Gib deinen Sohn mir, und willst du nicht,
So nehm ich ihn mit Gewalt.
Still zeichnet die Mutter des Kindes Gesicht
Mit des heiligen Kreuzes Gestalt.

Soll ich dem Kind nicht haben, so schau,
Wie Alp sein eignes dir bringt,

und schnell aus dem Busche wälzt sichs grau
Und auf den Nacken ihr springt.

Und sie ängstet sich ab und stöhnt, und keucht,
Gebeugt von der gräßlichen Last;
Und sie trägt bis sie mühsam den Hof erreicht,
Da sinket sie hin und erblaßt.

*

4.

Der Rabe.

Griechisches Märchen.

Alexis, Daphne.

Alexis.

Daphne, sprich, warum so falsch und treulos!
Sollt' ich dein nicht warten heut im Buchhain,
Wenn zum Mittagsschlaf einnickt die Mutter?
Mittag war, die Mutter nickt' im Lehnstuhl,
Aber einsam blieb ich in dem Buchhain
Bis die Sonne sank und ich voll Unmuth
Trüb' und misgelaunt zum Hause kehrte.
Daphne, sprich, warum so falsch und treulos?

Daphne.

Zürne nicht auf mich. Leicht schlief die Mutter,
Oft im Schlaf auffahrend. Durft ich's wagen
Aus dem Haus zu schleichen, wenn sie wachte?

Alexis.

Unwahr spricht dem Mund. Der Wangen Purpur
Zeugt der Lippen Falschheit: Fürcht' o Mädchen
Eros' Zorn; er straft der Liebe Täuschung

Wie Apollon einst die List des Raben,
Der zuvor schön war, wie Kypris' Tauben.

Daphne.

O geschwind, erzähle mir das Märchen!

Alexis.

Wie viel Küsse bringt es mir von Daphne?

Daphne.

Ist es hübsch, vielleicht wol einen halben.

Alexis.

Gut, so geb' ich selbst die zweite Hälfte,
Daß ein ganzer wird, du geiz'ges Mädchen.
Höre nun, und nimm es dir zur Warnung,
Wie es einst dem Raben ging Apollon's:
Weiß, wie Daphnes Arme war der Rabe,
Phöbus Liebling; aus dem Purpurschnabel
Hallte wollautvoll Gesang und Rede
Wie von Daphne's süßen Honiglippen
Schmeichelwort ertönt und Liebeszauber.
Flügel schwang er, weich und zart und rosig,
Eros hatte selbst sie überhauchet
Mit dem Rosenduft von Mädchenwangen.
Einst berief ihn Phöbus. Schnell, o Korax,
Sprach der Gott, entschwinge dem Olymp dich,
Und vom klaren Quell der Hippokrene
Schöpfe Wasser mir in goldner Schale.
Schnelles Flugs schwang Korax nun den Fittich.
Fand am Helikon den klaren Quellborn,
Kühl von Feigenbäumen rings umschattet.
Schön wie Mädchen, war er auch so naschhaft,
Eh' er Wasser schöpft, prüft er die Feigen,
Doch er fand die grünen herb' und unreif.
Zeit bringt Rosen, dacht er, bringt auch Feigen,
Und begann im dunklen Laub zu tändeln,

Buhlte mit den Blättern, mit den Wellen,
Und mit Vögeln, die vom Glanz der Schönheit
Angelockt süß mit dem Raben kos'ten.
So verweilt er an des Gottes Quellborn,
Bis die Frucht dem leckren Gaum behagte.
Vierzig Tage waren so verstrichen,
Da gedacht' er des versäumten Auftrags.
Schön wie Mädchen, war er auch so listig.
Schnell erfaßt' er einer mächtgen Schlange
Bunt geschuppten Leib und trug ihn rauschend
In behendem Flug zu Phöbus Goldthron.
Diese, sprach der Schlaue, lag am Brunnquell,
Und, mit unersättlich durstgem Munde,
Sog sie täglich aus die klare Feuchtung.
Heut erst schöpft' ich, als ich sie bezwungen.

Lügner! – sprach mit zorngem Blick Apollon,
Meinst du mich mit schnödem Trug zu täuschen?
Fleuch hinweg, ein schwarz verhaßt Geflügel,
Und verstummt sei dir die süße Stimme.
Todesruf und Nebel sollst du krächzen,
Jünglingen geflohn, und zarten Jungfraun.
Und wenn von des Sirius Entzündung
Jedes Leben durstig blickt nach Labung
Sei verschlossen dir die Näscherkehle,
Daß des Tranks beraubt die Zunge starre!
Also straft' Apollen seinen Liebling.

Ist nun Kypris nicht gerecht wie Phöbus?
Wird sie nicht des Mädchens Wange bleichen,
Ihr der Liebe süßen Laut verstimmen,
Wenn sie Täuschung sinnt im Dienst der Göttin?

Jetzt erst meinen Kuß und dann bekenne:
Warum blieb ich einsam heut im Buchhain?
Welcher Buhle hat dich süß umflattert,
Mir die Stunde raubend und das Mädchen?

Daphne.

Erst bekenn' ich, dann den Kuß zur Sühnung.
Wohl umschwebte mich ein süßer Buhle,
Schön und schöner noch, wie du, Alexis,
Schmeichelnder zum wenigsten und sanfter.
Ach, unwiderstehlich war sein Schmeicheln!
Draußen war's so schwül, und süß umduftet
In der Geißblattlaube schwoll die Moosbank,
Lange sträubt' ich mich, und wollt' ihn scheuchen.
Endlich – ach Alexis, sieh nicht finster –
Endlich in des süßen Wahns Berauschung,
Abgespannt von Blütenduft und Schwüle,
Ach – erlag ich seinem Drang und Schmeicheln,
Und ich sank in seine Liebesarme,
In den Arm des mohnbekränzten Schlummers.

*

5.
Hildur's Zauberlied.
Nordische Sage.

Alwida.

Wohin, Hildur, wohin?
Nacht ist draußen!
Horch, in der Haide,
Mit hungrigen Wölfen,
Heulet der Sturm.
Er peitscht zerrißnes Gewölk
Und Hagel prasselt.

Hildur.

Folge mir nicht, Schwester!
Im Grauen der Nacht
Ist Hildur's Lauf
Zu blassen Gebilden der Luft.
Sturm ist ihr Ruf,

Blitz ihr Auge;
Es rasseln die Schilde
Wie Hagelschlag,
In den Wolken, bluthigroth,
Schimmern die Funken
Des Schwertergemengs
In der Mitternacht.

Alwida.

Zurück, Hildur, zurück!
Walkyren reiten
Auf Zauberrossen.
Ihr Huf ist auf Spitzen der Wälder,
Ihr Schnauben in Hagelgewölk.
Geistergebilde wirbeln
Um den flammenden Speer,
Sie schwingt ihn empor und zischend
Fallen Sterne herab.

Hildur.

Bleib' so Schwester
Im Vaterhaus.
Mit Walkyren zu Nacht
Feiert Hildur
Das Todtenfest.
Ich winke den Schatten,
Den wolkigen Bildern,
Ich rufe den Geistern
In Gräbern der Haide,
Sie hören den Ruf.

Alwida.

Hildur, Schwester, o komm,
Folg' Alwiden zum Vaterhaus!
Schwer von Geistern sinken die Wolken,
Dein Arm theilt die Gebilde der Luft,

Tödtlich schallt das Geschrei der Geister,
Hildur komm in das sichere Haus!

Hildur.

Was soll ich im Haus des Vaters?
Schlug nicht Hogne den Gatten?
Traf nicht Hedin's Lanze
Blutig des Vaters Brust?
Hedin, Gatte, du bist gefallen,
Hogne, Vater, du sankst in dem Streit!
Zurück, Alwida, schlinge
Den Arm um die Schwester nicht!
Was soll ich im Haus?
Kehre zurück Schwester,
Dein harret der Bräutgam
Im Königsschmuck,
Dein harren Gesänge
Gürtel und Spangen,
Bräutliche Decken
Und jegliche Wonne
Der jungen Braut!
Hildur's Lust ist im Grauen der Nacht,
Hildur's Schmuck ist der Thau des Grabes,
Hildur's Decke der Nebel der Haide,
Sturmwind heult mir den Brautgesang.

Zurück Alwida, fasse mir nicht
Das Gewand in dem Sturme der Nacht!
Hildur's Zauber beginnt,
Er schreckt die Götter,
Er fesselt Geister,
Er stürzet Wahnsinn
In Menschenbrust.

Empor, Empor!
Hedin, Hedin, empor!
Mit des Herzens Brunst,
Mit der Liebe Gewalt

Bannet dich Hildur's
Nächtlicher Ruf.
Hedin, Schöner, Gram des Mädchens,
Hedin, Lieblicher, Wonne der Braut!
Mit der Sehnsucht Zaubergewalt,
Mit der Treue Todesschwur
Weckt dich Hildur's liebender Ruf.
Hedin, Mächtiger, Lust der Gattin,
Hedin, Schwert in der Wittwe Brust.
Entsteige dem Grab, du Stern der Erde,
Liebliches Wolkenbild, steige herauf,
Schön wie du kamst aus dem Lande der Fremde,
Hildur's Liebe zog dich herbei.

Alwida.

Schwester, Schwester, laß ab!
Taub und fühllos schlummern die Todten,
Lieb' und Klagruf wecket sie nicht!
Nachtthau kühle der Erschlagenen Wunden,
Sturmwind pfeift in den Binsen der Haide
Ueber den Gräbern das Schlummerlied.

Hildur.

Schweig, Alwida!
Ich banne die Todten
Mit Zaubersang.
Ich weiß die Lieder
Des Zaubervaters.
Ich sing' und es wendet
In der Luft sich der Pfeil,
Ich breche die Ketten,
Die eisernen Banden,
Ich stürze die Felsen
Mit Zaubergesang.
Ich fass' in den Wolken
Das Roß der Walkyre
Und reiß' es zur Erde

Mit Zauberliedern.
Ich ängst' den Mond
Und schüttle vom Himmel
Die Sterne wie Schloßen
Mit Zauberspruch,
Und sollte nicht brechen
Die Pforten Hela's
Und sollte nicht zwingen
Die Geister der Gruft?

Herauf, Herauf!
Hedin, folge dem Liebesruf!
Furchtbar schallet
Der Bann der Todten
Graunvoll Hildur's Zaubergesang!

Wolan, wolan!
Steig' aus Gräbern
Kühlender Thau,
Verweh' in Nebel.
Ich bann' Erquickung
Hinweg von den Todten;
Ich dorre den Grund
Zu beissender Asche;
Ich schleudre den Blitz,
Den sengenden Strahl,
Mit grimmigem Schmerz
Hinab in das Grab,
Und brenne die Wunden
Der schlafenden Leichen.
Heule, Sturmwind!
Ich banne die Ruh
Von den Gräbern hinweg:
Heul' aus dem Schlaf die Todten
In den Gräbern der Haide.

Hedin, Hedin, herauf!
Folge dem Ruf der Betrübnis,
Dich ruft die Gattin,

Zeig ihr noch einmal
Dein süßes Bild!
Soll ich dich zwingen
Mit größrem Zauber?
Soll ich dich bannen
Mit schlimmres Bannes
Wilderer Qual?

Wolan, wolan!
Ich singe die Lieder
Des Zaubervaters,
Die mächtig hallten
In Wola's Grab.

An Hela's Thor
Heulet der Wolf,
Den die Riesenmutter
In Höhlen gebrütet
In der Nacht der Nächte.
Ich breche die Ketten
Dem heulenden Unthier,
Dem Sonnentödter,
Daß Hela zittert
In finstrer Burg.
Nag' an Todten
Du Höllenwolf,
Hauch' in Gräber,
Du Höllendrache,
Den giftgen Hauch,
zur Pein der Todten.

Zittern die Gräber?
Regt sich der Todte
Mit dem luftigen Schild
Und der mächtigen Lanze
Von Feuergewölk?

Hedin, Hedin, du weilest?
Ich muß dich sehn,

Ich lasse nicht ab.
Den Busen Hildur's
Verzehrt die Sehnsucht,
Mir glüht ein Feuer
Durch Herz und Adern;
Und jedes Zaubers
Wilde Gewalt
Quält mich, die Rufende,
Sprach ich vergebens
Den starken Bann.

Wolan, wolan!
Ich singe die Lieder,
Die wilden Lieder,
Die meine Mutter
Mich einst gelehrt.
So mächtgen Zauber
kennt Odin nicht.

Herbei, Walkyre, herbei!
Wirke Gewebe
Des Schattenkampfs
Web' in blutigen Nordschein
Giftge Nebel der Haide!
Sturmwind, reiße das Weberschiff
Hinauf, hinab;
Schüttle das Gewirk,
Es beginnt auf der Haide die Schlacht.
Horch, bang ächzt der Mond,
Dreifach windet sich
Die alte Schlang um ihn,
Und Blut füllt sein Horn.
Hinauf, Walkyre, hinauf!
Schütte den blutigen Todestrank
Auf die Haide der Schlacht.
Ringsum lauren die Schlingen des Tods,
Gewebt ist das Garn der Zwietracht.

Herab, herab,
Von dem Lauf im Gewölk!
Nieder Walkyren
Zum Land der Gräber.
Ich banne den Todten
Die Zwietracht zu.
Stampft mit den Hufen
Der Rosse die Gräber;
Pocht mir den Schäften
Der grimmigen Speere
Die Todten herauf.
Werft das Gewebe,
Das Garn der Zwietracht,
Auf Gräber der Haide
Zum Todtenkampf.

Hab ich geweckt
Mit dem Zauberlied.
Die Bewohner der Gruft?
Sie steigen empor.
Auf luftigen Rossen,
Ihr Haar so finster
Wie Donnergewölk,
Ihr Schild wie der Mond;
Nordscheinflammen die Schwerter.

Hedin, Hedin, herbei!
Hildur öffnet die Arme;
Aber du kämpfest
Den Schattenkampf.
Gieriger, wüthender
Schwingst du im Streit
Den Helmspalter empor.
Nach dem Feind allein
Streckst du die Arme,
Nicht gegen Hildur.
Rief ich darum
Den Schatten empor?

Sang ich darum
Den wildesten Zauber,
Den Odin scheuet,
Der Göttervater?

Hedin's Geist.

Geh zu den Riesen,
Du Zauberschwester,
Nicht Hedin's Weib.
Du hast mich gebannt
Mit mächtgem Zauber
Der Riesenmutter.
Allnächtlich nun,
– Fluch deiner Kunst! –
Muß ich erwachen
Aus Grabesschlummer.
Allnächtlich muß ich,
– Fluch deinem Zauber! –
Mit Hogne fechten,
Bis Götterdämmrung
Den Zauber bricht.

Hildur.

Und mußt du fechten
Allnächtgen Kampf,
So wohnet Hildur
Auf deinem Grab,
Und sieht dich steigen,
und sieht dich kämpfen,
Du Wonne Hildurs.
Hinweg, Alwida!
Verlaß die Schwester.
Hier auf der Haide
Wird Hildur wohnen
Bei Hedin's Grab.

* * *